À PROPOS DE L'AUTEUR

Julia London a grandi au Texas, où elle nourrit très tôt sa passion de la littérature. Après avoir travaillé à Washington dans la fonction publique et voyagé pendant des années, elle décide de revenir au Texas pour devenir écrivain. Elle est aujourd'hui plébiscitée pour ses romances historiques et contemporaines.

DU MÊME AUTEUR

DANS LA COLLECTION

Victoria

Dans la série « Les mariés écossais » :

Unie au Highlander

Dans la série « Les demoiselles de Beckington » :

Les audaces de Lady Honor
Dans le lit du comte
Cinq jours de la vie d'une lady

Le prétendant des Highlands

Collection : VICTORIA

Titre original :
SINFUL SCOTTISH LAIRD

Ce livre est publié avec l'aimable autorisation de Harlequin Books S.A.

HARPERCOLLINS FRANCE
83-85, boulevard Vincent-Auriol, 75646 PARIS CEDEX 13
Service Lectrices — Tél. : 01 45 82 47 47

www.harlequin.fr

ISBN 978-2-2803-6714-1 — ISSN 2493-013X

JULIA LONDON

Le prétendant des Highlands

Traduit de l'anglais (États-Unis) par
Claire Neymon

Victoria

HARLEQUIN

En l'honneur d'Attadale Gardens, le magnifique site écossais de Wester Ross, près de Lochcarron, où j'ai eu le privilège d'écrire une partie de ce livre. Le site a inspiré le lieu fictif d'Arrandale. Spécial remerciement au laird d'Attale, qui n'est pas un Highlander fort, musclé, aux yeux ténébreux et portant un kilt, mais la charmante Joanna Macpherson. Elle et son mari n'aurait pas pu être plus accueillants, ni leurs jardins plus beaux.

Chapitre 1

Highlands, Écosse, 1742
Balhaire

La voiture grinçait et brinquebalait sur la route défoncée, malmenant ses passagers, les jetant d'un bord à l'autre de l'habitacle. Dans un angle, reposant presque inerte sur le siège, le jeune Lord Chatwick était devenu blême.

— Mon pauvre chéri, murmura Lady Chatwick, en lui caressant les cheveux.

— Depuis le début, je me doutais qu'un voyage aussi épouvantable ne pourrait que rendre cet enfant malade, Daisy. Espérons qu'il s'en remette.

L'auteur de ces propos optimistes n'était autre que la cousine de Daisy, Miss Belinda Hainsworth.

— Je vais très bien lorsque la voiture ne bouge pas, gémit Ellis.

— Mon cher enfant, c'est ce que vous croyez, répondit Belinda, le fixant d'un sourire compatissant, comme si le voyage l'avait rendu trop faible pour qu'il sache lui-même ce qu'il éprouvait.

Elle se tourna vers Daisy.

— Est-il donc trop tard pour faire demi-tour et nous épargner à tous cette épreuve ?

Trop tard ? Oui, il était trop tard, évidemment. Après avoir passé ce qui paraissait une éternité à voyager, ils ne se trouvaient plus maintenant qu'à quelques miles de leur destination.

— Il est trop tard, en effet, confirma Daisy.

Et elle ferma les yeux.

Elle était à bout, rompue de fatigue. Voilà trois semaines qu'ils avaient quitté Londres, gagnant tout d'abord Liverpool pour y embarquer et remonter la côte jusqu'en Écosse, sur une mer agitée. Il avait fallu ensuite affronter cette route éprouvante, au milieu d'un paysage désolé, passant devant des masures faites de tourbe et de boue, flanquées de gens vêtus d'étrange façon, occupés à garder quelque maigre troupeau, leurs chiens aboyant sur leur passage. Puis il y avait eu cette pénible avancée dans la lande désertique avec son jeune fils que les cahots rendaient malade, une cousine qui voyait tout en noir et la possibilité de ne prendre quelque repos que, de temps à autre, dans une auberge miteuse.

Ce voyage avait été abominable.

— Vous avez l'air accablé, Daisy.

Daisy ouvrit les yeux. Belinda l'observait, la tête légèrement inclinée.

— Je le suis. Je n'en peux plus de voyager dans cette voiture, répondit-elle, à bout de nerfs. Et j'attends avec impatience le moment où je pourrai enfin me débarrasser de ce corset infernal.

Elle pressa une main contre son flanc et poussa un énorme soupir. Les baleines la martyrisaient.

À cet instant précis, la voiture fit une embardée. Elle se souleva, puis retomba soudain, versant dangereusement sur la droite dans un craquement sinistre. Les baleines du corset s'enfoncèrent plus profondément encore dans les côtes de Daisy tandis que son fils atterrissait sur ses genoux et que Belinda, projetée contre la paroi de l'habitacle, poussait un cri affolé.

— Pour l'amour du ciel ! s'exclama Daisy, le souffle coupé.

— Lady Chatwick ! cria quelqu'un de l'extérieur.

La portière s'ouvrit soudain.

— N'êtes-vous point blessés ?

— Non, tout va bien, répondit Daisy. S'agit-il d'une roue ?

— En effet, annonça Sir Nevis, son escorte, prenant Ellis dans ses bras.

— Qu'allons-nous faire ? demanda Belinda, s'extrayant à son tour de la voiture. Nous n'avons pas les outils appropriés pour réparer une roue. Nous allons devoir camper ici !

— Nous allons faire notre possible pour la réparer, répondit Sir Nevis, tendant la main à Daisy pour l'aider à descendre.

Elle posa avec précaution le pied sur la terre ferme et réajusta au mieux son corset. Puis elle rejoignit Sir Nevis afin de jeter un coup d'œil à la roue. Un rayon s'était brisé et elle ployait sous le poids de la voiture. Le cocher et son aide s'empressaient déjà de détacher les chevaux.

— Nous devons relever la voiture, la roue risque de casser, prévint Sir Nevis.

Il jeta un coup d'œil en direction des trois hommes qu'ils avaient engagés, à leur descente de bateau, afin qu'ils les accompagnent jusqu'à Auchenard. Les Gordon. Un clan puissant, avait-il précisé. Daisy ignorait si les Gordon étaient vraiment puissants, mais, d'emblée, elle n'avait pas aimé leur allure. Ils étaient maigres, portaient des vêtements usés et sales et, surtout, ils la regardaient avec cet air de convoitise qu'ont les enfants devant une vitrine de friandises. Ils étaient, en outre, très portés sur le whisky et si c'était réellement l'anglais qu'ils parlaient, ce qui était difficile à dire vu qu'ils prononçaient rarement un mot, c'était avec un accent si fort qu'elle ne comprenait rien.

En cet instant, ils se tenaient à l'écart et regardaient la roue cassée, visiblement peu enclins à vouloir intervenir.

— Lady Chatwick, si Monsieur le vicomte et vous-même souhaitez vous abriter sous ces arbres, dit Sir Nevis, désignant un bosquet à quelques pas, la réparation risque de prendre du temps.

Risque ? Daisy poussa un profond soupir. Ce n'était pas la première fois qu'elle voyageait en voiture et elle imaginait aisément que la réparation puisse prendre la journée. Elle jeta un regard autour d'elle. Le soleil brillait haut dans le ciel et il faisait très chaud. D'ailleurs, le plumet sur le toit de leur voiture commençait sérieusement à piquer du nez. Il n'y avait pas le moindre abri alentour, rien que des monts et des collines à perte de vue et des nuées de moucherons.

Ellis s'était accroupi et examinait une pierre. Dieu merci, un peu de couleur était revenue à ses joues et Daisy s'en réjouissait.

— Vous avez vu, maman, dit-il, tendant la pierre. C'est de la pyrite.

— Vraiment ?

Daisy se pencha pour examiner à son tour la pierre d'une assez jolie teinte jaune.

— En effet, conclut-elle, bien qu'elle n'ait pas la moindre idée de ce qu'était une pyrite.

Elle se retourna, jeta un coup d'œil à leur équipage. Il était composé de trois serviteurs, d'un précepteur, de Sir Nevis et de son valet, de Mr Bellows qui les avait accompagnés depuis Londres avec deux cochers, de deux charrettes sous la responsabilité de Mr Green, chargées de cartons et de malles contenant leurs effets et d'une voiture plus petite dans laquelle voyageaient Mrs Green et la femme de chambre.

Elle avait l'impression de se trouver à la tête d'une troupe de saltimbanques traversant les Highlands.

Un mouvement près du lac attira son attention et elle aperçut les Gordon sur la rive. Bien sûr, les pauvres n'avaient qu'à se baigner ! Peut-être pourraient-ils même en profiter pour se laver un peu, pendant que ses hommes s'escrimaient à réparer la roue sous le soleil de plomb. Combien avaient-ils déboursé, déjà, pour engager ce trio de gredins ?

— Il n'est pas possible que nous soyons contraints de camper ici, dit Belinda en s'éventant. Il n'y a pas le moindre abri. Nous serions livrés, corps et biens, aux maraudeurs et aux voleurs.

— Belinda, pour l'amour du ciel, cessez ces jérémiades, dit Daisy d'un ton las. Je n'en peux plus de vous entendre vous plaindre. Il n'est rien que nous puissions faire dans notre situation. Certes, nous sommes au milieu de nulle part, mais nous n'allons pas mourir. Nous ne serons pas attaqués par des voleurs et personne ne nous fera de mal.

Il y avait des années, alors qu'elle était jeune mariée et très seule, sans mère ni personne pour la conseiller, Daisy avait promis à sa tante, sur son lit de mort, de prendre soin de sa cousine, Belinda. Et elle le ferait, bien entendu. Daisy éprouvait une très grande affection pour la compagne de jeu de son enfance. Mais elle ignorait, avant de l'accueillir sous son toit, combien elle pouvait se montrer triste et défaitiste.

Belinda ne répondit pas à la rebuffade de sa cousine. En fait, elle semblait fixer quelque chose derrière Daisy.

— Qu'y a-t-il encore ? demanda cette dernière, exaspérée. Des maraudeurs ?

Elle se retourna pour voir ce qui fascinait à ce point sa cousine et un frisson glacé parcourut son dos. Cinq individus en tenue de Highlanders dévalaient la colline, galopant dans leur direction.

— Ce ne sont pas des maraudeurs, dit Belinda d'une voix tremblante. Ce sont des contrebandiers. J'ai entendu dire qu'ils étaient nombreux à se cacher dans ces collines.

Cette dernière remarque ne fut pas pour réconforter Daisy.

Brusquement, ce fut un concert de cris lorsque le reste de son équipage aperçut soudain les cavaliers. Ce fut la panique. Tout le monde se mit à courir, ramassant ses affaires, cherchant refuge derrière les charrettes.

— Lady Chatwick ! cria Sir Nevis. Allez vite vous mettre à l'abri dans la voiture.

Il avait dégainé son épée et, accompagné de M. Bellows, il se tenait, fermement campé sur ses jambes, face aux intrus, prêt au combat. Déjà, Belinda battait en retraite. Ellis était en train d'aligner de petites pierres. Elle l'attrapa fermement par le bras et l'entraîna vers la voiture.

Daisy n'avait pas bougé. Elle était totalement interloquée, incapable de faire le moindre mouvement. La peur la paralysait et, en même temps, une étrange fébrilité s'était emparée d'elle. Elle n'aurait su dire si elle allait hurler de terreur ou exploser d'un rire hystérique tant la situation paraissait absurde. Elle aurait dû s'en douter. Belinda avait raison, bien évidemment. Ils allaient se faire détrousser par des voleurs ! C'était exactement le désastre qu'elle prédisait depuis le début.

Soudain, l'imminence de la catastrophe la fit tout de même réagir. Elle se retourna pour appeler les Gordon, mais ils ne se trouvaient plus au bord du lac. Ni nulle part, d'ailleurs. Ils avaient fui. Fui ! La panique l'assaillit et elle se tourna de nouveau vers les cavaliers, s'attendant presque à trouver les Gordon à leurs côtés.

Les Highlanders avaient fait ralentir leurs montures et ils s'approchaient avec prudence, à présent. L'un d'entre eux, une femme apparemment, éperonna son cheval et s'avança, contournant le groupe. Les bandes de voleurs n'avaient pas de femmes à leur tête, en principe. Peut-être ne s'agissait-il pas de voleurs, après tout.

Un coup de feu retentit soudain, surprenant si fort Daisy qu'elle s'accroupit aussitôt sur le sol, avant de se rendre compte que c'était Mr Bellows qui avait tiré avec son mousquet. Mais le coup avait dévié et frappé un tronc d'arbre, à la droite du groupe de Highlanders.

L'un des cavaliers éperonna brusquement sa monture et rejoignit la femme. Saisissant la bride de son cheval, il la retint fermement au moment où elle allait s'élancer vers eux, prête à riposter.

— Bon sang, baissez votre arme ! cria-t-il en anglais. Vous risquez de tuer quelqu'un.

Mr Bellows pointa son arme sur l'homme.

— Nous n'avons que faire de bandits de grands chemins ou d'opposants à la Couronne d'Angleterre, sir. Si vous ne poursuivez pas votre route, cette fois, ce sera entre vos deux yeux que je viserai.

Daisy se releva et courut vers la voiture pour y chercher refuge. Mais, parvenue à la hauteur du siège du cocher, elle s'arrêta et se pencha pour jeter un coup d'œil tandis qu'un des hommes s'avançait, rejoignant le premier auquel il s'adressa en écossais.

Celui-ci répondit d'une voix calme. Sa remarque, quelle qu'elle ait été, fit aussitôt rire deux de ses compagnons. Mais le nouvel arrivant, lui, demeura impassible. Droit et fier sur sa monture, il fixait Sir Nevis et Mr Bellows d'un regard impénétrable. Il était plus grand que les autres, les dépassant d'une bonne tête. Large d'épaules, la mâchoire volontaire, ses épais cheveux bruns aux reflets roux rassemblés en catogan sur sa nuque, il avait une allure farouche, si incroyablement virile que Daisy sentit son pouls s'accélérer, en proie à une terreur absolue mêlée d'une incroyable fascination. Il paraissait plus fort que tous les hommes qu'elle avait rencontrés jusque-là, une force qui semblait venue de celle qui émanait, sauvage et rude, de ce paysage de granit.

L'émotion était si forte que Daisy demeura figée sur place, le souffle coupé.

— Faites ce que je vous dis, dit-il d'une voix d'un calme exaspérant. Les hommes peureux tirent sans prévenir et en visant n'importe comment.

La jeune femme marmonna quelques mots. Puis elle fit faire demi-tour à sa monture et alla se placer derrière les hommes.

L'homme s'avança alors, sans quitter des yeux Sir Nevis, Mr Bellows et son mousquet.

— Ne vous approchez pas davantage, prévint Mr Bellows.

Il jeta un coup d'œil par-dessus son épaule.

— Gordon, où êtes-vous ? appela-t-il. Intervenez, que diable !

L'homme rit.

— Les Gordon ne vous aideront plus, il me semble.

L'un des cavaliers murmura quelque chose qui fit rire les autres. Le mousquet de Mr Bellows ne semblait pas les effrayer le moins du monde, pas plus que de se trouver en nombre inférieur, constata Daisy, le cœur battant à tout rompre. Au contraire, la situation semblait beaucoup les amuser.

Avec la vivacité d'un félin, l'homme se tourna subitement vers la gauche. Daisy suivit son regard. Leurs deux cochers s'étaient glissés derrière l'une des charrettes, tous deux armés de mousquets. L'homme poussa un soupir sonore lorsqu'ils pointèrent leurs armes sur lui.

— Nous ne sommes pas des bandits de grand chemin, déclara-t-il d'un ton rude. Baissez vos armes. Je n'ai pas l'intention de vous tuer et de gâcher un aussi bel après-midi.

Il sauta au bas de sa monture et tout le monde recula instinctivement d'un pas.

Tout le monde sauf Daisy. Elle savait qu'elle aurait dû chercher un abri, cacher Ellis, trouver quelque chose pour se défendre... Mais elle ne pouvait détacher les yeux de cet homme superbe. Un désir presque animal étreignit soudain son ventre tandis qu'elle l'observait, debout à côté de sa monture, légèrement déhanché, ôtant tranquillement ses gants. Il était beau, c'était indéniable. Toutefois, ce n'était pas tant son physique qui la fascinait, mais son personnage, sa prestance, cette incroyable confiance en lui qui émanait de tout son être.

Il portait la tenue des Highlanders, un kilt, très probablement aux couleurs de son clan, et des chaussettes, montant jusqu'au genou, retenues par un lien, sur ses jambes solides, tout en muscles. De belle taille, il était mince et robuste à la fois. Et tout, en lui, respirait le calme, l'autorité, le pouvoir.

Si Daisy avait eu un éventail, elle s'en serait aussitôt servie. Elle se sentait au bord de l'évanouissement. Comment était-il possible qu'elle réagisse ainsi, que son corps s'enflamme à la vue de cet homme qui, pour autant qu'elle sache, n'était qu'un voleur, un contrebandier, un meurtrier, peut-être. Mais, dans ce moment insensé où la peur et le désir se mêlaient, elle prenait conscience de n'avoir jamais éprouvé pareil bouleversement.

Il avait ôté ses gants et s'avançait tranquillement vers Mr Bellows. Sir Nevis s'avança à son tour, son épée levée, prêt à l'attaque.

— Grands dieux, regardez autour de vous, déclara l'Écossais. Croyez-vous vraiment qu'une lady et des gentlemen aient l'intention de rançonner des voyageurs ? Ici ? Dans ce lieu où il n'y a pas pratiquement pas âme qui vive ?

D'un geste, il engloba la vaste étendue de monts et de collines tout autour d'eux.

— Nous ne sommes ni des opposants à la reine ni des bandits. Si tel était le cas, nous écumerions la route qui mène à Inverness et non celle-ci, que pratiquement personne n'emprunte.

Daisy trouva l'explication plutôt convaincante. Elle avait envie de croire cet homme, mais ne pouvait exclure la possibilité que tout ce qui se passait ait été soigneusement planifié. Peut-être les Gordon avaient-ils conduit ces hommes ici afin qu'ils puissent les détrousser. Son cœur se mit à battre plus fort devant l'imminence du danger. Ses paumes se firent moites, sa respiration difficile. Elle ne se déroba pas pour autant. Elle fit le tour de la voiture tandis que Mr Bellows tenait toujours l'homme en joue d'une main nerveuse.

— Nous sommes chargés de la protection de Lady Chatwick et de son fils et nous n'hésiterons pas à les défendre au péril de notre vie, si nécessaire, sir. Je vous déconseille de vous approcher ! ajouta Mr Bellows.

Si les Écossais étaient de mèche avec ces crapules de Gordon, Daisy savait que son équipage ne ferait pas longtemps le poids. Elle sentit son sang se glacer à la perspective de voir des dizaines de cavaliers dévaler les collines pour venir les piller, très exactement comme Belinda l'avait prédit.

— Nous voulons seulement vous aider, dit l'homme.

Son accent n'était pas aussi fort que celui des Gordon. Daisy y décela même une pointe d'accent anglais.

Il leva les mains, montrant par là qu'il n'était pas armé.

— Nous n'avons pas l'intention de vous faire de mal, vous avez ma parole de Highlander et de gentleman.

Il semblait las, peu concerné, comme s'il était impatient que cette rencontre prenne fin.

— Vous attendez-vous vraiment à ce que l'on vous croie ? rétorqua Sir Nevis.

— Aucun homme parmi nous n'a envie de s'embarrasser de vos cartons et de vos malles.

L'un des cavaliers, derrière l'homme, dit quelques mots en écossais et Mr Bellows commit l'erreur de le regarder. Avec la promptitude de l'éclair, l'Écossais s'empara du canon du mousquet et, lui arrachant l'arme des mains, il la retourna contre lui.

— Maintenant, vous allez dire à vos hommes de ranger leurs armes, déclara-t-il froidement.

Daisy songea aussitôt à protéger son fils, cherchant frénétiquement un moyen de le mettre en sécurité. Fallait-il qu'elle court avec lui jusqu'au lac ? Elle jeta un coup d'œil à la voiture où il se cachait et aperçut Mr Green levant discrètement son mousquet et commençant à viser. Mr Green, son jardinier ! Il n'avait certainement jamais tiré sur personne.

— Non ! s'écria-t-elle, sans réfléchir, surprise par l'urgence dans sa voix. Baissez tous vos armes. Faites ce qu'il dit, je vous en prie.

L'Écossais ne quitta pas Sir Nevis des yeux.

— Écoutez ce que dit votre dame.

— Je vous en prie, cria Sir Nevis. Montez dans la voiture.

— Si ces hommes avaient l'intention de nous voler, ne l'auraient-ils-ils pas déjà fait ? rétorqua Daisy.

Elle contourna la voiture et s'avança, espérant éviter un incident.

— Je crois qu'il dit la vérité.

— Ah, la voix de la raison. Enfin ! dit l'Écossais.

Ce n'était pas la raison qui faisait parler Daisy. Elle ignorait de quoi ces hommes étaient capables et elle espérait seulement éviter un bain de sang.

— Je vous en prie, sir Nevis, dites à vos hommes de baisser leurs armes, supplia-t-elle. Ne créons pas de problèmes.

Sir Nevis leva le menton puis, se tournant légèrement vers

les hommes, il leur fit signe de baisser leurs armes. Lentement, le regard soupçonneux, ils s'exécutèrent.

L'Écossais sourit et faisant tourner le mousquet dans sa main, il le rendit à Mr Bellows.

— Maintenant, pouvons-nous vous aider à réparer cette roue ? demanda-t-il d'un ton détaché, comme si aucune tension n'avait jamais existé.

Comme si personne, il y avait seulement quelques instants encore, n'avait craint pour sa vie.

— Ce ne sera pas nécessaire, rétorqua Sir Nevis, sèchement.

L'Écossais haussa négligemment les épaules.

— Très bien. Nous n'avons pas particulièrement envie de nous fatiguer sous ce soleil.

Il tournait déjà les talons, prêt à partir, lorsqu'il aperçut Daisy. Leurs regards se croisèrent et il hésita.

Daisy sentit sa respiration s'accélérer. Elle faillit reculer, se sauver. Mais elle n'en fit rien, fascinée par ce regard d'un bleu intense. Et elle se surprit à s'avancer, pressant nerveusement ses mains moites sur sa robe.

Lentement, il laissa son regard glisser sur elle, ses yeux pareils à des braises enflammant peu à peu son corps, tandis qu'il détaillait sa robe, descendait jusqu'aux pointes de ses élégantes chaussures. Puis il laissa son regard remonter lentement jusqu'à sa poitrine et s'y attarda sans vergogne. Puis, enfin, il fixa son visage.

Bouleversée, Daisy tendit la main, essuya sa joue, craignant qu'elle ne soit maculée de poussière ou que son maquillage ne soit altéré.

Il continua de la fixer avec une telle insistance, une telle audace, qu'elle finit par esquisser un sourire, mal à l'aise.

— Euh… Mer… Merci pour votre offre, balbutia-t-elle.

Que diable était-elle censée dire dans une telle situation ?

Il continua de la fixer.

— Lady Chatwick, j'insiste pour que vous regagniez votre voiture, intervint Sir Nevis, se faisant pressant.

— C'est mon intention, assura Daisy.

Toutefois, elle n'esquissa pas le moindre mouvement, pas même lorsqu'elle entendit Belinda l'appeler. Il lui était tout simplement impossible de détacher son regard de cet homme.

— Qui êtes-vous ? demanda-t-il soudain.

— Moi ? répondit-elle, prise au dépourvu.

Mais elle se reprit aussitôt et, s'avançant d'un pas, la main tendue, elle exécuta une petite révérence, songeant que si tout le reste échouait, un peu de courtoisie ferait peut-être l'affaire.

— Je vous prie de m'excuser, je suis Lady Chatwick.

Elle leva les yeux vers lui, la main toujours tendue. L'Écossais la regarda, les sourcils froncés. Il n'avait visiblement pas l'intention de prendre sa main.

Daisy se redressa, gênée. Elle n'avait jamais vu d'yeux aussi bleus, elle en était certaine. Des yeux d'un bleu limpide, de la couleur d'un matin de printemps.

— J'apprécie beaucoup la proposition que vous nous faites de nous aider. Nous avons accompli un très long voyage et nous n'avons pas l'habitude de rouler sur des routes aussi mauvaises.

Il fronça un peu plus les sourcils et fit encore un pas vers elle. Puis un autre. La tête inclinée sur le côté, il la regarda comme si elle appartenait à une espèce totalement inconnue.

— Que vient faire une lady anglaise dans ces montagnes ? demanda-t-il d'un ton soupçonneux.

— Nous nous rendons à Auchenard, répondit-elle. Il s'agit d'un pavillon…

— Je sais de quoi il s'agit, coupa-t-il. Plus personne ne fréquente ces lieux, aujourd'hui, hormis les cerfs en rut. Que venez-vous y faire ?

Le côté cru du commentaire déconcerta Daisy.

— Eh bien… Euh… Auchenard appartient à mon fils. J'ai pensé légitime qu'il vienne voir son domaine.

Il fronça de nouveau les sourcils, comme s'il ne la croyait pas. Son regard descendit jusqu'à ses lèvres, s'y attarda.

Daisy sentit aussitôt le rouge lui monter aux joues. Elle glissa une main nerveuse à sa nuque.

— Veuillez m'excuser, mais vous ne vous êtes pas présenté. Puis-je savoir votre nom ?

Il quitta lentement ses lèvres, plongea son regard dans le sien.

— Arrandale.

— Arrandale, répéta Daisy.

Brusquement, il fit de nouveau un pas en avant. Il était si près, à présent, qu'elle dut légèrement incliner la tête en arrière pour le regarder.

— Reculez ! ordonna Sir Nevis.

Mais l'Écossais l'ignora.

Le cœur de Daisy battait follement dans sa poitrine. Elle voyait nettement l'ombre de barbe naissante aux joues de l'étranger, la frange sombre des cils ourlant ses yeux. Et… la petite cicatrice sur l'arête du nez, et une autre, à sa mâchoire. Elle regarda ses lèvres, aussi, leur belle couleur sombre.

— Vous n'auriez pas dû venir ici, en Écosse, dit-il d'un ton très calme. Ce pays n'est pas sûr pour les femmes et les enfants Sassenach. Réparez votre roue, faites demi-tour et allez reprendre le bateau.

Daisy cilla, interdite.

— Je vous demande pardon, mais nous avons…

Il lui tourna brusquement le dos et regagna son cheval. Il se mit aussitôt en selle, dit quelques mots aux autres et ils disparurent aussi vite qu'ils étaient venus.

Il fallut un moment à Daisy pour reprendre son souffle.

Elle échangea un regard interloqué avec Sir Nevis qui finit par prendre la situation en main.

— Tout le monde en place pour réparer la roue, dit-il. Dépêchez-vous.

— Que s'est-il passé ? s'écria soudain Belinda. Où sont-ils partis ?

— Soyez reconnaissante qu'ils soient partis, justement, en laissant votre bourse et votre vertu intactes, dit Sir Nevis d'un ton grave. Ils nous ont prévenus. Nous ne sommes pas les bienvenus dans cette contrée, nous, Anglais. Les Sassenach, comme ils disent.

Puis il tourna les talons et gagna la voiture pour aller aider à réparer la roue.

Belinda s'approcha, posa une main sur l'épaule de Daisy.

— Vous tremblez, dit-elle. Voyons, calmez-vous, ils sont partis. Vous ne craignez plus rien, à présent.

Mais ce n'était pas de peur que Daisy tremblait. Elle était encore sous le choc, frissonnant de la tête aux pieds. Aucun homme, jamais, ne l'avait à ce point subjuguée.

Chapitre 2

Environ deux heures après que l'Écossais et son groupe les eurent abandonnés sur la route déserte, la roue fut enfin réparée, et Daisy et sa suite purent reprendre leur périple en direction de l'est.

Tandis que la voiture cahotait sur la route toujours aussi défoncée, Daisy demeurait en proie à l'émotion, incapable de chasser de son esprit l'image de cet homme. D'une oreille distraite, elle écoutait Belinda qui, cramponnée à la portière, regardait défiler le paysage en commentant son aspect désolé et en extrapolant sur les dangers potentiels qui les guettaient. Mais Daisy n'en avait cure, elle ne pensait qu'au bel inconnu.

— Je ne serais pas étonnée que nous soyons de nouveau attaqués par ces sauvages, dit soudain Belinda, réprimant un frisson.

— Ils n'avaient pas l'air si sauvages, en fin de compte, rétorqua Daisy.

Elle songea aux multiples recommandations dont elle avait fait l'objet, avant son départ. Elle avait invité quelques amies pour le thé.

— Vous prenez beaucoup de risques. Songez à tous ces traîtres ! s'était écriée Lady Dinsmore. Vraiment, vous ne pouvez partir. J'ai entendu dire qu'ils assassinaient les Anglais.

— Ce sont des sauvages, avait renchéri Lady Whitcomb, le visage grave. Ils ont subi l'influence contre nature des Stuart et sont absolument indignes de confiance. Vous ne serez pas un seul instant en sécurité parmi eux. Savez-vous que l'ultime trophée, pour eux, consiste à capturer une anglaise ?

Daisy ne partageait pas ces vues pessimistes. Elle avait été mariée à un homme d'origine écossaise et, jamais, il ne lui avait donné le moindre motif de craindre ses semblables. Ceci dit, elle n'avait jamais rencontré un Écossais comme celui croisé aujourd'hui.

Belinda non plus, de toute évidence, car elle tourna vers elle un regard effaré.

— Je remercie le Seigneur que nous ayons pu nous en sortir indemnes.

Ellis leva la tête et regarda sa mère, une expression inquiète sur les traits. Daisy lui sourit, rassurante, et le serra contre elle.

— N'ayez aucune inquiétude, nous ne risquons rien, mon chéri.

Souvent, Daisy s'était demandé ce qu'elle avait pu faire, durant sa grossesse, pour avoir mis au monde un enfant aussi malingre et peureux. Sinon, comment expliquer cet état de fait ? Il avait neuf ans, n'avait jamais manqué de rien, ne souffrait d'aucune affection apparente et, pourtant, il était si renfermé. Leur médecin de Londres l'avait avertie, plusieurs années auparavant, que son fils était d'une constitution fragile.

— Il est très vraisemblable qu'il demeurera chétif toute sa vie, avait-il déclaré, refermant sa sacoche.

— Chétif ? Que voulez-vous dire par là ? avait-elle demandé, déroutée.

— Chétif, voilà tout, avait répété le médecin.

Et ce, sans égard pour elle, ni pour Ellis, qui était parfaitement en âge de comprendre ce qu'il disait.

— Vous voulez dire qu'il souffrira régulièrement de quelque chose ? avait-elle insisté.

Car il était vrai que, cet hiver-là, son fils avait été constamment malade.

Elle avait entraîné le médecin à l'écart.

— Faut-il s'attendre à pire, encore ?

Le médecin avait haussé les épaules.

— On ne sait jamais comment ce genre de choses peut se manifester, avait-il répondu, l'air absent.

— Je vous prie de m'excuser, mais c'est précisément la raison pour laquelle je vous ai fait venir, avait répondu Daisy, extrêmement agacée. Pour que vous m'expliquiez de quoi il souffre exactement et comment cela se manifestera.

Le médecin avait poussé un soupir, comme si elle mettait inconsidérément sa patience à l'épreuve.

— Lady Chatwick, il serait trop compliqué d'entrer dans les détails. Vous devez me faire confiance. Sachez seulement que votre fils ne sera jamais un enfant robuste.

Comme on pouvait s'y attendre, confronté à une conclusion aussi drastique, Ellis avait éclaté en sanglots. Daisy avait alors compris que le médecin tenait avant tout à ses honoraires et qu'il n'avait que faire de son fils.

— Dans ce cas, je crains que nous n'en restions là, avait-elle déclaré. Je n'ai absolument aucune confiance en vous.

Puis elle avait aussitôt prié le majordome de le raccompagner.

Le soir, lorsqu'elle s'était plainte de son comportement auprès de son mari, ce dernier l'avait accusée d'avoir manqué de respect au médecin.

Quoi qu'il en soit, Daisy refusait d'envisager un avenir aussi sombre pour son fils. Sa santé était d'ailleurs la seconde raison pour laquelle elle avait entrepris ce qui s'avérait être un voyage de plus en plus dangereux.

La première raison en était Robert. Et s'il était parvenu à la rejoindre à temps à Londres, ce voyage aurait pu leur être épargné.

D'une main distraite, elle effleura la lettre qu'elle conservait soigneusement dans la poche de sa robe.

« Je vous rejoindrai au plus vite, dès que ma commission d'officier sera terminée », lui avait-il écrit.

Mais « au plus vite » n'avait pas été assez rapide pour elle.

— Si ces bandits ne nous attaquent pas maintenant, ils ne manqueront pas de le faire dès que nous serons à Auchenard, dit Belinda, se réinstallant dans son siège, visiblement décidée à inquiéter tout le monde.

— Nous ne risquons absolument rien, dit Daisy, lui faisant les gros yeux.

Ce que, bien entendu, elle ne remarqua pas.

— Ne tenez pas compte de ce que dit Belinda, poursuivit-elle, pressant tendrement le genou de son fils. Cette journée a été éprouvante pour nous tous.

— Il me semble légitime de s'inquiéter, rétorqua Belinda. Nous avons tous eu peur. Ces hommes sont extrêmement dangereux.

— Dois-je vous rappeler que ces hommes extrêmement dangereux ont proposé de nous aider à réparer notre roue ? répondit Daisy, plaquant ses mains sur les oreilles de son fils. Cessez avec cela, à présent ! N'avez-vous pas remarqué ce gentleman, en outre ? Il était si… séduisant.

Belina écarquilla de grands yeux.

— L'Écossais ? Séduisant ? Daisy ! s'exclama-t-elle, interloquée. Les Écossais ne sont pas séduisants. Ce sont des jacobites !

Si Daisy n'avait pas été aussi lasse, elle aurait poursuivi la discussion avec Belinda, arguant qu'elle ne connaissait elle-même aucun Écossais et ne pouvait savoir, de ce fait, s'ils étaient tous traîtres à la Couronne. Jacobites, comme elle disait.

Mais elle regrettait surtout que Belinda n'ait pas été frappée par le charme de cet homme. Elle ne pouvait donc pas partager avec elle son étonnement d'avoir rencontré, sur une route déserte de ce qui semblait être la région la plus reculée de la terre, un inconnu possédant une telle prestance.

Elle poussa un soupir, ôta les mains des oreilles d'Ellis et, se tournant vers la portière, elle regarda défiler le paysage tandis que Belinda se mettait à spéculer, à présent, sur leurs chances d'arriver à bon port.

Pouvait-on imaginer rencontre plus inattendue ? songea-t-elle, sentant le rouge lui monter brusquement aux joues. Mon Dieu, voilà qu'elle pensait de nouveau au bel inconnu. Décidément, elle était incorrigible !

Elle fut parcourue d'un frisson, se remémorant l'émotion insensée qu'elle avait éprouvée face à lui alors qu'elle se trouvait dans une situation si risquée. Elle avait toujours admiré les hommes robustes, virils, mais dans ce cas… C'était pure folie de sa part.

Et pourtant, elle espérait vivement revoir l'inconnu. Elle rêvait de lui arracher un sourire, de voir ses magnifiques yeux bleus s'éclairer de cette lumière qu'il devait être possible d'y faire naître, si les circonstances s'y prêtaient. Elle sentit son pouls s'accélérer, imaginant déjà comment elle s'y prendrait.

Seigneur ! Elle n'était pas seulement incorrigible, elle était folle ! Totalement folle !

Cette tendance à s'enflammer, à fantasmer sur les hommes s'était progressivement manifestée chez elle depuis la disparition de son mari, deux ans auparavant. Dans les salons de Mayfair, elle se laissait volontiers aller au jeu de la séduction et s'imaginait dans les bras d'hommes séduisants, dans les situations les plus osées. Tant et si bien qu'aujourd'hui cette tendance à fantasmer s'avérait souvent incontrôlable. En fait, ce qui manquait à Daisy, c'était un homme. Le corps, les mains, les caresses d'un homme.

Lorsqu'elle avait épousé Clive, un mariage arrangé par leurs familles, c'était un homme robuste. Mais tout de suite après la naissance d'Ellis, il avait contracté une maladie grave, qui l'avait miné, privé de ses forces. Au cours des dernières années de sa vie, il souffrait énormément et était trop éprouvé pour pouvoir exercer son rôle de père auprès d'Ellis et son rôle de mari auprès d'elle. Aujourd'hui, Daisy avait vingt-neuf ans et elle sentait le désir bouillonner en elle, dans le désert charnel qu'était sa vie, tel un fleuve menaçant de briser les rives qui l'enserrent. Et le flux continu de prétendants qui l'assaillaient depuis le décès de Clive venait provoquer plus encore ses désirs.

Mais le bel Écossais n'était pas un prétendant et c'étaient des images bien différentes qui jaillissaient dans son esprit lorsqu'elle pensait à lui. Elle fermait les yeux et s'imaginait kidnappée par lui, emportée sur son cheval fougueux et jetée sur un lit, dans quelque château perdu dans la lande. Elle imaginait ses mains puissantes et fermes sur son corps. Elle se refusait à lui, tout d'abord, puis succombait à ses caresses expertes. Elle imaginait son corps pressant le sien, son sexe puissant planté en elle, et son regard bleu plongeant dans le sien tandis qu'elle jouissait.

Daisy changea soudain de position sur son siège, profondément troublée.

— Quelque chose ne va pas ? demanda Belinda.

L'image du bel Écossais s'évanouit aussitôt.

— Non, répondit-elle, sentant ses joues s'empourprer. Non… Non, tout va bien.

— C'est encore votre corset ? insista Belinda, inquiète. Leurs baleines peuvent s'avérer très dangereuses, le savez-vous ?

poursuivit-elle, se lançant aussitôt dans une diatribe sur la dangerosité des corsets.

Daisy se cala dans son siège, fermement résolue à ne plus penser à l'étranger. Elle se concentrerait sur Londres, sur toutes les raisons qui l'avaient amenée à fuir la capitale.

Elle soupira intérieurement.

Ah oui, le flot terrible des prétendants.

Le testament de son mari lui avait rendu Londres insupportable. Il n'était un secret pour personne que la veuve de Lord Chatwick devait se remarier dans les trois ans suivant la disparition de son mari, sous peine de perdre l'héritage de son fils.

Clive l'avait expliqué à Daisy sur son lit de mort.

— Il me déplairait de vous voir refuser de vous remarier et de dilapider l'héritage de votre fils en vivant à votre guise. Vous pourrez compter sur l'aide de Mgr l'évêque Craig pour trouver un parti convenable. Il veillera à ce que le gentilhomme que vous choisirez d'épouser assure l'éducation d'Ellis au sein des institutions les plus prestigieuses et qu'il possède les relations adéquates pour garantir son départ dans la vie lorsqu'il atteindra sa majorité.

Daisy avait été horrifiée par cette clause tout à fait inattendue. Il lui était déjà difficile d'envisager la fin prochaine de son époux, alors que dire de l'obligation de faire face, en outre, aux projets qu'il avait conçus pour elle après sa disparition.

— Clive, avait-elle protesté, je peux parfaitement m'occuper d'Ellis. Je suis sa mère. Je saurai me montrer à la hauteur.

Son mari avait été pris d'une violente quinte de toux. Lorsqu'elle s'était calmée, il avait posé sa main sur la sienne.

— Vous ferez ainsi que je l'ai décidé, Daisy. Je sais que vous comprendrez.

Mais Daisy n'avait pas compris. Elle ne comprendrait jamais.

Son union avec Clive s'était décidée sur la base de fortunes compatibles et d'intérêts familiaux. Il était de quinze ans son aîné et Daisy était sa seconde épouse, la première étant morte en couches ainsi que leur premier enfant. C'était le type d'union que son éducation l'avait préparée à accepter. Le devoir d'abord. N'était-ce pas ce qu'on lui avait toujours inculqué ?

Mais lors de leur première année de mariage un miracle s'était produit. Daisy s'était prise d'affection pour Clive. Elle avait été une épouse attentive et fidèle et lui avait donné un fils. Et durant toutes les années où il avait été malade, elle était restée à son chevet, alors que d'autres auraient cherché à se distraire ailleurs. Elle lui avait tenu la main lorsque la douleur, implacable, martyrisait son corps. Elle n'avait jamais failli et était demeurée l'épouse qu'elle lui avait promis d'être.

Et pour la remercier de ce dévouement, dans les ultimes semaines de sa vie, il avait ajouté cette clause à son testament. Une clause qui stipulait ce qu'il en serait de son avenir, sans même l'avoir consultée.

Daisy s'était sentie utilisée, méprisée, niée. Voilà donc ce qu'elle représentait pour Clive, un vecteur pour lui donner un fils et conduire ensuite ce fils à sa majorité. Ce qu'elle éprouvait, désirait, était sans importance pour lui.

Et tandis qu'elle s'efforçait de ne pas laisser l'amertume prendre le dessus au cours des jours et des semaines qui avaient suivi la disparition de son mari, la rumeur concernant ses dernières volontés avait commencé à se répandre dans les salons de Mayfair. La fortune des Chatwick était mise aux enchères !

Pour être tout à fait honnête, au début, il n'avait pas déplu à Daisy d'être l'objet de toutes les attentions, après tant d'années passées à s'occuper d'un époux malade. Elle devint très rapidement l'une des femmes les plus courtisées de Londres. Mais il devint très vite évident que ce n'était pas pour elle-même.

Jeune veuve, à la tête d'une fortune importante et sommée

de se remarier au plus vite, elle était devenue la proie convoitée par les aristocrates célibataires qui la poursuivaient de leurs assiduités.

Le temps passant, Daisy avait commencé à se défier de leurs intentions. Elle se sentait étouffer et elle en était venue à ne plus faire confiance à son instinct. Sans compter que l'évêque Craig lui rendait la situation plus intolérable encore, ayant commencé à négocier en son nom, sans qu'elle en soit informée, avec des hommes qu'elle connaissait à peine. Elle avait eu beau lui en faire le reproche, il n'avait rien voulu entendre.

« Votre époux a placé toute sa confiance en moi, je ne saurais la trahir », lui avait-il rétorqué.

Il n'y avait rien que Daisy puisse faire et elle avait commencé à se résigner, à accepter son sort. Et puis, soudain, cinq mois plus tôt, une lettre lui était parvenue, véritable cadeau du ciel. Une lettre de Robert Spivey. Rob.

Il était capitaine dans la marine anglaise, à présent, dans la Royal Navy. Elle n'en savait pas beaucoup plus à son sujet. Il s'était écoulé un peu de plus de onze ans depuis la dernière fois qu'ils s'étaient vus. Daisy l'imaginait marié, avec des enfants et elle pensait qu'il l'avait complètement oubliée. Onze ans, c'était très long en amour.

Elle ne l'avait pas oublié, elle. Il avait été son premier amour. Son seul et véritable amour.

Mais ils étaient si jeunes, à l'époque, si idéalistes. Ils avaient rêvé d'un avenir ensemble. Rien d'extraordinaire ni de grandiose, simplement un avenir pour deux personnes follement amoureuses l'une de l'autre. Un avenir où il n'y avait de place que pour eux deux.

Dieu qu'elle avait été naïve ! Elle passait de longs moments à rêver à la vie qu'ils mèneraient, dans une jolie maison au toit de chaume, avec des jardinières débordant de fleurs aux fenêtres. Ils auraient des enfants. De beaux enfants robustes qui courraient dans les champs de bruyère. Elle aurait un jardin qui ferait sa fierté et dont elle apporterait les fleurs et les fruits aux fêtes de village. Le soir, ils s'étendraient, côte à côte, dans leur lit, Robert et elle, et ils écouteraient leurs enfants dormir, leurs chiens fidèlement couchés à leurs pieds. Puis ils feraient l'amour, tendrement, avec considération et respect.

Quels rêves stupides ! Daisy avait toujours su, au fond, quel chemin il lui faudrait suivre. Elle avait toujours su qu'elle n'y pourrait rien changer. Seule enfant vivante de deux parents âgés, elle était la jolie récompense qu'ils agitaient sous le nez des hommes titrés et riches. Depuis l'enfance, elle savait qu'on la marierait à une famille triée sur le volet et que son mariage consoliderait des alliances et des fortunes. Mais elle avait rencontré Robert et cru naïvement que si deux personnes s'aimaient vraiment, elles trouveraient le moyen de vivre ensemble.

Cependant, aux yeux de ses parents et de la société, Robert n'était pas assez bien pour elle. Il en était conscient et l'avait prévenue, beaucoup plus réaliste qu'elle. Il savait, parce qu'il n'avait ni titre ni fortune et qu'il n'était que le fils d'un vicaire de campagne, que ses parents ne consentiraient jamais à leur mariage. Et, de fait, tandis qu'elle rêvait à une vie idyllique avec Robert, ses parents étaient déjà en train de négocier un mariage avec Clive. Le sort de Daisy avait été scellé sans même qu'elle s'en doute.

Lorsqu'elle l'avait découvert, elle avait supplié Robert de s'enfuir avec elle. Mais Robert, toujours la voix de la raison, avait refusé. « Jamais, je ne pourrais vous déshonorer ainsi », avait-il déclaré, très chevaleresque.

Daisy avait protesté. « Déshonorez-moi ! Emmenez-moi très loin, je vous en supplie. Vous m'aimez, comment pouvez-vous me laisser partir ? »

Mais il l'avait laissée partir. « Vous devez accepter cette décision », avait-il dit.

N'était-il pas ironique que Clive, sur son lit de mort, lui ait signifié, en termes à peu près semblables, de se soumettre à sa volonté. « Vous devez accepter ce que j'ai décidé, Daisy. »

La famille de Robert Spivey était parvenue à lui faire obtenir une charge dans la Royal Navy et il avait quitté le comté de Nottingham sans même lui dire au revoir, la contraignant ainsi à accepter le choix de ses parents.

Les années avaient passé, Daisy avait mûri, et elle était désormais déterminée à ne plus accepter de se laisser imposer quoi que ce soit. Elle n'accepterait pas qu'un vieil évêque lui dise qui elle devait épouser et quand. Il était hors de question que l'une des décisions les plus importantes de sa vie soit conditionnée par la clause arbitraire d'un époux défunt.

C'est alors que la lettre était arrivée.

« C'est avec tristesse et une profonde compassion que j'ai appris la nouvelle du décès de votre époux, avait-il écrit. Depuis toujours, je vous ai gardée dans mon cœur, Daisy. Je ne laisserai pas un autre vous enlever de nouveau à moi… »

Il avait écrit qu'il naviguait toujours, mais que sa charge dans la Royal Navy prendrait fin cette année. Il espérait qu'à ce moment-là, elle accepterait qu'il lui rende visite à Londres.

Daisy avait été stupéfiée. Et brusquement revigorée. Comment était-il possible qu'après toutes ces années son amour pour Robert soit toujours aussi fort ? Et pourtant, elle le sentait bouillonner en elle et, avec lui, revenir l'espoir. Malheureusement, il ne disait pas quand il serait susceptible de venir à Londres. Que signifiait cette année ? Demain ? Dans six mois ? Il serait alors trop tard pour elle.

Elle devait donner à Robert le temps de venir la rejoindre

et, par conséquent, mettre fin à toute cette agitation, cette folie qui s'était emparée de sa vie. La seule façon d'y parvenir était de fuir Londres pendant un temps.

Elle avait discuté de cette lettre et de la situation difficile dans laquelle elle se trouvait avec son amie très chère, Lady Beckinsal. Cette dernière l'avait encouragée à partir, à donner à Robert le temps de terminer sa charge et de venir à Londres la sauver, avant que l'évêque Craig ne la contraigne à accepter une union malheureuse.

« S'il se présente à Londres durant l'été, dites à votre majordome de lui demander s'il souhaite que vous en soyez informée. Il attendra votre réponse s'il tient vraiment à vous », lui avait-elle dit avec assurance.

Un coup frappé sur le toit de la voiture arracha Daisy à ses réflexions. Belinda ouvrit le petit panneau de bois qui les séparait du cocher tandis que Daisy se redressait, faisant la grimace une fois de plus en sentant les baleines du corset meurtrir ses côtes.

— Milady, nous arrivons à Auchenard, dit le cocher.

La voiture ralentissait. Elle bifurqua sur la droite.

Daisy se pencha pour regarder par la vitre. Elle était couverte de poussière, mais elle distingua néanmoins une tour surplombant un mur imposant. La végétation le long de la route était si dense qu'elle ne put rien voir d'autre. Il n'y avait pas le moindre troupeau, ni vaches ni moutons, rien hormis des prairies non entretenues et la forêt.

Quelques minutes plus tard, la voiture s'immobilisait dans une secousse. Ellis se leva, rejoignit sa mère pour jeter un coup d'œil par la vitre.

— C'est Auchenard, maman ?

— Oui.

La portière de la voiture s'ouvrit. De la pointe de sa chaussure, Ellis fit tomber le marchepied, puis il sauta à terre avec plus de vigueur que Daisy ne lui en avait connue depuis des jours. Elle suivit son fils, remit un peu d'ordre dans ses jupes, et fixa la bâtisse en face d'elle.

Belinda sortit à son tour, agitée comme à son habitude. Elle se cogna contre Daisy, se retint à son épaule.

— Oh ! mon Dieu ! s'exclama-t-elle, regardant à son tour la bâtisse.

« Oh ! mon Dieu ! » était la chose la plus aimable que l'on puisse dire. Le vieux pavillon de chasse était beaucoup plus grand que ne s'y attendait Daisy. Il ressemblait plutôt à un château médiéval. La pierre en était sombre et rongée par le temps et du lierre avait poussé librement, recouvrant plus de la moitié de ses murs. De longues vrilles se balançaient dans la brise du début de soirée. Deux tours flanquaient la structure à chaque extrémité. Les fenêtres, quelques-unes obturées, étaient sombres et paraissaient ne pas avoir été nettoyées depuis des années. Il y avait de nombreuses cheminées, dont une était écroulée, mais aucune fumée ne s'en échappait. Auchenard semblait complètement déserté.

— Je croyais qu'un gardien veillait à son entretien, dit Daisy, déçue.

Visiblement, on ne s'était plus occupé de ce pavillon depuis au moins… Peu importait depuis combien de temps. Il était clair qu'il avait été laissé à l'abandon.

— Ah, vous voilà !

La grande porte d'entrée, en bois usé par les intempéries, venait de s'ouvrir, livrant passage à oncle Alfonso, le frère de la mère de Daisy. Il s'avança à sa rencontre au moment où la seconde voiture et les charrettes pénétraient dans l'allée. Sa tignasse de cheveux gris était rassemblée en un catogan à sa nuque, et son corps fin, élancé, vêtu d'une façon qu'elle n'avait jamais vue. Il avait ôté sa redingote, roulé ses manches de chemise et il portait un tablier de cuir.

— Enfin ! J'ai cru que vous n'arriveriez jamais ! s'exclama-t-il, tout sourires. Ellis, mon garçon, viens que je te serre dans mes bras.

Mr Rowley, le majordome attaché depuis longtemps au service des Chatwick, une version d'oncle Alfonso en légèrement plus petit, apparut à son tour à la porte. Il était vêtu de la même manière que son oncle, mais était couvert de poussière.

Il s'inclina.

— Milady.

Oncle Alfonso et Mr Rowley étaient partis une quinzaine de jours en avance, afin de préparer leur arrivée en rendant la maison habitable pour tout le monde. Visiblement, la tâche s'était avérée plus ample que prévu.

— Comme je suis heureuse de vous voir, tous les deux ! s'exclama Daisy. Le voyage a été extrêmement éprouvant. Je désespérais d'arriver jusqu'ici.

— Je commençais à me faire du souci, dit oncle Alfonso, s'inclinant vers elle pour poser un baiser sur sa joue. Vous devez être épuisés. Nous allons vous servir à dîner, mais venez d'abord vous dégourdir les jambes et faire le tour de votre pavillon de chasse des Highlands, ajouta-t-il, ébouriffant les cheveux d'Ellis. Il n'est pas en aussi mauvais état qu'il y paraît à première vue.

Mais en fait, si. Il était en aussi mauvais état qu'il y paraissait à première vue.

L'intérieur du pavillon n'avait rien à envier à l'extérieur. Le sol était couvert d'une épaisse couche de poussière. On distinguait nettement les traces de pieds d'oncle Alfonso et de Rowley partout dans l'entrée. Une odeur de suie et de tourbe humide flottait dans l'air. Les murs en pierre de taille étaient si épais qu'il faisait très froid à l'intérieur. Daisy se doutait qu'il était sans doute nécessaire de faire du feu chaque jour, dans l'ensemble des cheminées, pour parvenir à chasser une telle humidité. Et il faisait sombre, en partie à cause des fenêtres cassées qui avaient été obturées, mais aussi de l'absence de chandelles.

Le pavillon était archaïque. Il ne ressemblait en rien à Chatwick Hall, avec ses pièces inondées de soleil, ses belles tentures de soie damassée et ses tapis d'Aubusson, ses sols en marbre et son mobilier français. Il n'avait rien à voir avec la somptueuse et lumineuse résidence londonienne de Mayfair.

Et pourtant, en dépit de son aspect décati, Daisy n'était pas insensible à un certain charme rustique. Mais il faudrait le travail d'une véritable armada pour rendre ce charme perceptible.

Lorsqu'ils eurent terminé la visite, oncle Alfonso les conduisit dans ce qu'il considérait être le grand salon. Le plafond, soutenu par de solides poutres, s'élevait très haut au-dessus d'eux. Il écarta les lourds rideaux de velours, soulevant un nuage de poussière qui les fit tous éternuer. Lorsque Daisy ouvrit les yeux, elle découvrit avec surprise la vue somptueuse d'une pelouse descendant en pente douce vers un loch. Une brume légère montait de sa surface, dans le crépuscule naissant, et les monts et les collines, au-delà, formaient un écrin tout en nuances de vert sombre, or et pourpre. Elle sourit, émerveillée.

— Tout ce que vous voyez là vous appartient, très chère, dit son oncle.

— Tout ? Vraiment ?

— Tout, confirma-t-il. C'est beau, n'est-ce pas ?

— Il y a tant à faire, dit Belinda, croisant les bras sur sa poitrine. Où pensez-vous trouver la main-d'œuvre pour une pareille tâche ?

— Si nous ne la trouvons pas, nous ferons tout nous-mêmes, rétorqua Daisy.

Elle se tourna vers son oncle.

— N'y avait-il pas un gardien censé s'occuper de l'entretien ?

— Il y en avait un, en effet. Mais il s'intéressait davantage à la boisson qu'à Auchenard. Mieux vaut encore que le pavillon soit vide, plutôt que de le confier à des gredins de la sorte.

Daisy poussa un soupir las. Elle détestait avoir affaire à des domestiques qui n'accomplissaient pas l'ouvrage pour lequel ils étaient rémunérés.

— Que pensez-vous de votre pavillon de chasse, mon chéri ? demanda-t-elle à son fils.

Ellis fronça les sourcils, songeur. Mon Dieu, se désola Daisy. Que cet enfant était sérieux !

— Il y a une pièce, au sommet d'une des deux tours. C'est un lieu idéal pour observer les étoiles, dit oncle Alfonso.

Ellis ouvrit de grands yeux.

— On peut toutes les voir ? Même Orion ?

— Orion ? dit oncle Alfonso, intrigué.

— Le capitaine de notre bateau a enseigné quelques rudiments de navigation à Ellis, durant le voyage, expliqua Daisy.

— Oui, je suis certain que tu pourras voir Orion, confirma oncle Alfonso.

— Peut-être Ellis et Belinda souhaiteraient-ils gagner leurs chambres, à présent, suggéra Daisy, se tournant vers Rowling. Belinda, pouvez-vous veiller à l'installation d'Ellis ? Oncle Alfonso et moi avons à discuter de quelques points.

— Permettez que je dise un mot à Nevis, auparavant, répondit son oncle, emboîtant le pas à Ellis et Belinda.

Daisy demeura un instant debout, écoutant décroître le bruit des bottes de son oncle sur le sol de pierre du couloir. Lorsqu'elle fut certaine d'être seule, elle se laissa tomber sur un canapé encore recouvert d'une housse et posa ses pieds dans un fauteuil. Elle était exténuée et n'avait qu'une envie, dormir dans un bon lit confortable. Elle ferma les yeux et laissa son esprit vagabonder vers le loch, les collines au-delà… et son esprit s'envola aussitôt vers les yeux incroyablement bleus d'un bel Écossais. De nouveau, elle imagina ses mains sur elle, mais dans ce lit confortable, cette fois, et leur caresse douce, infiniment respectueuse…

Combien de temps demeura-t-elle ainsi ? Elle n'aurait su le dire. Mais elle fut soudain réveillée par un gloussement.

Elle ouvrit lentement les yeux et aperçut son oncle, les bras croisés sur son tablier de cuir, amusé devant un tel abandon.

— Ne m'en veuillez pas, je vous en prie, dit-elle, se redressant. Le voyage fut une telle épreuve.

— Oui, j'imagine.

Il gagna la table, servit deux verres de vin. Puis il revint vers elle et lui en tendit un.

Daisy bâilla. Elle but une gorgée de vin et fit la grimace.

— C'est tout ce que j'ai pu trouver ici, dans le village de pêcheurs.

— Cette propriété est dans un état lamentable, dit-elle d'une voix chagrinée. Belinda a raison. La somme de travail est considérable. Comment allons-nous pouvoir en faire quelque chose ?

— Je ne sais pas, dit oncle Alfonso.

Il gagna la fenêtre, son verre à la main, et regarda disparaître les dernières lueurs du jour derrière les collines.

Daisy se leva, le rejoignit.

— Peut-on trouver de la main-d'œuvre ?

— Oui, un peu, j'imagine, répondit-il avec un haussement d'épaules. Je vais envoyer Sir Nevis se renseigner, demain. Mais il faudra tous nous y mettre, ma chérie.

Il glissa un bras autour des épaules de Daisy. Elle sourit.

— Seriez-vous en train de me signifier que je vais devoir travailler ? demanda-t-elle, feignant la surprise.

— Nous aurons besoin de tous les bras.

Daisy posa un baiser sur sa joue, puis elle s'écarta, se mit à ôter les épingles de ses cheveux.

— Il ne faudra pas compter sur Belinda. Quant à moi, rien ne peut me faire davantage plaisir. Je ne supporte plus de rester assise, toute la journée, sans autre activité que les commérages et les travaux d'aiguille.

Daisy n'avouerait jamais à son oncle qu'elle était atterrée par l'immensité de la tâche à accomplir. Elle garderait ses angoisses pour elle.

— Dois-je envoyer chercher Mr MacNally, le prétendu gardien ? demanda-t-il.

Daisy savait qu'il fallait qu'elle règle ce problème, c'était évident. Mais, pour l'instant, une seule chose importait. Elle était épuisée, elle avait besoin d'un bon bain et avait hâte de se débarrasser de ce maudit corset.

— Je m'en occuperai demain, dit-elle, avec un sourire las.

Dans l'immédiat, elle allait cesser de penser aux tâches qui l'attendaient, au piteux état des lieux et à leur inhospitalité et ne songer qu'à un bel inconnu. Un Écossais au troublant regard bleu.

Chapitre 3

Cailean leva la tête en entendant Flamme aboyer soudain devant la maison. Il vivait seul à Arrandale et il y construisait sa maison pratiquement seul, aussi. Il était rare que quelqu'un y vienne, hormis quelque main-d'œuvre dont il louait parfois les services pour l'aider à monter un toit ou poser un sol.

Aujourd'hui, toutefois, il attendait de la visite, celle de son frère Aulay. Mais ce dernier n'arriverait pas par ce côté. Il arriverait en bateau, par le loch. Il apporterait le vin et le thé qu'ils avaient récemment ramenés de France, sans les déclarer aux autorités douanières.

Raison de plus pour se méfier du visiteur qui se présentait à sa porte. Il gagna l'entrée, se saisissant d'un mousquet au passage.

— Arrandale ! entendit-il appeler d'une voix forte, derrière la porte.

Il l'ouvrit, brandit le mousquet.

Paidrig MacNally eut un mouvement de recul. Il leva les mains en l'air, trébucha sur Flamme qui battait frénétiquement le sol de la queue, ravie d'avoir de la visite.

— Que venez-vous faire ici ? demanda Cailean d'un ton bourru.

MacNally se lança dans une diatribe en gaélique. Il y était

question d'une étrangère et des années passées à se dévouer au service des autres, sans y gagner la moindre reconnaissance.

Cailean grogna, exaspéré, et baissa son mousquet.

— Pour l'amour du ciel, reprenez votre souffle. Je ne comprends rien à ce que vous racontez.

MacNally s'interrompit. Il inspira profondément, puis reprit, toujours en gaélique.

— Une lady vient d'arriver et elle m'a renvoyé !

Il avança d'un pas, prudemment, et s'essuya le nez du revers de la main. Le kilt qu'il portait était sale et, malgré la distance, Cailean sentit la forte odeur de whisky qui flottait sur lui. Ce n'était guère surprenant. Tout le monde savait que tous les MacNally de cette vallée étaient des ivrognes.

— Je me retrouve sans travail.

— À qui la faute ? soupira Cailean.

— J'ai passé quatorze ans à m'occuper d'Auchenard, gémit MacNally.

— T'en occuper ? Ce n'est qu'un tas de vieilles pierres.

— Le vieux refusait d'envoyer de l'argent pour les réparations, insista-t-il, au bord des larmes. Qu'est-ce que je devais faire, laird ? J'ai besoin de votre aide, dit-il, joignant les mains et les tendant vers Cailean. S'il vous plaît.

Cailean eut un haussement d'épaules agacé.

— Que voulez-vous que j'y fasse ?

MacNally n'était pas un membre du clan MacKenzie et Cailean n'avait aucune envie de le voir traîner chez lui. On ne pouvait pas lui faire confiance et Aulay allait arriver d'un moment à l'autre avec la marchandise. Ils l'entreposeraient ici jusqu'à ce que vienne le moment opportun de la vendre. Ce qui signifiait jusqu'à ce qu'ils soient certains de ne pas être poursuivis pour avoir « oublié » de déclarer leur cargaison aux autorités.

— J'ai essayé de discuter avec elle, mais mon anglais est

mauvais, continua de se plaindre MacNally. Et elle parle, laird. Elle parle sans s'arrêter. On ne peut pas en placer une.

Bon sang.

Cailean songea à la femme qu'il avait rencontrée sur la route, la veille. Celle qui l'avait littéralement dévoré des yeux. Il n'y avait pas une journée qu'elle se trouvait à Auchenard que, déjà, elle avait renvoyé l'homme qui avait gardé un œil sur une propriété qui, à sa connaissance, était tout sauf abandonnée.

Voilà comment se comportaient les Anglais, les Sassenach comme on les appelait ici. Ils apparaissaient un beau jour, comme sortis de la brume, pour prendre ce qui leur convenait et exiger que change un mode de vie qui prévalait dans ces collines depuis des siècles. Cailean avait vu beaucoup de ces pillards, mais aucun qui l'intrigue autant que cette femme. Elle avait des yeux de chat rusé, d'un vert troublant, qui évoquait pour lui la couleur très tendre des poires nouvelles, au début de l'été. Elle possédait également une très jolie silhouette. Pour être tout à fait honnête, elle était franchement belle.

Elle l'avait surpris, et pourtant, Cailean n'était pas homme à se laisser facilement surprendre. Mais avec la rumeur qui ne cessait d'enfler concernant une nouvelle tentative pour restaurer un Stuart sur le trône, les tensions étaient grandes entre Highlanders et, a fortiori, entre Anglais et Écossais. De la part d'une lady anglaise aussi belle, oser débarquer ainsi dans les Highlands, c'était vraiment chercher les ennuis.

Oui, cette femme était belle et surprenante. Et totalement anglaise. Ce pauvre MacNally ne faisait pas le poids face à elle !

— Bon, attendez ici, dit Cailean.

Il traversa la maison, gagna l'arrière afin de laisser un message à son frère.

MacNally était venu à pied et c'est à pied qu'ils parcoururent le mile qui les séparait d'Auchenard. Ils traversèrent les bois, débouchèrent près de l'allée. Elle était envahie par les herbes. Le gazon n'avait plus été tondu depuis longtemps et, en s'approchant, Cailean constata que les vitres des fenêtres étaient très sales.

Il s'arrêta, se tourna vers MacNally. Ce dernier n'eut pas besoin d'explication, le regard était éloquent.

— Je vais m'en occuper, laird, s'exclama-t-il. C'est promis.

Cailean poussa un soupir et reprit son chemin vers la maison. Il ne croyait pas un mot de ce que disait MacNally, mais ce n'était pas ce dernier qui le préoccupait.

Arrivé à la porte d'entrée, il frappa plusieurs coups sonores. Au bout d'un moment, un homme en manches de chemise et tablier de cuir ouvrit la porte.

— Sir ?

— Lady Chatwick, dit Cailean.

L'homme parut surpris. Il regarda tour à tour les deux étrangers qui lui faisaient face.

— Qui dois-je annoncer ? demanda-t-il, mal à l'aise.

— Le laird d'Arrandale.

Il parut choqué. Il hésita, jeta un regard désapprobateur à MacNally.

— Dépêchez-vous, dit Cailean. Je n'ai pas que cela à faire.

L'homme hocha brièvement la tête et disparut dans l'entrée sombre et froide de la maison.

Un moment s'écoula, puis des voix masculines résonnèrent, suivies de bruits de pas. On aurait cru qu'une armée s'avançait derrière cette porte. Mais n'apparurent en fait que Lady Chatwick, son majordome et deux autres hommes. Cailean avait déjà vu l'un d'eux. C'était celui qui avait brandi une épée, la veille. L'autre lui était totalement étranger.

Lady Chatwick avait l'air soucieux en franchissant la porte, mais dès qu'elle l'aperçut, une chose étrange se produisit. Un sourire illumina si vite et si intensément son visage qu'il en demeura interdit.

— Vous, de nouveau ! s'exclama-t-elle.

Et, au son de sa voix, elle paraissait… ravie ?

Elle n'aurait pas dû être ravie de le voir et Cailean la regarda, méfiant. Elle était vêtue très simplement, ses cheveux relevés en chignon. Elle ne portait aucun bijou et, l'espace d'un instant, il vit battre son pouls dans le petit creux à la base de son cou.

Il détourna les yeux.

— Bon, dit-il, d'un ton impatient.

Elle sourit, de façon plus éclatante encore, si c'était possible. Qu'avait-elle à sourire ainsi ? Il n'aimait pas cela. Son attitude le déstabilisait. Elle n'aurait pas dû lui sourire de cette façon, elle aurait dû être en train de trembler dans ses petites chaussures ridicules.

— Je vous prie de m'excuser, dit-elle, remettant en place une mèche rebelle. Nous venons juste d'arriver, comme vous le savez, et je crains que nous ne soyons pas encore prêts à accueillir des visiteurs. J'avais espéré arriver à Auchenard une semaine plus tôt, mais le voyage depuis Londres a été si éprouvant que nous avons pris du retard. Il y a d'abord eu cette mer agitée, puis toutes ces collines à franchir.

Qu'est-ce qu'elle avait à bavarder ainsi ?

— Ces collines, rétorqua-t-il d'un ton brusque, sont à l'origine du nom de cette contrée, les Highlands. Si l'on y vient, on peut raisonnablement s'attendre à en trouver. Et je ne suis pas venu vous rendre visite.

Elle écarquilla ses grands yeux verts, surprise. Puis elle se mit à rire. Un rire léger et doux, au milieu de tous ces hommes.

— Je vous suis reconnaissante de ne pas chercher à dissimuler votre opinion sous quelque formule poétique. Bien sûr, vous avez raison, j'aurais dû m'y attendre.

À cet instant, un jeune garçon se faufila jusqu'à elle et, à demi dissimulé dans ses jupes, lui jeta un regard plein d'appréhension.

— Ah, vous voilà, mon chéri.

Elle se tourna légèrement, posa les mains sur les épaules du garçon et le fit avancer devant elle.

— Puis-je vous présenter ma famille ? Mon oncle, Mr Alfonso Kimberley, commença-t-elle, désignant l'homme le plus grand des deux. Et voici Sir Nevis, que vous avez déjà rencontré, ajouta-t-elle, une lueur amusée dans le regard.

Sir Nevis avait la main posée sur le pommeau de son épée. Les deux hommes le regardaient avec méfiance comme si c'était lui l'intrus. Cailean grommela intérieurement. Il se moquait de savoir qui ils étaient et n'avait que faire de ces présentations.

— Et voici mon fils, Lord Chatwick.

Le garçon recula contre elle et disparut quasiment dans les plis de sa robe. Mais elle le poussa de nouveau vers l'avant d'un geste très doux. Il paraissait âgé de sept ou huit ans. Il était frêle et pâle, ses cheveux blonds plaqués sur la tête. Cailean se demanda s'il n'était pas malade.

— Ellis, pourriez-vous saluer monsieur ?

Le garçon croisa les mains dans son dos et s'inclina, très raide.

— Monsieur.

— *Latha math*, répondit instinctivement Cailean.

Le gamin le fixa, interloqué.

— J'ai dit « Bonjour. » N'avez-vous jamais entendu un Highlander parler ?

— J'avais pensé que vous étiez peut-être anglais, dit Lady Chatwick.

— Anglais ! s'exclama-t-il, outré.

Bon sang ! Il n'avait rien d'un Anglais. Et il portait un pantalon en tartan écossais.

— Non, répondit-il d'un ton bourru, se sentant insulté par sa remarque.

— Ce n'est tout de même pas si mal, d'être anglais, dit-elle d'une voix légère, lui adressant un petit sourire.

Si, ça l'était !

— Je suis écossais, affirma-t-il sèchement.

— Admettez que vous avez une pointe d'accent anglais, fit-elle remarquer.

Que se passait-il ici, au juste ? Il était venu pour parler du travail de MacNally, pas de son accent. Ce dernier le regardait, horrifié. Cailean imaginait sans peine que cette histoire allait faire le tour de la vallée et qu'on finirait par dire qu'il avait été aimable avec les Anglais ou quelque bêtise de ce genre. Dans cette vallée, les ragots allaient bon train.

— Ma mère est anglaise, dit-il pour en finir.

— Vraiment ? s'exclama Lady Chatwick, toute heureuse. Qui est…

— Je ne suis pas venu pour échanger des civilités, dit-il avec brusquerie, la coupant. MacNally m'a rapporté que vous l'aviez démis de ses fonctions.

— Peut-être conviendrait-il que je m'entretienne moi-même de cette affaire avec monsieur, dit oncle Alfonso, s'avançant au côté de Daisy.

— Non, ce n'est pas nécessaire, répondit-elle, très aimable. Je suis certaine que monsieur n'a pas de mauvaises intentions.

Non, il n'avait aucune mauvaise intention, mais comment pouvait-elle en être aussi certaine ? Il pouvait s'avérer dangereux quand il en avait envie et il serait sans doute bien avisé de le lui faire savoir. Mais elle parlait de nouveau.

— J'ai, en effet, relevé Mr MacNally de ses fonctions, dit-elle, inclinant la tête avec grâce, comme s'il venait de lui adresser un compliment et qu'elle l'acceptait. Il m'a paru indispensable de le faire, comme je le lui ai expliqué. Ne vous l'ai-je pas expliqué, Mr MacNally ? Je pensais que nous étions d'accord pour reconnaître qu'il existe certaines exigences lorsqu'on emploie une personne à son service.

MacNally regarda Cailean.

— Vous voyez ? dit-il en gaélique. Elle dit tellement de choses et si vite.

Cailean l'ignora.

— Cet homme s'occupe d'Auchanard depuis plus de quatorze ans.

— Il est exact qu'il a été employé tout ce temps pour s'en occuper. Mais il semblerait qu'au fil du temps, il ait oublié de le faire, ajouta-t-elle, fixant d'un air entendu la fenêtre cassée derrière elle.

— Je n'avais pas d'argent, dit MacNally en gaélique.

Visiblement, il comprenait l'anglais beaucoup mieux qu'il ne voulait bien l'admettre.

— Il dit que votre mari n'envoyait pas les fonds nécessaires aux réparations.

— Vraiment ? répondit-elle, haussant un joli sourcil blond. Mon mari est décédé depuis plus de deux ans et je n'ai jamais reçu la moindre demande d'argent pour effectuer des réparations. En revanche, j'ai toujours veillé à ce que les appointements de Mr MacNally lui soient versés en temps et en heure.

Elle fixa Cailean, le mettant au défi de la contredire.

Cette petite joute oratoire avec elle titillait Cailean. Il en avait perdu l'habitude. Il détourna les yeux de son regard vert pour s'adresser à MacNally.

— C'est vrai ? Vous n'avez pas demandé d'argent ? demanda-t-il en gaélique.

— Comment j'aurai pu le faire ? Personne n'est jamais venu.

Cailean le fixa d'un regard noir.

— Pourtant, vous vous êtes toujours débrouillé pour récupérer votre paye, apparemment. Vous savez certainement d'où elle vient.

MacNally eut un haussement d'épaules. Il se gratta la barbe, le regard perdu vers les collines.

— J'ai fait du mieux que j'ai pu, dit-il, sur la défensive.

— Pardon ? demanda Lady Chatwick, très poliment. Qu'a-t-il dit ?

Cailean eut une brusque intuition. Il fixa MacNally d'un regard dur.

— Avez-vous fabriqué du whisky, ici ? demanda-t-il en gaélique.

Le visage de MacNally s'empourpra.

Cailean répondit par une bordée de jurons. Il était déjà suffisamment dangereux que son frère et lui entreposent du vin et du thé à Arrandale. Alors, installer une distillerie clandestine dans la propriété d'un anglais, voilà qui relevait de la pure inconscience !

— Vous avez de la chance de ne pas vous être fait prendre, rétorqua-t-il, furieux. En tout cas, n'espérez plus rien ici. Allez voir à Balhaire s'il y a du travail pour vous. Et vite, avant que les autorités s'en mêlent.

À la seule mention des autorités, MacNally ne se fit pas prier et décampa.

Cailean se tourna vers Lady Chatwick et les hommes derrière elle. Elle souriait. Pas eux.

— Je vous prie de m'excuser, dit-il, mécontent. Il semblerait que nous vous ayons dérangés pour rien.

— Pas du tout. Ce n'est rien, répondit-elle.

Bon sang, elle se comportait comme si toute cette histoire n'était qu'une plaisanterie. Il se détournait déjà pour partir.

— My lord ! appela-t-elle. Puis-je me permettre… D'où arrivez-vous ?

Caileen s'arrêta, se retourna lentement vers elle. Pourquoi lui posait-elle cette question ? Il était un Écossais dont le grand-père anglais avait été traduit en justice pour trahison. De plus, il s'adonnait à la dangereuse activité de la contrebande, faisant entrer dans son pays des marchandises, au nez et à la barbe de vaisseaux anglais qui l'avaient plus d'une fois poursuivi et qu'il avait semés. Les autorités anglaises avaient très bien pu dépêcher cette lady de bonne famille pour l'espionner, mettre un terme à son activité de contrebande, tâche dans laquelle elles avaient lamentablement échoué. De ce fait, il était peu enclin à répondre aux questions qu'elle posait.

Elle avait senti sa méfiance. Elle se tourna vers son fils, le fit rentrer dans la maison. Puis, d'un pas léger, elle le rejoignit sous le porche.

— Je suis curieuse, dit-elle, s'adossant à l'un des piliers.

Ses doigts effleurèrent son décolleté, attirant l'attention de Cailean sur la jolie courbe ivoire de ses seins pigeonnant au-dessus de son corsage.

Il laissa son regard remonter lentement, croisa le sien. Elle lui sourit.

— C'est un secret ?

Serait-elle en train de lui faire du charme ?

— Vous paraissez incroyablement soupçonneux. Si je vous demande cela, c'est parce que vous avez disparu, hier, et que je ne m'attendais plus du tout à vous revoir. Et pourtant, vous êtes là.

— Vous ne me reverrez plus, assura Cailean.

— Non ? Quel dommage !

Son sourire se fit sensuel et il sentit son pouls s'accélérer. Il était abasourdi par l'aplomb de cette lady. Il rencontrait rarement des femmes aussi audacieuses. Mais il était écossais, que diable, il n'allait pas se laisser impressionner !

— Non, vous ne me verrez plus. Et pour cela, vous pouvez remercier vos saints et prier pour que les autres vous laissent en vie.

— Quels autres ?

Elle jouait les idiotes, à présent ?

— Ne comprenez-vous donc pas ? demanda-t-il d'un air profondément dédaigneux. Vous ne devriez pas vous trouver ici.

— Pourquoi ?

Dieu du ciel, elle était idiote. Et totalement inconsciente.

— Parce que nous n'avons que faire des Sassenach, ici. J'imaginais qu'il se serait trouvé quelqu'un pour vous le dire avant que vous n'entrepreniez ce voyage si éprouvant, ironisa-t-il.

— Sassenach…, répéta-t-elle, songeuse. Qu'est-ce que cela signifie, exactement ? C'est un autre terme pour ladies ?

Son sourire fit apparaître des fossettes. Elle s'amusait.

— Cela signifie anglais.

— Rentrez, milady, dit soudain Sir Nevis. Laissez partir cet homme.

Mais cette anglaise, incroyablement téméraire, ignora le conseil. Elle demeura où elle était, traçant du bout du doigt une ligne invisible sur la peau claire, veloutée, de sa gorge, sans cesser de le regarder.

Elle paraissait délicate, fragile. Et absolument pas préparée à affronter un homme comme lui. Une apparence que contredisaient les propos qu'elle tenait. Quelle sorte de femme, née dans la haute société, était-elle pour faire aussi effrontément du charme à un étranger ? Un étranger qui faisait deux fois sa taille ? Et pourtant, elle n'était pas la première anglaise à se comporter de la sorte. Soudain, l'image non désirée d'une autre rose délicate qui, un jour, avait tenu son cœur entre ses mains envahit son esprit.

Il se raidit, fit un pas vers Daisy.

— Faut-il être insensée, Lady Chatwick ! Il n'est pas un Écossais dans ces collines qui ait envie de vous voir à Auchenard, vous et les vôtres. Et, malgré cela, vous vous comportez comme si vous vous trouviez à une garden-party.

Elle rit doucement.

— Oh ! soyez assuré qu'il ne s'agit en rien d'une garden-party. D'ailleurs, je n'ai pas de jardin, vous pouvez le constater ! Mais je suis déterminée à en avoir un. Je trouve le paysage tout à fait charmant et le décor de ces collines sans pareil.

Elle laissa son regard glisser effrontément sur lui et sourit, effleurant avec hardiesse ses lèvres de la pointe de sa langue.

Elle le titillait, de nouveau, et il sentit se réveiller en lui quelques réflexes mâles depuis longtemps en sommeil.

Mais l'incrédulité et l'agacement montaient en lui, à présent. Il était resté plus longtemps qu'il n'en avait l'intention et il n'entendait pas demeurer davantage à se laisser interroger.

— Bonne journée, Lady Chatwick, dit-il froidement.

Il se détournait déjà, s'éloignant à grands pas.

— Bonne journée, my lord ! lança-t-elle. Il faudra que vous reveniez à Auchenard. Nous organiserons une garden-party, si cela vous agrée, ajouta-t-elle, partant d'un rire joyeux.

Incroyable.

Cailean fulmina tout le long du chemin de retour jusqu'à Arrandale, furieux qu'une Anglaise lui ait tenu la dragée haute et encore totalement interloqué par son invraisemblable audace.

Elle était téméraire, fougueuse, et ne s'en laissait pas conter. Et en plus, elle était belle. La pire espèce qui se puisse rencontrer.

Mais il était amusant de voir comment, en l'espace d'une seule journée, un long et pénible été pouvait soudain prendre du piquant.

Chapitre 4

28 juillet

Il va falloir reconstruire l'une des cheminées. Mon oncle m'assure pouvoir y parvenir avec l'aide de Mr Green, mais je n'ai aucune envie de le voir s'aventurer sur le toit. Il ne souhaite visiblement pas que je m'en mêle et préfère que je me concentre sur ce qui doit être fait à l'intérieur. Cela risque de m'occuper un moment, le nombre de réparations me paraît incommensurable. Chaque jour, nous découvrons quelque chose de nouveau, ce qui a le don de mettre Belinda dans un état de panique extrême. Je lui ai promis que nous nous en sortirions, mais je dois avouer que j'ai mis plus de conviction dans mes propos que je n'en éprouve. Ellis a très peur de l'obscurité qui règne un peu partout dans le pavillon, en raison de l'absence de fenêtres convenables. En revanche, il est heureux de pouvoir observer aussi nettement le ciel de la fenêtre de sa chambre et il est très occupé à répertorier les étoiles sous la direction de Mr Tuttle. Le pauvre enfant éternue beaucoup et Belinda craint que la poussière ne le rende malade. Elle regrette beaucoup qu'il n'y ait pas véritablement de village afin de pouvoir acheter divers articles et craint de ne pas avoir emporté suffisamment de peintures pour réaliser ses travaux artistiques. Elle a hâte que les réparations soient terminées pour pouvoir s'y mettre.

Je sais que Belinda et Ellis n'aiment pas ce pavillon et je m'en veux d'avoir commis l'erreur de les amener dans un lieu aussi désagréable.

L'Écossais est venu prendre la défense de MacNally. Il est clair que je ne l'intéresse pas du tout. Il ne sourit pas, ne me trouve visiblement pas drôle. Il a le teint hâlé. Il doit passer beaucoup de temps au grand air. Ses yeux si étonnamment bleus n'en ressortent que davantage. Et sa bouche aussi.

C'est étrange, mais j'aime assez Auchenard. Il y règne un grand calme et la nature est encore si sauvage. Je pense qu'il serait même très agréable d'y vivre, pour peu que l'on puisse se passer de la société de ses semblables.

En vérité, Daisy se sentait très coupable d'avoir entraîné toute sa maisonnée à Auchenard. Elle savait que le pavillon était isolé et qu'il était demeuré longtemps inhabité. Mais elle ne s'attendait pas à le trouver aussi isolé, ni dans un tel état d'abandon. Tout cela parce qu'elle n'avait pas prêté suffisamment attention lorsque le notaire de son mari avait tenté de lui expliquer la situation.

La vérité concernant Auchenard se trouvait dans les documents de la succession qu'il avait souhaité consulter avec elle, peu après le décès de Clive. À l'époque, Daisy avait refusé de se livrer à un examen qu'elle imaginait fastidieux, au sujet d'un pavillon de chasse aussi éloigné. Elle était épuisée après le décès de Clive et l'Écosse lui paraissait le bout du monde. De plus si ce pavillon existait, c'était pour les besoins de la chasse, une activité qui ne l'intéressait absolument pas. D'où son indifférence totale à ce sujet.

Jusqu'à ce qu'elle ait besoin d'un lieu où se réfugier.

Et maintenant ? Plus d'une fois, Daisy avait songé sérieusement à remettre Ellis dans la voiture et à regagner Londres, quel que soit leur état de fatigue à tous.

Lors de la première visite qu'elle avait effectuée, elle avait été totalement effarée par ce qu'elle avait trouvé dans le pavillon : un intérieur sombre, un mobilier en piteux état et un décor cauchemardesque de têtes de cerfs pratiquement dans toutes les pièces.

— Très bien, avait-elle dit, la visite terminée. Il ne reste plus qu'à nous mettre au travail.

Elle l'avait dit avec assurance, comme s'il lui était coutumier de visiter des pavillons de chasse et de les restaurer.

— Nous allons rassembler notre petite armée et nous atteler à la tâche.

— En présumant qu'aucun d'entre nous ne tombe malade, avait déclaré Belinda, très sombrement, derrière le mouchoir de dentelle qu'elle gardait en permanence pressé contre son nez et sa bouche.

Devant tant de défaitisme, la réaction de Daisy avait été immédiate. Elle n'avait qu'une envie, faire d'Auchenard le joyau des Highlands.

Et en effet, au cours des jours qui suivirent, elle travailla autant que les autres à remettre le pavillon en état, frottant, cirant, arrachant les vieux papiers peints, lavant les vitres et les châssis des fenêtres, et déménageant le mobilier inutile. Ils sortirent les tapis, les battirent. On retourna les matelas et l'on fit les lits. Sir Nevis, qui devant regagner l'Angleterre au terme d'une semaine, partit en reconnaissance dans les alentours et revint avec un artisan pour réparer les fenêtres. Il avait également glané des informations sur Balhaire, l'immense propriété des MacKenzie, et le village attenant où l'on pouvait trouver des articles de première nécessité. Et, pour la plus grande joie de Belinda, des peintures.

Malheureusement, au fur et à mesure que les jours passaient, Ellis paraissait de plus en plus abattu. Son précepteur et lui tournaient dans la maison telles deux âmes en peine. Ellis avait envie d'explorer les environs, mais Daisy ne voulait pas les laisser s'éloigner du pavillon. Les paroles de l'Écossais la prévenant de se méfier des autres Écossais l'avaient rendue craintive.

Elle tenta d'intéresser Ellis aux travaux de nettoyage, mais, comme tout enfant de neuf ans, il n'avait guère envie de battre des tapis. Aussi Daisy l'encouragea-t-elle à poursuivre son activité sur les étoiles. Cela l'occupa un moment, jusqu'à ce que toutes celles qui étaient visibles aient été répertoriées. Elle lui demanda alors de venir aider à laver les vitres, mais il se fatigua très vite.

Lorsque Daisy ne consacrait pas son temps à s'efforcer de faire plaisir à son fils, elle travaillait dur, et ce, du matin au coucher du soleil, une expérience toute nouvelle pour elle.

Au départ, Rowley, oncle Alfonso et Belinda avaient tenté de la dissuader de travailler. Une lady ne battait pas les tapis, pas plus qu'elle ne nettoyait les sols. Mais Daisy ignora leurs protestations. Le travail l'apaisait, étrangement. De trop nombreuses pensées l'assaillaient lorsqu'elle demeurait inactive. Qui serait-elle contrainte d'épouser ? Et elle songeait aussitôt aux journées de liberté qui passaient inexorablement. Robert parviendrait-il à la rejoindre à temps ? Pourquoi son fils était-il aussi frêle ? Comment avait-elle pu penser une seconde que se rendre dans les Highlands pouvait être une bonne idée ? Avait-elle commis une erreur en emmenant toute sa famille ici ?

Oui, elle préférait de loin travailler plutôt que de ratiociner. À la fin de chaque journée, elle avait le corps endolori d'avoir fait tant d'efforts, mais c'était une sensation qui ne lui déplaisait pas.

Toutefois, lorsqu'il lui arrivait de ne pouvoir chasser les

pensées de son esprit, elle se surprenait à en vouloir terriblement à son mari défunt. C'était à cause de Clive qu'elle vivait cette situation intenable et le temps n'apaisait en rien sa colère. Elle se sentait trahie par cet homme qu'elle avait respecté et s'était efforcée d'aimer. Elle avait été une épouse dévouée. Comment avait-il pu la traiter avec si peu d'égards ? Comment avait-il pu croire qu'elle courrait le risque de compromettre l'avenir de son propre fils pour ne penser qu'à son plaisir ?

Malheureusement, Clive avait emporté dans la tombe les réponses à ces questions.

À l'issue de leurs premiers quinze jours à Auchenard, Daisy se rendit compte que le pavillon commençait à retrouver un peu de son lustre. Elle était très fière du travail qu'ils avaient accompli. Désormais, elle faisait beaucoup moins attention aux réparations qu'il restait à accomplir et davantage à la vue magnifique qui entourait le pavillon. Par les grandes fenêtres, elle contemplait le loch et les collines qui s'étendaient au-delà et elle oubliait ses soucis.

Lorsqu'elle fut satisfaite du résultat à l'intérieur, elle décida de s'attaquer au jardin. Plus exactement, à ce qui avait dû être un jardin, à une époque. Aujourd'hui, il était devenu une véritable jungle. Une vigne vierge aux branches aussi grosses que son bras grimpait le long des murs et recouvrait une fontaine et son bassin. Les herbes avaient envahi ce qui devait être autrefois une magnifique pelouse. Pleine de courage, elle avait revêtu un tablier de cuir et mis un vieux chapeau de paille trouvé dans les écuries. Puis elle avait coupé des branches, arraché des herbes, jusqu'à en avoir les mains toutes meurtries. À la fin de ces journées de travail, elle s'écroulait littéralement dans son lit et sombrait dans un profond sommeil.

Belinda se plaignait du soleil qui lui donnait des taches de rousseur et altérait son teint. Daisy, elle, s'en moquait.

Tous les matins, elle se levait aux premières lueurs de l'aube, glissait un châle autour de ses épaules et s'asseyait au bord des grandes fenêtres qui, de la chambre de maître qu'elle occupait, offraient une vue imprenable sur le loch. Elle les ouvrait pour jouir de la brume fraîche du matin, sortait son journal d'un tiroir du bureau et y consignait ses notes sur la journée de la veille.

Elle mettait des fleurs à sécher entre ses pages, et des feuilles aussi, notamment d'un arbre qu'elle ne connaissait pas et dont elle avait fait le croquis. Elle avait également dessiné des bateaux glissant sur le loch et un grand cerf aperçu un matin, au-delà du mur d'enceinte, immobile, fixant le pavillon.

La veille, elle avait découvert une arche dans le mur de pierre qui délimitait le jardin. Elle plongeait sa plume dans l'encrier pour en rendre compte dans son journal lorsqu'un mouvement, au dehors, attira son attention.

La brume descendait doucement sur le jardin, mais elle aperçut distinctement un chien qui reniflait le sol dans une partie qu'elle avait désherbée. Il ne s'agissait pas d'un chien ordinaire. Il était énorme, deux fois plus gros que les chiens qu'elle avait coutume de voir. Il avait un poil épais, rugueux d'apparence. Daisy se demanda s'il ne serait pas sauvage, par hasard. Elle se leva, resserra le châle autour de ses épaules et se pencha à la fenêtre pour mieux le voir.

— D'où viens-tu ? murmura-t-elle.

Le chien, la truffe au sol, se dirigeait vers le seul rosier qu'elle était parvenue à sauver.

Elle se précipita aussitôt hors de la chambre, dévala l'escalier et, traversant en courant le grand salon, elle gagna la porte et sortit.

Lorsqu'elle atteignit le jardin, elle ralentit le pas, franchit la grille en marchant sur la pointe des pieds, l'herbe pleine de rosée mouillant ses pieds nus.

Le chien leva brusquement la tête lorsqu'elle s'approcha. Il tendit son museau, narines frémissantes, cherchant à capter son odeur. Daisy s'immobilisa. Le chien ne semblait pas effrayé. Il était simplement curieux.

Elle s'avança vers lui et il se tapit sur le sol, comme s'il s'apprêtait à fuir.

— Ne t'en va pas, murmura-t-elle.

Elle s'accroupit lentement, tendit la main.

— Viens.

Le chien se redressa, la queue levée, l'observant avec méfiance.

Daisy jeta un regard autour d'elle, cherchant quelque chose pour l'attirer. Il n'y avait qu'une rose fanée. Elle tendit la main pour la cueillir et fit la grimace lorsqu'une épine à sa tige lui piqua le pouce. Elle récupéra alors les pétales dans sa main et la tendit.

— Viens, répéta-t-elle.

Cette fois, le chien s'avança doucement, pas à pas, humant l'air, jusqu'à ce qu'il touche Daisy, vienne poser sa truffe contre sa main. C'était une chienne, remarqua-t-elle. Elle desserra ses doigts, révéla les pétales écrasés dans sa paume.

La chienne les renifla, les lécha, puis laissa Daisy la caresser derrière les oreilles. Mais lorsqu'elle eut inspecté les pétales et vut qu'ils ne présentaient aucun intérêt, elle toucha de sa truffe le bras de Daisy, puis partit en bondissant, et disparut par un trou dans la haie derrière laquelle Daisy avait toujours cru qu'il y avait un mur de pierre.

Elle suivit le chemin emprunté par la chienne, écartant l'entrelacs de branches et découvrit une ouverture étroite, là où le mur de pierre s'était en partie écroulé. Elle enjamba le tas de pierres, repoussa les longues tiges emmêlées d'une clématite et se glissa dans l'ouverture, débouchant soudain de l'autre côté dans un grand pré.

Elle jeta un coup d'œil autour d'elle et aperçut la chienne qui s'en allait en bondissant en direction d'un homme juché sur un énorme cheval. La peur l'assaillit et, soudain, il lui sembla entendre résonner à ses oreilles tout ce que Belinda avait dit concernant ces Écossais si dangereux. Elle recula instinctivement d'un pas, butant contre le mur. À l'instant où elle allait se glisser dans le trou et fuir, elle se rendit compte que la physionomie de cet homme ne lui était pas inconnue.

Brusquement, il lança son cheval dans sa direction. L'animal galopait et, traversant le pré, se rapprochait à vive allure.

Daisy songea qu'elle allait peut-être faire très vite la preuve que Belinda avait raison d'avoir peur, mais elle ne se sauva pas pour autant. Elle resserra son châle autour de ses épaules tandis que l'homme, tirant sur les rênes de son cheval, le faisait piler brusquement devant elle. L'animal se cabra, voulant poursuivre sa course. Daisy eut un mouvement de recul, craignant que le cheval ne la piétine, mais elle se rendit vite compte que l'homme maîtrisait parfaitement sa monture. Elle leva les yeux vers lui, le cœur battant à tout rompre.

L'Écossais plongea son regard dans le sien et Daisy en conçut un tel trouble qu'elle se trouva soudain incapable de se souvenir de son nom. Oh ! mon Dieu, était-ce… Avondale ?

Il laissa son regard glisser lentement sur elle, l'air légèrement étonné. C'est alors que Daisy se souvint qu'elle se trouvait en chemise de nuit et que ses cheveux, qu'elle n'avait pas coiffés, tombaient librement sur ses épaules. Elle sentit soudain le rouge lui monter aux joues.

— *Madainn mhath.*

Il la dominait de toute sa hauteur, viril, superbe, et Daisy sentit toute pensée rationnelle déserter son esprit. Elle n'avait plus qu'une envie, s'approcher, le toucher.

— Bonjour, Lord Avondale.

Il bougea impatiemment sur sa selle.

— Arrandale, corrigea-t-il.

Ah oui. C'était cela. Arrandale. Elle eut une petite moue, comme pour s'excuser, mais prit soin de ne rien montrer de son trouble.

— Je vous demande pardon, dit-elle, s'inclinant. Lord Arrandale.

Elle se releva aussitôt, inspira profondément et desserra les doigts qu'elle maintenait crispés sur le châle. Il ne convenait pas de montrer quelque appréhension que ce soit face à un homme comme lui.

Dieu du ciel, il était encore plus éblouissant que dans son souvenir ! Il portait le kilt, aujourd'hui, exposant à son regard ses genoux, le départ de ses cuisses musclées. Elle s'imaginait posant une main sur sa jambe, en sentant la puissance sous sa paume… Un petit frisson de désir parcourut ses reins.

Il la regardait, méfiant, comme s'il avait deviné le cours de ses pensées.

— J'ai aperçu votre chienne, dit-elle très vite, s'efforçant de se justifier.

Elle désigna l'animal du menton.

— Elle se trouvait dans mon jardin.

Arrandale jeta un bref coup d'œil à la chienne qui les avait rejoints. Puis il se tourna de nouveau vers Daisy, la regardant comme s'il n'avait jamais vu de femme pieds nus et en chemise de nuit.

Il inclina la tête.

— Il s'est passé quelque chose ? Le pavillon a brûlé ? Vous avez été attaqués ?

S'était-il passé quelque chose ? Elle n'aurait su le dire. Elle était bouleversée et son cœur battait comme un fou dans sa poitrine, voilà tout.

— Non, répondit-elle.

— Non ?

Il plongea de nouveau son regard dans le sien.

— Ce n'est pas souvent que l'on rencontre une lady dehors, en vêtements de nuit. Si ?

Il leva un sourcil, la mettant au défi de le contredire.

— Vous me trouvez un peu folle.

— Totalement. Je crois l'avoir déjà dit. Je vous trouve insensée.

Il avait parlé d'un ton si détaché, si froid, que Daisy, surprise, ne put s'empêcher de rire.

— Trouvez-vous donc ma tenue si choquante ? demanda-t-elle, tandis qu'elle ouvrait effrontément son châle, révélant l'étoffe légère de sa chemise de nuit.

Le cheval fit un écart. Arrandale réajusta sa prise, desserrant un peu les rennes.

— Vous avez envie de me choquer, c'est cela ?

Elle rit, incrédule, comme peut rire une jeune femme devant un homme qu'elle trouve attirant. Les hommes qu'il lui arrivait de provoquer, à Londres, semblaient ne jamais comprendre son envie de badiner avec eux. Cet Écossais, en revanche, semblait très bien la comprendre.

— Vous aimez jouer avec les hommes, n'est-ce pas ?

— Jouer ! Je ne joue pas avec vous, my lord. Je chasse votre chienne de mon jardin.

Un étrange sourire apparut sur ses lèvres.

— Ah oui, le jardin… À quoi bon vous en défendre, de toute façon. Je ne me sens en rien offensé.

Daisy se mit à rire. Un rire irrépressible.

— Vous êtes un homme extrêmement désagréable, dit-elle.

— Moi ?

— Vous êtes le premier que je vois se plaindre d'un peu de badinage. Mais croyez-vous sincèrement que je me sois précipitée dans cette prairie, à peine le jour levé, mue par le maigre espoir que vous puissiez passer par là ? Pensez-vous que je sois sortie, en tenue de nuit, dans le seul but de vous charmer ?

Il se pencha sur l'encolure de son cheval et la regarda droit dans les yeux.

— Je ne pense pas que vous soyez sortie dans cette intention. Mais je pense que vous ne laissez passer aucune occasion de le faire.

Il espérait peut-être l'offenser par cette remarque, mais elle ne fit que lui donner plus envie encore de poursuivre son petit jeu de séduction.

— Vraiment ? Et peut-on savoir ce qui vous permet de tirer une conclusion aussi extravagante ?

— Le rose à vos joues, dit-il. L'éclat dans vos yeux.

— Le rose à mes joues n'est peut-être que l'effet du soleil. Et l'éclat dans mon regard, celui de la brume qui se lève.

— Et si vous laissez votre épaule nue, c'est sans doute en raison de la douceur de l'air, rétorqua-t-il.

Daisy regarda son épaule. Elle ne s'était pas rendu compte que sa chemise de nuit avait glissé. D'un geste d'une lenteur délibérée, elle la remit en place.

— Cela, c'était involontaire.

Arrandale eut un petit rire.

— N'allez pas penser que je suis naïf. Je connais fort bien les femmes.

Il les connaissait et il s'en vantait, en plus.

— Ainsi, vous connaissez fort bien les femmes, répéta Daisy comme s'il s'agissait d'une révélation pour elle. Et vous me faites la grâce de m'en informer, ajouta-t-elle, saisissant un pan de sa chemise de nuit et s'inclinant avec élégance, tout à fait consciente de lui offrir ainsi une vue imprenable sur sa gorge, la rondeur de ses seins.

Un frisson délicieux la parcourut. Il était si peu dans ses habitudes de se conduire ainsi. Jamais, elle ne s'était exposée de la sorte devant personne.

Lorsqu'elle se releva, il lui plut de lire le trouble dans le bleu profond de ses yeux.

— Eh bien, sachez que pour ma part je connais fort bien les hommes. Vous aviez dit que je ne vous reverrais plus et pourtant, vous voilà. Je sais que lorsqu'un homme apparaît tout près de la demeure d'une dame, chevauchant alors qu'il n'a, de toute évidence, aucune destination précise en tête, c'est qu'il a l'intention de la rencontrer d'une manière ou d'une autre, conclut-elle d'un air effronté.

Un sourire apparut lentement sur les lèvres d'Arrandale. Un sourire carnassier qui fit courir des picotements dans tout son corps.

— Vous parlez comme un homme, dit-il.

— Pourquoi s'exprimer avec franchise serait-il réservé aux hommes ? Pourquoi les femmes ne devraient-elles parler que lorsqu'on les y invite, ne jamais prendre l'initiative de la séduction et se contenter d'acquiescer à ce que vous dites, vous les hommes ?

Il leva un sourcil, surpris.

— Quelle impudence, Lady Chatwick. Je n'ai jamais dit que je désapprouvais quoi que ce soit. Il se trouve que je n'ai que faire des fragiles et pudiques petites fleurs anglaises. Je préfère les femmes qui croquent la vie à belles dents. Néanmoins... Il ne m'intéresse pas de jouer au jeu de la séduction avec vous.

Daisy écarquilla les yeux, surprise. Personne ne lui avait jamais dit une chose pareille, surtout depuis le décès de Clive.

— Je vous demande pardon ? dit-elle froidement, vexée par son impertinence, cette fin de non-recevoir brutale.

Arrandale eut un large sourire, amusé de la voir s'irriter.

— J'imagine que c'est un grand choc pour vous que de constater que vous n'intéressez pas tous les membres du sexe masculin. Mais c'est le cas.

Il la salua d'un petit signe de tête.

— *Latha math*, Lady Chatwick. Je vous laisse regagner vos appartements et vous vêtir.

Tirant sur les rênes de son cheval, il lui fit faire demi-tour. Puis, sifflant sa chienne, il partit au galop.

Daisy le regarda s'éloigner sur son puissant cheval, la chienne bondissant à ses côtés.

Voilà un homme qui ne craignait pas de l'offenser. Qui refusait de la flatter. Qui ne feignait pas de s'intéresser à elle dans le seul but de s'approprier sa fortune. Et aussi vexée soit-elle de s'être fait rabrouer, elle ne pouvait s'empêcher de l'admirer.

Elle regagna ses appartements et reprit sa place à la fenêtre pour relater dans son journal cette rencontre avec Lord Arrandale, réprimant un sourire en se souvenant de ce qu'il avait dit : « J'imagine que c'est un grand choc pour vous… »

Il avait raison. C'en était un.

Elle prit deux des pétales de rose qu'elle avait tendus à la chienne et les glissa entre les pages de son journal.

Chapitre 5

Le vent s'était mis au nord, apportant l'air frais qui laissait espérer que le long été, chaud et éprouvant, prendrait bientôt fin. Cet air vivifiant revigorait Cailean. Monté sur Odin, son cheval préféré, il galopait, heureux, à flanc de colline, en route vers Balhaire, l'immense forteresse qui se dressait en bord de mer et où il était né. Elle paraissait presque surnaturelle lorsque la brume montait de la mer, comme aujourd'hui, enveloppant de ses longues écharpes ses remparts et ses chemins de ronde crénelés. Comme à l'accoutumée, le village qui s'étendait en contrebas fourmillait d'activité et de membres du clan MacKenzie. Cailean connaissait ce lieu par cœur. Il y avait grandi, appris à se battre et à naviguer. En un mot, à devenir un Highlander.

Il passa au trot les grilles de la forteresse, puis mit pied à terre, tendant les rennes d'Odin à Sweeny le Jeune, qui, comme son père avant lui, commandait les gardes.

Une rafale de vent balaya la cour, soulevant l'ourlet du kilt de Cailean. Il pénétra à l'intérieur, accueilli par le brouhaha des voix provenant de la grande salle. Elle devait être pleine de MacKenzie, comme chaque jour. Une nuée de cousins au premier ou second degré buvant leur comptant de bière.

Cailean pénétra dans la pièce et la traversa, fendant la foule tel un prince royal. Il était l'héritier destiné à prendre la tête des MacKenzie, le futur laird du clan. Il répondit avec enthousiasme à ceux qui le saluaient, faisant se dresser quelques chiens paresseux au passage.

Il grimpa lestement les marches de l'estrade sur laquelle ses parents avaient pris place. Son père, Arran MacKenzie, le laird de Balhaire, sourit, ravi de voir arriver son aîné.

— Cailean, mon fils, dit-il, lui tendant la main. Quel bon vent t'amène ?

— C'est une magnifique journée pour sortir à cheval, *Athair*, répondit Cailean, se penchant pour poser un baiser sur sa tête. Comment va la jambe ?

Son père eut un haussement d'épaules.

— *Och*, elle est toujours attachée à mon corps.

Cette jambe était un sujet de préoccupation. Quelques années auparavant, Arran avait eu un accident en voulant dresser un cheval. Une mauvaise fracture qui avait guéri, mais sa jambe n'avait plus jamais été la même. Et maintenant, elle le faisait souffrir presque en permanence. Rien ne semblait pouvoir le soulager. Il avait consulté nombre de médecins, en Angleterre et en Écosse, et même la vieille guérisseuse qui continuait de soigner certains membres du clan avec des herbes. Rien n'y faisait, hormis une dose journalière de laudanum, ce que le laird refusait de prendre.

Plus tôt, dans l'été, il avait dit à Cailean qu'il était temps qu'il se prépare à prendre la tête du clan.

— Cette jambe m'occupe trop l'esprit, lui avait-il dit en la massant.

— Tu n'as pas encore besoin de moi, avait protesté Cailean.

Il se trouvait au beau milieu de la construction d'Arrandale, son propre fief, sur les terres que lui avait données son père. Il naviguait fréquemment avec Aulay. Il ne se sentait pas prêt à assumer la responsabilité du clan MacKenzie.

— Si, j'ai besoin de toi, lui avait répondu son père. Si je n'en étais pas certain, fils, je ne t'en ferais pas la demande. Je ne peux plus continuer comme avant, je ne suis plus un jeune homme et la douleur m'épuise. Je te promets que nous ferons cela petit à petit. Un peu chaque mois.

Ainsi en avait-il été décidé. Cailean assumerait les responsabilités de son père à la fin de l'année. Pratiquement toutes les semaines, il venait siéger avec lui, recevoir des membres du clan, écouter leurs doléances, prendre de leurs nouvelles. Il passait en revue les comptes, apprenait à gérer les finances, l'argent nécessaire pour faire vivre Balhaire et maintenir leur activité commerciale. Cette tâche requerrait toute son attention, chaque jour de l'année, lorsque le temps serait venu.

Sa mère était assise aux côtés de son père. Jamais il n'avait vu pareille prestance chez une femme, surtout maintenant que ses cheveux étaient plus argentés que blonds.

— Où étais-tu, mon chéri ? demanda-t-elle à Cailean, avec cet accent anglais toujours si prononcé après toutes ces années.

Il se pencha pour poser un baiser sur sa joue.

— Je travaillais, *Màthair*. Une propriété, cela ne se construit pas tout seul.

— Et la cargaison ? demanda son père.

Les MacKenzie de Balhaire n'éprouvaient aucune gêne à parler de leur libre-échange. Depuis l'union de l'Angleterre et de l'Écosse, le poids des impôts s'était accru à un point tel que beaucoup de membres du clan luttaient pour s'en sortir. L'objectif d'Arran MacKenzie avait toujours été de maintenir son clan proche de Balhaire, en donnant à ses membres les moyens de gagner leur vie et une raison de demeurer dans la vallée. Ils pensaient tous que la vente de bon vin, de tabac et de thé de qualité, à des prix raisonnables, puisque n'ayant pas à supporter le taux usuraire des taxes que leur imposait la Couronne, était une raison de demeurer dans ce lieu qu'ils aimaient et ils étaient déterminés à faire en sorte que la situation perdure.

Cailean avait fait le point avec son père sur la cargaison ainsi que sur l'avancée des travaux à Arrandale, depuis la dernière fois qu'ils s'étaient vus, quinze jours auparavant. La bâtisse n'était pas finie, mais les travaux avaient si bien avancé qu'il avait pu s'installer dans une pièce avec son meilleur chien de chasse, Flamme. C'était un style de vie plus humble que celui auquel il était accoutumé, mais peu lui importait. Il aimait être seul, le seul habitant, plusieurs miles à la ronde. Il aimait ne dépendre que de son habileté à chasser et pêcher.

— Cailean ! Tu vas continuer à nous ignorer longtemps ?

Cailean jeta un coup d'œil par-dessus son épaule et aperçut Vivienne qui avançait en se dandinant. Elle était déjà bien avancée dans la grossesse de son quatrième enfant. Parvenue près de Cailean, elle se laissa tomber lourdement sur le siège à ses côtés et étendit ses jambes devant elle, les mains posées, protectrices, sur son ventre. Vivienne était le deuxième enfant de la fratrie, plus jeune que Cailean de dix-huit mois. Puis venaient Aulay, le capitaine de marine, en mer justement, en ce moment, et son frère Rabbie. Il vint s'asseoir près de Vivienne. La plus jeune, Catriona, les rejoignit également, tripotant une cordelette. Elle se jucha sur l'accoudoir du fauteuil de son père.

— Alors, il paraît que tu l'as rencontrée ? demanda Vivienne, attrapant la main de Cailean. La lady d'Auchenard ?

Cailean eut un haussement d'épaules. Il n'était pas surpris que la nouvelle se soit déjà répandue dans toute la vallée. Une semaine s'était écoulée depuis qu'avait eu lieu cette étrange rencontre dans le pré.

Une lueur ravie traversa le regard de Vivienne. Il ne niait pas.

— Tu la trouves belle, alors ? insista-t-elle.

— Je…

— Elle se cherche un mari ! lança Catriona.

Cailean rit.

— Oui, c'est vrai ! insista Vivienne.

— Pourquoi diable une femme de son rang et de sa fortune viendrait-elle chercher un mari dans les Highlands ? Où êtes-vous allées dénicher une histoire aussi insensée ?

— MacNally, répondit Rabbie. Elle l'a renvoyé, et depuis il parle beaucoup. Il dit à qui veut l'entendre qu'elle doit se marier dans un délai d'un an ou perdre sa fortune.

— Exactement, confirma Catriona. Il paraît que c'est une clause que son mari a rajoutée à son testament. Elle stipule que sa veuve devra se marier dans les trois ans suivant son décès sinon elle perdra toute sa fortune. Une fortune énorme. J'ai entendu dire qu'elle s'élevait à cinquante mille livres par an.

— De qui tiens-tu cette information ? demanda son père.

— De MacNally et de tante Griselda.

Arran MacKenzie haussa ses sourcils poivre et sel.

— C'est Zelda qui raconte cela ?

— Oui. Elle a dit que sa fortune est si importante que si les mâles écossais avaient un brin de jugeote, ils s'empresseraient d'aller escalader son mur pour voir à quoi elle ressemble. Son mari est décédé depuis plus de deux ans, donc il ne lui en reste plus qu'un pour se trouver un homme et l'épouser. C'est pour cette raison qu'elle est venue en Écosse, pour trouver un mari, annonça Catriona, triomphante, comme si elle venait de résoudre un mystère.

— Il n'y a pas suffisamment d'hommes en Angleterre ? ironisa Rabbie.

— Ce n'est peut-être pas ceux-là qu'une fille a envie d'épouser, rétorqua Vivienne.

Et tous partirent d'un grand rire.

— Il y a suffisamment d'hommes en Angleterre, corrigea Cailean. Tout cela n'a aucun sens.

— À moins…, dit sa mère, songeuse.

— À moins que quoi ? demanda Vivienne.

— Il est possible qu'elle veuille d'un Écossais. Elle a peut-être pour projet de l'installer à Auchenard avec une confortable rente annuelle et de retourner à Londres mener la vie qui lui plaît.

Tous la regardèrent, interloqués.

— Mais oui, maman. Tu as raison ! s'exclama Catriona. C'est exactement ce qu'elle doit avoir en tête. Et en plus, elle est belle ! ajouta-t-elle, des trémolos dans la voix. Tu l'as vue, Rabbie. Tu saurais tirer parti de sa fortune, toi, non ?

— Et Seona, tu penses qu'elle n'a pas son mot à dire, rétorqua son frère, faisant référence à la jeune femme dont il était amoureux depuis peu. Cette femme est une Sassenach. Il n'est pas de fortune au monde qui pourrait me convaincre de me lier à une Anglaise.

— Surveille tes propos ! s'exclama Vivienne, rappelant son jeune frère à l'ordre. Ta mère est anglaise.

— Ma mère n'est pas une Sassenach. Il se trouve qu'elle vient d'Angleterre, c'est tout, dit Rabbie se tournant vers elle.

Margot MacKenzie secoua la tête.

— Tu fréquentes beaucoup trop les jacobites, Rabbie, prévint-elle.

Ce dernier haussa les épaules.

— Je souhaite que tous mes fils se marient et me fassent les petits-enfants que je mérite. Mais ce qui m'importe avant tout, c'est qu'ils se lient avec des compagnes dont les sentiments seront sincères.

Elle ne regarda pas Cailean, mais il sut qu'elle pensait à

Poppy Beauly dont les sentiments, à son égard, ne l'avaient pas été. C'était le moins que l'on puisse dire.

Poppy était une jeune femme anglaise que Cailean avait connue et qui, tout autant que Lady Chatwick, maniait l'art de la séduction. Elle avait définitivement détruit en lui toute velléité qu'il aurait pu avoir de se compliquer l'existence avec une épouse et des enfants.

De fait, Cailean était devenu beaucoup plus solitaire depuis cette blessure.

Il venait tout juste d'atteindre sa majorité lorsqu'il l'avait rencontrée. Il avait, de manière tout à fait exceptionnelle, passé l'été en Angleterre, à Norwood Park, la propriété familiale de sa mère, sous l'égide très libérale de son oncle Knox. La charmeuse et très belle Poppy Beauly était la fille de la meilleure amie de sa mère et Cailean avait été immédiatement séduit, totalement épris.

Durant l'été, il avait courtisé Poppy et lui avait, plus d'une fois, déclaré toute sa considération. Et elle l'y avait chaleureusement encouragé. Il était tellement naïf qu'il s'était même mis à rêver à la maison qu'il construirait pour elle, aux enfants qu'ils auraient ensemble.

Poppy lui avait donné toutes les raisons de croire qu'elle partageait ses sentiments. « Toutefois, avait-elle dit, vous comprendrez certainement que je dois faire mon entrée dans le monde avant d'être autorisée à accepter quelque proposition que ce soit. Et il me faudra attendre mon dix-huitième anniversaire pour ce faire. » Puis elle avait conclu en lui donnant un baiser passionné qui avait embrasé son corps.

Cailean avait attendu. Il avait passé une nouvelle année à bord du bateau de son père et, l'été suivant, il était retourné à Norwood Park. Poppy avait été heureuse de le voir. Elle avait fait son entrée dans le monde et malgré la présence nouvelle d'autres soupirants, ce dont il était conscient, elle avait continué de l'encourager à lui faire la cour. Il était son prince, disait-elle. Il était si gentil et elle le tenait en si haute estime.

À la fin de cet été extraordinaire, et avec la bénédiction d'oncle Knox, Cailean lui avait fait sa demande.

À sa grande surprise, et totale humiliation, Poppy Beauly avait été absolument effarée. Elle avait immédiatement ôté la main qu'il tenait dans la sienne.

« Mr MacKenzie, avait-elle déclaré, reprenant ses distances, je vous prie de m'excuser si j'ai pu en quelque manière vous donner la plus infime raison de croire que je pourrais accepter une telle proposition. »

« Vous m'avez donné toutes les raisons de le croire », s'était-il exclamé, horrifié d'avoir pu se montrer aussi stupide.

« Non, non », avait-elle protesté, se tordant les mains. J'ai infiniment apprécié votre compagnie, mais vous n'étiez certainement pas sans savoir que je n'épouserais jamais un Écossais. »

Comme s'il s'agissait d'une maladie. Comme s'il n'était pas réellement un être humain.

Ce rejet, la brusque prise de conscience que Poppy Beauly ne l'aimait pas autant qu'il l'aimait avait anéanti le jeune homme qu'était Cailean. Il l'avait chérie au-delà de toute raison, c'était évident, et il avait regagné l'Écosse, le cœur brisé.

Meurtri, il s'était tenu depuis à l'écart de toute relation qui aurait pu le faire souffrir. Son choix se portait désormais sur les veuves ou les femmes légères. Et, pour être tout à fait honnête, il aimait par-dessus tout sa solitude.

— Laisse-le, Margot, intervint son père. Cailean suit sa propre route.

Sa mère le savait pertinemment, mais elle n'en continuait pas moins d'espérer.

— Il pourrait suivre sa propre route jusqu'à l'autel, rétorqua-t-elle, fixant son aîné. Il commence à ne plus être si jeune.

— *Màthair* ! s'exclama Cailean, riant de son entêtement à vouloir qu'il se marie. Je te prierai de ne pas t'occuper de mes affaires.

Il se cala dans son siège, détournant le regard, un sourire satisfait aux lèvres. Sa famille pouvait penser ce qu'elle voulait, peu lui importait. Comme le disait si bien son père, il suivait sa route.

Bien sûr, il se garda de dire qu'il avait vu Lady Chatwick en vêtement de nuit et, aussi, son épaule nue, sa gorge. Il ne dit pas non plus qu'elle avait les cheveux du blond le plus extraordinaire qu'il ait jamais vu, une teinte pâle comme la lumière de fin d'été qui, il y pensait maintenant, était la couleur idéale pour s'harmoniser avec le vert incroyable de ses yeux. Il ne dit rien, non plus, des jolies taches de rousseur sur son nez ni du dessin délicat de ses lèvres sensuelles se terminant par une fossette à sa joue.

De toute évidence, Cailean n'était pas destiné à se marier ni à donner des héritiers à son clan. Il avait trente-cinq ans et envisageait avec plaisir de transmettre un jour les rennes de Balhaire et la fortune des MacKenzie aux enfants de ses frères. Il continuerait de mener la vie qu'il menait depuis une quinzaine d'années, rapportant de temps à autre, et en toute illégalité, une cargaison de vin, de thé ou de tabac, et il s'emploierait à terminer la construction de sa maison. Il se tiendrait à distance de cette Anglaise, suffisamment inconsciente pour être venue en Écosse. Et toutes les tentatives de sa mère pour l'amadouer n'y pourraient rien changer.

Toutefois, il gardait en tête la théorie qu'elle avait développée concernant sa nouvelle voisine et lorsqu'il tomba sur Lady

Chatwick, quelques jours plus tard, il ne put s'empêcher de la voir sous un jour légèrement différent.

Et beaucoup de méfiance.

Il remontait du loch avec quatre belles truites qu'il venait de pêcher. Flamme courait loin devant lui, reniflant quelque odeur qu'elle avait perçue. Il la vit disparaître par le fameux trou dans le mur d'enceinte d'Auchenard. Quelques instants plus tard, elle réapparaissait, la queue dressée, attirée par un bruit dans le bois.

Juste derrière elle, Lady Chatwick apparut, écartant les longues tiges de clématite et rattrapant de justesse son chapeau de paille qui menaçait de s'envoler. Les mains sur les hanches, elle appela la chienne. Elle n'avait pas vu Cailean et ne prit conscience de sa présence que lorsqu'il siffla Flamme.

Daisy et la chienne se tournèrent en même temps vers lui. Flamme obéit aussitôt et partit le rejoindre en bondissant. Daisy, elle, croisa les bras sur sa poitrine, visiblement contrariée.

Cailean traversa le pré dans sa direction, sa canne à pêche sur l'épaule, le bas de son kilt balayant le sommet des hautes herbes. Lorsqu'il fut parvenu devant elle, il planta l'extrémité de sa canne dans le sol. Les poissons se balancèrent près de son épaule.

— Vous pouvez me dire ce que faites-vous ici ? demanda-t-elle d'un ton impérieux.

Qu'était-il advenu de l'enjôleuse ? De la charmante veuve en chasse d'un mari ? Elle avait les joues toutes roses et son regard brillait intensément dans la lumière du soleil. Et elle avait aussi une curieuse traînée de sang sur le dos de la main.

— À votre avis ? rétorqua-t-il, désignant d'un regard appuyé les poissons qui pendaient à l'extrémité de sa canne.

— Vous n'avez pas été invité à venir pêcher dans mon loch. Sir Nevis m'a mis en garde contre les braconniers.

— Les braconniers ?

Il eut un petit rire condescendant tandis qu'il sortait un mouchoir de la poche de sa veste.

— Je n'ai pas besoin d'invitation pour venir pêcher dans le loch. Il ne vous appartient pas. Vos terres s'étendent au-delà de ce mur et vers l'est.

— Comment ?

Elle se retourna si vivement que la belle tresse de ses cheveux blonds s'envola, passant par-dessus son épaule.

— Non. Vous vous trompez. Mon oncle m'a dit que mes terres s'étendaient à partir de l'endroit où le loch se jette dans la mer, dit-elle, pointant la direction du doigt.

— Votre oncle a raison, mais le loch se jette dans la mer de ce côté, expliqua Cailean.

Il posa la main sur la sienne, la fit pivoter dans la direction opposée. Elle était fine et délicate sous sa paume et il sentit une curieuse onde de chaleur envahir son corps.

Elle fronça les sourcils.

— Vous en êtes certain ?

— On ne peut plus certain. Ce loch n'appartient à personne. Tout le monde peut venir y pêcher. Vous saignez ?

— Pardon ?

Elle se tourna vers lui, surprise.

— Votre main, dit-il, la retournant pour en examiner la paume. Puis-je me permettre, ajouta-t-il, montrant son mouchoir.

Elle regarda sa main, nichée dans la sienne, et fronça plus fort les sourcils.

— Oh ! ce satané jardin ! Il est mon pire ennemi. Vous n'avez pas à vous inquiéter d'être un jour invité à une garden-party car à chaque herbe que j'arrache ou branche que je coupe, il y en a une autre, derrière, en embuscade.

Elle poussa un soupir, leva les yeux vers lui et le regarda à travers la longue frange de ses cils.

— Mes mains sont dans un état épouvantable.

— Elles ont souffert, il est vrai, admit-il.

Elles étaient étonnamment rouges, irritées. Quant à elle, elle ressemblait à une paysanne dans sa robe de mousseline usée, son tablier de cuir, avec cette petite traînée de terre qui marquait sa peau, de la base de son cou à son épaule. Il regarda une minuscule goutte de transpiration glisser le long de sa gorge et fut aussitôt saisi de l'envie irrépressible de l'essuyer du plat de son pouce.

— Je ne m'étais pas rendu compte que je saignais, dit-elle, fixant sa main.

Il la fixa lui aussi, ses longs doigts effilés, la peau si fine, presque transparente, à l'intérieur du poignet, et il eut brusquement envie d'y poser ses lèvres, d'y chercher la trace d'un parfum.

Il essuya un peu de terre à sa paume.

— Vous avez les yeux incroyablement bleus, dit-elle.

Il les leva brusquement vers elle. Elle l'observait avec une douceur dans le regard qui lui déplut.

— Hum, rétorqua-t-il, méfiant, refusant de prêter attention au frisson que fit naître le léger sourire qui effleura lentement ses lèvres.

Il retourna sa main, en observa le dos. Il était constellé de griffures, d'écorchures.

— Vous n'avez pas de gants ? demanda-t-il.

— Non, je n'en ai pas qui convienne pour ce genre de travaux.

Il tourna encore une fois sa main. Sa paume, aussi, était meurtrie et il y vit plusieurs piqûres.

— Vous avez travaillé dur, dit-il.

De l'index, il effleura sa paume de l'index et elle se tendit soudain en faisant la grimace.

— Je crois que je n'ai jamais travaillé aussi dur de ma vie. Je sais à quoi j'aimerais que ce jardin ressemble. Un joli carré de pelouse et des rosiers entourant la vieille fontaine… Si mon oncle parvient à la faire fonctionner de nouveau. J'aimerais y mettre des bancs pour que l'on puisse s'asseoir et une tonnelle pour s'abriter du soleil. Mais je commence à désespérer que ce soit un jour possible.

Pourquoi avait-elle envie d'entreprendre tout cela ? Un jardin requerrait de l'entretien tout au long de l'année. Elle ne songeait tout de même pas à y rester aussi longtemps, cette petite écervelée.

— Il n'y a personne pour vous aider ?

Elle secoua la tête.

— Tous les bras sont réquisitionnés pour terminer les réparations à l'intérieur. Néanmoins, je suis déterminée à redonner au jardin sa gloire passée.

Cailean commençait à se demander si elle avait vraiment toute sa raison.

— Il n'y a jamais eu aucune période de gloire à Auchenard.

— Je vous demande pardon ?

— Depuis que je suis gamin…, commença-t-il.

Il s'interrompit lorsque l'air siffla soudain entre ses dents au moment où il passait le doigt sur une coupure, à sa paume.

— Il n'a jamais été correctement entretenu. MacNally n'est pas le seul responsable de son déclin.

Elle le fixa, ne comprenant visiblement pas.

— Qui est responsable, alors ?

— Les Sassenach qui se le sont approprié, voilà les responsables. Votre mari et son père avant lui. Ils n'avaient que faire d'Auchenard et encore moins de son jardin.

— Vraiment ?

Elle paraissait déçue, comme si elle s'était imaginé qu'en

creusant, désherbant, coupant les branches parasites qui étouffaient toute autre végétation, elle allait découvrir quelque jardin secret enfoui dessous.

— Personne ne vous a dit qu'Auchenard n'est plus habité depuis de nombreuses années ? demanda-t-il, reportant de nouveau son attention sur sa main.

Elle poussa un profond soupir.

— Oh ! je ne sais pas. Quelqu'un me l'a peut-être dit. En fait, je suis certaine qu'on me l'a dit. Mais je n'ai pas écouté.

Quelle attitude curieuse… Pourquoi n'aurait-elle pas eu la sagesse d'écouter les personnes qui étaient au courant ? Mais oui, bien sûr… Parce qu'elle n'avait pas grand-chose dans la tête.

Il pressa de nouveau sa paume. Elle poussa un petit gémissement.

— Vous avez une épine ou une écharde de bois. Voulez-vous que je l'enlève ?

Elle le regarda, hésitant.

— Je… Euh… Oui, si vous voulez bien avoir la gentillesse ?

La gentillesse ? Il n'était pas gentil. Il tira une petite dague de sa ceinture. Elle s'affola, eut un mouvement de recul et tenta d'ôter sa main.

— Restez tranquille.

— Je préférerais…

Il n'attendit pas qu'elle refuse et fit une petite entaille dans sa peau. Surprise, elle poussa un cri, puis se mordit la lèvre tandis qu'il ôtait l'écharde.

— Oh ! dit-elle lorsque ce fut fini. Oh !

Il l'observa attentivement pour s'assurer qu'elle n'allait pas s'évanouir. Sa lèvre était toute rouge à l'endroit où elle l'avait mordue et il s'agaça du désir soudain qui l'assaillit de mordre cette lèvre pleine, sensuelle, de la sucer, de l'aspirer entre ses dents et, ce faisant, d'enfouir ses doigts dans sa chevelure dorée.

— Merci, dit-elle.

Il détourna le regard de sa bouche, maintint fermement son poignet tandis qu'il enveloppait sa main de son mouchoir.

— Il faudra faire soigner ça. Il y a une guérisseuse à Balhaire.

— Où, dites-vous ?

— C'est à croire que vous vous êtes lancée dans cette expédition pour venir ici sans vous être renseignée sur quoi que ce soit.

— En fait, oui, admit-elle. Mais j'ai entendu parler de Balhaire. Où est-ce ?

— Suivez le loch jusqu'à la mer. Par là, ajouta-t-il, montrant la direction. Demandez Marsaili. Et lorsqu'elle vous aura soignée, enquérez-vous d'un passage pour l'Angleterre. Il y a suffisamment de bateaux qui passent par ici. Il y en aura bien un pour vous emmener.

Elle parut un instant déroutée. Mais, soudain, une lueur brilla dans son regard.

— Et pourquoi ferais-je cela ?

— Parce que vous n'êtes pas d'ici, que vous n'avez rien à y faire. Ce n'est qu'une question de temps avant que vous vous en rendiez compte.

Elle le fixa, l'air hautain.

— Vous me l'avez déjà dit, et plus d'une fois. Mais je me plais ici.

Stupide et entêtée de surcroît. Il ne croyait pas un instant qu'une femme de son rang puisse se satisfaire de mains calleuses et d'une vie sans tout le confort que lui conférait son titre en Angleterre.

— La vie ici n'est pas faite pour les ladies raffinées, dit-il.

— Qu'en savez-vous ? Vous vous y connaissez en ladies raffinées ? Je me moque éperdument de votre opinion parce que, moi, je trouve cet endroit magnifique, dit-elle avec emphase, le prenant quelque peu au dépourvu. C'est sauvage et puissant et… immense, ajouta-t-elle, hochant la tête, comme si elle venait enfin de trouver le mot juste. En nous donnant un peu de peine, nous pourrions être très heureux ici.

— À l'écart de la société ?

Le regard de Daisy s'assombrit.

— La société ? Vous n'imaginez pas quel soulagement c'est pour moi d'échapper à la société, justement.

Il s'apprêtait à lui demander pourquoi, mais elle poursuivit.

— J'aime tout ici, sauf la brume, peut-être.

— La brume ?

— Oui, la brume. Je ne cesse de rêver que je perds mon fils dans la brume. Il est là et l'instant d'après, hop, c'est comme s'il s'était évanoui, dit-elle, faisant voleter sa main en direction de la forêt.

Cailean aurait pu se moquer, mais il se souvenait que lorsqu'il était enfant Vivienne avait peur de la brume. Elle apparaissait si vite parfois, noyant tout le paysage.

— De quelle couleur est-elle dans vos rêves ? demanda-t-il, continuant d'envelopper sa main avec le mouchoir.

— Elle est blanche.

— C'est la brume de mer, alors.

Et il récita un petit poème d'écolier.

— « Lorsque la brume de la colline descendra, à mauvais temps l'on s'attendra. Lorsque de la mer elle viendra, joli temps il fera. » Beaucoup d'enfants écossais avant lui ont su retrouver leur chemin dans la brume.

Lady Chatwick ne répondit pas immédiatement. Elle le fixait d'un regard intense et il sentit une brusque chaleur l'envahir. Une chaleur qui réveillait l'homme en lui, l'homme et son instinct de mâle. Il avait envie de l'embrasser, de lécher la transpiration à sa gorge, de prendre ses seins dans sa bouche. Le désir embrasait ses reins et la colère flamba soudain en lui.

Il baissa les yeux vers sa main. Il s'en voulait de se laisser troubler de la sorte par cette Anglaise. Il aurait été incapable de dire depuis combien de temps il n'avait plus éprouvé un désir aussi violent. Il termina de placer le mouchoir. Mais lorsqu'il l'eut noué, pris d'une impulsion soudaine, il porta la main de Daisy à ses lèvres et y déposa un baiser. Puis il la lâcha. Les doigts fins et graciles de Daisy effleurèrent un instant sa paume, caresse grisante.

— Je vous demande pardon, my lord, mais seriez-vous en train de me faire du charme ?

Elle laissa son regard descendre jusqu'à sa bouche et Cailean sentit de nouveau cette onde de chaleur très irritante l'envahir.

— Auriez-vous oublié que vous ne faites pas partie des hommes que j'intéresse ?

— Non, pas une seconde, répondit-il, tendant la main pour écarter une petite mèche de cheveux qui s'était collée à sa joue. Faites soigner cette blessure. Une plaie à la main est toujours longue à cicatriser.

Il ramassa sa canne à pêche et la jucha sur son épaule.

— *Tiugainn*, lança-t-il, appelant sa chienne.

Puis, d'un pas décidé, il s'éloigna.

— My lord ! appela Daisy.

Il savait qu'il ne fallait pas s'arrêter, mais la tentation fut la plus forte. Il se retourna.

— Je pensais… Euh… J'ai l'intention d'inviter mes voisins. Pas à une garden-party, n'ayez crainte. À un dîner. Viendrez-vous ?

Il remarqua qu'elle avait agrippé le bord de son tablier, le tenant serré entre ses doigts.

— Vos voisins ? répéta-t-il, surpris.

À son sens, il y n'avait que peu de personnes susceptibles d'être invitées à dîner chez elle et elles habitaient loin d'Auchenard.

— Oui, mes voisins ! J'aimerais faire leur connaissance, c'est normal. Vous êtes mon voisin, non ? En vous voyant passer à pied de retour de la pêche, c'est ce que j'ai déduit.

Avait-elle l'intention de faire connaissance avec les paysans du coin ? Non. Elle voulait sans doute se pavaner, voir défiler devant elle les beaux partis. Peut-être inviterait-elle à sa table quelques-uns des jacobites, tant qu'elle y était. Elle avait peut-être l'intention de démarrer une guerre.

Cailean revint sur ses pas.

— Je vais vous parler franchement. Vous n'êtes pas la bienvenue dans nos collines, je vous le répète. Il y aura ceux que votre fortune attire, mais moi, elle ne m'intéresse pas. Je ne rivaliserai pas pour obtenir votre main, si c'est ce que vous cherchez.

Les joues de Daisy s'empourprèrent. Elle le fixa d'un regard noir.

— Vous êtes extrêmement prétentieux, Arrandale ! Et d'une rare arrogance. Vous pensez connaître ma situation, mais quoi que vous ayez entendu dire, je peux vous assurer que c'est inexact. Si je vous invite, c'est en tant que voisin. Je pensais même que vous pourriez devenir mon ami ! ajouta-t-elle, secouant la tête. Mais à mon tour de vous parler franchement. Peu importe que vous veniez ou non, je vous dispense, à l'avenir, de me rappeler que vous n'éprouvez aucun désir pour moi. Vous me l'avez fait clairement comprendre. Merci.

Cailean ne broncha pas devant ce coup de semonce.

— Inutile d'avoir l'air aussi étonnée. Un ami ? La plupart des femmes qui se prennent d'amitié pour un homme qu'elles connaissent à peine veulent généralement s'attacher sa fortune. Ou, comme dans votre cas, l'attacher à la leur.

Daisy le fixa, interloquée. Une lueur brilla dans son regard vert, si intense et brûlante que Cailean ne put détourner le regard ni ignorer le trouble, le feu tout aussi intense qu'elle allumait en lui.

— Ah, je vois… vous êtes le célibataire le plus convoité des Highlands, c'est ça ? Comme ce doit être épuisant de devoir sans arrêt se battre pour échapper aux griffes de toutes ces femmes ! Vous n'avez pas à craindre les miennes, my lord, car je ne me joindrai jamais à la chasse.

Elle se pencha vers lui, le fixa droit dans les yeux.

— Jamais, répéta-t-elle d'une voix d'une douceur glaçante. Je vis comme il me plaît et il me plaît de charmer les hommes, tous les hommes. N'allez pas croire que vous êtes le seul, ni que votre bourse est si bien remplie qu'elle puisse me tenter, car je vous l'assure, la mienne l'est bien davantage et je ne compte la partager avec personne. Si cela vous scandalise, mieux vaut sans doute garder vos distances. Mais si ce n'est pas le cas…

Daisy se redressa et eut un petit haussement d'épaules désinvolte.

— … vous serez le bienvenu chez moi.

Pris au dépourvu et même un peu impressionné, Cailean ne put retenir un petit rire.

Daisy en fut irritée.

— Vous ne devriez pas accorder autant de crédit aux rumeurs, lança-t-elle.

Puis elle fit volte-face et, le menton haut, elle s'éloigna d'une démarche décidée, sa tresse bondissant dans son dos à chaque pas.

Parvenue au mur, elle s'arrêta.

— Merci d'avoir pansé ma main, lança-t-elle d'une voix irritée, par-dessus son épaule.

Puis elle disparut dans la trouée du mur.

Un sourire effleura les lèvres de Cailean. C'était la première fois qu'il trouvait une femme en colère aussi séduisante.

Chapitre 6

Deux jours s'étaient écoulés. Daisy plia avec soin le mouchoir fraîchement lavé d'Arrandale et le glissa dans son journal, à côté des deux pétales de rose et de la lettre de Rob.

Puis elle trempa sa plume dans l'encrier.

Le jardin est enfin entièrement nettoyé et désherbé. Malheureusement, rien n'a pu être sauvé. Je vais devoir trouver quelqu'un qui puisse s'en occuper durant l'hiver, en espérant retrouver un jardin digne de ce nom au printemps. Comme il me plairait de le voir, mais je crains qu'un mari ne trouve guère à son goût un pavillon de chasse situé dans les Highlands d'Écosse, et surtout si éloigné de l'Angleterre.

Ellis ne se plaît toujours pas à Auchenard. Il n'a pas d'énergie. Il est très pâle et dort très mal, effrayé par les histoires qu'il a entendu raconter au sujet de créatures rôdant dans la forêt. Mr Tuttle m'a rapporté qu'il ne voulait plus s'aventurer au-delà du mur de la propriété.

On a trouvé des souris sur le canapé de la chambre de Belinda. Elle est convaincue que la maison en est infestée et que l'on ne pourra contenir l'invasion que par le feu.

Daisy regarda le mouchoir, puis en effleura le tissu fin du bout des doigts.

Arrandale est un rustre. Il a tendance à écouter les commérages et à parler aux femmes avec un manque total de manières. Il dit ce qui lui passe par la tête, sans le moindre égard pour ce que je peux éprouver. Cela m'agace beaucoup, mais finalement, c'est une attitude que j'apprécie assez. Au moins, ai-je l'assurance qu'il est sincère. Néanmoins, ne me connaissant pas, il aurait pu me faire la grâce d'avoir une meilleure opinion de moi. Toutes les femmes ne font pas la chasse au mari. Enfin… Je suppose que moi, si. Mais il faut qu'il comprenne que je ne suis pas venue en chercher un ici ! Je l'inviterai ainsi que mes autres voisins, de quoi donner à cet arrogant matière à quelques nouvelles conjectures.

Je n'ai pas encore abordé le sujet du dîner avec Belinda et oncle Alfonso. Je crains qu'ils ne soient guère favorables à ce projet.

Daisy effleura de nouveau le mouchoir, songeant à l'homme qui lui avait bandé la main. Elle ferma les yeux et l'imagina, prenant sa main, l'attirant tout contre lui et lui ôtant son chapeau pour l'embrasser.

Oh ! mon Dieu, Daisy, comment peux-tu être aussi insensée et rêver d'une relation avec cet homme alors qu'il ne te reste que quelques mois pour trouver un mari ?

Elle ouvrit les yeux et referma son journal. Il lui semblait qu'une horloge égrenait le temps dans sa tête, décomptant inexorablement les moments de liberté qu'il lui restait avant de se retrouver de nouveau sous la coupe d'un homme.

Elle songea à Robert, son souvenir était un peu flou dans sa tête, à présent, et elle adressa une prière silencieuse pour qu'il puisse arriver à Londres à temps pour la sauver.

Son compte rendu était terminé pour la journée. Elle

descendit, gagna le jardin pour l'inspecter sous le ciel couvert, ce matin. Ce n'était pas un beau jardin. Il était désolé, avec pour tout ornement une fontaine qu'en dépit de tous leurs efforts Mr Green et oncle Alfonso n'étaient pas parvenus à faire fonctionner.

Elle posa les mains au creux de ses reins, se pencha en arrière et, les yeux fermés, elle écouta le bruissement des arbres dans la brise. Auchenard était si paisible, si merveilleusement éloigné de toute l'agitation de Londres et même de Chatwick House, sa demeure dans le comté de Nottingham. Comme elle aurait aimé que sa famille soit sensible au charme d'Auchenard, qu'elle l'apprécie autant qu'elle. Mais, malheureusement, il n'en était rien.

Ensemble, ils avaient effectué tous les travaux possibles sans l'aide de constructeurs ni de maçons. Daisy était fière de la tâche qu'ils avaient accomplie. Et l'invitation à dîner, lancée dans l'inspiration du moment alors qu'elle cherchait une raison de faire revenir Arrandale, prenait maintenant tout son sens. Peut-être sa famille trouverait-elle Auchenard davantage à sa convenance avec un peu de monde. Elle avait très envie de faire la connaissance de ses voisins et de leur montrer comment ils avaient restauré le vieux pavillon.

Et aussi, envie de revoir les merveilleux yeux bleus du plus inhospitalier de ses voisins.

Elle aborda le sujet du dîner, ce soir-là, entre le plat de poisson et le gâteau préparé par Mrs Green.

— J'ai une idée, annonça-t-elle d'un ton enjoué, tandis que Rowley débarrassait les assiettes. Je crois que nous devrions inviter nos voisins à dîner afin qu'ils voient ce que nous avons fait d'Auchenard.

Oncle Alfonso, Belinda, Ellis et Mr Tuttle posèrent sur elle des regards interloqués.

— Oh ! mon Dieu ! s'exclama aussitôt Belinda. Je ne peux que vous déconseiller d'inviter des Écossais chez vous. Ce ne sont pas des individus fréquentables. Ils parlent à peine anglais et nombre d'entre eux sont jacobites, ajouta-t-elle à voix basse.

— Ceux que nous avons rencontrés parlent anglais, dit Daisy. Ce sont nos voisins, Belinda. Ils ont des problèmes avec l'Angleterre, pas avec moi, et j'aimerais leur faire les honneurs de ma maison. Je n'entends pas inviter toute la vallée, seulement les propriétaires des domaines voisins.

— Quels domaines voisins ? demanda oncle Alfonso. Il n'y a quasiment personne alentour. Il y a certes Balhaire et Killeaven, mais ils ne sont pas proches.

— Il y a Arrandale, également, fit remarquer Daisy.

— Un seul homme y réside.

— Il n'en est pas moins notre voisin, rétorqua-t-elle, les yeux baissés vers son assiette pour échapper au regard scrutateur de son oncle. Peut-être devrions-nous chercher plus loin si le manque de voisins immédiats vous préoccupe.

— Que suggérez-vous ? Que nous sillonnions la région à cheval jusqu'à ce que nous tombions sur autre chose qu'une ferme ou un taudis ?

Oncle Alfonso secoua la tête.

— Votre initiative ne me paraît pas très prudente.

— Pourquoi faudrait-il toujours raisonner en termes de prudence ? La vie n'est pas faite pour être vécue avec mesure, s'indigna Daisy. Venir à Auchenard n'était pas prudent et pourtant nous y sommes, non ? Et regardez ce que nous y avons accompli. J'ai beaucoup aimé les semaines que nous venons d'y passer.

Tous évitèrent son regard.

Quelle famille partiale et butée !

Daisy prit une grande inspiration et se redressa.

— Écoutez, nous ne pouvons nous prétendre supérieurs. Ne vaut-il pas mieux connaître nos voisins plutôt que de les craindre ? Ces terres étaient à une époque les terrains de chasse les plus prisés des Highlands. J'imagine que nos voisins seront heureux de voir le pavillon restauré.

Belinda fit la grimace et jeta un regard circulaire à la table.

— Ce serait prendre le risque d'exposer Ellis au contact de gens très primitifs.

Parfois, Daisy aurait voulu pouvoir bâillonner Belinda. Quel oiseau de mauvais augure ! Comme si elle allait mettre son fils en danger. Comme si le monde, en dehors de Londres, était impropre à toute vie humaine, civilisée. Comment était-il possible que Belinda imagine toujours le pire ? Comment pouvait-on vivre en anticipant en permanence des catastrophes ?

Et pourtant, lorsque Belinda n'était pas occupée à prédire les pires désastres, elle était d'une aide précieuse pour Daisy, particulièrement en ce qui concernait Ellis. Elle était, en outre, dotée d'un grand sens artistique. Elle avait peint de magnifiques tableaux et créé des pièces de poterie parmi les plus belles que Daisy ait jamais vues. Nombre de ses œuvres, d'ailleurs, ornaient Chatwick Hall. Il était étrange qu'une femme capable de créer tant de beauté puisse jeter un regard aussi sombre sur tout ce qu'entreprenait Daisy et ne jamais laisser passer une occasion de prédire un malheur. Il était encore plus étrange que le fait que ses prévisions ne se réalisent jamais ne la décourage en rien. La mère de Daisy avait déclaré un jour que le précepteur de Belinda était un homme profondément chrétien et qu'il avait instillé la peur de Dieu dans l'esprit de ses neveux et nièces. Il semblait, en outre, avoir nourri un profond pessimisme chez Belinda.

Avant que Daisy ne cède à la tentation d'un retentissant « Taisez-vous ! », son oncle déclara, pensif :

— C'est peut-être ce dont Ellis a besoin, en fait. Je pense qu'il doit faire la connaissance de personnes et de situations différentes. Un jour, il dirigera ce domaine et sera amené à rencontrer beaucoup de monde.

Belinda eut l'air horrifié.

— Oncle ! Dois-je vous rappeler que le révérend Cosgrove et son épouse ont exposé leur fille encore jeune au contact de sauvages, dans les îles, et qu'elle a eu une relation illicite avec l'un d'entre eux ?

Ellis leva le nez de son assiette.

— C'est quoi une relation illicite ? demanda-t-il.

— Cela signifie… Disons que c'est comme lorsque cousine Belinda se pâme devant le boucher, répondit Daisy.

— Comment ? s'exclama Belinda, soudain très gênée.

— Bon, alors, qu'en dites-vous, Ellis ? Devons-nous rencontrer nos voisins ? poursuivit Daisy.

Ellis jeta un coup d'œil rapide aux autres adultes.

— Ont-ils des enfants ? demanda-t-il, timidement.

Dieu soit loué ! songea Daisy. Elle était au moins parvenue à convaincre une personne.

— Nous ne le saurons qu'en les rencontrant.

— Je crois que nous devrions les inviter, maman.

Ravie, Daisy sourit à son fils et unique allié, puis elle se tourna vers le reste de la table.

— C'est ce que je pense aussi.

Il était évident que Belinda et Mr Tuttle désapprouvaient totalement cette initiative, mais Daisy avait pris sa décision. Il ne se présenterait pas d'autre occasion. Le temps filait. La jeune veuve d'un très riche vicomte et mère, en outre, de l'héritier d'une très substantielle fortune ne pourrait pas rester indéfiniment libre. Daisy savait que pour le bien de son fils, elle se retrouverait sous la coupe d'un homme. Mais pour l'heure, elle était encore libre de choisir et d'agir à sa guise. Elle n'avait de comptes à rendre à personne et si elle avait envie de battre la campagne pour inviter ses voisins écossais à dîner, elle avait toute licence de le faire.

Dès le lendemain matin, elle envoya les invitations.

Elles étaient au nombre de huit. Un nombre déterminé avec l'aide de Mr Munro, un vieux monsieur qui vivait quelque part près du loch et vendait des lièvres. Il avait accepté de porter les invitations à domicile.

— Il n'est pas âme qui vive dans ces collines que je ne connaisse pas.

Les réponses furent lentes à venir. À la fin de la semaine, il n'y en avait que quatre. Les MacDonald de Skye, les Somerled de Killeaven, les Murray de Moraig et les MacKenzie de Balhaire. Les autres n'avaient pas répondu.

Parmi ceux qui n'avaient pas répondu se trouvait Arrandale.

Daisy attendit d'être seule avec Mr Munro.

— Je vois qu'Arrandale ne s'est pas manifesté, dit-elle, d'un ton qu'elle voulait détaché. Il n'était pas chez lui ?

— Si. Il s'y trouvait. En train d'installer une fenêtre, si je me souviens bien.

Daisy trouvait très grossier de ne pas répondre, mais elle n'était pas surprise. Le cher homme devait probablement craindre d'avoir à repousser les avances de toutes les femmes présentes, qui, bien entendu, ne manqueraient pas de se jeter sur lui telles des sangsues puisqu'il était la coqueluche des Highlands.

Mais qu'en était-il des autres invitations restées lettre morte ? Les convives étaient invités à passer la nuit à Auchenard, compte tenu des distances importantes que certains auraient à parcourir. Était-ce là la raison de leur refus ? Ils craignaient peut-être que le pavillon s'écroule sur leur tête et ils ne savaient comment refuser son offre de rester.

Comme il était prévisible, Belinda était encore moins optimiste.

— Ils doivent être au courant de votre situation. Ceux qui ont répondu viennent par curiosité, pour reluquer.

Reluquer qui ? Elle ? Ellis ? Pensaient-ils que sa fortune se voyait comme le nez au milieu de la figure ? Daisy était profondément déçue. N'y avait-il donc personne sur terre qui ait envie de faire sa connaissance au seul prétexte qu'elle était une nouvelle voisine ?

— Je pense que ceux qui viennent s'intéressent à Auchenard, déclara-t-elle obstinément. Et ceux qui n'ont pas répondu, eh bien, ils doivent avoir leurs raisons.

Belinda haussa les épaules et reprit la peinture qu'elle était en train d'exécuter. Une très belle tour en ruine, située sur une colline, près d'Auchenard. Mais Daisy ne put s'empêcher de remarquer le ciel d'orage, sombre et tourmenté, que sa cousine y avait peint.

La préparation du dîner fut une gageure, surtout avec un personnel beaucoup plus réduit que celui dont disposait habituellement Daisy en pareille occasion. Néanmoins, tout fut prêt en temps et en heure, y compris les chambres pour les invités. Daisy était très satisfaite. Le dîner allait être somptueux, en grande partie grâce aux légumes achetés à Balhaire. De plus, Rowley avait été envoyé en éclaireur et il était revenu avec plusieurs bouteilles de vin français et suffisamment de whisky pour remplir le loch.

— Du vin français ! s'était exclamée Daisy, tout excitée.

— En effet, et pour une bouchée de pain, avait répondu Rowley, très fier de lui.

Belinda n'avait pas manqué de venir tempérer cet enthousiasme.

— Évidemment, il s'agit de contrebande.

Toutefois, l'ayant goûté, elle avait salué son excellente qualité.

Le matin du dîner, la journée s'annonçait froide et humide,

mais Daisy ne s'en inquiéta pas. Il faisait bon et sec à l'intérieur du pavillon, ce qui représentait une nette amélioration depuis la situation à leur arrivée. L'après-midi, elle revêtit sa plus belle tenue. Une robe de brocard de soie vert pâle et doré dont le corsage brodé était agrémenté de rubans de satin et de dentelle aux manches. C'était la toute dernière mode à Londres et elle l'avait fait confectionner pour elle juste avant son départ. De plus, elle avait relevé ses cheveux en chignon et portait une parure d'émeraude. Un cabochon tout simple monté sur un tour de cou en velours et de longues boucles d'oreilles. Si ses voisins étaient venus pour « reluquer », comme le disait si bien Belinda, qu'ils la voient au moins dans ses plus beaux atours.

Les invitations stipulaient 16 heures. Un quart d'heure avant, Daisy fit un dernier tour du pavillon. Puis elle rejoignit oncle Alfonso dans le grand salon afin d'attendre les invités.

16 heures arrivèrent et pas un seul invité ne parut.

— C'est à cause des routes, sans aucun doute, dit oncle Alfonso, arpentant la pièce. Elles sont quasi impraticables.

À 17 heures, Mrs Green fit demander si elle devait mettre le potage à réchauffer.

— Ils ne viendront pas, dit Daisy à son oncle.

— Patience, ma chérie.

À 18 heures, Daisy était totalement découragée. Elle commençait à se dire qu'il s'agissait d'une cruelle plaisanterie et imaginait déjà les Écossais dans leur étrange tenue, rassemblés quelque part, autour d'un bon feu, et se moquant de l'Anglaise qui s'était aventurée dans les Highlands pour y rouvrir un pavillon de chasse quasiment abandonné. Arrandale avait raison, personne ne voulait d'elle ici.

Ellis, agité et affamé, était aussi dérouté que Daisy.

— Pourquoi n'arrivent-ils pas, maman ?

— Il pleut, mon chéri, répondit-elle d'un air absent.

Ellis regarda par la fenêtre.

— Pas tellement.

Daisy se leva et lui tendit la main.

— Venez, allons demander à Mrs Green si nous pouvons goûter un peu de ce dîner.

Elle saisit sa main et se détourna de la fenêtre. Elle n'avait pas fait un pas que la voix de Belinda retentissait dans le hall d'entrée.

— Quelqu'un arrive !

Ellis et Daisy demeurèrent le souffle coupé. Belinda apparut soudain dans le salon. Elle avait couru.

— Une voiture entre dans la cour, lança-t-elle, tout excitée.

— Très bien. Calmez-vous, à présent, dit oncle Alfonso, la conduisant vers un siège. Il ne conviendrait pas de vous montrer trop empressée. Daisy, peut-être devriez-vous aller accueillir ces personnes.

— Oui, bien sûr.

Daisy fit bouffer sa robe et réajusta le col d'Ellis. Puis, lui adressant un petit clin d'œil, elle quitta avec grâce le salon et se dirigea vers l'entrée.

Rowley ouvrit la porte et, un parapluie à la main, il s'avança pour accueillir les premiers invités au moment où la voiture s'immobilisait. Un cocher à la livrée trempée sauta au bas de son siège et installa rapidement un marchepied avant d'ouvrir la portière.

Un homme à la carrure si imposante qu'il passait à peine par la portière émergea soudain. Il portait un kilt, une écharpe assortie nouée autour de sa taille et dont l'extrémité était drapée sur son épaule. Derrière lui, un deuxième homme apparut, tout aussi imposant. Ils avaient le teint rouge et des touffes de cheveux roux s'échappaient de leurs casquettes. Le premier s'avança, ignorant Rowley. Lorsqu'il atteignit l'entrée où se tenait Daisy, il s'inclina.

— Lady Auchenard.

— Oui, je…

— MacDonald. Irving MacDonald, de Skye. Mon frère, Fergus MacDonald, dit-il, désignant l'autre homme d'un geste du pouce par-dessus son épaule.

Daisy était troublée. Ce n'était pas ces hommes qu'elle avait invités. Elle avait invité Mor MacDonald et son épouse.

— Ah… Enchantée, dit-elle, esquissant une brève révérence. Je vous en prie, venez vous mettre à l'abri.

Elle s'effaça pour les laisser entrer.

— Vous représentez certainement Mr MacDonald et son épouse ? demanda-t-elle tandis qu'ils pénétraient dans l'entrée et ôtaient leurs écharpes.

— Ouais, répondit Irving MacDonald.

Il ne fournit pas davantage d'explications, ne donna pas la raison pour laquelle l'invitation leur avait été transmise. Les deux frères la regardaient fixement, mais aucun ne parla.

— Mais vous venez bien de Skye ? demanda-t-elle, son regard allant de l'un à l'autre.

— Ouais, répondit Irving MacDonald.

— Bien.

Il n'était guère possible de les renvoyer au prétexte qu'ils n'étaient pas les MacDonald qu'elle attendait.

— Bien, répéta Daisy. Il semblerait que vous soyez les seuls à vous être aventurés sous la pluie. Désirez-vous un whisky ?

— Non, dit Irving MacDonald.

Dieu du ciel.

— Peut-être un verre de vin, alors ?

— Non, nous ne sommes pas seuls, répondit-il d'un ton

bourru. Y'en a d'autres qui arrivent. Y'avait des rochers, plus haut, tombés sur la route.

— Puis-je me permettre, milady ?

Rowley s'était approché, mais Daisy ne l'avait pas remarqué derrière les deux Écossais massifs.

— Peut-être ces messieurs seraient-ils plus à leur aise dans le salon, dit-il, se glissant à leur côté.

Daisy suivit Rowley et les deux hommes dans le salon et les présenta à Alfonso, Belinda et Ellis. Ils répondirent avec des salutations qui ressemblaient davantage à des grognements qu'à des paroles. Puis ils restèrent debout, sans dire un mot.

— Quel déluge, aujourd'hui, n'est-ce pas ? fit remarquer Daisy.

— Eh ? Duda ? dit Irving MacDonald.

— Ah…

Daisy s'éclaircit la voix.

— Peut-être pourrais-je vous faire visiter le pavillon ?

Les deux hommes la regardèrent comme si sa proposition était des plus étranges. Daisy remarqua qu'Ellis se tenait assis, tellement collé à Belinda qu'il disparaissait presque entièrement derrière sa robe.

Elle jeta un regard désespéré par la fenêtre.

— Vous plairait-il de prendre un whisky, à présent ?

— Ouais, répondirent les deux hommes à l'unisson.

Rowley alla chercher le whisky. Daisy se laissa tomber sur le canapé, à côté de sa cousine, évitant soigneusement de croiser son regard. C'était un désastre et elle n'avait pas besoin de le lire sur le visage de Belinda. Elle regarda les deux géants avaler leur whisky comme s'il s'était agi d'eau et tendre leurs verres vides à oncle Alfonso pour une deuxième tournée.

— Milady, dit Rowley à son oreille. Une voiture vient d'arriver, ainsi qu'un cavalier.

— Oh ! s'exclama-t-elle, un peu trop enthousiaste, elle le savait.

Mais elle quitta néanmoins très vite le salon pour se rendre dans le hall d'entrée.

— Maman, cria Ellis, se précipitant derrière elle.

Il se cramponna fébrilement à sa main, comme s'il avait peur de rester seul avec les Écossais.

Rowley sortit de nouveau avec le parapluie. Un jeune couple descendit de la voiture et se présenta comme étant les Murray. Après les échanges de politesses d'usage, ils expliquèrent que leurs deux enfants étaient restés aux bons soins de leur nurse. Ellis en fut très déçu.

— Milady, Mr Ewan Somerled de Killeaven, dit Rowley, présentant le cavalier.

Daisy se retourna et découvrit un homme aux cheveux blonds, élancé, extrêmement élégant. Il lui sourit chaleureusement.

— Lady Chatwick, dit-il, vous me voyez enchanté de faire votre connaissance.

Daisy lui tendit la main.

— Merci, Mr Somerled.

Il prit sa main et s'inclina très courtoisement.

— Je vous prie de m'excuser si je viens au nom de mes parents, dit-il.

Il n'avait pas un accent aussi prononcé que certains Écossais qu'elle avait rencontrés jusque-là. Il parlait plutôt comme Arrandale.

— Le temps est trop mauvais pour qu'ils voyagent. Ils m'ont prié de les remplacer et de vous souhaiter la bienvenue dans les Highlands.

Ah oui, l'excuse du mauvais temps. Elle imaginait très bien la scène, dans la salle à manger rustique d'une demeure des Highlands, cet homme et ses parents âgés, tous deux installés devant le feu, drapés dans leurs plaids. Allez voir de quoi il retourne exactement.

— Merci d'être venu, dit Daisy.

Elle l'invita à entrer avec les Murray. La tête lui tournait en songeant à ces hommes venus dîner chez elle et qu'elle n'avait pas invités. Belinda avait raison, il était évident qu'ils avaient entendu parler de sa situation et, qu'à l'exception des Murray, ceux qui avaient répondu favorablement à son invitation lui avaient envoyé les candidats les plus à même de décrocher sa fortune.

C'était insensé et totalement décourageant. Elle qui pensait avoir échappé à cette préoccupation constante ! Il n'y avait visiblement pas moyen de s'y soustraire, même au fin fond des Highlands.

Tous les invités étaient assemblés dans le salon et Daisy allait devoir s'en accommoder. Heureusement, elle était une hôtesse accomplie. Elle s'assura qu'ils avaient tous à boire, qu'on avait pris leurs vêtements humides pour les faire sécher, que le feu crépitait dans la cheminée pour les réchauffer et que la conversation allait bon train sur l'état de la route menant à Auchenard.

— Milady ?

C'était Rowley, de nouveau.

— D'autres invités arrivent.

— Vraiment ?

Daisy se retourna et une onde de chaleur l'envahit soudain. Arrandale. Elle s'efforça de dissimuler le plaisir intense qui l'assaillait soudain. Il était plus beau que jamais, imposant et majestueux, en bottes et manteau bleu sombre. Mais, en dépit des pensées les plus folles qu'il faisait naître dans son esprit, elle demeura déterminée à ce que cet arrogant ne sache rien de son admiration.

De plus, il était accompagné d'une ravissante jeune femme aux cheveux blonds. Elle comprenait, à présent, pourquoi il était aussi peu enclin à se prêter au petit jeu de la séduction. Et c'était tout à son honneur, force était de le reconnaître.

Daisy lui sourit. Naturellement, il ne répondit pas, se contenta de hocher la tête.

— Lord Arrandale, dit-elle. Vous me surprenez. Je n'ai pas reçu de réponse à mon invitation.

La jeune femme qui l'accompagnait leva les yeux vers lui, mais il ne parut même pas la remarquer.

— Toutes mes excuses, Lady Chatwick. Je n'avais pas l'intention de vous encombrer de ma présence, mais ma sœur, Miss Catriona MacKenzie, a été impossible à dissuader.

Sa sœur ! Daisy faillit en glousser bêtement de joie. En effet, maintenant qu'elle la regardait, elle paraissait extrêmement jeune par rapport à lui, à l'âge plus avancé qu'elle lui donnait.

— Miss MacKenzie, je suis enchantée de faire votre connaissance.

— Merci, répondit la jeune femme, esquissant une discrète révérence.

Elle fixa un instant le chignon haut de Daisy, visiblement impressionnée. Puis elle se tourna aussitôt vers les autres personnes présentes dans le salon.

— Venez, dit Daisy, suivant son regard. Je vais faire les présentations.

— C'est inutile, merci, répondit Catriona MacKenzie. Je les connais.

Elle sourit, esquissa une petite révérence et se sauva, la tête haute.

Daisy regarda Arrandale à la dérobée tout en suivant Catriona des yeux. Elle saluait les MacDonald.

— Vous êtes venu, dit-elle simplement.

— J'ai été enrôlé par ma sœur. Elle a jeté son dévolu sur Edward Fraser et, de toute évidence, rien ne peut la raisonner.

— Edward Fraser n'a pas répondu à mon invitation. Peut-être va-t-il apparaître sans prévenir, lui aussi.

— J'en doute. Il a l'intention de demander Nan Gordon en mariage. Cate n'a pas encore accepté cet état de fait. Comme vous l'avez sans doute remarqué, les célibataires ne pullulent pas dans les Highlands.

— Non, je n'ai rien remarqué de tel, répondit Daisy d'une voix affectée.

— Néanmoins, il semblerait que vous n'ayez rien laissé au hasard.

— Que voulez-vous dire ?

— Que vous avez rassemblé chez vous la fine fleur des célibataires coureurs de dot de la région.

Daisy fronça les sourcils.

— C'est tout à fait involontaire, croyez-le bien.

Il rit doucement et les notes chaudes de son rire l'enveloppèrent.

— *Sealbh math dhuit.*

Devant son air dérouté, il se pencha vers elle et murmura.

— Bonne chance.

Il lui sourit. Un sourire énigmatique, mais un sourire tout de même. Puis il s'éloigna, acceptant la proposition de Rowley d'aller boire un whisky.

Daisy le regarda s'éloigner, interdite. Cet homme était d'une grossièreté incroyable. Certes, il avait raison. La plupart des célibataires avaient été envoyés par leurs mères flairer sa fortune, mais quel besoin avait-il de jubiler de la sorte ?

Elle eut une petite moue de dédain et gagna la foule des invités, lui tournant ostensiblement le dos. Mais elle était néanmoins satisfaite d'être enfin parvenue à le faire sourire.

Chapitre 7

Les femmes les plus belles étaient toujours les plus dangereuses.

Dans sa vie, Cailean avait entraîné beaucoup d'hommes au combat, il avait navigué sur des mers démontées, semé des vaisseaux anglais et cinglé, toutes voiles dehors, pour se réfugier dans des criques, avec des marchandises de contrebande à son bord. Oui, il était un homme solide et fort… Mais invraisemblablement faible quand il s'agissait du beau sexe.

Il avait eu la ferme intention de se tenir à distance d'Auchenard, mais il s'y trouvait néanmoins, dans le salon de Lady Chatwick, au beau milieu d'idiots en train de faire les beaux devant elle.

Inutile de se demander pourquoi ils paradaient de la sorte. Elle portait une robe qui ressemblait à celles que portait souvent sa mère lorsqu'elle revenait d'un séjour en Angleterre. Une robe en soie brodée magnifique. Ses cheveux étaient habilement coiffés et elle n'avait pas poudré son visage comme tant d'hommes et de femmes aimaient à le faire en France. Personnellement, Cailean ne voyait pas l'intérêt de se poudrer et il ne portait jamais de perruque comme le faisaient les Anglais. Son abondante chevelure lui suffisait. Ce soir, elle était attachée en catogan.

Cailean vit un sourire effleurer ses lèvres tandis que Somerled tentait de l'impressionner avec ses propos. Il se doutait que Lady Chatwick devait être habituée à voir les hommes babiller devant elle comme des idiots lorsqu'ils la rencontraient pour la première fois.

Elle était belle, il n'allait pas dire le contraire. Suffisamment attirante pour que le sauvage qu'il était devenu ait envie de venir dîner chez elle. Ceci dit, il y avait été aidé, sa sœur aînée et sa mère insistant pour qu'il accompagne Cat. Cette dernière avait été folle de joie lorsqu'il avait fini par accepter, contraint et forcé. Elle lui avait sauté au cou, lançant un « merci » enfiévré avant de saisir la main de sa cousine, Imogen, et de l'entraîner, commençant déjà à se plaindre de la difficulté qu'elle allait avoir à choisir une robe à la hauteur d'un événement aussi considérable.

Cailean avait râlé, naturellement, mais en son for intérieur, il n'était pas mécontent. Il avait une excuse pour venir voir de ses propres yeux comment cette anglaise complètement insensée allait se conduire avec les coureurs de dot présents chez elle, ce soir.

Mr Kimberly, son oncle, faisait visiter les lieux, comme si aucun des invités n'avait jamais vu l'intérieur d'un pavillon de chasse. Cailean se tenait en arrière, écoutant d'une oreille distraite, son regard se portant souvent sur leur resplendissante hôtesse.

Comme elle était différente, ce soir ! Majestueuse, respirant l'opulence et… *Boidheach*. Belle. Totalement différente des deux dernières fois où il l'avait vue. Envolés, les vêtements de nuit, les joues roses de sommeil et les cheveux ébouriffés, lâchés sur les épaules. Envolés, la robe de mousseline usée et le tablier de cuir, le morceau de tige de clématite accroché à sa tresse, la petite traînée de terre à sa joue. Elle portait une robe qui chatoyait à chacun de ses pas et dont le corset rebrodé, très étroit, faisait pigeonner ses seins, tentation ultime pour le regard. Bien évidemment, il n'avait pas été le seul à le remarquer. Tous les célibataires la dévoraient des yeux, au bord de la pâmoison.

Il imaginait que c'était très exactement ce qu'elle voulait.

Ils déambulaient de pièces en vestibules, s'arrêtant pour admirer tel ou tel aspect du lieu. Mr Kimberly, qui était de toute évidence le genre d'homme à fouiller l'histoire des objets les plus insignifiants, entendait faire un tour exhaustif du pavillon. Oui, ils avaient accompli un travail remarquable en quelques semaines et oui, encore, la nature rustique du pavillon n'était pas sans charme. Il était clair que beaucoup d'argent avait été investi dans sa rénovation, mais cela n'en demeurait pas moins un pavillon de chasse.

Lorsque la visite fut terminée, ils se retrouvèrent de nouveau dans le grand salon. Cailean réprima un bâillement. Jusque-là, la soirée lui rappelait les soirées interminables passées à Norwood Park. Il aurait pu, au moins, jouir de la vue imprenable sur le Lochcarron, mais en cette soirée morne et pluvieuse, c'est à peine si l'on apercevait le loch.

Il passa en revue les convives assemblés dans la pièce. Les hommes étaient tous de pauvres créatures frustes, unanimement esclaves du charme féminin, avançant dans la vie tel un troupeau de moutons, des images de femmes nues plein la tête, et pathétiquement mus par l'ardent espoir d'en voir véritablement une, un jour.

Au milieu du cercle de ses admirateurs, Lady Chatwick rit soudain, un rire léger, frivole, et tous se rapprochèrent d'elle. C'était amusant comme un simple rire, admirablement dosé et au bon moment, pouvait en un instant rendre les hommes capables des actes chevaleresques les plus audacieux.

Cailean détourna le regard et aperçut Catriona et Finella Murray. Penchées l'une vers l'autre, on les aurait crues en train de fomenter un complot plutôt que parlant d'hommes qui ne se doutaient de rien.

Cailean jeta un coup d'œil à sa montre gousset, se demandant dans combien de temps le dîner allait être servi. Une présence à ses côtés lui fit tourner la tête. Il aperçut une femme qui faisait partie de la suite de Lady Chatwick. Il la salua, inclinant poliment la tête. Elle le fixa d'un regard scrutateur.

— Je vous connais, dit-elle.

Elle n'avait pas l'air ravie. Le ton était même légèrement accusateur.

— Excusez-moi, je suis MacKenzie of Arrandale, dit-il. Et vous êtes…

— Miss Belinda Hainsworth, répondit-elle, lui tendant sa main gantée. Je suis la cousine de Lady Chatwick.

Cailean prit sa main et elle esquissa une petite révérence si raide qu'il se demanda si elle avait l'habitude de saluer ainsi.

— Le temps est absolument épouvantable, ne trouvez-vous pas ? demanda-t-elle, se relevant.

Elle croisa les bras, réprimant un frisson.

— Je crains que l'atmosphère ne soit trop humide pour Lord Chatwick. Vous savez, ajouta-t-elle, se penchant vers Cailean, une religieuse m'a dit un jour avoir dû quitter l'Écosse car l'humidité lui avait fait contracter une fièvre permanente.

Cailean leva un sourcil étonné.

Elle hocha la tête avec conviction, comme si elle venait de lui transmettre une information tout à fait vitale.

— Fort heureusement, nous ne resterons pas longtemps ici, annonça-t-elle avec un soupir.

— Vraiment ? Et pourquoi cela ? Lady Chatwick s'est donné beaucoup de peine pour remettre Auchenard en état.

Et redonner au jardin sa « gloire passée » afin d'accueillir toutes les garden-parties qu'elle menaçait d'organiser.

Miss Hainsworth eut un petit haussement d'épaules.

— Lady Chatwick va se remarier avant la fin de l'année.

— Je ne la savais pas fiancée, dit Cailean, pris au dépourvu.

— En fait… Elle ne l'est pas officiellement, déclara Miss Hainsworth avec un petit sourire effronté. Mais elle sait qui elle va épouser.

Cailean ravala sa déception. Elle le savait déjà ?

— Se trouve-t-il ici, ce soir ?

— Ici ? s'exclama-t-elle en riant. Certainement pas !

— Il est écossais ?

— Non, bien sûr que non, rétorqua-t-elle comme si la question ne se posait même pas.

Cailean sentit la douleur d'une ancienne blessure se réveiller en lui.

— Je ne suis pas censée en parler, mais j'imagine qu'il n'y a aucun mal à vous le dire. Après tout, il ne s'agit pas de quelqu'un que vous connaissez.

Miss Hainsworth redressa les épaules et annonça fièrement :

— Ma cousine va épouser le capitaine Robert Spivey, de la Royal Navy. Lorsque son engagement sera terminé, bien sûr. Nous ne savons pas encore quand cela aura lieu.

Cailean eut soudain l'impression que le monde tournait soudain au ralenti et que les bruits se dissolvaient. À la seule mention de ce nom, il était pris de vertige. C'était impossible. Impossible.

Cailean connaissait Spivey. C'était un adversaire redoutable qui les poursuivait sur mer, Auley et lui, depuis plus d'un an. Ils l'avaient distancé à deux reprises, mais la dernière fois, il s'en était fallu de peu qu'ils se fassent prendre. Leurs bateaux étaient passés si près lorsque celui de Spivey, le *Fortune*, avait tenté de virer à tribord pour faire feu sur eux, que Cailean et

Spivey s'étaient vus respectivement dans leurs longues-vues. Cailean l'avait également vu très clairement lorsque le second d'Auley, Wallace MacKenzie, avait fait feu et tué un marin à son bord. Auley avait alors manœuvré de main de maître et ils avaient semé le vaisseau royal. Mais le canon du *Fortune* avait brisé leur mât de misaine. Ils avaient failli se faire prendre.

Il avait fallu acheminer le bateau jusqu'à Skye pour le faire réparer. Puis les MacKenzie avaient poursuivi leur commerce.

Il n'était pas possible qu'une telle coïncidence existe, que Lady Chatwick s'apprête à épouser l'un des rares hommes qui, sur cette terre, se réjouirait de le voir pendu.

— Mais qui parmi nous est fermier ? dit Miss Hainsworth.

Cailean se rendit soudain compte qu'elle était toujours en train de lui parler.

— Certainement pas moi ! dit-elle, avec un petit reniflement de mépris. Il m'est impossible de rester longtemps au soleil. Il me donne d'effroyables migraines… Oh ! voici mon oncle. Je vous prie de m'excuser, dit-elle.

Et elle s'éloigna.

Cailean regarda Lady Chatwick, interloqué par la nouvelle qu'il venait d'apprendre. Une pensée lui traversa soudain l'esprit. Spivey l'aurait-il envoyée ici pour le retrouver ? Mais il abandonna bien vite cette idée. Spivey devait le prendre en flagrant délit de contrebande pour pouvoir le faire traduire en justice et il devait être si loin des Highlands que c'était chose impossible. Dans ce cas, s'agissait-il d'une regrettable coïncidence ? D'un tour particulièrement absurde que lui jouait le destin ?

Fergus MacDonald fit sursauter Cailean, l'accostant brusquement, un whisky à la main.

— MacKenzie, s'exclama-t-il avec une jovialité excessive.

Visiblement, il n'en était pas à son premier verre.

— J'aurais vraiment parié ne pas te voir parmi nous, ce soir.

— Je ne pensais pas te trouver ici, non plus, rétorqua Cailean.

Ce qui n'était pas tout à fait vrai. Construire des bateaux n'était pas une activité très rentable, surtout lorsqu'on construisait un bateau pour un Écossais qui promettait de vous payer et qu'on le voyait prendre la mer et ne plus jamais revenir.

— Comment as-tu réussi à te procurer une invitation ? demanda MacDonald. Nous, on a dû l'arracher à notre père. Il tenait à venir, lui aussi.

— Tu es venu à sa place ? demanda Cailean, qui ne comprenait pas.

— Non, pas à sa place. Je l'ai laissé avec sa harpie de bonne femme. Ne me regarde pas comme ça, MacKenzie. Il a assez d'argent, crois-moi. Il n'a pas besoin de davantage.

MacDonald attrapa Cailean par les épaules.

— Comme toi, nous nous intéressons aux affaires de la dame, dit-il à voix basse, agitant ses gros sourcils roux. Tu es au courant, bien sûr ? Elle dispose d'une sacrée fortune et elle doit épouser un Écossais avant la fin de l'année.

Ce n'était pas exactement ce que Cailean avait compris, mais peu importait. Il ôta le bras de MacDonald de ses épaules.

— Je ne m'intéresse pas aux affaires de cette dame. Je suis simplement venu accompagner ma sœur.

MacDonald rit et lui donna une grande tape dans le dos.

— Oui, bien sûr, MacKenzie. Bien sûr.

Il riait toujours lorsqu'il s'éloigna.

Bon sang ! Cailean trouvait insupportable de voir tous ces hommes tourner autour de Lady Chatwick, s'efforçant de capter son attention. Et il supportait encore moins d'être soupçonné de se trouver là pour les mêmes raisons.

Mais il préférait encore voir un de ces hommes l'emporter plutôt que Spivey.

Somerled ne la quittait pas d'une semelle, remarqua-t-il. Le bruit qui courait concernant ses dettes devait être vrai, alors. Lady Chatwick appréciait sa compagnie, de toute évidence. Elle s'animait dès qu'il disait quelque chose et riait, la tête renversée en arrière, une main pressée sous sa poitrine comme pour contenir son plaisir.

Il reporta son attention vers les fenêtres qui donnaient sur le loch et le triste spectacle de la pluie qui ne faiblissait pas. Mais il pouvait voir le reflet des gens derrière lui, le chignon très haut de Lady Chatwick dominant le groupe. Spivey.

Quel gâchis ! Une si belle femme !

Il s'éloigna, n'ayant plus envie de la voir pour le moment et faillit buter contre un enfant assis dans un fauteuil.

Il s'arrêta. Le fils de Lady Chatwick ne l'avait pas reconnu ou il refusait de le reconnaître. Les coudes posés sur ses genoux, il fixait le sol. Il paraissait d'une tristesse absolue. Ils avaient de quoi faire la paire, ce soir.

— Bonsoir, dit Cailean.

Le gamin ne bougea pas. Cailean donna un petit coup dans son pied.

— Lord Chatwick ?

Le gamin dit quelque chose, mais d'une voix si faible que Cailean ne put le comprendre.

— Pardon ? demanda-t-il, s'accroupissant auprès de lui et se penchant pour voir son visage.

Finalement le jeune lord leva les yeux vers lui. Mon Dieu, quel air abattu !

— Aimeriez-vous un peu de compagnie ?

L'enfant secoua la tête et, pressant les lèvres, il détourna le regard.

— Non ? demanda Cailean. Dommage. J'avais espéré que

vous accepteriez de partager vos impressions sur les Highlands et Auchenard.

Cela n'intéressait pas franchement Cailean, mais il voyait bien que le petit lord avait besoin d'une présence amicale.

— Je déteste cet endroit, murmura-t-il.

— Vous détestez cet endroit ? répéta Cailean, surpris. Mais que pouvez-vous bien détester, ici ?

— Il n'y a rien à faire.

— Rien à faire ? Vous vous trompez. Bien au contraire, il y a beaucoup d'activités possibles ici, pour un garçon de votre âge. Aller pêcher, chasser, se promener dans la lande et les bois et observer les oiseaux. Et puis, vous ne pourrez pas trouver meilleure distraction que le feill.

Cette dernière remarque lui valut un regard en coin de la part du gamin.

— Qu'est-ce que c'est, le feill ?

— Une grande fête. Elle se tient tous les étés à Balhaire. Vous connaissez certainement Balhaire ?

L'enfant secoua la tête.

— C'est le fief des MacKenzie. Une vieille forteresse avec un village autour et beaucoup d'autres choses encore.

L'enfant ne dit rien.

— Tous les MacKenzie s'y retrouveront à la fin de la semaine et de nombreuses autres personnes encore. Il y aura de la nourriture à foison et de la bière à boire, des jeux de hasard et d'autres de force. Des musiciens, également, et des danses à vous faire tourner la tête. Quant aux hommes, ils se défient, mettant à l'épreuve leur force et leur sagacité. Ces défis-là n'ont pas leur équivalent en Angleterre.

Le petit lord ne disait toujours rien.

— Je suppose que vous savez que l'homme le plus fort du monde se trouve ici, dans les Highlands.

— Vraiment ? dit le gamin, tournant légèrement la tête vers Cailean.

— Vraiment. Et on l'appelle la Montagne, car il est aussi grand qu'une montagne et deux fois plus fort.

— Comment peut-il être plus fort qu'une montagne ?

— Vous n'avez sans doute jamais vu un homme de cette taille. Il est aussi grand qu'un élan, dit Cailean, levant sa main bien au-dessus de sa tête, et aussi large que deux adultes. De plus, dit-il, se penchant vers le gamin, il peut lancer un tronc d'arbre plus loin que vous lanceriez un caillou.

— Un tronc d'arbre ?

— Alors là, je n'en crois pas mes oreilles. Vous n'avez jamais vu lancer un tronc d'arbre ? demanda Cailean, feignant l'incrédulité.

Le jeune Lord Chatwick secoua la tête.

— On prend un tronc qu'on taille et qu'on ponce avec du sable, d'accord ? dit-il, mimant les opérations. Il est à peu près aussi long que cette pièce et aussi large que vous. C'est une épreuve importante dans les jeux que nous pratiquons en Écosse.

Lord Chatwick se tourna dans son fauteuil pour pouvoir regarder Cailean.

— Mais comment un homme peut-il lancer un tronc d'arbre ?

— Avec ses deux mains, expliqua Cailean, tournant ses mains, paumes en l'air et mimant une poussée. Il l'envoie en l'air en espérant qu'il va atterrir sur sa cime et tomber vers l'avant.

Cailean se releva et s'installa dans un fauteuil près de l'enfant.

— À quelle distance croyez-vous que vous pourriez lancer un tronc ?

— J'en serais incapable, répondit-il, secouant la tête.

— Comment ? Bien sûr que vous en seriez capable ! Avec le bon air des Highlands et peut-être une petite goutte de bière, je suis certain que vous pourriez le faire. Il suffit d'essayer.

Le gamin secoua de nouveau la tête.

— Ma mère n'acceptera jamais. Elle aurait trop peur que je me blesse.

— C'est quoi cette façon de vous dorloter ! Les garçons ne peuvent pas devenir des hommes si on les dorlote. Écoutez-moi, vous ne deviendrez pas un homme si vous ne récoltez pas quelques bosses et quelques bleus au passage. Lancer un tronc ne vous fera aucun mal. Demain matin, si le temps est clair, je vous montrerai, si vous voulez.

— Oui, dit le gamin, hochant la tête.

Cailean tendit la main.

— Je m'appelle Cailean MacKenzie. Vous pouvez m'appeler Cailean.

— Cay-lin, répéta le gamin.

— Et vous, comment vous appelez-vous ?

— Ellis Bristol, Lord Chatwick, répondit-il, comme s'il avait l'habitude de répéter cela des milliers de fois par jour.

— Eh bien, Ellis Bristol, Lord Chatwick, j'ai hâte d'être à demain matin pour vous montrer comment on lance un tronc.

Cailean se leva, adressa un clin d'œil au gamin et il se détournait déjà, prêt à partir, lorsqu'il faillit buter contre Lady Chatwick.

— Eh bien, dit-elle, croisant les bras sur sa poitrine. Voilà qui ne me dit rien qui vaille. Qu'est-il censé se passer demain matin ?

Cailean décela aussitôt son parfum. Un parfum frais, léger, qui lui rappela celui des oranges. Non, pas exactement les oranges. Quelque chose de plus subtil et de si attirant qu'il éprouva l'envie soudaine de se pencher vers elle pour s'en griser.

— Il va me montrer comment lancer un tronc d'arbre, dit Ellis.

— Un quoi ?

— Un tronc d'arbre, maman, répéta-t-il, comme s'il s'agissait de la chose la plus courante au monde.

— Un tronc d'arbre, répéta-t-elle, regardant Cailean. Peut-être pourriez-vous lui apprendre à lancer quelque chose de plus facile, vous ne croyez pas ?

— Un Highlander ne lance pas de choses faciles. Nous laissons cela aux fillettes et aux Sassenach. Lord Chatwick et moi en avons discuté et nous avons décidé que nous lancerions un tronc. Ou que nous essaierions, tout du moins. N'est-ce pas ?

— Tout à fait, répondit aussitôt Ellis, d'un ton extrêmement déterminé.

Lady Chatwick sourit et leva les mains.

— Loin de moi l'idée d'intervenir dans vos affaires d'hommes. Ellis, mon chéri, il est temps que vous alliez prendre votre souper. Voulez-vous bien rejoindre Mr Tuttle ?

— Oui, maman, répondit Ellis.

Il se leva, s'inclina brièvement devant Cailean et partit, traversant la pièce.

Lady Chatwick le regarda s'éloigner, puis elle se tourna vers Cailean, les yeux écarquillés de surprise.

— Il a dit oui !

— Tout espoir n'est pas perdu, alors.

Elle sourit chaleureusement et Cailean sentit comme un petit tourbillon au creux de son estomac.

— Merci, dit-elle. Et je le pense sincèrement. Il est très abattu depuis que nous sommes arrivés en Écosse, vraiment. Les alentours l'impressionnent, il ne s'aventure jamais très loin. Il a repéré toutes les étoiles et…

— Je vous demande pardon ?

Elle rit avec tendresse.

— Il s'est pris d'intérêt pour la navigation.

À cause de Spivey ?

— Et curieusement, pour les roches, aussi. Il a déjà commencé une petite collection. Je suis très heureuse de le voir impatient de faire quelque chose. Toutefois, je redoute qu'il puisse se blesser à lancer des troncs d'arbre.

— Milady ?

Lady Chatwick, radieuse, se tourna vers le majordome.

— Le souper est servi.

— Merci.

Elle se tourna de nouveau vers Cailean et s'approcha, le regardant droit dans les yeux.

— Mon fils est d'une nature délicate. Ne l'oubliez pas, je vous en prie.

Cailean se pencha vers elle.

— Et vous en ferez un homme d'une nature délicate si vous ne le laissez pas sortir de vos jupes.

Elle haussa un sourcil.

— Me donneriez-vous des conseils pour élever mon fils, à présent ?

— Je vous conseille seulement de l'autoriser à lancer un tronc ou deux.

Elle fixait sa bouche et leva vers lui les yeux, un sourire brillait dans son regard et Cailean sentit son sang s'enflammer.

— Avez-vous d'autres conseils à me donner, Arrandale, ou en avez-vous terminé ?

Il la regarda, son teint de pêche, ses belles pommettes hautes et sa bouche maquillée de rouge, ce soir. Un instant, il imagina le capitaine anglais embrassant ces lèvres délicieuses et il sentit un pincement désagréable l'assaillir au creux de l'estomac.

— J'en ai terminé. Toutefois, surveillez bien votre bourse.

Son sourire, cette fois, fit naître des fossettes à ses joues.

— Eh bien, merci. C'est à se demander comment j'ai pu mener ma vie jusqu'à ce jour sans vos précieux conseils.

— C'est à se demander, en effet.

Elle lui sourit et il sentit une incroyable énergie monter en lui, charme qui fut aussitôt rompu lorsqu'elle se détourna.

— Veuillez m'excuser, je me dois de jouer mon rôle d'hôtesse, à présent.

Elle passa devant lui dans un bruissement de soie, sa robe frôlant ses jambes, son parfum s'attardant dans son sillage. Il suivit la courbe élégante de sa main, ses doigts effleurant le dossier d'un canapé tandis qu'elle rejoignait son oncle pour annoncer que le souper était servi. Oh ! cette femme… Elle savait comment titiller un homme rien qu'en levant le petit doigt.

— Étonnant, n'est-ce pas ?

Cailean se tourna vers sa gauche. Mr Murray s'était approché de lui et observait Lady Chatwick avec attention.

— Qu'est-ce qui est étonnant ? demanda-t-il.

— Qu'elle soit venue dans les Highlands. J'avoue avoir du mal à comprendre qu'une femme dans sa situation, nantie d'une telle fortune, passe ne serait-ce qu'un seul jour dans ces collines. Je suppose qu'elle a en tête de conclure un marché et de troquer Auchenard contre un mari.

Murray but une gorgée de whisky, l'air suffisant.

— Cela satisferait à toutes les conditions du testament de son mari.

Comment était-il possible que tout le monde dans les Highlands soit au courant de la situation de cette femme ? N'avaient-ils donc rien d'autre qui puisse les occuper hormis s'intéresser à ce qu'elle comptait faire ?

— C'est possible, dit Cailean, haussant les épaules.

Murray eut un petit rire.

— C'est de notoriété publique, Arrandale. Je tiens moi-même

l'information de Ned Burns qui rentre tout juste de Londres. La dame a provoqué un véritable scandale, croyez-moi, lorsqu'elle a bouleversé toute sa maisonnée pour s'aventurer jusqu'ici.

Cailean se détourna de Murray pour regarder de nouveau Lady Chatwick.

— Et quelle sorte d'homme, croyez-vous, accepterait un marché qui donnerait tout contrôle de l'argent à sa femme ?

— Un homme aux abois, non ? Regardez autour de vous, ajouta-t-il. Regardez-les sourire.

Le regard de Cailean se posa sur Somerled, à l'autre extrémité de la pièce. Il n'était que minauderies, simagrées. Il allait vraiment se sentir ridicule lorsque Lady Chatwick le congédierait pour aller épouser son capitaine de la Royal Navy.

— N'importe quel homme en mal d'argent peut conclure un marché, ce soir, dit Mr Murray. Souvenez-vous de ce que je vous dis, la dame ne restera pas longtemps en Écosse. Ces jeunes hommes, tombés littéralement sous son charme, se retrouveront coincés dans une situation dans laquelle ce sera elle qui aura la haute main. Je n'aimerais pas avoir une épouse qui me commande, ajouta-t-il.

— Moi, je n'aimerais pas avoir une épouse du tout, répondit Cailean.

Et les deux hommes rirent.

Chapitre 8

Il déplaisait fortement à Daisy de devoir le reconnaître, mais cette invitation destinée à faire la connaissance de ses voisins n'était pas la meilleure idée qu'elle ait eue.

Elle jeta un regard aux invités assemblés autour de la table. Mrs Finella Murray et Miss Catriona MacKenzie étaient penchées l'une vers l'autre et parlaient à voix basse, ignorant tous le monde. Daisy, souhaitant attirer leur attention, demanda à Mrs Murray si elle était déjà venue à Auchenard auparavant.

Mrs Murray secoua la tête.

— Seulement en passant.

Daisy ignorait ce que cela signifiait précisément. Auchenard se trouvait à l'extrémité d'une route et l'on pouvait difficilement passer devant sans briser une roue de sa voiture. Mais elle répondit toutefois :

— J'espère qu'Auchenard étant maintenant restauré, nos amis y viendront souvent.

Les deux jeunes femmes échangèrent un regard.

— En hiver, Auchenard n'est pas facile à atteindre, dit Miss MacKenzie.

— Vous trouvez ?

Daisy sourit et se tourna vers les autres invités, espérant que quelqu'un se joindrait à la conversation. Mais personne ne leur prêtait la moindre attention. Lorsqu'elle se retourna de nouveau, les deux femmes avaient repris leurs conciliabules à voix basse. De qui parlaient-elles ? D'elle ? Non, elles discutaient certainement d'un homme. À leur âge, pour elle aussi, les hommes avaient été un important sujet de conversation.

Daisy aurait aimé que Belinda soit là, mais elle s'était retirée dès que cela avait été possible, prétextant une migraine due à l'humidité.

Les hommes se servaient seuls du whisky, à présent, ayant signifié à Rowley qu'ils pouvaient se passer de lui. Ils avaient repoussé leurs assiettes vers le centre de la table, rendant la tâche de débarrasser plus difficile pour ce dernier et Mr Green. Envolées, les formalités polies dont ils avaient fait preuve à leur arrivée et Daisy les entendit plus d'une fois roter. Ils riaient à gorge déployée, s'interpellant, mélangeant l'anglais et l'écossais. Oncle Alfonso, assis à l'extrémité de la table, n'était pas le dernier à boire du whisky et il riait aussi fort que les autres.

Au moins passait-il une bonne soirée.

Il n'en allait pas de même pour Arrandale qui n'avait pas l'air du tout d'apprécier les convives. Il était assis, stoïque, son verre vide repoussé devant lui, écoutant, impassible, MacDonald raconter à la cantonade un nouveau récit de naufrage. À l'entendre, on avait l'impression qu'une quantité phénoménale de bateaux étaient venus faire naufrage près de Skye.

Daisy avait pensé que cette soirée ressemblerait à celles qu'elle donnait à Londres. Quelle erreur ! Elle aurait dû savoir que c'était impossible ici. À présent, elle n'avait plus qu'une envie, qu'ils rentrent tous chez eux.

Un soupir lui échappa et elle se redressa vivement sur son siège, espérant que personne ne l'avait remarqué. Bien sûr, quelqu'un l'avait vue qui leva un sourcil ironique. Arrandale. Daisy lui décocha un regard noir.

— Veuillez m'excuser, Lady Chatwick, mais reste-t-il du bon vin français d'Arrandale ? demanda Murray d'un ton jovial.

Tous se mirent à rire.

Arrandale ? Pensaient-ils que c'était lui qui avait apporté le vin du dîner ?

— Bien sûr, répondit-elle. Je vais aller en chercher.

Rowley ouvrit de grands yeux horrifiés et se précipita vers sa chaise avant qu'elle ne se lève.

— Laissez, lui murmura Daisy. J'ai vraiment besoin de prendre l'air.

Il acquiesça d'un signe de tête. Le pauvre homme semblait avoir besoin d'air frais, lui aussi. Il tira la chaise de Daisy et elle se leva.

Personne à la table ne se leva. Surprise, elle hésita un instant, attendant que les gentilshommes l'imitent, ainsi qu'ils auraient dû le faire, en signe de déférence pour elle. Comme ils s'en acquittaient à Londres, à peine esquissait-elle le geste de se lever. Arrandale parut amusé de son étonnement. Son oncle ne s'aperçut même pas qu'elle avait bougé. N'y avait-il donc personne, dans les Highlands, qui possédât des manières ?

Pinçant les lèvres, Daisy quitta la salle à manger et s'avança dans le couloir qui conduisait à la cuisine. Tandis qu'elle approchait, elle entendit claquer des assiettes et un bruit d'eau qu'on brasse. Mrs Green et la jeune bonne faisaient la vaisselle. Juste avant d'arriver à la cuisine, elle s'arrêta à la porte du cellier et saisit une chandelle dans la petite niche au mur. Des bruits de pas résonnèrent soudain dans le couloir. Elle pensa d'abord qu'il s'agissait de Rowley, fidèle serviteur, qui n'avait sans doute pas pu se résoudre à la laisser aller seule chercher le vin. Mais elle ne reconnut pas son pas.

Daisy leva la bougie, s'efforçant de percer l'obscurité. Elle ne vit rien et la leva plus haut.

— Que faites-vous ici ? demanda-t-elle, poussant un soupir lorsqu'elle reconnut Arrandale.

— Je vous cherchais. Votre oncle est en grand manque de tabac. J'ai promis de lui ramener des petits cigares à la vitesse de l'éclair, de peur qu'il ne périsse sous nos yeux, ajouta-t-il en souriant.

Daisy avait dû boire plus de vin qu'elle ne le pensait parce qu'elle trouvait ses yeux presque gris dans la lueur de la bougie.

— Qu'y a-t-il ? demanda-t-il soudain, fronçant les sourcils.

— Je vous demande pardon ?

— Pourquoi me regardez-vous de cette façon ?

Daisy sentit ses joues s'empourprer, une intense chaleur gagner son visage.

— Euh… Rien, dit-elle très vite, se ressaisissant. Les cigares sont ici. Pouvez-vous m'aider ?

Elle lui tendit la bougie, ouvrit la porte du cellier, puis la lui reprit.

— Je n'en ai que pour un instant, dit-elle avant de disparaître dans le court escalier qui menait à la réserve.

Mais Arrandale ne demeura pas en arrière. Elle entendit qu'il la suivait. Lorsqu'elle se retourna, elle aperçut ses bottes, puis il apparut soudain, courbé pour ne pas se heurter au plafond de l'escalier. Le cellier était à peine assez grand pour deux et il se retrouva soudain dangereusement près d'elle tandis qu'il jetait un regard circulaire au petit espace.

— Mais enfin, que faites-vous ? demanda-t-elle, avec plus d'exaspération qu'elle n'en ressentait. Il n'y a pas suffisamment de place et…

— L'idée de devoir écouter un nouveau récit interminable m'était insupportable.

Il sourit, l'air mystérieux, et il sembla soudain que son sourire illuminait le cellier tout entier. Daisy sentit le souffle lui manquer. Quel magnifique sourire ! Un sourire si tentant qu'il aurait pu l'amener à faire mille choses qu'elle savait ne pas devoir faire.

— Je vous y reprends, dit-il, s'avançant plus près d'elle.

— À quoi ? Que voulez-vous dire ?

Il baissa le regard, fixant sa bouche.

— À me faire du charme.

— Je vous trouve bien présomptueux. Qu'allez-vous imaginer ?

Oh ! ses lèvres étaient si attirantes, si… sensuelles. Elle imaginait déjà leur caresse. Seraient-elles fermes ou douces sur les siennes ? Fermes ou douces sur sa peau ? Ses cuisses ? Ses seins ? Elle réprima un petit frisson.

— Vous m'accusez de vous faire du charme, mais c'est vous qui m'avez suivie dans ce cellier dans l'intention de me séduire.

— Hum, dit-il, la regardant.

Et il s'avança si près qu'elle dut reculer, sentant soudain le bord dur des étagères presser son dos.

— Vous ne me connaissez pas, Lady Chatwick. Si vous me connaissiez, vous sauriez que s'il était dans mon intention de vous séduire…

Il s'interrompit, laissa son regard glisser lentement sur elle, descendre vers son décolleté.

— Je ne vous demanderais pas la permission.

Daisy brûlait d'envie de savoir comment cet homme s'y prendrait, justement, pour la séduire.

— Ne croyez pas que je sois une femme sans expérience. Je sais reconnaître un séducteur notoire lorsque j'en rencontre un. Je sais parfaitement comment il s'y prend pour séduire les femmes.

Il eut un large sourire.

— Un séducteur notoire, dites-vous ?

Il se pencha, posa une main sur le mur, près de son visage,

et le cœur de Daisy s'emballa lorsque son regard se fit soudain plus intense. Il la dévorait des yeux.

— Vous avez raison, je suis un séducteur, pas un gentilhomme, *leannan*. Et j'ai très envie de vous montrer ce qui fait de moi un séducteur notoire.

Daisy brûlait d'envie de le savoir. Incapable de résister, elle tendit la main, écarta une mèche de cheveux qui avait glissé sur son front.

— Entendez-vous me le montrer maintenant ? demanda-t-elle, levant son visage vers lui, ne laissant ainsi planer aucun doute sur l'envie irrésistible qu'il l'embrasse.

Montre-moi ! Montrez-moi, Arrandale. Montrez-moi avant que la magie de cet instant ne se dissipe.

Elle sentit une onde de chaleur parcourir son corps, un désir intense assaillir ses reins. Peut-être avait-elle bu trop de vin, ce soir, mais elle aurait aimé qu'il retrousse ses jupes, qu'il la pénètre, la prenne fougueusement, comme dans les rêves enfiévrés qu'elle faisait, parfois, la nuit. Il lui semblait presque sentir ses mains sur sa peau, la chaleur de son corps contre le sien, son odeur enivrante et le goût de ses lèvres.

Arrandale se pencha plus près encore. Si près qu'elle sentit son souffle sur ses lèvres. Elle avait le corps en feu et parvenait à peine à respirer.

— Croyez-vous sérieusement que tous les hommes que vous rencontrez vous désirent, Lady Chatwick ? demanda-t-il dans un souffle rauque.

— La plupart, oui.

— Vous êtes d'une invraisemblable vanité.

— Devrais-je prétendre le contraire ? Faire semblant d'être innocente ? Cela vous satisferait-il ?

Il rit. Un rire profond, un peu rauque, qui l'enveloppa tout entière, telle une caresse. Embrassez-moi. Je vous en prie, embrassez-moi.

— Au contraire, murmura-t-il. Je serais très déçu si vous prétendiez être différente de ce que vous êtes.

Daisy inspira un peu d'air, s'efforçant de se calmer. Il allait l'embrasser et elle vibrait de la tête aux pieds, impatiente, éperdue. Elle se voulait soudain toute à lui et ferma les yeux.

Elle le sentit approcher encore. Elle sentit l'étoffe de son manteau contre sa poitrine et entrouvrit les lèvres.

— Mais une femme qui suscite tant de désir se doit de prendre garde à ceux qu'elle séduit. Les hommes sont de viles créatures qui ne songeront qu'à profiter d'elle.

Quoi ? Daisy ouvrit les yeux. Arrandale triomphait, un sourire satisfait aux lèvres. Il s'écarta d'elle et brandit une boîte de petits cigares prise sur une étagère.

— Il me semble que c'est ce que votre oncle souhaite que je lui ramène, non ?

Daisy le fixait, interdite. Le goujat ! Il lui avait tendu un piège. Et elle, comme une pauvre petite débutante, elle avait mordu à l'hameçon.

— J'imagine que vous êtes fier de vous, dit-elle sombrement.

Arrandale rit.

— N'était-ce pas vous qui prétendiez séduire qui bon vous semblait et que, si cela me déplaisait, je n'avais qu'à garder mes distances ?

— Et qui a dit qu'il n'avait pas l'intention de jouer au jeu de la séduction avec moi ? rétorqua Daisy.

— Vous jouez avec le feu…

Daisy ne le laissa pas terminer sa phrase. Elle saisit le col de son manteau, l'attira à elle et, se hissant sur la pointe des pieds, elle l'embrassa, pressant fermement ses lèvres sur les siennes.

Son audace, la douceur de ses lèvres l'enivrèrent. Douces, oui. En dépit de la rudesse, de la force de cet homme, ses lèvres étaient d'une douceur enivrante.

Arrandale ne lui résista pas. Sa main, déjà, était sur sa poitrine. Il l'enserra, un bras glissé à sa taille, et la plaqua contre lui, la renversa en arrière pour l'embrasser. Quelles qu'aient été les intentions de Daisy, elles furent balayées par la violence de sa réponse. Elle entrouvrit les lèvres et il plongea en elle, ses mains emprisonnant son visage, sa langue se mêlant à la sienne, baiser féroce, dévorant sa bouche.

Le cœur de Daisy battait à tout rompre et son corps s'embrasa soudain lorsqu'elle sentit son sexe dur presser son ventre. Elle chavirait, assaillie par les images les plus folles. Ses jambes ouvertes tandis qu'il plongeait dans sa chair, puissant, possessif, ses seins offerts appelant sa bouche, son corps cambré sous le sien. Et elle se mit à bouger contre lui, s'arc-boutant, se frottant à lui, éperdue, avide de ce plaisir qu'elle imaginait déjà et qui occultait tout. Ce moment, hors du temps où, souffles mêlés, corps tendus, ils n'étaient plus que désir, urgence, animés d'une soif inextinguible.

C'est alors qu'aussi soudainement que Daisy avait initié ce baiser, Arrandale y mit fin. Il libéra sa taille et s'écarta. Puis il s'empara de la boîte de cigares qu'il avait laissée tomber et il recula d'un pas, la détailla longuement, de son visage jusqu'à la pointe de ses jolies chaussures brodées de perles.

— Cela valait-il la peine de prendre le risque ? demanda-t-il d'une voix profonde, rauque.

Il désigna du menton la porte ouverte, celle qui aurait pu livrer passage à des gens qui les auraient découverts, unis dans ce baiser torride.

Daisy était incapable d'y songer, elle peinait à reprendre

son souffle, bouleversée, chavirée par ce qu'elle venait de vivre. Tremblante, elle s'écarta du mur, lissa sa robe.

— À vous de me le dire.

Dans la lueur dansante de la bougie, elle vit un éclair traverser son regard, reflétant ce qu'elle-même éprouvait au plus profond de son être. Un mélange de surprise, de fascination, de désir insensé.

— Comme je vous l'ai déjà dit, vous jouez avec le feu, dit-il doucement. Vous allez devoir vous marier bientôt. C'est prendre un très grand risque.

— Je le sais, répondit-elle simplement.

Rien ne pouvait justifier son comportement si ce n'était le désir. Un désir fou, irrépressible.

Arrandale gagna l'escalier. Il s'y arrêta, se tourna vers elle. Dans ses yeux brillait encore la passion que leur baiser avait allumée. C'est du moins ce que Daisy crut y lire.

— Si vous recommencez, dit-il, ce sera à vos risques et périls. Je ne répondrai de rien.

Il entendait la choquer, la ramener à la raison. Mais ses paroles n'eurent pas l'effet escompté, bien au contraire. Elles l'électrisèrent. Elle regarda cet homme, cet homme envoûtant et se dit qu'elle pourrait très bien s'enfuir avec lui tant son envie de lui était forte.

— J'ai compris, dit-elle.

Lorsqu'il eut disparu, elle s'adossa au mur et ferma les yeux. Oh ! mon Dieu, cet homme… Cet homme… Il allumait un tel feu en elle ! Aucun homme n'avait jamais eu cet effet sur elle, pas même Clive. Son corps vibrait encore des sensations merveilleuses qu'il y avait fait naître. Elle frissonnait encore au souvenir de sa bouche, de ses mains sur elle, de la pression enivrante de son corps contre le sien. Elle croisa les bras, laissant ses mains remonter jusqu'à ses épaules, tentant de recréer ces merveilleuses sensations. Mais la magie s'était envolée.

Daisy poussa un soupir et ouvrit les yeux. Seigneur, elle venait juste d'embrasser l'Écossais. Sans y avoir été invitée. Elle l'avait embrassé telle une femme de peu de vertu et au mépris total de sa réputation. Fallait-il qu'elle ait perdu la tête ?

Mais pour répondre à la question qu'il avait posée, oui, cela valait vraiment la peine d'avoir pris le risque.

Cailean était un homme d'expérience, pourtant le plaisir que lui avait procuré ce baiser inattendu, torride, l'effrayait. Un plaisir qui se manifestait de manière ostensible dans son corps, mais devait aussi se lire sur ses traits. Raison pour laquelle il remit les cigares au majordome et se retira dans la chambre qui lui avait été allouée pour la nuit.

Il était en proie à des pensées et des sensations qu'il n'avait plus éprouvées depuis des mois. Les femmes étaient de si étranges créatures, virevoltant, charmeuses, tout en arborant de mystérieux sourires.

Il était déstabilisé par ce baiser. Il l'avait bouleversé, éveillant en lui un désir tout à fait inattendu. Le désir… de quelque chose qu'il ne savait définir. Cette jeune veuve, si effrontément séductrice et téméraire, était-elle aussi troublée que lui ? Se pouvait-il qu'elle ne soit pas aussi intrépide et détachée qu'elle voulait bien le laisser croire ? Pouvait-elle sérieusement envisager de se marier avec un homme et en embrasser un autre, comme elle venait de le faire ?

Cailean lui en voulait de l'avoir embrassé ainsi et d'avoir provoqué la tourmente qui faisait rage en lui. De son côté, il s'en voulait d'avoir succombé aussi vite et aussi violemment.

Et pourtant, il savait qu'il était absurde d'en ressentir de l'agacement. Quelle importance cela avait-il pour lui ? Il n'était pas chargé de veiller sur elle. Il ne participait pas à la chasse. Il n'avait pas à la juger. Elle se trouvait dans une situation tout à fait particulière et elle tentait d'y faire face comme elle pouvait. Qu'en avait-il à faire, alors ?

Rien. Il n'entendait pas s'en occuper et ne s'en occuperait pas.

Il se prépara à se mettre au lit dans cette chambre spartiate qui ne disposait que d'une seule fenêtre étroite donnant sur le loch et d'un brasero pour tout chauffage. Le lit était trop court pour lui. Quant à l'oreiller, il ne s'agissait que d'une pauvre enveloppe de tissu garnie de quelques maigres plumes. Cailean le bourra de coups de poing, souhaitant lui redonner un peu de volume, mais ce fut en vain.

Il était étendu dans le lit, à présent, les bras croisés sous sa tête, fixant le plafond sombre et nu. Oui, il était contrarié. Vexé. Très énervé. Cela ne lui ressemblait pas. Il était rarement hors de lui à ce point. La faute en revenait à ce fichu lit, ce fichu oreiller, c'était ce qui…

Mais non. À quoi bon chercher des prétextes ? C'était peut-être beaucoup plus simple que cela. Ce soir, il s'était rendu compte combien il était gauche, à présent, emprunté, dans l'art de la séduction. Sans doute avait-il passé trop de temps sans autre compagnie qu'un chien et un cheval. Il avait été très occupé à construire Arrandale et à travailler avec son père. Il n'avait pas eu le loisir de consacrer du temps aux femmes, en particulier à des femmes imprévisibles. Et il s'en était parfaitement porté.

Ou peut-être avait-il voulu le croire, s'en convaincre. Car il avait suffi d'un baiser pour rompre les digues, réveiller le désir qui sommeillait en lui.

Au diable cette femme ! Tout était de sa faute. Il n'avait pas demandé à être embrassé et certainement pas de la façon dont elle l'avait fait, suggérant qu'elle voulait davantage, qu'elle attendait davantage de lui. Et il avait eu envie de le lui donner, tout de suite, dans ce cellier.

Sa mauvaise humeur, ce sentiment d'être totalement déboussolé, tout cela était de sa faute.

Ceci étant, qu'allait-il faire, à présent ? Il n'en avait pas la moindre idée.

Chapitre 9

— Je désapprouve totalement la façon dont Mr Fergus MacDonald a juré devant Ellis, déclara Belinda, le lendemain matin tandis qu'elle aidait Daisy à s'habiller. Ce genre de langage ne peut avoir qu'une influence néfaste sur un enfant et pourrait même conduire à un comportement tout à fait inapproprié.

— Un comportement inapproprié ? Qu'a-t-il dit, au juste ? demanda Daisy alors que sa cousine finissait de lacer son corset.

— Il a blasphémé, se servant du nom du Seigneur à deux reprises, répondit cette dernière, baissant la voix.

Daisy ne voyait pas que cela puisse engendrer un comportement inapproprié. Mais elle connaissait suffisamment Belinda pour savoir quand il était possible de s'opposer à elle, et là, ce n'était pas le moment.

Belinda s'écarta pour admirer son travail.

— J'ai fini. Vous voilà belle comme une œuvre d'art.

— Merci.

Daisy s'assit à sa coiffeuse pour se brosser les cheveux.

— Je suis épuisée, déclara Belinda se laissant tomber sur le lit et se calant dans les oreillers. Maintenant que ce dîner a eu lieu, que pensez-vous de vos voisins ?

Ses voisins ? Daisy n'en avait qu'un en tête. Et elle était incapable de penser à autre chose qu'au baiser échangé avec lui.

— Malheureusement, peu d'entre eux peuvent réellement être qualifiés de voisins, répondit-elle. Et il s'avère que vous aviez vu juste, très chère, ajouta-t-elle, poussant un soupir déçu. Nos voisins ont envoyé leurs candidats au mariage, exactement comme vous l'aviez prédit.

— Dont pas un qui ait retenu votre attention, j'espère, dit Belinda.

Daisy rit.

— Bien sûr que non !

— Dieu merci ! s'exclama-t-elle, soulagée. Je craignais que vous n'ayez changé d'avis.

Daisy fronça les sourcils, fixant le reflet de Belinda dans le miroir.

— Je vous demande pardon ?

Belinda rougit et détourna le regard.

— Je vous ai vue parler avec l'Écossais et je… J'ai craint qu'il ne vous fasse oublier le capitaine Spivey.

— Pour l'amour du ciel, Belinda ! s'exclama Daisy se tournant brusquement vers elle. Je vais être très claire. Mon mariage, ou absence de mariage, en l'occurrence, ne vous regarde en rien. Vous feriez mieux de songer à votre propre avenir plutôt qu'au mien.

Belinda eut un petit rire.

— Mon avenir ? Vous savez pertinemment que je ne pourrai jamais me marier, Daisy, mon bassin étant beaucoup trop étroit pour que je puisse donner naissance à un enfant. Mrs Brendam, Dieu ait son âme, est morte en couches pour cette même raison. Je vous ai plus d'une fois expliqué qu'aucun homme ne voudra de moi si je ne peux pas lui donner une descendance. Et je ne peux pas mettre ma vie en péril à seule fin de me marier.

Il était certainement vrai que Belinda le lui avait expliqué plus d'une fois. Mais, parfois, Daisy faisait semblant d'écouter et pensait à tout autre chose.

Elle se tourna de nouveau vers le miroir afin de continuer de se brosser les cheveux.

— Mais quand bien même je parviendrais à mettre un enfant au monde, je n'ai pas comme vous, Daisy, un ordre venu du fond de la tombe suspendu au-dessus de ma tête telle une épée de Damoclès, poursuivit Belinda. Vous devez vous marier et, vraiment, très chère, ne devrions-nous pas regagner Londres dans les plus brefs délais ? Voilà des semaines que nous sommes ici. Le capitaine Spivey s'est probablement manifesté. Il y a des années que vous ne l'avez pas vu ! N'aurez-vous pas besoin de temps afin qu'il puisse vous faire la cour ? Il vous faudra certainement refaire connaissance avec lui avant de pouvoir parler sérieusement de mariage.

— Belinda…

— Si j'aborde le sujet, c'est uniquement dans l'intérêt d'Ellis, s'empressa d'ajouter Belinda. Je ne me pardonnerais jamais de ne pas vous avoir mise en garde quant à la dissipation de son héritage.

Daisy, furieuse, plaqua la brosse sur le dessus de la coiffeuse et l'ivoire se fendit. Elle n'avait pas l'intention de frapper aussi fort, mais Belinda l'avait exaspérée. Cette dernière se leva, fixant la brosse, interloquée.

— Je ne dilapiderai pas la fortune de mon fils ! s'exclama Daisy d'un ton sec. L'arrangement se fera, que je sois ou non d'accord. Et je me retrouverai mariée ! Ellis conservera sa fortune, et moi… il faudra bien que je m'accommode de la situation. Mais je vous en prie, pour l'amour du ciel, cessez de m'accuser de vouloir dilapider la fortune de mon fils.

— Oh ! Daisy, dit Belinda, tristement, ce n'était pas mon

intention. Je sais que vous ne feriez jamais une chose pareille intentionnellement. Mais je ne comprends pas pourquoi nous nous attardons en Écosse. Je nourris seulement l'espoir de vous voir trouver un peu de romantisme et d'amour dans votre situation.

— De romantisme et d'amour ? Avez-vous perdu la raison ? Mon premier mariage s'est fait sans que je puisse en jouir. Ma situation présente ne me le promet pas davantage. Ce ne sont que rêves de jeunes filles, Belinda. La réalité est tout autre.

Daisy saisit sa brosse. Elle avait cassé le manche. Qu'allait-elle faire, à présent ? Ce n'était pas ici qu'elle allait pouvoir envoyer un valet de pied lui en chercher une nouvelle.

— Enfin…, dit Belinda, poussant un soupir, cela ne fait rien.

— Qu'est-ce qui ne fait rien ? demanda distraitement Daisy, tentant de replacer le morceau d'ivoire cassé sur le manche.

— Ce ne sont pas mes affaires…

— En effet.

— Vous espérez toujours épouser le capitaine Spivey, n'est-ce pas ?

— Oui ! s'exclama-t-elle, terriblement exaspérée par sa cousine. Elle n'avait pas envie de penser à Rob, aujourd'hui. Elle songeait encore au baiser d'un autre homme. Ne pouvait-on lui accorder cet infime plaisir ?

— C'est la raison pour laquelle nous sommes venus jusqu'ici, vous ne l'avez pas oublié ? dit-elle. L'évêque était si impatient d'arranger un mariage que je craignais qu'il ne le fasse avant que Rob puisse me rejoindre. Vous le savez.

— Oui. Je le sais. Mais j'ai vu la façon dont vous regardiez Arrandale.

Daisy poussa un soupir. Elle se leva, se mit à arpenter la pièce.

— Je lui ai fait du charme, Belinda, c'est vrai. Mais ce n'était qu'un badinage bien innocent. Je suis une femme adulte et il me manque…

Daisy s'interrompit avant d'en dire trop. Il me manque de faire l'amour. Il me manque de sentir les mains d'un homme sur moi. Il me manque d'être désirée, qu'un homme ait envie de moi physiquement. Belinda ne comprendrait pas toutes ces choses.

Daisy regarda sa cousine, désespérée. Puis elle se leva et alla la rejoindre sur le lit.

— J'espère épouser Rob. Je l'espère de tout cœur. Arrandale est… Il est divertissant, c'est tout. Je m'amuse, rien de plus. Parce qu'il est le seul homme sur cette terre que ma fortune n'intéresse pas du tout, ajouta-t-elle d'un ton amer.

Belinda hocha la tête. Elle prit les mains de Daisy entre les siennes, les pressa tendrement. Puis elle la regarda droit dans les yeux.

— Prenez garde aux amusements, dit-elle.

Daisy eut un petit sourire ironique.

— Pourquoi ? Se serait-il produit quelque chose de grave pendant que quelqu'un s'amusait ?

Le visage de Belinda s'assombrit.

— Non. Mais je m'inquiète pour vous et Ellis. C'est mon droit. J'ai le droit de me préoccuper de ce que vous faites.

Sur ce, elle se leva et quitta la pièce sans un mot de plus.

— Pourquoi faut-il donc que tout le monde se mêle de ma vie ? maugréa Daisy, se renversant sur le lit.

Elle était épuisée, troublée encore par le souvenir de ce baiser, et si profondément tiraillée qu'elle en avait presque mal à la tête.

*
* *

Finalement, Daisy acheva de se préparer seule et c'est sans enthousiasme qu'elle se dirigea vers la salle à manger pour retrouver ses invités et prendre le petit déjeuner.

En chemin, elle fit un détour par la chambre de son fils.

Ellis prenait son petit déjeuner avec Mr Tuttle. Les livres nécessaires aux leçons formaient une pile bien nette, posée sur le petit bureau, près de la fenêtre. Ellis se trouvait au beau milieu d'un récit très animé lorsqu'elle entra. Mr Tuttle se leva aussitôt et s'inclina.

— Je dois apprendre à lancer un tronc d'arbre aujourd'hui, maman, dit Ellis. Cailean va me montrer. Pas Collin, maman. La prononciation est un peu différente.

— Merci de m'en informer, dit Daisy en souriant. Mais pensez-vous avisé de l'appeler par son prénom ?

— Il m'a dit que je le devais. Savez-vous ce qu'il a dit d'autre ? Il a dit que j'avais l'air très fort.

Daisy échangea un regard avec Mr Tuttle.

— Monsieur le vicomte tient absolument à lancer ce tronc d'arbre, dit-il affectueusement.

— Dans ce cas, il le fera.

Daisy ignorait tout de ce sport, mais elle savait une chose, Arrandale avait intérêt à tenir la promesse faite à son fils ou il aurait affaire à une vicomtesse en colère.

Elle posa un baiser sur les cheveux de son fils.

— Si vous avez l'intention de lancer des troncs d'arbre, mon chéri, je vous conseille de prendre un solide petit déjeuner, dit-elle, désignant son assiette.

Son fils lui obéit aussitôt et prit un toast. Il se cala contre le dossier de son siège, le regard tourné vers la fenêtre, ses pieds se balançant au-dessus du sol. C'était incroyable, vraiment. Daisy ne l'avait plus vu aussi enjoué depuis des semaines. Tout cela pour un lancer de tronc ?

Elle s'attarda un moment pour écouter Mr Tuttle lui parler des leçons, puis elle reprit le chemin de la salle à manger. La pluie s'était arrêtée, laissant dans son sillage un ciel d'un bleu pur, étincelant. Elle fit une pause, un instant, à une fenêtre du couloir pour contempler le paysage superbe. Le soleil baignait d'une lumière dorée le jardin et la pelouse qui descendaient jusqu'au loch. Elle aperçut quelques personnes occupées à tirer le petit bateau à rames qu'oncle Alfonso avait acheté à un constructeur de bateaux à Erbusaig, sur la côte.

Elle trouva la salle à manger vide et Rowley en train de débarrasser les plats.

— Tout le monde a pris son petit déjeuner ? demanda-t-elle, surprise.

Il n'était que 9 heures.

— Oui, Milady. La plupart de vos invités farfouillaient déjà à la recherche de quelque chose à manger à 7 h 30. Voulez-vous que je vous serve ?

— Non, merci. Il faut que j'aille voir ce que font mes invités, dit Daisy, resserrant son châle autour des épaules.

Elle sortit sur la terrasse, s'arrêta un instant pour tendre son visage à la caresse délicieuse du soleil.

— Quelle belle vision que la vôtre ! dit soudain une voix derrière elle.

Elle se retourna vers celui à qui elle appartenait.

— Non, je ne crois pas, répondit-elle en riant à Mr Somerled qui traversait la terrasse à sa rencontre. Je me suis couchée bien trop tard pour cela, la nuit dernière.

Mr Somerled jeta un regard en direction du loch et aux invités qui s'entassaient maintenant dans le bateau.

— Vous ne vouliez pas vous joindre à eux ? demanda Daisy.

Somerled secoua la tête.

— Trop de personnes dans un bateau pourraient le faire couler, non ?

Daisy rit.

— Le temps a tourné à votre avantage, Lady Chatwick.

— En effet, répondit-elle, dirigeant de nouveau son visage vers le soleil. Il est splendide, aujourd'hui.

— J'ai beaucoup apprécié notre conversation, hier soir.

Leur conversation ? Daisy ne s'en souvenait plus. Elle avait parlé avec tant de monde.

— Vous avez un esprit vif et si drôle, dit-il, lui souriant.

Somerled avait de très beaux yeux bruns… Mais rien de comparable avec le bleu intense de ceux d'Arrandale.

— Vous me faites trop d'honneur. Mon talent réside seulement dans mon habileté à raconter les histoires que j'ai entendues.

— Je n'en crois rien. Et il convient de vous féliciter pour le repas. Il était exquis. C'était un véritable plaisir que de boire du vin d'Arrandale. Vous n'en trouverez aucun autre de cette qualité dans les Highlands.

C'était la deuxième fois que quelqu'un faisait référence à son vin comme étant celui d'Arrandale.

— Est-ce lui qui le fait ? demanda-t-elle.

Somerled rit, amusé.

— Non, mais c'est lui qui l'amène dans les Highlands.

Devant l'air déconcerté de Daisy, il ajouta :

— Le laird d'Arrandale fréquente régulièrement le port de Calais. Vous devriez demander à goûter son cognac. Il est exceptionnel.

Calais ? La France ? Elle pensait tout commerce avec la France interdit, compte tenu des tensions qui existaient entre les deux pays. Somerled insinuait-il qu'Arrandale faisait de la contrebande ? Non, c'était impossible. Arrandale était un homme trop… raffiné, trop solide et maître de lui-même. Elle imaginait les contrebandiers comme des êtres faibles, prêts à tout.

— Lady Chatwick… Accepteriez-vous de vous promener un moment avec moi ? demanda Somerled, la ramenant brusquement au présent.

Daisy se méfiait des gentilshommes qui l'invitaient à se promener avec eux. Ils avaient toujours quelque chose de la plus grande importance à lui dire.

— Voulez-vous que je vous montre mon jardin ? suggéra-t-elle. Je l'ai sauvé de justesse d'une mort assurée.

La promenade serait courte et ce serait surtout elle qui ferait la conversation.

Ils descendirent les marches de la terrasse et prirent l'allée de terre battue qui menait au jardin, au vieux portail de bois qui marquait son entrée. Daisy l'ouvrit fièrement.

— Le voilà ! annonça-t-elle.

Il était un peu boueux, mais resplendissant aux yeux de Daisy. Elle était enchantée de découvrir que ses pauvres petites roses s'étaient bien défendues contre la pluie. Maintenant débarrassées des plantes grimpantes et des mauvaises herbes, elles paraissaient presque luxuriantes.

— Il est très beau, dit Somerled, jetant un regard tout autour de lui.

Puis il se pencha vers l'un des plus beaux rosiers et, avant que Daisy ait pu l'en empêcher, il cueillit un bouton de rose à peine éclos et le lui tendit. Elle s'efforça de ne pas montrer combien elle était stupéfiée qu'il se soit permis un tel geste.

— Une rose pour une rose, dit-il.

Ce n'était pas très original, mais Daisy apprécia néanmoins le compliment.

— Merci, dit-elle, souriant aimablement.

Elle la prit, porta à son nez les fins pétales veloutés. Ses roses étaient si petites et si chétives qu'elles n'avaient pratiquement aucun parfum.

— Disposez-vous d'une serre ?

— Non. Mon jardin est trop petit pour cela.

— Il vous en faudrait une.

Il la regarda et ajouta timidement.

— Vous devriez avoir tout ce que vous désirez.

Daisy s'efforça de sourire.

— Ce serait être trop gâtée, vous ne trouvez pas ?

— Puis-je vous parler sans ambages, Lady Chatwick ? demanda Somerled, frottant une feuille entre le pouce et l'index.

Non ! Allez-vous-en ! Rentrez chez vous !

— Bien sûr, s'obligea à dire Daisy.

— J'ose espérer que vous ne me trouverez pas trop hardi… Mais vous êtes la plus ravissante surprise de l'été. Lorsque j'ai entendu dire que la veuve du vicomte Chatwick était venue rouvrir Auchenard, j'avoue m'être représenté une dame âgée, aux cheveux blancs. Quel enchantement de vous y avoir trouvée !

Les joues de Daisy s'empourprèrent. Elle glissa la rose dans son corsage, saisissant cette occasion pour éviter le regard trop insistant de Somerled.

— Puis-je me permettre de vous demander quelles sont vos intentions ?

Daisy leva la tête, surprise.

— Mes intentions ?

— Entendez-vous demeurer à Auchenard ? Ou bien, prévoyez-vous de regagner Londres bientôt ?

— J'ai…

— Ce serait un grand plaisir pour moi que de faire plus ample connaissance avec vous, coupa-t-il, nerveux.

Serait-ce réellement un si grand plaisir ? songea Daisy. Cet homme avait-il décelé chez elle le moindre signe évoquant une possible compatibilité avec lui ? Ou ne voyait-il qu'une bourse bien garnie lorsqu'il la regardait ?

— Ah. Eh bien…

Daisy s'éclaircit la voix.

— C'est extrêmement gentil de votre part de…

— J'aimerais être celui qui vous fera découvrir l'Écosse. C'est un pays magnifique. Il y a des paysages à couper le souffle.

— Oui, cela semble être le cas, en effet, répondit Daisy, passant très vite en revue tout ce qu'elle pourrait dire pour le dissuader sans heurter sa sensibilité.

Elle jeta un coup d'œil au vieux portail et s'imagina contournant Somerled et quittant le jardin. Puis marchant jusqu'au loch et se jetant dedans, espérant que les eaux l'emmèneraient jusqu'à la mer.

— Des paysages à couper le souffle… Mais également très romantiques.

Seigneur, c'était pire qu'elle ne le pensait.

— Monsieur Somerled…

— Qu'est-ce donc, ici ? Un jardin ?

Daisy et Mr Somerled se retournèrent au même moment. Le portail s'ouvrit avec une certaine force, livrant le passage à Arrandale. Il était vêtu d'une culotte de peau, d'un manteau sombre et ses bottes étaient maculées de boue, comme s'il revenait de la chasse.

Il jeta un coup d'œil autour de lui, évaluant le lieu.

— Vous avez grand besoin d'un jardinier, Lady Chatwick, conclut-il.

Daisy le regarda, interdite.

— Je vous demande pardon, mais c'est moi le jardinier, ici. Je pensais que vous vous en souviendriez, compte tenu de nos précédentes rencontres.

— Ah, vous étiez donc en train de jardiner ? dit-il, jetant

de nouveau un coup d'œil autour de lui. Je vous imaginais occupée autre chose, ajouta-t-il, sarcastique.

Daisy sentit ses joues s'empourprer tandis qu'il s'avançait vers elle d'une démarche nonchalante, fixant la rose à son corsage.

— Oh oh, si c'est là une rose que vous avez fait pousser, je vous recommande fortement de vous essayer à une autre activité. La poterie, peut-être ?

— Je vous demande pardon, mais c'est moi qui ai cueilli cette fleur pour Lady Chatwick, dit soudain Somerled en se redressant. Vous l'insultez, Arrandale.

— Vous l'avez cueillie ? répondit ce dernier, avec un petit rire moqueur. Moi, je l'aurais laissée sur le rosier, si c'était là tout ce que j'avais à offrir.

Daisy n'en revenait pas. Quelle audace ! Quant à Somerled, il avait l'air grandement offensé.

— Je vous en prie, ne faites pas attention à ce monsieur, Mr Somerled, dit-elle.

— Je ne lui prête aucune attention, soyez-en assurée, Lady Chatwick. Il m'est totalement indifférent. Permettez-moi de me retirer, à présent, afin qu'Arrandale puisse continuer de vous distraire avec ses mots d'esprit, ajouta-t-il d'un ton sec.

Puis il s'inclina et, sans un mot de plus, quitta le jardin.

Arrandale le regarda partir. Il se tourna vers Daisy, un sourire satisfait aux lèvres.

— Vous n'êtes qu'un goujat ! s'exclama-t-elle, ôtant la rose de son corsage. Quel besoin aviez-vous de vous moquer de lui ainsi ?

— Quel genre d'homme est-il donc pour ne pouvoir supporter la plaisanterie ? demanda Arrandale d'un ton jovial. Regardez-vous, Lady Chatwick, avec le magnifique cadeau de votre admirateur. L'attention vous a plu, j'espère ?

— En effet, répondit Daisy avec désinvolture. Comme

je suis certaine que vous l'apprécieriez vous-même si vous en faisiez l'objet.

— Oh ! oh, me provoqueriez-vous ? lança-t-il, amusé. Je crois avoir eu ma part d'attention, récemment. Une part conséquente, si je puis me permettre l'audace de vous le rappeler. Mais je ne vous ai pas pour autant fait cadeau d'une pauvre fleur mangée par les insectes.

— Vous ne pouvez pas reprocher son choix à Mr Somerled, dit Daisy, s'efforçant de lui trouver une excuse.

— Soit. Mais je peux lui reprocher d'être assommant.

Daisy se détourna, ne pouvant réprimer un sourire.

Arrandale croisa les mains dans son dos et, passant devant elle, pénétra plus avant dans le jardin.

— À vous entendre, on vous croirait jaloux, lança-t-elle. Et pourtant, je sais que cela ne peut être vrai puisque vous n'éprouvez rien pour moi.

— En effet, cela ne peut être vrai, répondit-il, lui décochant un sourire par-dessus l'épaule.

— Dans ce cas, pourquoi êtes-vous si contrarié ? demanda-t-elle, franchement agacée par lui, à présent.

— Je ne suis pas contrarié, mais il me déplairait que vous ayez des vues sur lui.

— Je n'ai de vues sur personne.

— Si vous le dites.

— Pourquoi ne me croyez-vous pas ? demanda Daisy.

Elle enrageait. Cet homme était exaspérant.

— Ai-je manqué une seule fois d'honnêteté envers vous ? Pourquoi vous entêtez-vous à croire les rumeurs que colportent les mauvaises langues ?

Il la regarda de nouveau. Mais, cette fois, son sourire avait disparu.

— Je connais les hommes d'ici. Je sais ce qu'ils veulent.

L'insinuation hérissa Daisy. C'était une chose de le savoir, une tout autre de l'entendre le lui dire.

— Il est impossible que vous soyez au courant de leurs intentions…

— Je sais que les frères Fergus et Irving MacDonald sont constructeurs de bateaux et qu'ils en ont perdu un au printemps, dit-il, revenant vers elle. Je sais que le frère de Murray a perdu tout son bétail à cause de la peste bovine et qu'il ne peut plus nourrir son clan, désormais.

Daisy écarquilla de grands yeux. Mr Murray avait, en effet, mentionné que son frère aîné aimerait beaucoup visiter Auchenard.

Arrandale s'approcha plus près encore.

— Et je connais Somerled. Nous avons tous deux étudié à Saint Andrews. Il est le fils d'un important avocat et homme d'État écossais. Un homme qui connut la fortune lorsqu'il prit la défense du roi au moment où les Écossais se rebellaient contre la Couronne d'Angleterre et dont le destin bascula avec l'ascension des jacobites. Il paraît que Somerled a accumulé des dettes de jeu considérables que sa famille ne peut plus couvrir.

Daisy le fixait, interloquée. Elle fulminait. C'était humiliant. Les familles des Highlands avaient dépêché leurs hommes à Auchenard dans l'espoir de décrocher le gros lot.

Elle jeta la rose sur le sol.

— Je suis lasse de discuter. Il se trouve toujours quelqu'un pour me donner des conseils, me montrer ce que je suis soi-disant incapable de voir.

— Loin de moi l'idée de vous offenser, je vous en donne ma parole. Mais je ne peux rester sans rien dire lorsque je vois une femme aussi belle que vous poursuivie par les assiduités d'hommes indignes d'elle.

— Je n'ai pas besoin de vous pour savoir ce qui les intéresse, répondit Daisy d'un ton courroucé.

— Je le sais. Le capitaine Spivey est-il digne de vous, lui ?

Daisy crut que son cœur s'était arrêté de battre.

— Qui vous a parlé de lui ?

Arrandale ne répondit pas.

C'était Belinda, bien sûr.

— Cela ne vous regarde pas. Absolument pas, lança-t-elle, se détournant.

Arrandale ne bougea pas, ne dit rien. Elle se tourna de nouveau vers lui.

— En effet, ce ne sont pas mes affaires, admit-il, la regardant droit dans les yeux. Mais s'il est digne de vous, je n'aimerais pas vous voir le blesser.

Le sang de Daisy ne fit qu'un tour. Comment osait-il lui dire quelle conduite elle devait tenir ?

Elle s'approcha de lui, posa une main sur son torse et le repoussa.

— Je n'ai besoin des conseils de personne et encore moins des vôtres. Ce serait plutôt à moi de vous en donner.

— Faites, je vous en prie, dit-il, ouvrant largement les bras.

— Cessez de faire de la contrebande, lança-t-elle.

Elle espérait le choquer, inverser ainsi les rôles. Arrandale leva un sourcil surpris et se mit à rire.

— Excellent conseil ! Mais ne croyez pas pouvoir m'intimider, je n'en ai absolument pas honte, ajouta-t-il, emprisonnant soudain son visage entre ses mains. Lorsque les taxes de la Couronne d'Angleterre empêchent notre clan de prospérer, je prends le risque.

— Je n'ai pas honte, moi non plus, rétorqua Daisy d'un ton virulent. De la même façon, lorsque le décret d'un mari m'empêche de vivre ma vie à ma guise, alors, moi aussi, je m'autorise quelques risques.

Elle lui jeta un regard furieux, mais il caressa tendrement sa joue.

— Je comprends, dit-il d'une voix douce.

— Vous croyez ? rétorqua-t-elle, toujours très en colère.

— Oui.

Il laissa une main glisser jusqu'à sa nuque et se pencha vers elle.

— Vous ne voulez pas de mes conseils, soit. Mais si un jour vous changez d'avis, vous n'aurez qu'à me le dire. Sachez que je serai toujours sincère et honnête avec vous, vous avez ma parole.

Daisy se troubla, il était si proche d'elle. Il lui semblait soudain que son corps lui échappait, en proie à un désir intense qui l'assaillait, incontrôlable. Que lui arrivait-il ? Quand était-elle devenue aussi sensible, aussi facilement troublée ? Et depuis quand avait-elle à ce point besoin d'entendre un homme lui promettre d'être honnête avec elle, comme elle semblait en avoir besoin aujourd'hui ? Se pouvait-il qu'elle ait abandonné toute prudence pour ne songer qu'à son plaisir ?

Elle ne se reconnaissait plus. Quelles que soient ses envies, elle avait un fils auquel elle devait penser.

Elle saisit le poignet d'Arrandale, écarta sa main.

— Je n'ai besoin des conseils de personne.

L'espace d'un instant, elle hésita, confuse encore, ne sachant si elle allait résister à l'envie de l'embrasser. Mais les remontrances qu'il avait faites sur son comportement l'avaient ulcérée et elle lâcha sa main.

Arrandale s'écarta. Il s'inclina.

— Comme il vous plaira, dit-il.

Puis il s'éloigna d'une démarche insouciante. Ce fut tout juste s'il ne se mit pas à siffloter.

— Où allez-vous ? demanda Daisy.

— Apprendre à un enfant à lancer un tronc d'arbre, répondit-il, par-dessus son épaule. Retournez vous occuper de vos invités, Lady Chatwick.

— Merci de me conseiller, une fois de plus, sur ce que je dois faire ! rétorqua-t-elle d'un ton exaspéré.

Elle entendit Arrandale rire tout seul en franchissant le portail.

Mr Somerled rejoignit Daisy sur la rive du Lochcarron alors qu'elle observait Mr Murray promenant en bateau Mrs Murray et Miss MacKenzie. Miss MacKenzie s'amusait beaucoup, poussant de petits cris ravis chaque fois que le bateau penchait un peu sur le côté.

Somerled lui tendit une ombrelle.

— Miss Hainsworth se préoccupe beaucoup de votre teint, dit-il, une lueur amusée dans le regard.

Daisy sourit.

— Je crois qu'elle compte chaque jour le nombre de mes taches de rousseur.

Elle s'assit en compagnie de Somerled sur un banc que l'on avait installé là, il y avait fort longtemps, sans doute. Le bois en était vermoulu et se fendait par endroits. Aussi, Somerled le couvrit-il très galamment de son mouchoir pour elle.

En dépit de ce qu'avait dit Arrandale à son sujet, Daisy aimait bien la compagnie de Somerled. Il était plein de sollicitude à son égard et ne posait pas sur elle un regard de prédateur, comme s'il s'apprêtait à la dévorer à chaque instant. Il riait à tout ce qu'elle disait et la complimentait beaucoup. Un peu trop, d'ailleurs. Ses cheveux, ses yeux, le velouté de son teint. Son fils était très bien éduqué, preuve qu'elle devait être une mère merveilleuse. Auchenard avait été magnifiquement restauré, preuve qu'elle était une maîtresse de maison des plus compétentes.

Daisy n'était en rien responsable de la couleur de ses cheveux ou de ses yeux, ni de la beauté de son teint. Elle était au mieux une mère correcte et, sans oncle Alfonso, Auchenard ne se serait jamais relevé de ses ruines. Mais elle appréciait les compliments de Somerled.

Et ils lui permettaient d'oublier un peu Arrandale.

Rowley apparut, envoyé à sa recherche.

— Lord Chatwick réclame votre présence, dit-il. Il souhaite très vivement vous montrer quelque chose. Il se trouve dans le champ, juste derrière le jardin, ajouta-t-il, s'emparant de l'ombrelle qu'elle lui tendait.

Somerled et Daisy remontèrent la pelouse, parfaitement tondue à présent grâce aux chèvres achetées par son oncle. Puis ils contournèrent le mur du jardin et gagnèrent le champ dans lequel Daisy avait rencontré par deux fois Arrandale.

Les MacDonald avaient rejoint Arrandale et Ellis, et ils étaient en train de lancer de grosses branches d'arbre, apparemment fraîchement coupées. C'était au tour de Fergus MacDonald. Le dos arqué, il courut, puis bondit aussitôt pour catapulter la branche en l'air. Elle s'éleva, décrivit un arc de cercle et rebondit une fois avant de disparaître dans l'herbe haute.

Quant à Ellis… Il riait et se précipita vers l'endroit où la branche était tombée, faisant signe aux hommes de le suivre. Il était tout exalté et Daisy sentit son cœur se gonfler de reconnaissance.

— Cela doit vous paraître très étrange, dit Somerled, ce sport que pratiquent les Highlanders.

— Assez, oui, acquiesça-t-elle.

C'était au tour d'Ellis. Arrandale avait choisi une branche plus petite pour lui. Il l'aida à la tenir correctement et, avec des paroles d'encouragement que Daisy ne put entendre, il invita Ellis à la lancer. La branche partit de travers et faillit atteindre

Arrandale. S'il n'avait pas eu le réflexe de s'écarter, il l'aurait reçue sur la tête.

Ellis fit une deuxième tentative. Cette fois, la branche quitta à peine ses mains pour retomber aussitôt, mais les hommes applaudirent tout de même.

— Avez-vous vu, maman ? lança-t-il.

— Oui, j'ai vu, mon chéri ! répondit Daisy. C'était un très beau lancer.

Il y eut quelques échanges avec les MacDonald, et Arrandale tendit de nouveau la branche à Ellis. Puis il lui donna de nouvelles instructions et changea légèrement la position de ses mains.

— Milady ?

Daisy se retourna et aperçut Rowley, traversant le champ.

— Souhaitez-vous que je serve le déjeuner ?

— Oui, je pense que…

— Aïe ! hurla soudain Ellis.

Daisy fit volte-face. Son fils était à quatre pattes. Il roula alors sur le côté pour examiner son genou. Elle vit son visage se décomposer.

Soulevant ses jupes, elle courut le rejoindre.

— Que s'est-il passé ? demanda-t-elle, s'agenouillant auprès de lui.

— Je suis tombé, répondit Ellis.

Sa lèvre inférieure tremblait. Daisy effleura avec précaution son genou à travers la déchirure du pantalon. Il était maculé de sang et elle aperçut ce qui lui semblait être une profonde entaille.

— Oh, mon Dieu ! s'exclama-t-elle. Rowley ? Rowley ! Il nous faut des pansements ! Oh, Seigneur, Ellis…

— Permettez-moi de vous aider, dit Somerled.

— Oui, merci. Venez, mon chéri, rentrons. Belinda va vous soigner.

Ellis acquiesça d'un hochement de tête. Il se mordait la lèvre pour ne pas pleurer.

Somerled aida Daisy à se relever tandis qu'Arrandale aidait Ellis à se remettre sur pied.

— Ce n'est rien, mon garçon, seulement une égratignure, dit-il d'un ton enjoué. Ça va aller.

— Mais ça saigne, dit Ellis, au bord des larmes.

— Le sang est la marque des champions, répondit Arrandale.

Daisy glissa un bras autour des épaules de son fils et l'attira contre elle. Il boitillait lorsqu'ils traversèrent le champ.

— Ne craignez rien, Belinda saura parfaitement panser votre genou, dit-elle, rassurante.

— Maman…, avez-vous vu à quelle distance j'ai lancé le tronc ? demanda Ellis. Je l'ai lancé très loin.

Daisy regarda son fils. Ce n'était pas l'enfant qu'elle connaissait. L'enfant qu'elle connaissait fuyait les jeux. Il avait peur des autres garçons, peur d'être blessé. Et lorsque, par hasard, cela lui arrivait, c'était une catastrophe. Mais l'enfant qui claudiquait à ses côtés souriait, visiblement préoccupé par autre chose que la blessure à son genou.

— Peut-être devriez-vous attendre d'être un peu plus grand avant de vous essayer à ce sport, suggéra Somerled.

Non, il n'attendrait pas, songea Daisy. Somerled ne voyait-il pas combien son fils était heureux ? Elle s'efforça de chasser de son esprit l'air renfrogné d'Arrandale lorsqu'elle avait emmené Ellis. Comme si ce qu'elle faisait était mal ! À sa place, sans doute aurait-il frotté son genou avec de l'herbe et l'aurait-il aussitôt relevé pour faire un nouvel essai.

Mais elle ne pouvait nier qu'elle n'avait jamais vu Ellis aussi heureux qu'il l'était en cet instant, avec son genou maculé de sang, son manteau plein de terre et le visage rayonnant de fierté d'être parvenu à lancer un tronc d'arbre.

Chapitre 10

Le lendemain, Cailean retrouva Aulay à Balhaire et ils partirent en bateau pour Newark, remontant la rivière Clyde, afin de vendre leur cargaison de vin et de tabac de contrebande.

Hamish Gib, l'« agent » avec lequel ils négociaient généralement, était un solide gaillard, originaire de Glasgow, avec des oreilles d'une taille impressionnante.

— Alors, vous avez du gin ? demanda-t-il tout en comptant les pièces d'or qu'il leur devait.

Le marché avait très vite été conclu. Il avait acheté toute la cargaison.

Aulay jeta un coup d'œil à Cailean. Il avait failli se faire arraisonner la dernière fois qu'il s'était rendu à Calais. La crique dans laquelle ils avaient coutume de se réfugier en cas de problème avait été découverte et se trouvait maintenant surveillée par la Royal Navy. Mais comme Cailean l'avait expliqué à Lady Chatwick, ils prendraient le risque. Les Highlanders n'avaient pas coutume de se laisser impressionner. Et même maintenant, alors que le danger s'avérait désormais plus grand, un seul regard leur suffit à se mettre d'accord.

— Nous pouvons en avoir, dit Aulay.

— Et moi, je peux en vendre autant que vous m'en ramènerez, répondit Hamish Gib.

Une fois payés, ils quittèrent le bureau vétuste et se retrouvèrent sur le quai fourmillant d'activités. Ils s'arrêtèrent un instant, côte à côte, regardant leur bateau.

— Nous ne pouvons plus nous rendre à Abbot's Cove, dit Aulay, en gaélique.

— Dans ce cas, nous naviguerons jusqu'à Inverness et nous acheminerons la marchandise par la terre. Rabbie viendra nous retrouver avec les chevaux.

— Les Anglais connaissent nos bateaux. Peut-être vaudrait-il mieux changer d'itinéraire, le temps de laisser les choses se calmer.

— J'ai trouvé un homme à Bergen, prêt à commercer avec nous, dit Aulay.

Cailean lui jeta un coup d'œil.

— Commercer avec la Norvège ?

Les Norvégiens avaient la réputation d'être très protectionnistes envers leur commerce.

— Du bois de construction et du sel, dit Aulay. Glasgow est en pleine expansion. Elle se construit à une telle vitesse que nous pourrions faire pas mal de profit. Pendant ce temps, les Anglais penseront avoir gagné.

C'était une bonne idée et Cailean acquiesça. Cela valait la peine d'aller à Bergen jeter un coup d'œil.

Les deux frères se remirent au travail. Ils avaient des marchandises à ramener, de la laine pour Balhaire et des meubles pour Arrandale. Cailean était particulièrement reconnaissant d'avoir de quoi s'occuper les mains et l'esprit. Toute activité était la bienvenue qui lui permette de chasser de son esprit la dame d'Auchenard.

Il ignorait si son frère avait remarqué combien il était distrait, il ne lui avait fait aucune remarque. Mais Cailean se sentait malade. Il savait d'où cela venait. Il avait déjà vécu cet état, une fois dans sa vie. Pourquoi fallait-il qu'il se soit laissé ensorceler par cette ravissante anglaise, sa voisine ? Il y avait tout de même une différence, cette fois. La belle ne suscitait ni angoisse ni agitation en lui. Il avait passé l'âge de ces désirs incontrôlables que l'on ressent, jeune homme. Cette fois, le tourment se limitait à ne pouvoir chasser la dame de son esprit.

Elle apparaissait sans arrêt dans ses pensées. Des images d'elle surgissaient à tout bout de champ. Son regard vert animé de cette petite étincelle diabolique ou son teint de pêche ne cessaient de le hanter. Ou pire encore, la sensation de son corps pressé contre le sien lorsqu'il l'avait embrassée. Il lui semblait entendre parfois son rire et il s'était même retourné, à un moment, certain qu'elle se trouvait là, à Glasgow.

Bien sûr, ce n'était pas elle.

Ce rire, ces yeux verts magnifiques, tout cela était désormais destiné à Spivey et cette pensée lui ravageait le cœur. Il n'y avait pas plus irrationnel. Ce n'était pas comme si le capitaine la lui avait prise. Il ne le connaissait pas. Tout ce qu'il savait de Spivey, c'était qu'il rêvait de les voir, son frère et lui, prisonniers dans quelque donjon, et bientôt pendus, si les rumeurs concernant ce qui était censé arriver aux contrebandiers étaient vraies. Mais ceci mis à part, Spivey pouvait fort bien être un homme tout à fait convenable.

Cette constatation, toutefois, ne le soulageait en rien. Il était furieux contre lui-même de ne pouvoir reprendre le contrôle de ses pensées. Dégoûté, même. Il n'était pas homme à passer son temps à ratiociner sur une femme et les émotions qu'elle pouvait provoquer en lui. Mais, malheureusement, il n'y pouvait rien.

Il était parti depuis une bonne dizaine de jours lorsqu'il passa à Balhaire récupérer Flamme et acheminer, avec l'aide de Rabbie, deux charrettes de meubles qu'ils entreposèrent dans l'une des pièces terminées d'Arrandale. Cailean était épuisé, affamé, et son garde-manger était vide. Rabbie parti, il saisit une de ses cannes à pêche, siffla Flamme et se dirigea vers le loch pour y prendre de quoi souper.

L'air était lourd et un banc de nuages s'était formé au-dessus des collines. Il estima à une heure environ le temps qu'il lui restait avant que la pluie se mette à tomber.

Mais apparemment, la chance, aujourd'hui, n'était pas au rendez-vous. Il arpentait la berge, lançant encore et encore sa ligne, dans l'espoir d'une prise qui ne venait pas.

Le premier grondement de tonnerre, dans le lointain, effraya Flamme. Elle détala, probablement partie se réfugier dans la cuisine où elle allait généralement se terrer, en attendant que les orages passent. Maudits poissons ! N'allait-il pas y en avoir un seul qui se laisse leurrer par son appât ? Il continua de marcher, de lancer sa ligne, le regard scrutant l'onde, à l'affût du moindre mouvement. Il fut surpris d'entendre soudain des voix sur sa droite et il jeta un coup d'œil dans cette direction. Un bateau approchait, glissant sur l'eau, émergeant du bouquet d'arbres qui bordait la rive du loch. Deux personnes s'y trouvaient, une femme portant une ombrelle et… Cailean poussa un grognement. Il ne pouvait s'agir que d'une seule femme.

Il regarda le bateau approcher. L'homme qui ramait lui tournait le dos. Il ramait à vive allure, sans regarder derrière lui. La femme était confortablement installée dans des coussins, son ombrelle s'inclinant au gré de la brise. Qui pouvait bien la promener ainsi, telle une reine ?

Lorsque le bateau fut un peu plus près de la rive, il vit qu'il s'agissait de Somerled. Bon sang, il devait être endetté jusqu'au cou pour agir ainsi. Mais il y avait autre chose encore. Somerled portait une perruque. Une perruque.

— Lord Arrandale ! appela soudain Lady Chatwick, agitant la main comme s'il ne l'avait pas vue.

Le petit bateau à rames avançait beaucoup trop vite.

— Attention ! cria Cailean. Vous vous dirigez tout droit sur…

Le bateau buta soudain contre un affleurement rocheux. Somerled dut se rendre brusquement compte du danger car il se leva d'un bond, s'efforça de stopper le bateau en plantant sa rame contre le rocher. Elle se brisa net en deux et il fut projeté par-dessus bord, dans l'eau peu profonde. Lady Chatwick poussa un cri. Elle laissa tomber son ombrelle et se cramponna au bord du bateau, parvenant tant bien que mal à demeurer à bord en dépit du gîte.

Somerled se redresser, l'eau ne lui arrivant qu'à mi-cuisse. Lady Chatwick le regarda et partit d'un rire joyeux.

Somerled pinça les lèvres, visiblement vexé.

Cailean s'avança et tira le bateau sur la rive.

— Oh ! mon Dieu, la rame est cassée ! dit-elle, tandis qu'il l'aidait à descendre. Une seule rame suffira-t-elle pour le retour ?

— Une seule ? Vous n'en avez plus, répondit Cailean, désignant l'eau du loch sur laquelle flottait la seconde rame, emportée par le courant, et en bonne voie pour gagner la mer si rien ne venait l'arrêter en chemin.

— Nous allons devoir porter le bateau, dit Somerled d'un ton pincé, pataugeant dans l'eau pour regagner la rive.

Il évita consciencieusement le regard de Cailean, les joues empourprées de honte.

— Quelle chance que nous ayons trouvé Arrandale pour nous venir en aide, dit Lady Chatwick, souriant à Cailean. C'est une grande surprise, ajouta-t-elle, rayonnante. Je vous imaginais tombé d'une falaise ou dévoré par les loups. Il y a une éternité qu'on ne vous a plus vu à Auchenard.

— Je n'ai rien de particulier à y faire.

— Personne n'a rien de particulier à faire à Auchenard, rétorqua-t-elle. Et pourtant, Mr Irving MacDonald et Mr Somerled ont eu l'amabilité de me rendre visite, ajouta-t-elle, se tournant vers Somerled qui lui adressa un petit sourire crispé.

— Vous êtes donc très occupée et n'avez aucun besoin que je vous rende visite, dans ce cas.

— Je suis très occupée, en effet, répondit-elle d'un ton effronté, en le toisant.

Puis elle se détourna.

— Nous étions sur le chemin du retour, expliqua-t-elle. Mr Somerled dit qu'il va pleuvoir. Voulez-vous vous joindre à nous pour le thé ?

— Non.

— Non ? lança-t-elle par-dessus son épaule, manifestement surprise que l'on puisse refuser son invitation.

— Je dois pêcher.

— Mais Mr Somerled ne peut pas porter seul le bateau. Et nous avons une grande quantité de poissons à Auchenard ! C'est une obsession chez mon oncle. Tous les matins, il va à la pêche et nous en ramène de nouveaux, ajouta-t-elle, une pointe de provocation flottant dans son sourire.

— Mr Arrandale a sans doute autre chose à faire, suggéra Somerled.

Ah oui ?

Cailean tourna lentement la tête vers lui, debout sur la rive, dégoulinant d'eau.

— Il se trouve que non.

— Fantastique ! s'exclama lady Chatwick, d'un ton enjoué. Nous mettons-nous en route, messieurs ?

Somerled se détourna, la mâchoire crispée.

— Je prends cette extrémité, dit-il, désignant le bateau.

Ils le hissèrent au-dessus de leurs têtes et, après s'être frayé un chemin au milieu des arbres, ils parcoururent la courte distance qui les séparait d'Auchenard. Ils l'amarrèrent solidement dans la petite crique où il se trouvait habituellement. Le temps qu'ils s'en occupent, Mr Kimberly les avait rejoints sur la rive du loch.

— Oncle Alfonso, regardez qui est venu à notre secours ! s'exclama Lady Chatwick, se tamponnant la poitrine de son mouchoir. Nous avons eu un petit accident. Les rames sont perdues.

— Les rames sont perdues ? s'étonna son oncle.

Il y eut un nouveau roulement de tonnerre, plus proche cette fois, et une rafale de vent souleva le bas de la robe de Lady Chatwick.

— Oh ! et Lord Arrandale n'est pas parvenu à prendre de poisson, dit-elle, ignorant le ciel de plus en plus menaçant. Nous en avons suffisamment, je crois, pour partager avec notre voisin, non ?

— J'ai salé de l'excellente truite, ce matin, déclara fièrement son oncle. Venez, à présent. La pluie menace sérieusement.

Lady Chatwick glissa son bras sous le sien et ils prirent la direction du pavillon. Ce faisant, elle se lança dans le récit détaillé de leur petite épopée, le bateau qui heurte les rochers et la rame brisée, tandis que les deux hommes les suivaient.

Somerled marchait avec une mine de chien battu. Cailean s'en voulait d'avoir laissé son orgueil prendre le pas et d'avoir accepté l'invitation. Mais le récit de la mésaventure de Somerled suffisait à le réjouir.

Rowley vint à leur rencontre sur la terrasse, accompagné de Lord Chatwick, se tenant timidement à ses côtés, les mains croisées dans le dos. Somerled ignora totalement l'enfant, mais Cailean lui sourit, posa une main sur son épaule.

— Vous êtes-vous entraîné au lancer ?

Lord Chatwick secoua la tête.

— Je n'ai personne pour m'aider.

Il jeta un regard méfiant à Somerled qui parlait avec

Mr Kimberly, lui expliquant certainement que ce n'était pas de sa faute si les rames étaient perdues.

— Mr Somerled a pris un bain forcé, murmura Cailean.

Lord Chatwick sourit.

Miss Hainsworth apparut alors sur le seuil, timidement, comme si elle craignait de faire un pas dehors.

— Entrez ! dit-elle. Vite ! L'orage va éclater d'un instant à l'autre. Vous allez attraper la mort !

Personne n'allait attraper la mort, songea Cailean. On ne pouvait vivre dans les Highlands si on craignait la pluie ou l'eau. Il suivit néanmoins tout le monde à l'intérieur. Il venait juste de fermer la porte derrière lui lorsque le tonnerre claqua si fort que toutes les vitres du pavillon tremblèrent.

Mr Kimberley alimenta le feu dans la grande cheminée du salon. Tandis que les flammes jaillissaient de plus belle, un éclair illumina soudain la pièce, aussitôt suivi par un nouveau claquement de tonnerre assourdissant. Lord Chatwick saisit la main de sa mère.

— Il était très près, cette fois, dit Miss Hainsworth. Quelle chance nous avons de nous trouver entourés de collines ! La foudre aurait pu tomber sur le pavillon. C'est une des causes d'incendie les plus fréquentes, vous savez.

Cailean ne se souvenait pas d'avoir jamais entendu parler d'une maison ayant brûlé à cause de la foudre.

— Apportez le whisky, Rowley, dit Kimberley tandis que tous s'asseyaient dans le salon. Il n'y a pas mieux pour calmer les nerfs.

Tandis qu'ils attendaient que le majordome fasse le service, la pluie se mit à tomber. Il faisait passer les verres lorsque l'orage éclata pour de bon. Le vent, déchaîné, courbait les arbres, soufflant en bourrasques, tandis que la pluie cinglait les vitres, véritable déluge, à présent.

— Il nous manque une occupation pour passer le temps, dit Lady Chatwick, nerveuse.

— L'orage ne durera pas, dit Cailean. Ces orages de fin d'été sont impressionnants, mais ils passent, la plupart du temps, aussi vite qu'ils sont venus.

— Lady Chatwick a raison, dit Somerled.

Obséquieux, comme on pouvait s'y attendre. Et si prévisible que c'en était pathétique.

— Souhaitez-vous que je vous fasse la lecture ?

— La lecture ? s'exclama Lady Chatwick, visiblement surprise par cette suggestion.

Il était clair qu'elle avait en tête un plan beaucoup plus diabolique, quelque épreuve ou jeu qui amènerait ses deux visiteurs à s'affronter.

— Nous n'avons que très peu de livres.

— Mais vous avez une bible, dit Somerled, désignant le livre posé sur le bureau.

Elle écarquilla les yeux, comme si elle le découvrait. Puis, jetant un regard de côté à Cailean, elle s'exclama avec un enthousiasme qu'il savait totalement forcé.

— Merci, Mr Somerled. Nous n'en serons que meilleurs après l'écoute d'une lecture aussi édifiante. N'est-ce pas, Arrandale ?

Il la foudroya du regard et elle sourit, insolente.

Somerled saisit la bible. Il tourna les pages, trouva un passage qu'il jugeait tout à fait adapté et commença à lire :

— Exode, le septième fléau. « La foudre s'abattit sur la terre et le Seigneur fit tomber la grêle sur le pays d'Égypte. Grêle, foudre mêlée à la grêle ; ce fut si violent que tout le pays d'Égypte n'avait rien vu de semblable depuis qu'il était une nation. »

Cailean écouta poliment quelques minutes, mais son esprit se mit bientôt à vagabonder. Et lorsqu'il n'était pas occupé à jeter des regards noirs à Lady Chatwick qui continuait de lui adresser de petits sourires insolents, il se mit à faire mentalement la liste de tout ce qu'il devait faire à Arrandale. Il vit Rowley et Mr Kimberly se glisser discrètement hors de la pièce, Lord Chatwick s'endormir, la tête posée contre l'épaule de sa mère. Il regarda cette dernière lutter contre le sommeil, elle aussi, les paupières lourdes, peu intéressée par le propos. Pourtant la séductrice qu'elle était méritait amplement le sermon que Somerled tentait d'administrer, en cet instant, soucieux de l'impressionner.

Une seule personne semblait totalement fascinée par le ronron de sa lecture, Miss Hainsworth. Assise sur le bord de son fauteuil, elle paraissait captivée, comme si elle n'avait jamais entendu raconter l'histoire des Israélites fuyant l'Égypte.

Cailean n'aurait su dire combien de temps dura la lecture de Somerled, mais elle leur fit passer le plus gros de l'orage. Le soleil perça soudain à travers les nuages, juste au moment où les Israélites atteignaient le mont Sinaï. Cailean, lui, n'aurait su le dire, il avait perdu depuis longtemps le fil. Mais avant que Somerled ait eu le temps de reprendre son souffle, il se leva.

— L'orage est passé.

— Hum ? dit Lady Chatwick, émergeant de sa torpeur. Oh ! regardez, Ellis ! ajouta-t-elle, réveillant son fils. L'orage est fini. Sortons, nous aurons peut-être la chance de voir un arc-en-ciel.

Elle se leva, entraînant son fils, mettant ainsi un terme à la lecture de Somerled.

Il parut blessé qu'elle parte ainsi, sans le moindre égard, sans un mot pour le complimenter. Il referma la bible et la posa.

Ce fut Miss Hainsworth qui se fit un plaisir de le complimenter à sa place.

— Merci, Mr Somerled, dit-elle d'un ton grave. Votre lecture m'a été d'un grand réconfort durant ce terrible orage.

— Oh ! regardez ! Le ciel est bleu, dit Lady Chatwick. C'est une chance, Mr Somerled, ajouta-t-elle, se tournant vers lui. Vous avez une longue route à parcourir, je crois ? Mais avec le soleil, à présent, vous devriez être de retour chez vous avant la tombée de la nuit.

Somerled parut quelque peu déconcerté.

— Euh… Oui, dit-il, d'un ton hésitant.

Il ne savait plus que penser, car il n'était plus désormais qu'une pauvre souris entre les griffes de Lady Chatwick. Et le chat venait de chasser la souris.

— Oh ! je suis tellement soulagée ! poursuivit-elle. Je n'aurais pas aimé du tout vous savoir à cheval sous l'orage. Belinda, très chère, voulez-vous vous occuper d'Ellis et prévenir Mr Green que Mr Somerled attend son cheval ?

Bien évidemment, Cailean les suivit jusque dans l'allée. Bien évidemment, il prit grand plaisir à voir Somerled s'attarder dans l'espoir de pouvoir parler un instant en privé avec Lady Chatwick, privilège qu'il refusa de lui accorder en demeurant ostensiblement auprès d'elle.

Somerled commença à comprendre qu'il était vaincu. Il monta à cheval.

— Bonne journée, Mr Somerled ! dit Lady Chatwick, d'un ton enjoué.

— Bonne journée, répondit-il sèchement.

Puis il éperonna son cheval.

Cailean et Lady Chatwick le regardèrent s'éloigner.

— Dieu merci, voilà qui est fait ! dit-elle.

— *Latha math*, Lady Chatwick, répondit Cailean.

— Comment ? s'exclama-t-elle, se tournant vers lui. Vous partez ?

— Oui. J'ai porté votre bateau. J'ai dû attendre que l'orage passe et j'estime avoir entendu suffisamment de paroles bibliques pour aujourd'hui.

— Mais il y a quelque chose que je veux vous montrer !

Mr Kimberly apparut soudain dans l'allée.

— Que se passe-t-il ?

— Lord Arrandale parle de s'en aller, mais je tiens à lui montrer notre tout nouvel abri de jardin.

— Inutile de faire perdre son temps à Arrandale, dit Kimberly d'un ton bourru. Cet abri ne vaut pas la peine d'être vu. Notre homme n'est vraiment pas doué.

Un abri de jardin ? Quel homme ?

— C'était très aimable de la part de Mr Somerled d'avoir fait tout ce chemin pour venir le construire, rétorqua Daisy. Voilà un excellent voisin pour vous. Je ne m'étais pas rendu compte combien j'en avais besoin avant qu'il l'édifie pour moi.

— Allons, Daisy, ne me racontez pas d'histoires. Vous saviez pertinemment que ce n'était pas sa partie, je vous l'avais dit, insista Kimberly.

Daisy ? Elle s'appelait Daisy ? Elle portait un nom de fleur. Ces Anglais étaient fous, décidément.

— Oui, c'est vrai, vous me l'aviez dit. Mais Mr Somerled est arrivé avec tout le matériel.

Cailean savait qu'il n'aurait pas dû s'en mêler, mais il ne put résister.

— Il vous a construit un abri de jardin ?

— Mais oui ! répondit-elle, avec une joie malicieuse. Venez voir !

— Allez-y. Pour ma part, je n'ai déjà que trop vu cette espèce de cercueil planté debout, dit Kimberly.

Il esquissa un geste de la main et regagna le pavillon.

Lady Chatwick… Daisy, croisa les mains derrière son dos et se hissa sur la pointe des pieds.

— Alors ? demanda-t-elle.

Cailean poussa un petit grognement.

— D'accord, allons-y. Mais rapidement, ajouta-t-il, lui faisant signe de se mettre en route.

Ils contournèrent le pavillon et Cailean faillit buter contre un tonneau.

— Oh ! j'avais oublié qu'il se trouvait ici, dit Daisy. Mon oncle y stocke son poisson, après l'avoir soigneusement préparé et salé. Nous n'avons pas la place de le stocker dans notre cellier et il n'a pas encore décidé d'un lieu où entreposer son trésor.

Ils poursuivirent leur chemin. Lady Chatwick s'arrêta bientôt.

— Et voilà ! dit-elle, désignant l'abri d'un geste ample.

Voilà, en effet ! C'était une sorte d'étroite construction, faite de bois mal taillé, et qui, comme l'avait dit Mr Kimberly, ressemblait fort à un cercueil.

— Ce n'est qu'une pauvre boîte, dit Cailean.

Il s'avança, ouvrit la porte et pénétra à l'intérieur. Lady Chatwick le suivit et la referma. Somerled avait ménagé une ouverture dans la porte et dans un des côtés, sans doute en guise de fenêtres.

— C'est ridiculement petit, marmonna Cailean, remonté contre Somerled.

— Mr Somerled dit que c'est très intime, lui répondit Lady Chatwick en souriant.

Elle était tout à fait consciente de la lueur que ce sourire allumait dans son regard, du trouble qu'il faisait naître chez lui, le mettant mal à l'aise, trop réceptif à sa présence si proche.

— Très bien, j'ai vu votre abri, dit-il soudain. Quels autres cadeaux vos admirateurs vous ont-ils faits ?

— C'est le seul. Mais Mr MacDonald m'a montré les plans d'un bateau qu'il aimerait construire. Il a beaucoup de talent.

— Un bateau qu'il vous demandera de financer, dit Cailean, d'un ton ironique. C'est encore pire que je ne pensais ! Vous semblez ignorer tout de la façon de vous débarrasser de ces hommes qui courent après votre fortune.

— Détrompez-vous ! dit-elle en riant. Depuis trois ans, je vis entourée de ce type d'hommes. Vous semblez me prendre pour une petite idiote, Lord Arrandale.

— Je ne suis pas un lord. Je suis un laird. Laird d'Arrandale. Je ne suis pas un dandy, comme vous en fréquentez dans vos salons londoniens. Inutile de m'appeler laird. Je suis Cailean.

— Oui, mais…

— Si nous devons devenir amis, il conviendrait que vous m'appeliez par mon prénom. Et c'est Cailean. Dites-le.

— Cailean, répéta-t-elle docilement. Cela signifie-t-il que nous serons de véritables amis ? Je croyais que vous étiez fermement opposé à tout commerce avec moi ? ajouta-t-elle, le toisant.

— Il n'est pas question que je vous fasse la cour. Et sachez que je n'offre pas mon amitié à la légère, mais vous semblez en avoir besoin. Maintenant, ayez l'obligeance d'ouvrir la porte de cette boîte que Somerled, que vous avez si bien réussi à enjôler, a construite pour vous.

— Je ne l'ai pas enjôlé, c'est lui qui a insisté, répondit Daisy, sans faire le moindre geste pour ouvrir la porte. Je persiste à dire que vous êtes jaloux de lui.

— C'est grotesque, répondit Cailean d'un ton bourru.

— Pas du tout. Vous l'êtes. J'ai bien vu les regards que vous lui jetiez, tout à l'heure.

D'un geste rageur, Cailean épousseta sa manche à laquelle un peu de poussière s'était accrochée.

— C'est totalement ridicule. C'est à peine si j'ai ouvert les yeux durant ce sermon.

— Reconnaissez au moins qu'il a une très belle voix, dit-elle.

Elle s'amusait avec lui, nouvelle proie dans son jeu. Il en

était tout à fait conscient et s'en voulait de ne pas avoir la force de s'en aller.

— Et vous l'accusez, en plus, de courir après ma fortune.

— C'est exactement ce qu'il fait, répondit Cailean. Il faut vraiment être innocente pour ne pas s'en apercevoir.

Daisy eut un grand sourire.

— C'est peut-être vous qui courez après ma fortune et espérez mettre la main dessus en éliminant les autres.

— Regardez-moi, *leannan*, dit-il, pointant un doigt vers sa poitrine. Ai-je l'air d'un homme qui attend après la fortune d'une veuve ?

— Je vous regarde, répondit Daisy d'une voix qu'il trouva soudain très suave.

À moins que ce ne soit son imagination qui lui jouait des tours. Elle laissa son regard glisser nonchalamment sur lui et remonter tranquillement, prenant tout son temps pour le détailler. Bottes, pantalon, manteau, jusqu'au foulard qu'il avait dénoué et dont les pans tombaient sur sa poitrine.

— Non, répondit-elle finalement, vous n'avez pas l'air d'un homme qui attend après ma fortune. Mais la soif de pouvoir et d'argent ne se lit pas toujours dans l'apparence, ajouta-t-elle, haussant les sourcils.

Ah, quelle femme ! Quelle femme séduisante ! Comment avait-elle réussi à avoir sur lui une telle emprise, un tel pouvoir ?

Un sourire effleura ses lèvres et il secoua la tête.

— Vous êtes une véritable *Diabhal*, une ensorceleuse. Vous usez de tous vos charmes pour séduire. Vos yeux, vos paroles… et votre sourire envoûtant, dit-il, laissant son regard glisser jusqu'à sa bouche. Mais êtes-vous prête à assumer les conséquences de vos petits jeux ?

Il pensait qu'elle allait rire, de ce rire sensuel dont elle était coutumière. Mais son visage se fit grave.

— Mes petits jeux ? répéta-t-elle d'un ton offensé. Les hommes sont attirés par ma fortune. Comment convient-il que je me comporte face à l'attention qu'ils me témoignent ? Dois-je m'évanouir ?

Elle eut un petit rire ironique et croisa les bras, le défiant du regard.

— Vous voulez me donner un conseil ? Faites, je vous en prie. Abreuvez-moi de votre sagesse, dit-elle d'un ton agacé. Dites-moi ce que je suis censée faire de tous ces vautours qui m'entourent. Dites-moi comment trouver un homme avec qui me marier puisque c'est ce que je dois faire, alors qu'il m'est impossible de faire confiance à qui que ce soit.

Cailean fut extrêmement surpris par sa franchise.

— Ainsi, c'est donc vrai ? Je veux dire, ce que prétend la rumeur ? Votre mari aurait décrété dans son testament…

— Je vois que vous êtes au courant de mes secrets les plus humiliants, dit-elle, pressant une main contre sa poitrine. Bien sûr que c'est vrai. Croyez-vous que cette sorte de rumeur puisse être totalement infondée ? Et puisque vous voulez connaître la vérité sur moi, je vais vous la dire. Feu mon mari a laissé mon sort entre les mains d'un évêque, l'évêque Craig. Il craignait que je dilapide l'héritage de mon fils si je n'avais pas auprès de moi une main ferme pour me guider. En conséquence, il a stipulé dans son testament que je perdrais la totalité de l'héritage de mon fils si je ne suivais pas le conseil céleste de l'évêque et ne me remariais pas dans les trois ans.

Cailean demeura sans voix, totalement interloqué.

— Et maintenant, parce que deux années se sont écoulées et que j'ai été incapable de faire le tri entre les hommes qui n'en veulent qu'à ma fortune et ceux qui pourraient nourrir de véritables sentiments pour moi, l'évêque Craig est de plus en plus pressé et déterminé à arranger un mariage pour moi, puisqu'il est clair que l'on ne peut pas me faire confiance pour choisir moi-même un époux ! ajouta-t-elle, amère. Avez-vous une idée de la difficulté que l'on peut avoir à tenter d'éprouver quelque sentiment pour un homme lorsque l'on vient juste d'enterrer son mari ? Ou lorsque l'on sait ce que tout le monde sait à Londres, que nombre de gentilshommes sont en mal de fortune ?

Daisy se détourna, passa une main lasse sur sa nuque. Cailean sentit combien cette situation l'affectait, à quel point elle était douloureuse pour elle.

— Aimiez-vous votre mari ? demanda-t-il prudemment.

— Si je l'aimais ? s'exclama Daisy, laissant éclater sa colère.

Elle se reprit aussitôt et poussa un soupir.

— Je l'estimais, admit-elle, et je lui étais attachée. Avant qu'il tombe malade, c'était un homme estimable, un bon père. Je m'en suis occupée.

Elle s'interrompit, laissa ses doigts glisser sur le bois rugueux de l'abri de jardin.

— Mais je ne l'ai jamais aimé comme j'ai aimé Robert Spivey, reprit-elle, sa voix semblant à peine un murmure, le regard baissé. Me jugerez-vous sévèrement si je vous dis que j'ai été amoureuse d'un autre homme avant de me marier ? Robert a été mon seul et unique amour.

Cet aveu ne fut pas véritablement un choc pour Cailean. Et il ne l'en estimait pas moins. Il savait qu'une femme née dans son milieu n'avait pas son mot à dire quant à l'homme qu'elle épouserait. Sa propre mère avait été un enjeu politique dans le mariage avec son père. Ce qui le frappait, en revanche, c'était la profondeur des sentiments qu'elle éprouvait pour Spivey.

— Pourquoi ne l'avez-vous pas épousé, dans ce cas ?

Elle eut un haussement d'épaules.

— Ma famille a considéré qu'il n'était pas un parti pour moi.

Cet aveu remua le couteau dans une plaie ancienne chez Cailean. Une plaie vieille de quinze ans.

— Trouvez-vous cela étonnant ? Mon père était baron, et par conséquent j'étais destinée à épouser un homme titré, certainement pas le fils d'un vicaire de campagne. Je l'avais depuis longtemps compris, mais à dix-sept ans, c'est le genre de chose que l'on oublie et Robert était si séduisant, dit-elle, baissant les yeux vers ses mains. Vos conseils m'auraient été très utiles à l'époque, j'étais si naïve. Et tellement… aveugle, ajouta-t-elle, fronçant les sourcils.

— Et lui, vous aimait-il ?

— Oh oui. Il m'aimait. Nous nous aimions éperdument.

— Que s'est-il passé ? demanda Cailean.

Il ne comprenait pas vraiment. Peut-être était-il très naïf, lui aussi.

— Ce fut un désastre total, naturellement. Je pensais pouvoir convaincre mon père qu'un mariage avec Rob serait idéal. Mais avant que j'aie eu le temps de lui en parler, il m'annonçait qu'il avait donné son accord pour que j'épouse Lord Chatwick et qu'il ne me restait plus qu'à me plier à sa décision. Ce que j'avais cru n'être qu'une lointaine échéance se présentait soudainement à moi avec une brutalité inouïe.

— Qu'avez-vous fait ?

— Ce que j'ai fait ? J'ai épousé Lord Chatwick.

— Mais…

— Rob a compris, vous savez. Il a dit que nous nous étions sans doute un peu trop laissés aller à rêver. Il a compris, répéta-t-elle, fixant ses doigts. En gentilhomme bien élevé, il m'a laissée partir, comme le lui dictait son devoir.

Elle leva la tête vers lui. Pour la première fois, il lut le doute dans ses yeux. Spivey s'était peut-être conduit en gentilhomme, mais quelle sorte d'homme était-il pour s'accommoder d'une telle situation ?

— Je ne comprends pas qu'un homme n'ait pas le cran de se battre pour ce qu'il veut, pour la personne qu'il aime. Il n'a même pas protesté ?

Les joues de Daisy s'empourprèrent.

— Votre cousine dit que vous devez l'épouser.

Elle rit.

— Je l'espère. Il m'a écrit récemment. Il a appris la nouvelle du décès de mon mari et souhaitait que nous nous retrouvions. C'est la raison pour laquelle je suis venue en Écossse. Ce n'est pas pour trouver un mari, mais pour laisser à Rob le temps de me rejoindre à Londres avant que l'évêque ne vienne frapper à ma porte.

Cailean la fixait, s'efforçant d'imaginer l'histoire de ces deux jeunes gens amoureux se retrouvant après tant d'années. Il éprouvait un certain malaise face à cela, face à cette tentative pour raviver le passé.

— Je vous en prie, ne me jugez pas mal, dit-elle. N'avez-vous jamais été amoureux ?

— Si, bien sûr.

L'expression de son visage changea brusquement.

— C'est vrai ? Et dire que je commençais à vous prendre pour un homme sans cœur. Qui était-elle ?

— Une Sassenach. Comme vous.

— Comme moi ? s'exclama-t-elle avec un sourire ravi. Pourquoi ne l'avez-vous pas demandée en mariage ?

— Je l'ai fait. Je lui ai fait une cour assidue durant deux étés, mais lorsque je lui ai demandé sa main, elle me l'a refusée.

Il avait dit cela d'un ton si détaché que Daisy gloussa. Lui, il n'esquissa même pas un sourire.

— Oh ! je suis désolée. Je vous demande pardon, dit-elle. Je pensais que…

Il sentit sa gorge se nouer. Il n'y avait rien de plus avilissant que de susciter la pitié.

— Non, coupa-t-il d'un ton sec. Cela n'a pas pu se faire, c'est tout.

Elle prit sa main, la pressa affectueusement.

— Et il n'y a eu personne d'autre, dit-elle. Est-ce pour cette raison que vous ne vous êtes jamais marié ? Vous l'aimez encore ?

Cailean rit et mêla ses doigts aux siens.

— Non, je ne l'aime plus. Et il y a eu bien d'autres femmes dans ma vie, depuis. Je suis un homme, pas un saint. Mais, si je puis me permettre, pourquoi m'avez-vous embrassé si votre intention est d'épouser Spivey ?

— Parce que mon mari a été malade durant de nombreuses années, répondit Daisy.

Elle joua un instant avec les pans de son écharpe.

— Et que je ne suis pas une sainte, moi non plus, ajouta-t-elle, avec un petit sourire triste.

Il la comprenait parfaitement et il sentit un frisson délicieux courir sur sa peau.

— Non, vous n'en êtes pas une, dit-il, refermant une main à sa taille.

— J'ai envie… besoin de me distraire. Vous comprenez ?

Ses paroles s'insinuèrent en lui, allumant un véritable incendie dans son corps. Cette femme avait besoin de lui et il se sentait incapable de lui refuser quoi que ce soit. Il s'avança, la poussa doucement contre le mur.

— Je comprends. Quelle sorte de distraction vous faut-il ?

Il glissa une main dans son cou, la referma sur sa nuque.

— De l'attention ? Un baiser dans le cellier ? Dites-moi ce qui vous tente.

— J'ai déjà eu un baiser dans le cellier. Et vous pouvez m'appeler Daisy, ajouta-t-elle.

— Daisy. Cela vous va bien, de porter un nom de fleur, vous qui aimez jardiner, murmura-t-il, effleurant sa tempe.

— Chercheriez-vous à détourner mon attention, par hasard ?

— Cela va dépendre…

Elle sentit ses doigts effleurer sa gorge, la rondeur pigeonnante de ses seins. Elle posa une main sur son torse, s'écarta légèrement.

— Dépendre de quoi ?

— De la façon dont vous vous comporterez.

Un sourire de pur plaisir illumina son visage, faisant naître deux fossettes à ses joues. Il sut, à cet instant, qu'elle avait gagné et qu'il lui donnerait tout ce qu'elle exigerait de lui. Il se pencha pour l'embrasser.

Déjà, elle glissait une main à son cou, et pressant son corps contre le sien, elle lui offrait sa bouche, répondant avec fougue à son baiser. Tel un brasier, le corps de Cailean s'enflamma. Il saisit l'étoffe de sa jupe, glissa une main dessous. Lorsqu'il effleura sa jambe nue, Daisy sentit le souffle lui manquer. Elle lui mordit la lèvre.

— Mon comportement a-t-il vos faveurs ? demanda-t-elle, le cœur battant.

Pour toute réponse, Cailean prit sa bouche de nouveau et, troussant sa jupe, il laissa sa main remonter le long de sa jambe. Sa peau, d'une douceur enivrante, l'électrisa tout entier.

— Bandit, murmura-t-elle.

Et elle plaqua son corps contre le sien, renversant la tête en arrière, offrant son cou à ses lèvres.

— *Diabhal*, lui répondit-il, sa bouche contre sa peau.

Il la sentait haleter. Il sentait la chaleur de son corps pénétrer le sien, s'y fondre. Il laissa une main glisser vers l'intérieur de sa cuisse, en caressa la peau si délicieusement chaude qu'un désir fulgurant embrasa soudain ses reins.

— Résistez-moi, Daisy, dit-il, son souffle rauque dans ses cheveux. Pensez à vous, votre avenir, et résistez-moi.

— Non. Je refuse.

Elle emprisonna le lobe de son oreille entre les dents, le mordilla. Ce n'était pas grand-chose, une toute petite provocation, mais elle suffit à faire chavirer Cailean. Il glissa une main au creux de ses cuisses.

Elle se tendit, le souffle coupé, le corps frissonnant. Cailean s'efforçait de contenir le désir fou qui l'assaillait. Il avait envie de son corps, envie de lui donner le plaisir qu'elle réclamait. Et lorsqu'elle se laissa aller contre lui dans un soupir, l'envie de la posséder, de trouver lui aussi la délivrance, le submergea.

Il glissa doucement les doigts en elle, emprisonnant son visage dans son autre main, cherchant son regard afin de s'assurer qu'il n'allait pas trop loin, qu'il ne prenait pas une liberté à laquelle elle ne consentait pas. Dans son regard chaviré, il ne lut que passion, attente, besoin absolu. Il remonta plus haut ses jupes et la force de son désir réveilla l'instinct animal en lui.

— Vous n'éprouvez rien pour moi, alors ne me regardez pas comme si vous nourrissiez quelque sentiment, dit-elle, enfouissant les doigts dans ses cheveux.

— Je n'éprouve rien, en effet. Rien.

Elle rit. Un rire rauque qui monta de sa gorge. Et elle posa les mains sur ses épaules, le força à se baisser, à mettre un genou à terre.

— C'est ce que je vois…

Elle n'aurait pas pu le provoquer davantage qu'en agissant comme elle le faisait en cet instant. Pour un homme comme Cailean, il n'y avait rien de plus excitant qu'une femme qui savait ce qu'elle voulait et le lui demandait avec audace. Il remonta sa robe jusqu'à ses hanches et enfouit la tête au creux de ses cuisses.

Daisy suffoqua. Déjà, sa bouche trouvait sa peau sensible et intime, l'effleurait, la caressait, et sa langue bientôt prit le relais, enivrante, la provocant, la titillant. Elle emprisonna sa tête entre ses mains et se mit à gémir tandis qu'il l'embrassait avec volupté.

Soudain, elle ne put retenir un cri lorsqu'il glissa sa langue en elle. Elle pressa plus fort sa tête contre son ventre, repliant instinctivement une jambe sur son épaule. Cailean l'avait tout entière à sa merci et il ralentit sa caresse, délibérément, prenant tout le temps de lui donner ce qu'elle désirait si ardemment. Chaque frisson, chaque vibration de son corps se répercutait en lui, alimentait le feu qui le consumait. Son pouls battait si fort, et le sang dans ses veines, que c'était un véritable bourdonnement dans ses oreilles. Il était déchiré entre l'envie de lâcher prise, de la prendre, de la faire sienne, et la crainte qu'ils soient découverts. Mais il ne s'interrogea pas longtemps, submergé soudain par une déferlante de plaisir lorsqu'elle se mit à se cambrer contre lui, éperdue, cherchant la délivrance. Il referma alors les lèvres sur le cœur de son plaisir, se mit à l'aspirer, le sucer avec une ardeur renouvelée. Et Daisy chavira, ne pouvant retenir un sanglot lorsque le plaisir la submergea.

Cailean avait le corps en feu, tendu, presque douloureux. Mais il était satisfait de lui avoir donné ce qu'elle attendait de lui. Il la prit par les épaules, l'aida à se redresser. Il souriait, tel un guerrier victorieux, lorsqu'il sortit discrètement un mouchoir de sa poche et s'essuya la bouche. Puis il se pencha, posa un baiser sur sa joue.

— Suis-je devenu votre voisin le plus agréable, à présent, *leannan* ?

Elle lui sourit, effleura sa joue.

— Vous êtes, sans conteste, l'homme le plus suffisant que j'aie jamais rencontré.

Il rit et elle referma les bras autour de son cou, se hissa sur la pointe des pieds pour l'embrasser.

— Peut-être éprouvez-vous quelque chose pour moi, à présent ?

— Ce fut le cas, l'espace d'un moment, répondit-il.

Puis il posa un baiser sur ses lèvres, et se libéra doucement de l'étreinte de ses bras.

— Je dois y aller, à présent. Il vaut mieux, je crois.

Mais Cailean n'avait aucune envie de partir. Il aurait voulu rester avec elle tout l'après-midi, dans cet abri ridicule. Mais il savait qu'il ne fallait pas tenter le diable. S'il restait, s'il s'abandonnait au lien qu'ils venaient de créer entre eux, il éprouverait le plus grand mal à s'en libérer.

Il tendit la main, caressa tendrement sa joue. Puis il ouvrit la porte.

— *Feasgar math*, dit-il.

Et il sortit.

Il fit le tour de la maison, commença à descendre vers le loch. Il n'avait toujours pris aucun poisson pour son dîner.

Il entendit soudain Daisy l'appeler et il se retourna. Elle courait vers lui, tenant dans ses mains un paquet enveloppé de toile.

— Le poisson ! dit-elle, à bout de souffle, lorsqu'elle le rejoignit. Prenez-le, je vous en prie. Nous en avons plus que nous ne pouvons en manger.

Elle lui tendit le paquet, insista.

— Merci, dit-il.

— Viendrez-vous dîner demain ?

Il la regarda, surpris.

— Daisy, je...

— Vous êtes notre voisin, dit-elle. Et puis, nous avons trop de poisson et besoin de toute l'aide possible pour le manger. Je vous en prie, dites que vous viendrez.

Il baissa les yeux vers le paquet qu'il tenait dans ses mains.

— S'il vous plaît, dit-elle, posant une main sur son bras.

Le corps encore vibrant de désir, Cailean fut incapable de refuser.

— C'est d'accord, dit-il. Mais cette fois seulement. Je n'aime pas à ce point le poisson.

— Bien sûr, cette fois seulement, répondit Daisy.

Et elle rit, lâcha son bras, puis elle courut vers la terrasse. Parvenue à l'angle de la maison, elle s'arrêta pour le regarder, lui adressa un petit signe de la main et disparut.

Cailean regarda le paquet dans ses mains. Il entendit une porte se fermer quelque part. Et une autre s'entrouvrir tout au fond de lui.

Chapitre 11

Ce matin, ce fut un ciel d'azur et une douce brise qui nous accueillirent au réveil, après le terrible orage d'hier. Bien qu'il n'ait que peu duré, comme l'avait prédit Arrandale, il a néanmoins détruit quelques-uns de mes semis d'herbes aromatiques. Oncle Alfonso pense que le gardien qui se chargera d'Auchenard devra s'en passer, cet hiver, mais qu'il sera toujours possible d'aller en acheter à Balhaire.

Belinda éprouve désormais la plus grande estime pour Mr S qu'elle considère comme un bon chrétien. Je me demande si nous le reverrons, compte tenu de l'air vexé qu'il montrait, hier, en partant. Quoi qu'il en soit, il semblerait que j'aie découvert un usage peu conventionnel de son petit abri de jardin.

Arrandale possède des mains fermes et rugueuses, habituées à travailler, mais puissantes, aussi. Il l'a démontré en sortant le bateau du loch. Celles de Mr S, en revanche, sont fines et délicates et semblent davantage faites pour jouer de la harpe.

Daisy prit un déjeuner tardif avec Belinda qui ratiocina, une fois de plus, affolée à l'idée qu'après la pluie torrentielle de la veille, les routes soient totalement impraticables lorsque le moment serait venu de regagner Londres.

Pas une journée ne se passait sans qu'elle ne parle de ce départ, comme s'il était imminent. Daisy ne l'avait pas encore envisagé aussi sérieusement qu'elle l'aurait dû. Elle s'était habituée à Auchenard et s'y plaisait, du moins pour le moment. Elle ne se sentait pas encore prête à regagner Londres. Rien ne pressait.

Tandis que Belinda continuait de se lamenter sur l'état des routes, Rowley apparut dans la salle à manger, tenant dans ses mains le plateau d'argent sur lequel on apportait généralement les cartes des visiteurs.

Il s'approcha de Daisy et s'inclina.

— Qu'est-ce donc ? demanda-t-elle en apercevant le petit paquet de parchemins pliés.

— Il s'agit du courrier, Milady. Un messager l'a apporté de Londres.

— Le courrier ? Ici ? Comment est-ce possible ?

— Je ne saurais vous le dire exactement, Milady. Je sais seulement que le messager a remonté le loch depuis Erbusaig.

Daisy s'empara du petit paquet et ôta le ruban. La première missive qu'elle découvrit lui fit un immense plaisir. Elle lui était adressée par son amie très chère, Lady Beckinsal, qui avait promis de la tenir informée des nouvelles de Londres et qui était la seule personne à savoir qu'elle se trouvait en Écosse. Daisy décida d'en remettre la lecture à plus tard, lorsqu'elle serait seule et pourrait rire tout à loisir des anecdotes que lui narrait certainement son amie.

La seconde provenait de son administrateur foncier. Elle la lut à voix haute à Belinda.

« Le toit de Chatwick Hall a subi quelques dommages. Le coût des réparations est évalué à cinquante livres. »

— Cinquante livres ! s'exclama Daisy, levant brusquement la tête. Le toit se serait-il envolé, par hasard ?

— Le toit est toujours le premier élément qui se dégrade dans une maison, commenta Belinda, étalant une fine couche de beurre sur son toast. Dès que ça commence, le reste de la maison n'est pas long à suivre.

Elle leva les yeux de son assiette.

— Si je puis vous donner un conseil, mettez de l'argent de côté en prévision de réparations à venir.

La dernière missive était tout simplement adressée à Lady Chatwick, Auchenard, Écosse. Mais l'écriture familière fit bondir le cœur de Daisy.

— De qui vient-elle ? demanda Belinda.

— De Rob. Comment a-t-il su où me trouver ? dit-elle, décachetant la lettre.

— Que dit-il ? demanda Belinda, tout excitée.

Daisy déplia le parchemin.

« Très chère Lady Chatwick,

» J'espère que cette missive vous trouvera, votre fils et vous, en bonne santé. Je prie pour qu'elle vous parvienne afin que vous sachiez que je suis de retour à Londres. Le jour de mon arrivée, je me suis rendu directement chez vous et, à ma grande consternation, j'ai découvert que vous étiez partie. Votre personnel, d'une grande loyauté, a refusé de me dire, moi qui n'étais pour eux qu'un parfait étranger, quelle destination vous aviez prise. Mais, devant mon désarroi, l'un de vos serviteurs m'a informé que je pourrais trouver quelque information auprès de Lady Beckinsal. J'étais certain qu'elle refuserait de me recevoir, mais mon nom ne lui étant pas tout à fait inconnu, elle m'a accordé un entretien. Ma détresse l'a émue et elle m'a dit où vous vous trouviez. Vous aviez reçu ma première lettre, a-t-elle reconnu, mais elle n'a pas voulu m'en dire davantage. En revanche, elle a très aimablement proposé de vous faire parvenir une missive.

» Daisy, si je puis me permettre de vous parler ouvertement afin de vous faire connaître mes intentions, sachez que je suis venu me présenter à vous. Peut-être est-ce trop m'avancer en vous disant cela, mais j'ai démissionné de ma charge d'officier dans la marine dans l'espoir que nous puissions renouer nos liens d'amitié. Il s'est écoulé beaucoup trop de temps depuis que je vous ai vue pour la dernière fois et j'espère que vos sentiments à mon égard sont toujours les mêmes. Sachez que les années n'ont en rien altéré ceux que j'éprouve pour vous. Je vous ai toujours tenue en très haute estime dans mes pensées et mon cœur, depuis que nous avons été contraints de nous séparer et, aujourd'hui, pour vous, je renonce à tout ce que je suis. Je ne peux qu'espérer que le destin nous ait enfin conduits l'un vers l'autre pour réaliser les rêves que nous faisions autrefois ensemble. Ma plus grande crainte, j'ose vous l'avouer, est que vos sentiments aient changé. Et, comme vous avez quitté Londres après avoir reçu ma première lettre, je redoute, en effet, que ce ne soit le cas. »

— Que dit-il ? insista Belinda.

Elle s'était penchée en avant, tout excitée, comme si elle tentait de lire les mots de Robert à travers le parchemin.

Daisy leva lentement les yeux.

— Il est à Londres, dit-elle.

— À Londres ! répéta Belinda. Sa charge d'officier dans la marine est déjà terminée ?

Daisy acquiesça d'un hochement de tête.

— Et il éprouve toujours les mêmes sentiments pour moi malgré les années. Et il ne comprend pas pourquoi j'ai quitté Londres.

— Oh ! non ! s'exclama Belinda.

Daisy se leva brusquement.

— Je dois lui écrire tout de suite et le rassurer. Je vais lui expliquer pourquoi je suis venue ici, lui dire que j'ignorais comment le joindre, combien de temps il me faudrait attendre sa venue à Londres et que les jours passaient si vite.

— Ne devrions-nous pas plutôt rentrer à Londres ? suggéra Belinda. Une lettre risque de prendre trop de temps.

— Nous mettrions autant de temps qu'elle, dit Daisy. Mais vous avez raison… Il faut rentrer.

Belinda demeura bouche bée. Un tel soulagement se lut soudain sur son visage que Daisy sentit sa poitrine se serrer. Que se passait-il en elle ? Pourquoi ne ressentait-elle pas la même urgence à rentrer que sa cousine ? C'était elle qui aurait dû être impatiente, elle qui aurait dû s'inquiéter du temps qui passait.

— Si vous voulez bien m'excuser, très chère, je dois aller réfléchir à ma réponse, dit-elle, s'éclipsant avant que Belinda ait pu dire quoi que ce soit qui vienne ajouter encore au sentiment de culpabilité qu'elle éprouvait soudain.

L'esprit absent, elle gagna le salon et son secrétaire. Mais au lieu de s'y asseoir, elle s'approcha de la fenêtre et regarda le monde, au-dehors, son petit monde à elle, le cœur serré, en proie aux émotions les plus conflictuelles. D'abord, le sentiment qu'il fallait faire vite. Elle ne pouvait pas perdre Rob. C'était impossible. Il s'agissait de Rob. Elle l'avait aimé si intensément, sans réserve. Et puis, existait-il une meilleure perspective ? Mais hier… Hier, il y avait eu un moment où ce qu'elle avait ressenti pour un autre homme était si intense qu'elle ne pouvait pas l'ignorer.

— Daisy ?

Elle fit volte-face. Elle n'avait pas entendu entrer oncle

Alfonso. Il ne portait pas de manteau et les manches de sa chemise étaient roulées jusqu'au coude.

— Quelque chose ne va pas ? demanda-t-il, traversant la pièce pour la rejoindre à la fenêtre.

— Non, rien. Au contraire, il y a une bonne nouvelle, dit-elle, s'efforçant de sourire. J'ai reçu une lettre du capitaine Spivey.

— Vraiment ! Et que vous écrit ce bon capitaine ?

— Il est à Londres. Et il éprouve pour moi les mêmes sentiments qu'autrefois. Il est venu plaider sa cause et s'inquiète de savoir ce que j'éprouve, ne m'ayant pas trouvée chez moi.

Oncle Alfonso l'observa un instant, une expression indéchiffrable sur ses traits.

— Que comptez-vous faire ?

— J'imagine que nous allons devoir nous préparer pour rentrer à Londres, répondit-elle, sans équivoque.

C'était ce qu'elle ferait, bien entendu. Comment aurait-il pu en être autrement ? Elle ne pouvait risquer de mettre en péril l'héritage de son fils.

Elle s'efforça de sourire.

— Mes prières ont été exaucées, non ?

Oncle Alfonse fronça légèrement les sourcils. Il glissa un doigt sous son menton.

— Si c'est là la réponse à vos prières, pourquoi avez-vous l'air si triste ?

Elle n'était pas triste, en fait. Elle était… indifférente. Cette lettre aurait dû la rendre folle de joie. Que Rob se soit donné tant de mal pour la joindre, qu'il avoue dans sa lettre nourrir pour elle les mêmes sentiments qui les avait unis autrefois, voilà qui avait été son vœu le plus cher depuis qu'il s'était manifesté.

— Je ne suis pas triste, je suis heureuse. Mais je… Je viens à peine de terminer mon jardin.

Son jardin. Ce n'était pas son jardin, bien sûr, qui la faisait hésiter. C'était cet engouement des plus imprudents pour Cailean et ce désir, qui ne la quittait pas, de sentir de nouveau ses mains fermes et rugueuses sur sa peau.

Oncle Alfonso glissa un bras autour de ses épaules et l'attira contre lui.

— Nous construirons un autre jardin, ma chérie, assura-t-il.

— Mais ce ne sera pas la même chose, mon oncle. Ce sera quelqu'un d'autre qui le bêchera. Quelqu'un d'autre qui choisira ce qu'il faut couper, planter, et où le planter. Et je serai aussi inutile qu'une statue.

Oncle Alfonso pressa affectueusement son épaule.

— Ma chérie… Peut-être avez-vous développé quelque affection pour quelqu'un d'autre que le capitaine ?

Daisy sentit sa gorge se nouer, le rouge lui monter aux joues. Elle le savait. Lorsqu'elle avait regagné le pavillon, la veille, personne n'avait eu l'air de remarquer quoi que ce soit, mais elle savait que ce qu'elle venait de faire devait se voir sur son visage.

— Je sais que Mr Somerled vous a rendu visite plusieurs fois…

— Somerled ! s'exclama-t-elle.

Elle rit, brusquement soulagée.

— Oh non, mon oncle. Non. Vous vous méprenez. J'ai aimé, goûté, la liberté que j'ai connue ici. Je suppose que mon manque d'enthousiasme vient du fait que je me rends compte qu'elle va prendre fin.

— Mais c'était ce que vous espériez, que le capitaine Spivey se manifeste. C'est quelqu'un qui vous traitera bien.

— Oui, je le sais. Et je souhaite vraiment l'épouser.

Oncle Alfonso sourit.

— L'évêque ne peut trouver meilleure union pour vous.

Daisy eut un petit rire ironique.

— Il essaiera, néanmoins, soyez-en sûr.

— Il semble très partial dans ses choix, en effet, admit oncle Alfonso.

Il ôta son bras des épaules de Daisy, se pencha plus près de la fenêtre, regardant quelque chose au dehors.

— Je vais commencer à prendre des dispositions pour notre départ.

Daisy suivit son regard.

— C'est Ellis ? demanda-elle, scrutant les deux silhouettes au bord du loch.

— Oui, c'est lui. En compagnie d'Arrandale. Ce dernier est venu ramener la rame perdue, aujourd'hui. Il a demandé où se trouvait Ellis.

Daisy vit la chienne d'Arrandale plonger dans l'eau, puis regagner la rive en nageant.

— Je vais aller le remercier, dit-elle, resserrant son châle autour des épaules.

Elle quitta son oncle, descendit vers la rive. Tandis qu'elle approchait, elle entendit le rire d'Ellis. Elle s'arrêta pour les observer, Arrandale et lui.

Ils étaient occupés à jeter des galets dans l'eau. Plus exactement, à les faire glisser à la surface afin de faire des ricochets. Ellis les jetait de toute la force de son jeune bras… Une chose que Daisy ne l'avait jamais vu faire. Elle vit Arrandale se placer derrière lui, lui tenir le bras, lui montrer la meilleure façon de lancer le galet afin qu'il glisse sur l'eau et ricoche à la surface.

Autrefois, Daisy et sa sœur, Marybeth, jouaient à faire des ricochets, elles aussi, lorsqu'elles séjournaient dans la maison de leur grand-mère. Marybeth était morte de la scarlatine, il y avait de nombreuses années, et à l'évocation de ce souvenir, Daisy sentit une profonde mélancolie l'envahir. Elle se baissa, fouilla le sable à la recherche d'un galet qui lui convienne. Lorsqu'elle l'eut trouvé, elle rejoignit Ellis et Cailean.

Alors qu'elle arrivait, Arrandale lança une pierre qui ricocha cinq fois à la surface du loch. Ellis applaudissait, émerveillé, lorsque Cailean aperçut Daisy. Ses yeux bleus se firent soudain plus doux lorsqu'il plongea son regard dans le sien. Elle lui sourit.

— Regardez, maman, s'écria Ellis, enthousiaste. Regardez ce que je sais faire !

Il saisit un galet et le lança. Il n'alla pas très loin et s'enfonça dans l'eau sans avoir ricoché. Ellis ne parut pas s'en soucier. Il semblait que rien ne puisse le décourager. Il était heureux. Son visage rayonnait. Daisy n'en revenait vraiment pas. Son fils, d'humeur si sombre en général, riait rarement et ne se livrait jamais à aucune activité physique.

— Souvenez-vous, il faut le lancer en lui imprimant un petit mouvement de crochet, dit Cailean.

Il se replaça de nouveau derrière l'enfant pour mimer le mouvement avec lui.

— Regardez ! dit ce dernier, plein d'entrain.

Et il lança le caillou qui ricocha deux fois.

Il se retourna vivement vers sa mère.

— Vous avez vu ?

— Oui, mon chéri. Félicitations ! C'était un magnifique lancer !

Ellis s'accroupit, à la recherche de nouveaux cailloux. Daisy s'approcha, regarda Cailean en fronçant les sourcils, amusée.

— Pourquoi me regardez-vous ainsi ? demanda-t-il, en souriant.

— Comment se fait-il que vous vous trouviez en compagnie de mon fils ?

— Ils erraient, son gardien et lui, comme deux âmes en

peine, lorsque j'ai ramené la rame que Somerled avait laissée partir jusqu'à la mer.

— Il ne s'agit pas de son gardien, mais de son précepteur, corrigea Daisy.

— Son précepteur, alors, reprit Cailean avec un haussement d'épaules. Il ne me semble pas très enclin à faire des ricochets dans l'eau. Je crois qu'il a dû retourner à ses lectures. Fort heureusement, votre oncle, lui, semble comprendre l'intérêt de la vie au grand air et de l'exercice.

Ellis fit un nouvel essai, mais il avait lancé trop fort et la pierre s'enfonça dans l'eau, faisant naître de grands cercles sur sa surface lisse.

— Essayez encore, dit Cailean.

Et il tendit un caillou à Ellis, lui montrant de nouveau le mouvement.

Ellis lança le caillou qui ricocha deux fois. Il rit, au comble du bonheur.

— Maman, Cailean sait naviguer, dit-il. Il se repère aux étoiles. Voulez-vous que je vous apprenne à faire des ricochets ?

— Il se trouve que j'ai un peu d'expérience en la matière, dit Daisy.

— Vraiment ?

Ellis n'avait pas l'air très convaincu.

Daisy rit et plongeant la main dans sa poche, elle en sortit un caillou.

— Regardez.

Elle écarta les pieds, se pencha légèrement et le lança. Il frappa l'eau et coula aussitôt.

Ellis éclata de rire.

— Ce n'est pas du tout ainsi que l'on s'y prend, maman ! s'exclama-t-il. Ne soyez pas triste, ma première pierre a coulé de la même façon. Tenez, en voilà une autre pour vous, ajouta-t-il, la montrant fièrement.

— Oui, celle-ci est très bien, dit Cailean.

Il la prit, la soupesa.

— Voulez-vous que je montre à votre maman comment s'y prendre ?

— Oui ! s'exclama Ellis.

— Merci, mais je n'ai pas besoin de vos conseils, rétorqua sèchement Daisy.

— Ah, vous seriez la première qui n'aurait pas besoin qu'on lui donne quelques instructions, dit-il avec un clin d'œil, en passant derrière elle.

Il laissa une main glisser le long de son bras, saisit la sienne.

— Lorsque vous lancez, tournez votre paume vers le haut, comme cela, dit-il, simulant le mouvement.

Ellis observait la scène avec le plus vif intérêt. Daisy hocha la tête. Elle sentait derrière elle la présence solide de cet homme et ses doigts fermes enserrer les siens. Lorsqu'il posa soudain une main à sa hanche, elle sentit le souffle lui manquer. C'était trop d'audace ! Mais elle n'osa pas protester, craignant d'attirer l'attention d'Ellis.

— Lorsque je vous le dirai, lancez la pierre, expliqua-t-il.

Il arma son bras, puis le projeta en avant.

— Maintenant !

Daisy lâcha le caillou. Il jaillit, mais alla s'écraser dans la boue, à quelques centimètres de l'eau.

— Hé, je vois que vous êtes vraiment une experte, murmura Cailean à son oreille. Bon, reprenons.

Il glissa une nouvelle pierre dans sa main et s'approcha plus près encore, frôlant son dos.

— Éloignez-vous. C'est trop de familiarité, murmura Daisy.

— Vous ne pensiez pas la même chose hier, si ? demanda-t-il en riant.

Et cette fois, au lieu de poser une main à sa hanche, il glissa carrément un bras autour de sa taille et l'attira contre son torse.

Daisy jeta un rapide coup d'œil à son fils, mais il ne semblait guère se soucier d'eux.

— Et respirez, dit Cailean.

— Mais je respire.

— Vous êtes aussi raide qu'une jeune mariée.

Daisy sentit une chaleur intense envahir son cou. Elle n'osait regarder Ellis. Il devait être scandalisé au-delà de tout.

— Tendez votre bras, maman, dit-il, l'encourageant.

Il n'était pas le moins du monde scandalisé. Il ne s'intéressait qu'à la pierre.

— Tendez votre bras en arrière, comme cela, dit Cailean, accompagnant le mouvement. Lorsque vous lancerez, tournez votre main vers le haut, ajouta-t-il, exécutant le geste. Vous voyez ?

— Oui, oui, je vois, répondit sèchement Daisy.

Son cœur battait si fort qu'elle le sentait résonner dans sa poitrine. Il n'était pas possible qu'Arrandale ne l'entende pas. Vite, il fallait qu'elle se débarrasse de cette satanée pierre. Discrètement, elle donna un petit coup de coude dans les côtes d'Arrandale qui la lâcha aussitôt. Elle lança alors la pierre de toutes ses forces. Cette dernière ricocha trois fois avant de disparaître.

— Vous avez réussi, maman ! cria Ellis. Bravo.

— Oui, j'ai réussi ! s'exclama à son tour Daisy, très fière, en levant les bras en signe de victoire.

Cailean rit de la voir si heureuse et son rire fit courir un frisson de désir le long de son corps.

Ellis était en train de lui parler. Il lui expliquait certainement toutes les nuances de la technique du ricochet, mais le sang battait si fort dans ses tempes qu'elle ne l'entendait plus. Elle était incapable de penser à autre chose qu'à ce qui s'était passé la veille, à ce qu'elle avait ressenti dans les bras de Cailean. Elle s'était sentie si bien, tellement désirée, si délicieusement féminine. Et soudain, il semblait que plus rien n'importât hormis le désir irrépressible de s'y trouver de nouveau.

— J'ai promis d'emmener Lord Chatwick jusqu'à la crête de la colline pour admirer la vue sur la vallée. Voulez-vous vous joindre à nous ? demanda Cailean.

— Je vous en prie, maman ! dit Ellis, tout excité.

— Oui, répondit Daisy, tendant la main à son fils. Volontiers. Cela me fait très plaisir.

Ils marchèrent une bonne demi-heure le long d'un chemin forgé par la nature au sein de la végétation sauvage. Cailean se montrait d'une grande patience avec Ellis, répondant aux nombreuses questions qu'il lui posait dans les domaines les plus variés allant des étoiles aux roches en passant par la technique pour se servir d'un arc et de flèches. Ellis se tenait très droit et, au lieu de s'exprimer la tête baissée comme il le faisait si souvent, il regardait Cailean dans les yeux lorsqu'il lui parlait et il riait à ce qu'il lui disait.

Daisy était très émue. Même avec oncle Alfonso, Ellis ne se comportait pas ainsi. D'une certaine façon, Cailean était parvenu à apprivoiser ses peurs, sa timidité, et le résultat était stupéfiant. Son fils s'épanouissait sous ses yeux.

Cailean les conduisit vers une partie escarpée. Il tendit la main à Daisy, l'aida à grimper. Du sommet de la crête, ils découvrirent le loch, les collines et les monts au-delà. Tacheté par l'ombre des petits nuages qui défilaient dans le ciel et les moutons dans les prés, le paysage s'étendait jusqu'à la mer, ligne scintillante dans le lointain. C'était d'une beauté à couper le souffle. Ils avaient l'impression d'être seuls au monde, les maîtres de cette nature merveilleuse qui s'offrait à leur vue. C'était cela la liberté. Ce paysage, ces collines, cette vie. La liberté à l'état pur. Daisy sentit son cœur se serrer. Elle savait combien Auchenard et la vie ici allaient lui manquer. L'espoir qu'elle nourrissait d'épouser son premier amour importait peu en cet instant. Dès lors, sa vie ne lui appartiendrait plus jamais.

Ce fut Cailean qui rompit le charme en suggérant de rebrousser chemin. Et en effet, il était temps pour Ellis de rentrer dîner.

Ils redescendirent la colline, contournèrent le loch pour regagner le domaine. Tandis qu'ils remontaient l'allée, Daisy observa son fils. Ses chaussures et son pantalon étaient maculés de boue, son manteau taché aux coudes parce qu'il s'était allongé dans l'herbe.

— Belinda va s'évanouir lorsqu'elle vous verra, dit Daisy, ébouriffant ses cheveux. Je vous conseille d'aller trouver oncle Alfonso d'abord, ajouta-t-elle en lui adressant un petit clin d'œil.

Lorsqu'ils atteignirent la terrasse, Ellis écarta les cheveux de ses yeux et sourit à Cailean.

— Pourrons-nous recommencer comme aujourd'hui ? demanda-t-il.

— Je ne sais pas, répondit Cailean d'un ton grave.

Le visage d'Ellis se décomposa.

— Il vaudrait mieux que nous allions chasser le cerf, non ? La saison va bientôt commencer.

Un sourire illumina le visage d'Ellis.

— Vous êtes sérieux ?

— Bien sûr, répondit Cailean.

Ellis poussa un cri de joie et se sauva en courant à toutes jambes vers la maison.

— Oncle Alfonso, je vais apprendre à chasser ! hurla-t-il

comme si ce dernier pouvait l'entendre où qu'il se trouve dans la maison.

— Il est trop jeune pour chasser, dit Daisy, regardant son fils pénétrer en trombe dans la maison.

— Vous le maternez trop. Quel âge a-t-il, douze ans ?

— Il n'a que neuf ans !

— Peu importe, dit Cailean avec un grand sourire. Un enfant a besoin de se confronter au monde pour apprendre à devenir un homme.

— Certes, mais c'est à moi qu'il appartient d'en juger.

— Excusez-moi, mais je ne crois pas, dit-il gaiement. En tant que femme, vous ne pouvez pas vraiment savoir.

Daisy brûlait du désir de le toucher, de tendre la main, de la poser sur sa joue ombrée de barbe naissante.

— Je pensais que vous ne reviendriez plus à Auchenard.

Il leva les sourcils, surpris.

— Mais je suis là. J'avais dit que je reviendrais, non ?

Elle sourit, l'air contrit.

— À vos yeux, je suis une femme irrémédiablement perdue, j'imagine.

— En effet, dit-il, effleurant son menton du bout des doigts. Vous êtes absolument incorrigible, Daisy.

— Me pardonnez-vous, alors ? Restons-nous amis ?

— Non, je ne vous pardonne pas, *leannan*. Parce qu'il n'y a rien à pardonner.

Il lui adressa un petit clin d'œil.

— Et nous demeurons amis, bien que ce soit une erreur à mon avis, et seulement parce que vous avez grand besoin d'un ami. Mais ce qui s'est passé entre nous ne se reproduira plus.

Il sourit, une lueur joyeuse dans le regard.

— Non, bien sûr, dit-elle, se sentant soudain toute légère. Puisque vous n'éprouvez rien pour moi.

— Non, en effet.

Il posa une main à sa taille, l'invitant à poursuivre leur chemin.

— Est-il vrai que vous vivez seul à Arrandale ? demanda Daisy.

— Oui, pour l'instant.

Il se mit à lui parler d'Arrandale, de la maison qu'il construisait, pierre à pierre, une poutre après l'autre, seul la plupart du temps. Daisy était fascinée. Elle l'imaginait en train de travailler, puissant, déterminé, édifiant peu à peu ce qui serait sa demeure.

Elle l'écoutait, suspendue à ses lèvres, buvant ses paroles. Mais il s'interrompit soudain, levant un sourcil.

— Vous avez de la visite, apparemment.

Daisy se tourna vers la terrasse. À cet instant, il lui sembla que son cœur s'était arrêté de battre. Elle savait qui était ce visiteur. À sa façon de se tenir, à la couleur de ses cheveux, elle l'aurait reconnu entre mille. Elle se figea, incrédule, fixant ce fantôme surgi du passé.

— Rob, dit-elle. Mon Dieu, c'est Rob.

C'était un rêve. Ce ne pouvait qu'être un rêve. Elle esquissa un pas, cherchant désespérément à s'expliquer ce qui se passait. C'est alors qu'il leva la main, lui fit signe.

Elle se tourna vers Cailean. Son regard s'était éteint, fermé. Elle n'aurait su dire ce qu'il pensait. L'expression de son visage était indéchiffrable.

— C'est Rob, murmura-t-elle.

— Oui.

C'était dit comme une simple constatation, comme s'il avait su qu'il viendrait, comme s'il s'y attendait.

— Allez le rejoindre, je vous en prie. Ne laissez pas attendre le seul et véritable amour de votre vie.

Daisy partit. Soulevant ses jupes, elle courut vers Rob, s'arrêta au bord de la terrasse, hors d'haleine, bouleversée.

— Est-ce vous, vraiment ?

Robert Spivey, son Robert, sourit.

— Oui, c'est vraiment moi, dit-il.

Il était plus âgé, naturellement, mais toujours le même homme, grand, séduisant, avec ses cheveux blond foncé et ses beaux yeux bruns. Il s'avança, tendit la main vers elle et lui sourit.

— Comme je suis heureux de vous voir, Lady Chatwick.

— Mais je viens à peine de recevoir votre lettre. Vous ne parliez pas de venir me rejoindre ici. Comment avez-vous su où je me trouvais ?

Il rit.

— Lady Beckinsal s'est laissé fléchir, finalement, et elle a consenti à me dire où vous étiez. Je me suis mis en route moins de deux jours après vous avoir envoyé ma lettre. Je vous prie de m'excuser si j'ai outrepassé mes droits en venant vous rejoindre, mais j'étais tellement impatient de vous revoir.

Daisy demeurait figée sur place, abasourdie, incapable du moindre mouvement. Il prit sa main, s'inclina et l'effleura d'un baiser.

— Vous êtes une femme très difficile à trouver, dit-il d'une voix douce. Je suis reconnaissant au ciel d'y être parvenu.

Daisy l'était aussi. Vraiment. Et pour plus d'une raison.

Chapitre 12

Bien évidemment, Cailean laissa à Daisy et à sa famille le temps d'accueillir leur visiteur. De son côté, il avait besoin de se ressaisir, de se calmer, avant de pouvoir affronter Spivey. Il se retira dans le jardin, observant de loin les heureuses retrouvailles, tout en faisant semblant d'examiner un carillon à vent nouvellement installé. Il réfléchissait. Mille pensées se précipitant dans son esprit.

Il ne comprenait pas ce que cet homme venait faire à Auchenard. Il était possible que Spivey ait entendu parler de lui et de son commerce, et qu'il se serve de Daisy pour le traquer, mais cela lui paraissait peu vraisemblable. C'eût été le fruit de trop de coïncidences. Il glissa néanmoins sa dague dans la ceinture de son kilt, prêt à se défendre si nécessaire.

Lorsqu'il n'y tint plus, lorsque la curiosité l'emporta, il quitta le jardin et gagna la terrasse. Miss Hainsworth s'était jointe au groupe, et tous les quatre, Daisy, sa cousine, son oncle et Spivey, riaient, heureux, comme si tous les problèmes du monde se trouvaient résolus et qu'il n'y avait plus désormais qu'à goûter un bonheur sans nuages loin de toute préoccupation.

Ils ne remarquèrent pas tout de suite sa présence. Mais, au bout de quelques instants, Daisy l'aperçut.

— Arrandale ! s'exclama-t-elle, lui tendant la main.

Elle l'appelait Arrandale, maintenant, et plus Cailean. Ils n'étaient donc plus amis ?

Il s'avança, le regard fixé sur Spivey. Il était aussi grand que lui, mais plus jeune et plus fringant. Il avait des cheveux blond foncé et ses vêtements semblaient flambant neufs, le col de sa redingote trop raide pour se placer parfaitement et sa culotte courte nettement trop brillante. Il ne portait pas l'uniforme de capitaine de la marine anglaise. Il avait l'air d'un propriétaire terrien.

— Je... Euh... Mr Spivey, permettez-moi de vous présenter mon voisin, Lord Arrandale, dit Daisy.

Elle souriait, mais ce n'était pas le sourire lumineux qu'il lui connaissait. Elle semblait légèrement mal à l'aise.

— Laird, corrigea Cailean. Je suis laird d'Arrandale.

— Enchanté, dit Spivey, s'avançant, la main tendue, pour le saluer.

Mais tandis qu'il s'approchait, quelque chose changea brusquement dans l'expression de son visage. Il lui serra la main avec un bel enthousiasme, mais son regard s'était fait méfiant.

— Mr Spivey a fait le voyage depuis la Cornouaille, dit Daisy.

— Capitaine Spivey, corrigea-t-il, lui adressant un sourire plein d'indulgence.

— Oh oui, je vous demande pardon. Capitaine Spivey.

Elle rit.

— Je ne suis pas encore habituée.

— Je vous demande pardon, sir... Ne nous serions-nous pas déjà rencontrés ? demanda-t-il à Cailean. Votre visage ne m'est pas inconnu.

— Il a toutes les raisons de ne pas l'être. Je suis Cailean MacKenzie d'Arrandale.

Spivey blêmit. Il lâcha sa main, posa immédiatement la sienne sur le pommeau de son épée.

— Que faites-vous ici ? demanda-t-il d'un ton sec.

Il jeta un regard autour de lui, comme s'il s'attendait à voir apparaître d'autres membres du clan MacKenzie.

— J'habite ici, répondit Cailean, très calme. Je suis un Highlander.

— Ce que vous êtes, sir, c'est un contrebandier ! dit Spivey, brandissant brusquement son épée.

Mais Cailean ne fut pas pris au dépourvu. Il avait été entraîné au combat par son père et il avait lui-même entraîné bon nombre de leurs gardes. Il réagit aussitôt, désarma Spivey en un clin d'œil et tira sa dague en même temps. Puis, d'un geste, le fit pivoter et la lui planta sous la gorge.

Miss Hainsworth poussa un cri.

— Arrandale ! lança Mr Kimberly. Le capitaine est notre invité ! Baissez votre arme !

Cailean écarta l'épée de la pointe de sa botte. Elle glissa sur le sol de la terrasse. Lorsqu'il se fut assuré qu'elle était hors d'atteinte, il repoussa Spivey, mais conserva sa dague en main.

— Prenez garde, capitaine, dit-il, la pointant vers lui. Vous êtes en Écosse, à présent. Et, à moins que vous ne soyez venu accompagné d'une armée, je vous conseille de laisser votre épée dans son fourreau.

Le chapeau de Spivey était tombé durant l'altercation. Il se baissa pour le ramasser, l'épousseta. Puis il tira d'un coup sec sur sa redingote, remettant de l'ordre dans sa tenue. Mr Kimberly avait récupéré son épée. Il s'en saisit, la remit dans son fourreau et s'inclina devant lui.

— Je m'étonne que vous ayez pu accueillir ce contrebandier chez vous, dit-il froidement.

— Un contrebandier ? répéta Mr Kimberly, très fâché. Il ne l'est en aucune façon.

— Si, Mr Kimberly, Spivey dit vrai. Je le suis. Je pratique le libre commerce.

Mr Kimberly se tourna aussitôt vers lui.

— Que voulez-vous dire ?

— Que les taxes que la Couronne d'Angleterre impose sur les marchandises qui nous sont indispensables pour vivre ici ruinent notre clan. Il nous a fallu trouver une solution pour nous en sortir. Nous faisons entrer les denrées dont notre peuple a besoin sans payer les taxes.

— En d'autres termes, c'est un voleur, dit Spivey. Il y a des années que je le traque, lui et ses semblables, ajouta-t-il d'une voix pleine de mépris.

— On pourrait vous rétorquer que le voleur c'est la Couronne, répondit Cailean. Mais vous n'êtes pas venu ici pour débattre de cette question avec moi, j'imagine.

Cailean jeta un coup d'œil à Daisy, mais elle ne le regardait pas. Elle avait les yeux baissés, l'air serein, légèrement distant. Elle se comportait comme on pouvait l'attendre d'une véritable vicomtesse anglaise. Détachée, polie, ne manifestant pas la moindre émotion. Était-elle choquée ? Il venait de dire la vérité, comme il s'était engagé à le faire. Rien que la vérité. Toujours.

— La contrebande est passible de mort, MacKenzie, dit Spivey. Vous pourriez vous retrouver pendu au bout d'une corde et ces personnes ici présentes, et respectueuses de la loi, pourraient être accusées de complicité pour vous avoir hébergé.

— Personne ne m'héberge, répondit Cailean, sèchement. Et ce n'est certainement pas ici, dans les Highlands, que je me retrouverai pendu au bout d'une corde. Alors, je vous le répète, sir, à moins d'avoir une armée avec vous, ne cherchez pas les ennuis.

Spivey serra les dents et échangea un regard avec Mr Kimberly.

— Je ne suis peut-être pas en capacité de vous arrêter

aujourd'hui, mais si jamais vous mettez les pieds en Angleterre, il n'y aura personne pour vous protéger. Vous serez arrêté, emprisonné et traduit en justice. J'y veillerai personnellement.

Cailean eut un sourire ironique.

— Je le sais. Mais sachez, de votre côté, que personne ne peut vous protéger ici. Nos montagnes sont dangereuses pour un Anglais, a fortiori pour un capitaine de marine.

— Je vous en prie, dit Daisy, levant les mains en signe d'apaisement. Cessons cette discussion.

Elle se tourna vers Cailean, le suppliant du regard.

— Mr Spivey… Oh ! veuillez m'excuser. Le capitaine Spivey a appris le décès de mon mari et il est venu me retrouver immédiatement, après toutes ces années. Il n'est pas venu arrêter des contrebandiers. Et le laird d'Arrandale est notre ami, ajouta-t-elle, à l'attention de Spivey. J'ignore ce qu'il a fait, mais il est notre ami. Je vous en prie, je ne voudrais pas que ces retrouvailles soient gâchées.

Immédiatement. Daisy se rendait-elle compte qu'immédiatement signifiait à la mort de son époux ? Cailean ne pouvait croire un instant que Spivey n'en ait pas entendu parler. La nouvelle de la fortune de Lady Chatwick s'était répandue jusque dans les Highlands. Il était prêt à parier qu'il n'existait pas un homme en Angleterre qui n'ait pas été au courant, Spivey compris.

Ce dernier leva le menton et le toisa, comme s'il avait deviné ses pensées.

— Il a fait tout ce chemin, dit Daisy, l'implorant de nouveau du regard.

— Quel réconfort ce doit être pour vous que de le voir, aujourd'hui, après plus de deux années de veuvage.

Miss Hainsworth eut un petit hoquet. Elle saisit la main de Daisy. Cette dernière le fixait, incrédule.

La remarque avait pris Spivey au dépourvu. Il ne s'attendait certainement pas à une telle pique.

— J'espère lui offrir quelque réconfort, en effet, comme le ferait tout gentilhomme. Je suis parfaitement conscient de la solitude que doit vivre Lady Chatwick. Elle n'a pas de famille.

— Pas de famille ? rétorqua Cailean. Son oncle et sa cousine sont ici avec elle, il me semble.

— Je vous en prie, dit Mr Kimberley, sèchement. Je crois que c'en est assez.

— Je vais prendre congé, dit Cailean.

Daisy ne tenta pas de le retenir.

— Permettez-moi de vous raccompagner, dit-elle seulement.

Elle le précéda, quitta la terrasse d'un pas vif. Dès qu'ils furent hors de vue, elle s'arrêta, se tourna vers lui et posa la main sur son bras.

— Vous ne m'aviez pas dit que vous le connaissiez, lança-t-elle d'un ton accusateur.

— Je ne le connais pas. Je sais seulement qui il est.

— Vous l'avez menacé de votre dague !

— Il avait tiré son épée avant, Daisy.

— Pourquoi ne m'en avez-vous pas parlé ? demanda-t-elle. Moi, je vous ai dit la vérité. Pourquoi n'avez-vous pas fait de même ?

— Je ne m'attendais pas à rencontrer cet homme un jour, à me retrouver face à lui. Je n'avais aucune raison de vous tourmenter avec cela. Pour quelle raison est-il venu ?

— Je vous l'ai dit, répondit-elle, visiblement agacée par sa question.

— Non, je veux dire ici, en Écosse. Ne trouvez-vous pas un

peu étrange qu'il ait pris le risque de venir dans les Highlands, sachant qu'il y a très vraisemblablement des ennemis ?

— Non.

Daisy pinça les lèvres.

— Je ne sais pas, dit-elle. Comment puis-je le savoir ? Je viens à peine de le retrouver, Cailean.

Il poussa un soupir, passa une main lasse dans ses cheveux. Cela ne le regardait pas, après tout. Il aurait dû se réjouir qu'elle ait trouvé un homme à épouser, un homme qu'elle pouvait accepter. Il avait pleinement conscience qu'il devait s'en aller, à présent, et se satisfaire de s'en sortir indemne. Mais autour de lui quelque chose se brisait, quelque chose de fragile qui avait existé entre eux et disparaissait. Une… aventure ? Une amitié ? La fin inévitable était venue.

Il fit un pas, commençant à s'en aller, mais il s'arrêta, la regarda. L'éclat de ses beaux yeux verts s'était terni.

— Ne prenez pas de décision hâtive, dit-il. Faites-moi confiance. Il y a quelque chose d'anormal dans l'apparition de Spivey.

— Je ne veux pas de vos conseils, dit-elle, l'arrêtant d'un geste. Ne me dites pas ce que je dois faire.

Cailean ne répondit pas. Tant de choses se bousculaient dans son esprit qu'il était incapable de réfléchir. Mais une pensée dominait, cependant, il n'avait aucune envie de la laisser avec Spivey.

Ils demeurèrent un moment face à face, dans un silence gêné, chacun perdu dans ses pensées. Daisy croisa les mains devant elle, la tête baissée, comme si elle s'intéressait réellement au petit caillou qu'elle repoussait du bout de sa chaussure.

Que devait-il faire ? L'enlever à Spivey ? Et ensuite ? La ramener en Angleterre afin qu'elle trouve un mari tout aussi… anglais que lui ? Et lui, risquer la potence ? Quelle alternative existait-il pour elle ? Il ne pouvait trouver de solution à sa situation et sa présence ne faisait que la compliquer.

Quant à lui, il avait laissé les choses aller trop loin entre eux. Il s'était trop impliqué dans cette relation et s'était laissé piéger. Le moment était venu pour lui de laisser les choses suivre leur cours. Il sentit sa poitrine se serrer, un goût amer monter dans sa gorge tant sa déception, son désarroi étaient grands.

Il tendit la main, effleura son visage, laissa ses doigts s'attarder jusqu'à ce qu'elle lève les yeux vers lui. Dans son beau regard vert, il lut un regret qu'il n'aurait su expliquer. Était-ce lui qu'elle regrettait ? La venue de Spivey ? La malheureuse altercation qui avait eu lieu sur la terrasse ?

— Soyez heureuse, Daisy, maintenant, et pour toujours.

Elle serra les lèvres. Il ôta sa main, se détourna, et traversant l'allée d'un pas rapide, il se dirigea vers le chemin qui, à travers bois, le ramènerait à Arrandale.

Tandis qu'il s'enfonçait dans l'ombre du chemin, il comprit que, comme les arbres qui obscurcissaient le bois, le départ de Daisy Chatwick ferait disparaître toute lumière d'Auchenard. Désormais, un nuage sombre planerait au-dessus.

Sur la route qui conduisait à Balhaire se trouvait un petit hameau de pêcheurs et, aux abords de ce hameau, une chaumière dans la forêt, où tout homme des Highlands savait pouvoir venir assouvir ses désirs. Pour le monde extérieur, les femmes qui l'habitaient étaient des sœurs ayant décidé de vivre ensemble à la suite d'une tragédie familiale.

Elles n'étaient pas sœurs, en réalité, mais il importait peu à Cailean de percer leur mystère. Elles vivaient sur un lopin de terre, avec un peu de bétail et un jardin qui donnait beaucoup de fruits et de légumes. C'étaient des femmes robustes, toutes bien charpentées, habituées à ces Highlanders qui descendaient des collines pour leur rendre visite.

En route pour Balhaire, Cailean s'arrêta chez elles. Il ressentait un besoin impératif de se divertir, de chasser Daisy de ses pensées. Il n'était plus lui-même depuis deux jours, depuis que le capitaine Spivey était arrivé à Auchenard. Son imagination avait pris le dessus, ne cessant de le torturer avec des visions de Daisy dans ce satané abri de jardin, dans les bras de celui qui était son seul et véritable amour.

C'étaient des images qu'il parvenait à chasser en se raisonnant. Mais alors, dans ces moments qu'il croyait de répit, c'étaient ses propres désirs qui revenaient le hanter. Il repensait au plaisir qu'il lui avait donné et il lui semblait sentir encore ses ongles griffer ses épaules, s'enfoncer dans sa chair. Elle était partout avec lui, dans sa journée, ne le quittant pas une seconde. Sa bouche pleine et sensuelle, encore tout humide de ses baisers, l'accompagnait à la pêche. Le parfum de ses beaux cheveux blonds nattés emplissait ses narines tandis qu'il vidait un lièvre.

Tout ce qu'il entreprenait pour tenter de ne plus penser à elle n'avait pour effet que de faire affluer davantage d'images encore, bouleversant son corps, sa chair et lui rappelant combien le temps était loin où il avait été en compagnie d'une femme.

Il avait finalement décidé qu'il fallait faire quelque chose s'il ne voulait pas perdre la tête. Il ordonna à Flamme de l'attendre et entra dans la chaumière de la forêt, déterminé à chasser les démons de son corps.

Malheureusement, il sut au moment même où il franchit le seuil de la pièce au plafond bas, tout imprégnée de l'odeur de tourbe brûlée et d'homme, avec ces femmes qui déjà lui tournaient autour en s'extasiant sur son physique, que rien ne pourrait le soulager du mal dont il souffrait, de cette fièvre qui le tenaillait.

L'une d'entre elles souleva ses jupes afin de lui montrer ses jambes solides, le triangle sombre au creux de ses cuisses. Une autre referma les mains sur ses seins, les fit pigeonner en se mordant la lèvre.

Mais pas une ne possédait un regard vert troublant ni un sourire à se damner. Pas une.

Cailean ne dit pas un mot. Il se contenta de lancer quelques pièces sur la table et sortit, en dépit des efforts que faisaient les femmes pour le retenir, l'une d'elles allant même jusqu'à lui proposer un remède pour soigner la virilité défaillante. Il en fut mortifié. S'il y avait une chose qui ne lui faisait jamais défaut, c'était bien cette satanée vigueur, ce désir qui, en cet instant d'ailleurs, tenaillait ses reins et pulsait dans son sang tandis qu'il chevauchait vers Balhaire.

Il arriva très vite à la forteresse et au village qui s'étendait au pied. Tout le monde était en train de préparer le feill, la grande fête qui célébrait la fin de l'été. La tradition voulait que ce soit pour les MacKenzie l'un des grands événements de l'année. Ils venaient à Balhaire par dizaines, centaines même, participer au marché, aux jeux et aux danses. Le feill revêtait une importance toute particulière dans les périodes difficiles. Balhaire était un véritable bastion et Arran MacKenzie souhaitait que son clan et les autres Highlanders connaissent la forteresse et sachent qu'ils pouvaient compter sur elle.

La cour intérieure et le vieux donjon grouillaient de monde lorsque Cailean arriva. Il emprunta le long couloir étroit qui conduisait au bureau de son père, s'écartant pour laisser passer deux valets qui transportaient un buffet.

Parvenu au bout du couloir, il entra dans le bureau de son père, si absorbé dans ses pensées qu'il ne remarqua pas la présence de sa mère. Elle le surprit en s'écriant soudain, ravie :

— Cailean ! C'est à peine si j'en crois mes yeux !

Elle traversa la pièce à sa rencontre, les bras tendus. Cailean lui tendit la main, mais elle la repoussa et se jeta à son cou, se hissant sur la pointe des pieds pour l'embrasser.

— Il ne me convient pas du tout d'être saluée comme une cousine éloignée ! s'exclama-t-elle, le serrant très fort contre elle.

Puis elle s'écarta.

— J'ai d'abord cru à une vision. Tu t'es fait si rare ces temps derniers, surtout par beau temps.

— Oui. Les affaires m'ont appelé ici, en dépit de cette belle journée où j'aurais dû travailler. Je dois parler avec *Athair.*

— En effet, dit son père, installé à son bureau. Nous, les hommes, devons parler de cargaisons et de la situation actuelle.

— De la situation actuelle ? demanda sa mère.

— Je crains que cela ne t'intéresse guère, *leannan.* Mieux vaut que tu ailles vaquer à d'autres occupations.

— Me demanderais-tu de m'en aller, par hasard ? Tu n'as donc pas besoin de mon avis ? Cailean, mon chéri, tu comptes participer au feill, n'est-ce pas ?

Cailean ne put s'empêcher de sourire. Malgré toutes les années passées en Écosse, l'accent anglais de sa mère était toujours aussi reconnaissable lorsqu'elle essayait de parler en gaélique.

— Bien sûr que oui.

— J'aimerais que tu invites ta voisine.

Cailean se figea.

— Qui ?

— Ta voisine, dit-elle, insistant sur le mot. Lady Chatwick.

— *Màthair…*

— Et sa famille également, ajouta-t-elle avant qu'il ait eu le temps de protester. Elle a un jeune fils, non ? Il sera ravi, j'en suis certaine.

— Oui, elle en a effectivement un, mais je…

— J'aimerais faire sa connaissance, dit très vite sa mère. Elle est anglaise et il se trouve peu de mes compatriotes dans les Highlands.

— Et à juste raison, lui rappela son mari.

— On croirait entendre parler un jacobite. Cailean, transmets-leur mon invitation, je te prie.

— Si tu as l'intention, une fois de plus, de jouer les entremetteuses, saches que tu arrives trop tard.

Sa mère ouvrit de grands yeux.

— Elle a déjà trouvé un mari ?

— Pas quelqu'un d'ici, en tout cas. Pas un Écossais. Un ancien amour qui a fait le voyage depuis l'Angleterre pour venir la chercher.

Sa mère le fixa, interdite.

— Qui ? Qui a pu entreprendre un tel voyage ?

— Le capitaine Robert Spivey.

Sa mère le regarda, sans réaction, mais son père fronça les sourcils.

— C'est un nom qui ne m'est pas inconnu.

— Et pour cause. Spivey est, ou plutôt était, le capitaine du *Fortune.*

— N'est-ce pas le bateau dont le canon a failli briser notre mât de misaine ?

— C'est surtout le bateau qui a perdu un de ses marins, victime du mousquet de Wallace, répondit Cailean.

— Bon sang, que vient-il faire ici ?

— Il est venu la chercher. Il lui faisait la cour avant qu'elle épouse Chatwick.

— Je n'y crois pas, dit Arran MacKenzie.

Mais Cailean secoua la tête.

— Il ne savait pas qui j'étais. Il a été surpris et m'a menacé de son épée.

Sa mère étouffa un cri.

— Oh ! mon Dieu ! Que vient-il faire ici ? demanda-t-elle à son tour, se laissant tomber sur un siège. Je n'aime pas cela, Cailean, pas du tout. Pourquoi un capitaine de la Royal Navy apparaîtrait-il soudain ici, si près d'Arrandale ?

— Lady Chatwick dit qu'il a mis un terme à son engagement dans la marine, répondit Cailean. Je pense que sa présence ici est une tactique de guerre.

— Une tactique de guerre !

Sa mère était de plus en plus affolée. Cailean leva la main pour l'apaiser.

— S'il est venu ici, c'est pour faire obstacle, barrer la route à tout autre prétendant.

— Tu veux dire empêcher quelque prétendant que ce soit de mettre la main sur la fortune de Lady Chatwick, dit sa mère d'un ton ironique. Un homme mû par l'appât du gain est un homme dangereux, prêt à tout.

— Je le pense aussi, dit son père, songeur.

— Invite-le, dit sa mère.

— Pardon ?

— Invite-le au feill.

— *Màthair*, tu n'y penses pas, répondit Cailean, très calme. Nombre de personnes présentes au feill n'auraient qu'une envie, lui trancher la gorge.

— Ils ne s'y risqueront pas à Balhaire, dit son père.

— Non, bien évidemment, confirma sa mère. Ton père et moi savons depuis longtemps qu'il vaut mieux garder ses ennemis près de soi. On ne peut jamais savoir ce qu'ils trament, si on les perd de vue. Mais, si par hasard il avait l'intention de lever des troupes anglaises contre Arrandale…

Elle se frotta vigoureusement les bras, parcourue d'un frisson, brusquement.

— Une chose est sûre, elles ne s'attaqueraient pas à Balhaire.

— À moins qu'il ne cherche à déclencher la guerre, dit son père.

Cailean n'était pas loin de le penser aussi. Tenter des représailles au milieu de tant d'Écossais, dont beaucoup étaient jacobites, c'était risquer de les voir prendre les armes.

— Et emmène des gardes, Cailean, dit sa mère. Je ne supporte pas l'idée de te savoir seul à Arrandale avec un homme comme lui dans les parages. Je vais en parler à Rabbie et Cat. Nous allons devoir accueillir Lady Chatwick et sa famille ici et, pour cela, il va nous falloir faire preuve de persuasion face au clan.

Elle se leva. Mais, avant de sortir, elle s'approcha de Cailean, posa une main sur sa joue.

— Fais bien attention à toi.

— Ne t'inquiète pas, répondit-il, posant un baiser sur sa joue.

Il la regarda sortir, puis se tourna vers son père. Ce dernier fit mine de vouloir se lever, mais une grimace déforma aussitôt ses traits et il agrippa le bord de son bureau.

— *Athair*, dit Cailean inquiet, se précipitant vers lui.

Son père l'arrêta d'un geste.

— Ce n'est rien, dit-il, se frottant la jambe.

Mais la douleur se lisait sur ses traits.

— Je vais appeler…

— Non ! Je ne veux pas que ta mère s'en mêle. Elle est déjà suffisamment inquiète. Je vais avoir besoin de toi sur place pour inaugurer les jeux, ajouta-t-il, se réinstallant dans son fauteuil.

Il poussa un soupir, renversa un instant sa tête en arrière. Puis il rouvrit les yeux et sourit à Cailean.

— Maintenant, parlons du feill.

Cailean écoutait son père, mais il ne pouvait empêcher les

pensées d'assaillir son esprit. Il était évident qu'il allait devoir prendre sa place à Balhaire plus tôt qu'il ne le prévoyait. Et il ressentait soudain une impression étrange, comme si sa vie avait été emportée, roulée, par la vague furieuse d'un océan déchaîné et qu'il en rejetait, à présent, les morceaux épars sur la grève. Des morceaux qu'il allait devoir rassembler à la hâte avant de risquer de les perdre tous.

Chapitre 13

Je ne saurais décrire la joie qui s'est emparée de mon cœur en revoyant Robert après tant d'années. Il a vieilli, bien sûr, tout comme moi, mais il est toujours le même, comme il a su d'ailleurs me le prouver en me prenant dans ses bras et en m'embrassant sur la joue, sincèrement heureux de constater que je vais bien.

Nous nous sommes retrouvés, à maints égards, comme si les années ne comptaient pas, soudain envolées. Nous avons discuté de tout. Il m'a parlé de mon mari, demandé s'il avait été un homme bon, digne de respect. Je l'ai assuré que Clive l'avait été, en effet. Robert ne s'est jamais marié, contrairement à ce que j'aurais pu penser. Au contraire, il m'a dit qu'après que nous ayons été contraints de nous séparer, c'était la mer qu'il avait épousée. Je ne sais plus si les choses se sont réellement passées ainsi, c'était il y a si longtemps que je ne m'en souviens plus.

Au fil des années, Robert a entendu parler de moi à maintes reprises. Il était au courant de la naissance d'Ellis, de la maladie de Clive et de la mort de ma mère. Mais ce n'est que très récemment qu'il a appris le décès de Clive. Il m'a dit avoir rêvé, la nuit suivante, qu'un ange lui était apparu et lui avait dit de venir me rejoindre au plus vite. Ce qu'il avait fait, bien que conscient qu'un voyage dans les Highlands représentait un grand péril pour un capitaine de la Royal Navy.

Je ne parviens pas à m'expliquer comment Robert en est venu à brandir son épée contre Cailean. Il admet avoir réagi piètrement, mais c'était dans le seul but de me protéger. Peut-être a-t-il pensé qu'A n'était remonté du loch que dans le but de nous voler, bien que cela semble assez invraisemblable. Il a beaucoup insisté pour que je lui dise comment j'avais fait la connaissance d'A. Il m'a mise en garde, insistant sur le fait qu'il s'agit d'un dangereux contrebandier. Il n'a pas voulu me dire de quel type de contrebande A était accusé, mais il a vraiment insisté pour que je ne le considère plus comme un ami et ne l'invite plus à Auchenard.

Robert m'a fait la surprise de m'offrir un cadeau, un collier en or qu'il a rapporté d'Inde. Il est très beau et je le porte avec fierté. J'ai compris, sans équivoque possible, qu'il l'avait acheté en pensant à moi. Mais, le soir même, au dîner, il nous a régalés du récit de ses aventures en mer et narré qu'il s'était rendu en Inde voilà plus d'un an. Comme, à cette époque, il ignorait tout du décès de Clive, j'imagine qu'il avait peut-être acheté ce collier pour quelque autre personne qu'il admirait.

Mr S est venu me rendre visite, hier. À la vue du capitaine, le pauvre homme a soudain perdu ses moyens et sa langue, et il a pris congé peu de temps après, déclinant mon invitation à partager avec nous un jeu de boules sur le gazon fraîchement tondu.

Oncle Alfonso s'est totalement entiché de pêche à la ligne. Il pourrait emporter ses barils pleins de poisson à Balhaire. Je lui ai suggéré d'ouvrir un stand pour les vendre au marché. Il m'a répondu que je serais bien contente de pouvoir m'en sustenter lors de notre long voyage de retour à Londres. Notre départ est prévu pour dans deux semaines et toutes les dispositions ont déjà été prises. Rob nous escortera jusqu'à Londres ainsi que Rowley. Oncle Alfonso et nos autres serviteurs suivront après avoir fermé Auchenard.

Rob n'a pas demandé à s'entretenir avec mon oncle ni avec moi. De ce fait, j'ignore quelles sont ses intentions à mon égard, bien qu'il m'ait donné toutes les raisons de croire qu'il va me faire sa demande. Peut-être préfère-t-il attendre que nous soyons de retour à Londres.

Mr Munro m'a informé que les préparatifs sont en cours pour la fête de Balhaire qui se tiendra à la fin de la semaine. Je pense qu'E aimerait beaucoup s'y rendre. Il m'a appris que l'homme le plus fort du monde y assisterait. Il me demande sans arrêt quand nous reverrons A. Je remercie le ciel qu'il n'ait pas assisté à l'altercation sur la terrasse.

Moi aussi j'aimerais savoir quand A reviendra nous voir. Quoi qu'il ait fait, je ne peux envisager l'idée de ne plus le revoir. J'espère que ce ne sera pas le cas.

Ce matin, dans le jardin, j'ai vu l'oiseau le plus coloré et le plus étrange qui soit. Il picorait les pétales tombés des roses. Il ressemblait à un poulet bleu. Je n'avais jamais rien vu de semblable.

Daisy ne s'intéressait guère au jeu de boules sur gazon, mais Ellis avait l'air d'y prendre beaucoup de plaisir. Robert suggéra que c'était très bon pour lui.

« Le bon air et les études, voilà ce qu'il faut à ce garçon », avait-il déclaré.

Daisy avait effectué deux lancers, sa boule partant totalement de travers, et elle regardait le loch, perdue dans ses pensées, se demandant pourquoi elle n'avait vu passer aucun bateau, ces deux derniers jours. Ni bateau à rames ni la moindre voile. Elle n'avait pas aperçu le moindre pêcheur, non plus, et aucun Highlander.

— Lady Chatwick ?

Elle se retourna en entendant la voix de Rowley.

— Arrandale vient d'arriver, accompagné de deux cavaliers.

Cailean. Son cœur se mit à battre comme un fou et elle leva une main, prétendant remettre un peu d'ordre dans sa coiffure, afin de dissimuler à Robert le trouble qui s'était emparé d'elle.

— Merci, dit-elle. Faites-le entrer au salon.

— Je l'y ai invité, mais il a refusé. Il vous prie de venir le retrouver dans l'allée.

— Oh ! dit-elle, une immense déception l'envahissant soudain.

Cailean n'attendait plus rien d'elle. Elle ne l'intéressait plus depuis que Rob l'avait agressé avec son épée. Elle en était certaine.

— Vous avez de la visite ? demanda Rob, s'interrompant au moment de lancer.

— Euh… Oui. Notre voisin, répondit-elle, méfiante.

Robert laissa immédiatement tomber sa boule.

— Je vous accompagne, dit-il d'un ton ferme.

— C'est inutile. Je suis certaine que ce n'est rien…

— Lady Chatwick, dit-il, s'adressant à elle par son nom, une habitude qu'il avait prise lorsqu'il était des plus sérieux. Comme je vous l'ai déjà fait remarquer, vous ne devriez pas recevoir cet homme. C'est un traître à la Couronne. Un hors-la-loi. Vous ne devez pas risquer de ternir votre réputation en l'introduisant chez vous.

— Non, c'est faux, intervint Ellis, s'emportant. Il n'est pas comme vous dites.

— Allons, mon chéri.

Daisy posa la main sur son épaule, l'enjoignant au calme.

Sans doute Robert avait-il oublié qu'elle était Lady Chatwick, comme il le disait si bien, et seule maîtresse de ce lieu. Et il avait dû oublier, en outre, qu'ils se trouvaient dans les Highlands et non à Londres, loin de toute société et qu'il n'y avait donc pas de réputation à ternir.

— Je savais qu'il viendrait, maman ! dit Ellis.

Et il se sauva avant qu'elle ait eu le temps de le retenir.

— Ce garçon a besoin d'apprendre les manières et qu'il convient d'être présenté, dit Robert d'un ton cassant, posant une main à la taille de Daisy pour la guider.

— Ellis ! Ellis, mon chéri, attendez-nous ! appela-t-elle.

Ce dernier ralentit le pas à regret. Daisy prit sa main et courut avec lui vers l'allée, Robert s'efforçant de les suivre, très raide.

Lorsqu'ils atteignirent l'allée, Ellis lui échappa et il se précipita vers Cailean, noua les bras à sa taille.

— J'ai cru que vous ne viendriez pas, dit-il, à bout de souffle.

Daisy sentit son cœur se serrer à la vue de son fils. Il était si heureux, soudain.

Cailean croisa son regard par-dessus la tête d'Ellis et elle se troubla, son pouls s'emballant soudain. Il était superbe, aussi séduisant que le jour où elle avait posé les yeux sur lui pour la première fois. Il portait un kilt, les cheveux attachés en catogan et ses yeux d'un bleu intense, si lumineux, perçaient littéralement son regard, ravivant le feu qui couvait en elle depuis la dernière fois qu'ils s'étaient vus.

Il ne lui sourit pas, ne dit rien, mais n'était-ce pas du désir qu'elle lisait dans ses yeux, une soudaine envie d'elle ? Ou bien se trompait-elle, projetant son propre désir, sa propre envie de lui ?

— Eh bien, jeune homme on ne connaît plus sa force ? J'ai bien failli me retrouver par terre, dit Cailean, ébouriffant les cheveux d'Ellis.

Ce dernier leva les yeux vers lui, le visage illuminé d'un

sourire. *Oh, mon enfant, mon fils,* songea Daisy, émue devant tant d'adoration et le cœur brisé à l'idée qu'Ellis ne reverrait sans doute jamais Cailean, une fois qu'ils auraient quitté l'Écosse.

— Arrandale, dit-elle, s'efforçant de paraître enjouée.

De donner le change, comme s'il n'y avait rien entre eux.

Elle souleva ses jupes et s'avança, au prétexte de récupérer Ellis. Mais en réalité, elle voulait surtout être plus près de lui.

— Je crains que vous n'arriviez trop tard pour vous joindre à notre jeu de boules. Nous étions en train de terminer la partie.

— Je ne suis pas venu jouer aux boules, répondit-il.

Daisy jeta un coup d'œil aux deux hommes à cheval qui se tenaient derrière lui. Ils ne bougeaient pas, mais elle remarqua que tous deux portaient des épées et que leurs mains se trouvaient posées sur les pommeaux, comme s'ils s'attendaient à devoir s'en servir. Elle jeta un coup d'œil à Robert, par-dessus son épaule. Il fixait les deux hommes, sur ses gardes, observant de près la situation.

— Allons-nous chasser ? demanda Ellis avec empressement.

Daisy se rendit compte que son fils n'avait toujours pas desserré son étreinte. Elle posa les mains sur ses épaules et l'attira à elle, l'obligeant à lâcher Cailean.

— Pas aujourd'hui, Ellis. Les mâles ne sont pas encore sortis. Il est un peu trop tôt dans la saison.

— Mais… Nous partons bientôt pour Londres, dit Ellis, affolé.

Le regard de Cailean croisa aussitôt celui de Daisy.

Avant qu'elle ait eu le temps de dire un mot, Robert répondait pour elle.

— Dans deux semaines, nous aurons quitté Auchenard.

Si Cailean l'entendit, il ne manifesta pas la moindre réaction. Il demeura le regard rivé sur Daisy. Un regard intense, pénétrant.

— Quelle affaire vous amène ici, sir ? demanda Robert.

Il s'avança aux côtés de Daisy et posa la main sur l'épaule d'Ellis.

Cailean tourna lentement le regard vers lui.

— Quelle que soit la raison qui m'amène, elle ne concerne que Lady Chatwick et moi.

— Quoi que vous ayez à lui dire, vous pouvez le dire devant moi, rétorqua Robert.

Il fit reculer Ellis, l'obligeant à passer derrière sa mère et se planta face à Cailean, jambes écartées, comme s'il s'apprêtait à se battre.

— Que se passe-t-il ? murmura Daisy, d'un ton sévère. Il n'a pas menacé…

— Une lady ne reçoit pas de gentilhomme, seule, dit Robert.

Il passa devant elle, faisant fi de son mécontentement, et toisa Cailean.

Daisy bouillait, au comble de l'indignation. Comment osait-il se permettre de dire ce qu'une lady était censée faire ou ne pas faire ?

— Capitaine Spivey, je dois…

— Vous n'avez rien à craindre, dans ce cas…, intervint Cailean. Je ne suis pas un gentilhomme, ajouta-t-il avec désinvolture.

Et il sourit.

Daisy sentit le souffle lui manquer, affolée à l'idée qu'il puisse y avoir une nouvelle confrontation.

— Ellis, mon chéri, allez chercher votre oncle, dit-elle, le poussant vers la maison. Vite !

— Mais je n'ai pas envie de m'en aller, protesta Ellis.

— Faites ce que vous dit votre mère ! ordonna Rob.

Le regard de Cailean s'assombrit soudain. Daisy réagit aussitôt et s'interposa entre les deux hommes.

— En voilà assez ! s'exclama-t-elle. J'entends parler avec

Arrandale, capitaine Spivey. Veuillez accompagner Ellis auprès de mon oncle.

Robert se tourna vers elle. Son visage s'était empourpré.

— Si le sujet concerne Auchenard, c'est à moi et à moi seule qu'il revient de s'en occuper, précisa-t-elle, s'efforçant de recouvrer son souffle.

Robert lui décocha un regard glacial. Elle tressaillit.

— Ce que vous faites est dangereux, dit-il, la mâchoire crispée.

— En aucun cas.

Il la regarda, jeta un coup d'œil à Cailean. Puis il s'inclina, saisit sa main et l'effleura de ses lèvres. Mais il la serra si fort que Daisy fit la grimace.

— Ne vous attardez pas, dit-il. Je vous attendrai à l'intérieur.

Daisy libéra prestement sa main.

Il se détourna, fit signe à Ellis de le précéder et gagna le pavillon.

Dès qu'il eut disparu à l'intérieur, Daisy saisit la main de Cailean.

— Daisy…

— Venez, insista-t-elle, l'entraînant. Quelques instants en privé, vous et moi, Cailean, je vous en prie.

Il se retourna, dit quelques mots à ses hommes. Puis il la suivit à contrecœur sur le chemin qui menait vers le bois. Elle marcha jusqu'à ce que l'allée et le pavillon aient disparu de sa vue. Alors, elle lâcha sa main et se tourna vers lui.

Il avait le visage dur, sévère. Mais ses yeux… Ses yeux reflétaient combien toute cette situation était douloureuse pour lui.

Daisy sentit une immense confusion l'envahir. Les émotions, les sentiments, affluaient avec une telle violence qu'elle avait l'impression que son cœur allait éclater. Il battait si fort qu'elle parvenait à peine à respirer. Elle pressa les mains sur sa poitrine, s'efforçant de garder en elle un peu de souffle.

— De quoi vouliez-vous m'entretenir ? demanda-t-elle.

Il la regardait, dévorant son visage des yeux, retrouvant ces traits qui lui étaient si chers.

— J'ai un message à vous transmettre de la part de ma mère.

— Votre mère ?

— Oui. Elle souhaite vous inviter, vous et votre famille, au feill de Balhaire, la fête qui aura lieu à la fin de la semaine. Bien évidemment, vous résiderez au château.

— C'était donc là ce que vous aviez à me dire ? déclara Daisy d'un ton sec, croisant les bras sur sa poitrine. C'est très aimable de la part de votre mère de nous inviter, ajouta-t-elle froidement.

Cailean fronça les sourcils d'un air impatient.

— Vous pensez que j'aurais dû vous inviter moi-même ? Croyez-vous que votre ami l'aurait permis ?

— Vous auriez pu l'inviter également.

Cailean secoua la tête.

— Vous ne connaissez pas cet homme. Du moins, pas toutes les facettes du personnage. Vous a-t-il parlé de moi ?

— Oui, répondit Daisy, le toisant. Il m'a dit que vous étiez un dangereux contrebandier et que je ne devrais pas vous fréquenter.

— Dangereux pour lui, peut-être, répondit Cailean en souriant. Pas pour vous, *leannan*.

— Il m'a demandé comment j'avais fait votre connaissance. Je le lui ai dit. Je lui ai tout dit.

— Tout ?

Le visage de Daisy s'empourpra.

— Non, pas tout.

Elle jeta un coup d'œil en direction du pavillon, vérifiant qu'ils n'avaient pas été suivis.

— Avez-vous peur de lui ? Vous n'avez rien à craindre. Mes hommes le tueront s'il s'avise de vouloir nous suivre.

Daisy ouvrit des yeux horrifiés.

— Comment osez-vous dire une chose pareille. J'ignore ce qui s'est passé entre vous, mais Robert Spivey est un homme honorable, Cailean. Et il tient beaucoup à moi.

Cailean détourna le regard, la mâchoire crispée, comme s'il ne voulait pas l'entendre.

— J'imagine qu'il a dû vous faire sa demande, dans ce cas ?

— Non… Pas encore.

Daisy posa la main sur son bras. Il sursauta, comme sous l'effet d'une brûlure.

— Nous venons à peine de nous retrouver. Il nous faut refaire connaissance. Vous savez quelle est ma situation.

— Oui, je la connais. Et je sais que Spivey finira par s'approprier votre fortune, Daisy.

Il dégagea son bras et lui tourna le dos, comme s'il répugnait soudain à la regarder.

— Certainement pas, non, répondit-elle, agacée. Pourquoi croyez-vous qu'il soit venu jusqu'ici ?

— Pour barrer le passage aux autres, c'est évident.

— Je vous demande pardon ?

Cailean secoua la tête. Il se retourna, la regarda, les sourcils froncés.

— Vous ne comprenez pas…

— Je comprends très bien, rétorqua-t-elle, en colère. Inutile de vous montrer condescendant, Cailean. Robert n'aurait jamais entrepris un tel voyage s'il ne me tenait pas en très haute estime.

— En êtes-vous certaine ? Êtes-vous certaine de ses sentiments à votre égard ?

Il y eut, soudain, l'ombre d'une hésitation dans l'esprit de Daisy, une petite pointe de doute.

— Évidemment, j'en suis certaine, répondit-elle, furieuse de le voir douter de l'attachement de Robert. Je suis tout à fait capable d'en juger.

— Dans ce cas, vous n'avez pas besoin de mes conseils. Faites ce qui vous plaira.

Il se détourna et s'éloignait déjà à grands pas sur le chemin.

— Seriez-vous jaloux, Cailean ? lança-t-elle. Est-ce pour cette raison que vous avez mis fin à notre amitié ?

Il s'immobilisa, lui tournant le dos, et elle vit la tension dans ses épaules, les muscles contractés, comme ceux d'un félin prêt à bondir. Au bout de quelques secondes, il se retourna lentement et, plongeant son regard dans le sien, il revint vers elle.

— Si vous êtes absolument certaine que ses intentions sont louables, dit-il d'une voix exagérément calme, pourquoi ne le mettez-vous pas à l'épreuve ?

Ce qu'il restait de patience chez Daisy vola en éclats.

— Vous m'amusez beaucoup, Laird Arrandale, répondit-elle vivement. Vous vous conduisez de façon tout à fait ridicule ! Je n'ai absolument aucune raison de le mettre à l'épreuve.

— Non ? Alors, dites-moi comment et quand il a appris la mort de votre mari ? Comment se fait-il que l'Angleterre tout entière ait été au courant et pas lui ?

Daisy accusa le coup. Cette question, elle se l'était déjà posée lorsqu'il lui avait offert le collier.

— Ensuite, vous pourriez tenter de vous renseigner sur ce qu'il compte faire maintenant qu'il a démissionné de son poste dans la marine. Il me semble évident qu'un capitaine de sa royale majesté ne démissionnerait pas sans avoir prévu une suite pour lui.

Daisy ne le lui avait pas demandé. Elle était partie du principe qu'ils se marieraient.

— Tout est arrivé si vite. Je suis certaine qu'il n'a pas eu le temps d'y réfléchir.

Cailean eut une moue ironique.

— Observez la façon dont il vous flattera, Daisy, dont il vous engluera peu à peu, vous emprisonnera dans sa toile afin qu'aucun autre prétendant ne puisse vous approcher.

Daisy eut un petit haussement d'épaules.

— Il vous flattera, poursuivit Cailean, se glissant dans la petite brèche que le doute avait creusée dans son esprit. Mais il n'aura que faire ni de vos espoirs ni de vos craintes. Tout cela fait partie de son plan…

Plaquant soudain les mains sur son torse, Daisy le repoussa violemment.

— Pourquoi cherchez-vous à tout gâcher ?

Cailean ne dit rien, ce qui ne fit qu'attiser davantage la colère de Daisy.

La frustration qu'elle éprouvait par rapport à lui, par rapport à la situation qu'elle vivait du fait de n'avoir aucun contrôle sur sa destinée, était si violente qu'elle menaçait d'exploser. Elle le repoussa de nouveau, plus fort encore.

Il ne bougea pas.

— Que voudriez-vous que je fasse ? Que je lui dise non ? Que j'épouse un des étrangers que me présente Craig ? Pourquoi faites-vous cela ? s'écria-t-elle, au bord des larmes.

Le visage de Cailean se radoucit.

— Oh ! *leannan*, je vous ai donné ma parole. Je vous ai promis d'être toujours honnête envers vous, non ? Je ne lui fais pas confiance.

— Et moi, c'est à vous que je ne fais pas confiance, dit-elle, d'une voix tremblante.

Elle tremblait tout entière. De chagrin, de déception, de rage impuissante.

— Comment puis-je savoir si un homme éprouve réellement des sentiments pour moi ?

— C'est une chose que l'on sent.

— Non ! Tous les hommes se montrent flatteurs. Comment pourrait-il en être autrement ? Devraient-ils me témoigner du dédain ? Tous se montrent aimables et pleins de sollicitude à mon égard. Devrais-je chercher un homme qui n'éprouve qu'indifférence pour moi ? Serait-ce là un bon critère de jugement ?

— *Leannan*, dit-il, prenant son visage entre ses mains. Vous le saurez à la façon dont un homme vous regarde, dont il vous touche. À sa façon de vouloir tout connaître de vous, même les détails les plus infimes.

Le cœur de Daisy battait à tout rompre, cognant dans sa poitrine.

— C'est étrange, dit-elle, que le seul homme qui m'ait jamais regardée véritablement, touchée, et qui ait eu envie de tout connaître de moi, soit seulement mon ami. Qu'il n'éprouve aucun sentiment pour moi.

L'expression de Cailean changea. Son regard s'assombrit.

— Je ne suis pas votre ami, dit-il.

Et il l'embrassa. Avec fougue. Avec une passion, une férocité telle qu'elle se sentit soudain comme happée dans un tourbillon de désir, mue par la même passion, par une fougue égale à la sienne. Rien n'avait changé. Elle avait toujours envie de cet homme, de son corps. Ses lèvres étaient enivrantes, son corps à la fois souple et dur contre le sien. Déjà, plus rien ne comptait que cet instant, ce baiser. Elle n'entendait plus que les battements sourds de son cœur qui s'emballait, comme chaque fois qu'il s'approchait d'elle.

Cailean pivota, la plaqua contre un arbre. Il marmonna quelques mots en gaélique avant d'enfouir son visage au creux de son cou, d'embrasser son épaule, sa gorge. Ce n'était que folie, pure folie, et elle se laissait aller, oublieuse du danger, ne songeant même plus à son avenir. Robert pouvait la découvrir à tout moment. Elle compromettrait à jamais son mariage. Et pourtant, elle ne pouvait se détacher de Cailean, s'arracher à son étreinte. Elle le désirait si fort qu'elle ne savait plus où elle en était. Mais c'était Robert qu'elle voulait épouser. Ce qu'elle éprouvait pour Cailean aurait dû se dissiper à l'instant où il elle l'avait aperçu sur la terrasse.

Et pourtant… Pourtant.

Était-ce si mal, si répréhensible d'avoir envie de Cailean à ce point ? De souhaiter que cet homme l'aime, la comble ? D'éprouver pour lui une passion aussi dévorante alors qu'elle allait en épouser un autre ?

Il la plaqua contre lui, la serra éperdument dans ses bras tandis qu'il l'embrassait, mordillait ses lèvres, caressait ses seins. Daisy répondait à son baiser avec toute la fougue, la soif de lui qui ne cessait de la tarauder depuis leur première rencontre et qu'elle sentait monter en elle, de plus en plus intense, dans chaque fibre de son corps.

Il glissa une main dans le décolleté de sa robe, ses doigts frais sur la peau brûlante de sa gorge, sur les pointes de ses seins dressées. Elle ne put retenir un gémissement de plaisir, bouleversée par les sensations qui l'assaillaient. Déjà, elle saisissait sa robe, tentait de la relever à sa taille.

Mais, aussi soudainement qu'il l'avait embrassée, Cailean s'arrêta.

— Non, dit-il, le souffle court. C'est impossible. Je ne peux pas.

Non ? Elle voulut l'embrasser de nouveau, mais il s'écarta.

— Daisy, non, dit-il. Ce que vous voulez, ce que moi je veux aussi, je ne peux pas vous le donner.

— Cailean…

— Non, répéta-t-il.

Il emprisonna son visage entre ses mains, l'obligea à le regarder.

— Vous ne pouvez pas faire cela. Pas ainsi, ajouta-t-il. Vous serez satisfaite sur le moment, mais dès demain vous aurez des regrets.

— C'est faux.

— Moi, en tout cas, je sais que je me le reprocherai.

Daisy sentit la tension en elle retomber soudain et un immense chagrin l'envahir. Un chagrin qu'elle connaissait bien, pour l'avoir déjà ressenti une fois dans sa vie. Elle savait que c'était celui que l'on éprouve à la perte de quelque chose ou de quelqu'un qu'on aime.

Elle croisa les bras sur sa poitrine, soudain sur la défensive. Cailean avait recouvré tout son calme, toute émotion soigneusement dissimulée derrière le masque du fier Highlander qui était descendu des montagnes à sa rencontre par cette chaude journée d'été.

— Vous allez retourner à Londres bientôt. Vous vous marierez, comme le devoir vous l'impose, et vous aurez probablement d'autres enfants. Je ne peux pas permettre de vous faire courir le risque de tout perdre.

— Il ne vous appartient pas de permettre ou de ne pas permettre, dit-elle froidement, son chagrin et sa colère si forts qu'elle aurait pu le frapper. C'est à moi de faire ce choix. J'ai eu un père et un mari, et maintenant un oncle et un évêque pour me prodiguer des conseils, voire m'ordonner ma conduite. Je n'ai pas besoin que mes amis s'y mettent aussi, Cailean.

— Daisy… Je ne suis pas votre ami. Je représente une menace pour vous, comme vous l'a si bien dit votre capitaine. Allez le rejoindre, à présent. Épousez-le et soyez heureuse.

Daisy ne pouvait plus le regarder. En cet instant, elle le haïssait presque autant qu'elle l'aimait. Sans un mot, elle passa devant lui, prit la direction du pavillon, sans se préoccuper de savoir s'il la suivait ou non. Elle ne voyait même pas le chemin, avançant tel un automate, tant les images et les pensées se brouillaient dans son esprit.

Elle aurait voulu n'avoir jamais rencontré Cailean MacKenzie. Il lui avait volé son cœur. Il était temps pour elle de le reprendre.

Elle ne se sentait pas le courage de voir Robert tout de suite tant son esprit était agité. Une brusque rafale de vent souleva ses jupes. Elle resserra son châle autour de ses épaules, contourna le pavillon pour gagner son jardin. Le vent s'était levé et la température avait considérablement fraîchi depuis la veille.

L'été touchait vraiment à sa fin.

— Vous voilà enfin !

Elle tourna la tête et aperçut Robert. Il venait vers elle, traversant la terrasse à grands pas.

— Je m'inquiétais, dit-il, la rejoignant.

Il ôta sa redingote, la glissa autour de ses épaules.

— Tout va bien, je n'ai pas froid, protesta-t-elle.

Il se pencha vers elle, l'observa attentivement.

— Qu'avait donc Arrandale de si urgent à vous dire ? Vous n'auriez pas dû vous opposer à moi, Daisy, et me laisser lui parler. Vous n'avez pas l'air de comprendre quel genre d'homme…

— Il est mon ami, rétorqua Daisy.

C'était ce qu'elle avait cru, tout du moins. Elle poussa la grille du jardin d'un geste si brusque qu'elle alla buter contre la haie.

— Il ne peut pas être votre ami, poursuivit Robert. Il souhaiterait sans doute que vous le pensiez, mais c'est absolument impossible. Je dois vous avouer que je serai heureux lorsque nous quitterons ce repaire de bandits et de traîtres.

Daisy s'immobilisa brusquement et se tourna vers lui. Elle le fixa droit dans les yeux. Ces yeux bruns qui lui étaient si familiers en dépit des années qui avaient passé, mais qui lui paraissaient soudain curieusement étrangers.

— Vous n'êtes pas sans savoir qu'Auchenard appartient à Ellis, n'est-ce pas ? Il se plaît ici et il éprouve une très grande admiration pour Arrandale.

Robert eut un petit hoquet de dégoût.

— Souhaitez-vous réellement que votre fils nourrisse de l'admiration pour un contrebandier ?

Daisy pinça les lèvres et baissa la tête, fixant la pointe de ses chaussures.

— Chatwick Hall conviendra davantage à Lord Chatwick, à mon sens. Il y sera très heureux, j'en suis certain.

— Chatwick Hall ? répéta distraitement Daisy, son attention attirée par quelques mauvaises herbes qui poussaient au pied de ses orchidées sauvages.

— Oui, Chatwick Hall, dit Robert, la regardant bizarrement. J'imagine que c'est là que vous résiderez à votre retour en Angleterre.

Daisy n'avait plus habité Chatwick Hall depuis la disparition de Clive. Elle avait aussitôt quitté le domaine pour Londres.

— Pour quelle raison supposez-vous cela ?

Robert rougit, curieusement.

— Eh bien, je… C'est là que vous résidiez lorsque nous avons été contraints de nous séparer. C'est une vaste demeure, tout à fait propre à accueillir une famille.

Une famille ? Cela voulait-il dire un mari ?

Daisy retourna à ses mauvaises herbes.

— Vous souhaitez fonder une grande famille, n'est-ce pas ?

— J'ai Ellis, répondit-elle simplement. Et je vis à Londres depuis la disparition de Clive.

— Mais vous avez certainement envie d'avoir d'autres enfants. Un autre fils, peut-être.

Un autre fils ? Pourquoi ? Au cas où il arriverait quelque chose à Ellis ? À cette seule idée, elle se sentit tout entière parcourue d'un frisson. Avait-elle envie d'une grande famille ? Il y avait si longtemps qu'elle n'y avait plus songé qu'elle n'en était pas certaine. Elle s'agenouilla pour ôter les mauvaises herbes.

— Daisy…

Robert mit soudain un genou à terre, à côté d'elle, au moment où elle les arrachait. Il prit sa main, en ôta la terre.

— Vous ne devriez pas faire cela.

— Quoi ?

— Arracher les mauvaises herbes, répondit-il, faisant la grimace.

— Mais j'aime…

— Vous êtes une lady, avec les responsabilités afférentes à votre rang. Vous avez besoin de quelqu'un qui s'occupe de vous. Une personne sur laquelle vous puissiez vous appuyer et qui soit à même de vous conseiller et de vous guider.

Daisy n'en ressentait pas du tout le besoin.

— Vous, par exemple ? demanda-t-elle.

Il lui revint en mémoire qu'elle avait tenté de s'appuyer sur lui, autrefois, et qu'elle n'avait rien obtenu. Il n'avait su que lui conseiller d'accepter son destin.

Mais Robert caressa son visage, le regard admiratif.

— Oui. N'est-ce pas évident ? demanda-t-il. Ne vous ai-je pas montré combien je tiens à vous en accomplissant ce long voyage pour venir vous retrouver ? Je vous ai toujours aimée, chère Daisy. Toujours. Il ne s'est guère passé un jour que je ne songe à vous. Jamais je n'aurais pu imaginer qu'une seconde chance me serait offerte, mais…

Il hésita.

— Mais ?

Il se mordit la lèvre, tel un petit garçon timide.

— J'espère seulement que vous éprouvez les mêmes sentiments à mon égard. Ou, du moins, que vous conservez un peu de l'affection que vous nourrissiez pour moi autrefois.

— Pourquoi ne m'avez-vous pas fait votre demande ? demanda Daisy, prise du besoin urgent de savoir.

— Daisy…

— N'est-ce pas pour cette raison que vous êtes venu ?

— Si, bien sûr, répondit-il platement.

— Alors, pourquoi ?

Il soupira, levant les yeux au ciel. Puis il croisa de nouveau son regard. Elle y lut toute l'affection qu'il éprouvait pour elle. Il était sincère, elle le sentait au fond de son cœur.

— Parce que je dois m'entretenir avec l'évêque, d'abord. J'ai été capitaine dans la Royal Navy et ma situation s'est considérablement améliorée… Mais il n'en demeure pas moins que je ne suis pas un parti à la hauteur pour une lady comme vous. Je dois prouver à l'évêque que je suis digne de demander votre main.

C'était une véritable déclaration et le cœur de Daisy aurait chaviré pour lui autrefois. Mais son esprit fourmillait de tant de questions, aujourd'hui. Tant de doutes l'assaillaient.

— Comment êtes-vous au courant pour l'évêque ? demanda-t-elle.

Elle ne lui en avait pas parlé. Elle ne lui avait pas dit de quelle manière Clive l'avait trahie. Elle avait eu trop honte d'avouer que son mari ne lui avait pas fait confiance concernant son propre fils. La seule façon dont Robert avait pu l'apprendre, c'était par la rumeur.

— C'est Lady Beckinsal qui m'en a parlé, dit-il. Elle m'a tout raconté.

Daisy se tourna de nouveau vers les mauvaises herbes au pied des orchidées, toujours présentes, s'accrochant avec entêtement à cette minuscule parcelle de terre. Était-ce la raison pour laquelle il était venu à Auchenard ? Parce que Lady Beckinsal l'avait informé de la redoutable échéance au-delà de laquelle elle perdrait sa fortune ?

— Vous comprenez donc, à présent, pourquoi j'éprouve une telle hâte à vouloir regagner Londres, dit-il, pressant sa main. Je ne veux pas perdre de temps pour aller parler à l'évêque. J'espère pouvoir lui dire que vous partagez mes sentiments.

Daisy avait le souffle coupé, comme si elle venait de recevoir un coup dans la poitrine. Elle était incapable de dire quoi que ce soit, incapable de raisonner clairement. Elle ne lui avait pas parlé de l'évêque… et il ne lui avait pas dit, non plus, qu'il était au courant de sa situation plutôt exceptionnelle. Il avait fallu qu'elle insiste pour cela.

— Je ne vous demande pas de me répondre tout de suite, bien sûr, ajouta-t-il, très vite. Me promettez-vous au moins d'y réfléchir ?

Daisy avala sa salive pour chasser la boule qui s'était formée dans sa gorge. Elle hocha la tête.

— Oui. J'y réfléchirai.

Elle y réfléchissait déjà, mais elle ne voulait pas prêter attention aux soupçons qui envahissaient son esprit.

Robert l'observait, quelque peu inquiet. Il se pencha soudain et l'embrassa. C'était un vrai baiser, pas un de ces baisers chastes et convenables qu'ils avaient échangés depuis son arrivée. Il l'interrompit, toutefois, à peine commencé, et s'écarta timidement.

— Nous ne devons pas laisser les émotions aveugler notre raison.

Il se redressa vivement, l'aida à se relever.

— Venez, ma chère.

Mais elle n'avait pas terminé de désherber. Daisy regarda les petites herbes folles tandis que Robert saisissait sa main et la posait au creux de son coude. Les herbes restaient. Elles avaient pris racine ici et elles restaient.

Ils quittèrent le jardin et ils arrivaient dans l'allée lorsque la porte d'entrée s'ouvrit brusquement. Ellis jaillit et courut vers eux.

— Maman ! s'écria-t-il. Est-ce que Cailean vient dîner ?

Robert immobilisa l'enfant, refermant une main dure sur son épaule.

— Reprenez-vous, mon garçon. Ce n'est pas ainsi que l'on approche une dame.

— Laissez, dit Daisy. Et…

Mais il l'interrompit aussitôt.

— Il faut qu'il apprenne. Cet enfant ne deviendra jamais l'homme que vous souhaitez qu'il soit si vous ne lui apprenez pas les bonnes manières.

Il lâcha la main de Daisy, posa les deux mains sur les épaules d'Ellis. Puis il lui fit faire demi-tour et le fit s'éloigner de quelques pas. Il le fit alors se tourner de nouveau vers sa mère.

— Voyons, à présent. Approchez votre mère avec respect. Inclinez la tête. Demandez-lui l'autorisation de s'adresser à elle.

Ellis était tout aussi dérouté que Daisy. Il avait l'air mortifié lorsqu'il fit deux pas hésitants en avant, inclina la tête, très raide, et déclara :

— Puis-je parler, à présent ?

Daisy souffrait. Elle se laissa tomber à genoux devant lui et prit ses mains dans les siennes.

— Bien sûr, mon chéri. Vous pouvez me parler quand bon vous semble, vous n'avez pas besoin d'en demander l'autorisation. Jamais, ajouta-t-elle.

Il acquiesça, hochant la tête.

— Le laird ne vient pas dîner, ce soir. En revanche, il est venu nous inviter à une fête.

Ellis ouvrit de grands yeux, ravi.

— Nous y rendrons-nous ?

Daisy sourit.

— Nous en parlerons à oncle Alfonso. Allez le voir, voulez-vous ? Demandez-lui ce qu'il en pense.

Elle posa un baiser sur sa joue et il se sauva, passant très au large de Robert Spivey.

Daisy se releva avant que ce dernier ait eu le temps de lui tendre la main.

— Il n'était pas nécessaire d'intervenir de la sorte. J'ai parfaitement éduqué mon fils, dit-elle, s'efforçant de contenir sa colère.

— Je n'ai pas dit le contraire. Mais il est des choses que seul un homme peut inculquer à un garçon. Je sais que vous avez fait de votre mieux, compte tenu des circonstances.

Daisy s'apprêtait à répondre, mais il secoua la tête et l'arrêta d'un geste.

— Je n'attends pas de vous que vous compreniez, très chère. Vous devez me faire confiance lorsque je vous dis que si vous souhaitez faire de lui un vicomte que l'on respecte, il doit posséder les manières et la conduite adéquates. Je n'agis que dans son intérêt.

Son fils possédait d'excellentes manières. Et il se conduisait comme un enfant de neuf ans, ce qui était tout à fait normal.

Le mécontentement ne cessait de grandir dans l'esprit de Daisy.

— Vous ne songez pas sérieusement à vous rendre à cette… fête ? dit Robert avec un petit geste méprisant du poignet.

— Si, absolument. Et ce, dans l'intérêt d'Ellis.

— Pour l'amour du ciel, Daisy, dit-il soudain, se détournant, les yeux levés au ciel. N'allez-vous pas m'écouter ? Cet homme est dangereux. C'est un criminel aux yeux de la Couronne d'Angleterre. Votre… fréquentation d'un tel homme non seulement ternit votre réputation, mais peut s'avérer très dommageable pour l'avenir de votre fils.

— Je n'en crois rien, dit Daisy. Comment pourrait-on savoir qu'Ellis a passé un été ici ?

— Parce que les gens circulent entre l'Angleterre et l'Écosse. Parce que les langues vont bon train. Parce qu'il suffit d'une allusion au fait que « Lady Chatwick » a été vue chez un « contrebandier notoire » et la rumeur se répand.

Il était en colère contre elle. Il fulminait. Il y avait du vrai dans ce qu'il disait, Daisy le savait, mais elle avait vu son fils s'épanouir à Auchenard comme nulle part ailleurs. Elle voulait qu'il en profite et ne pouvait croire qu'il puisse se trouver quelqu'un pour se précipiter à Londres et aller raconter où elle s'était rendue et ce qu'elle y faisait.

— J'en parlerai avec mon oncle, dit-elle.

Ce qui ne calma en rien Robert.

— Je ne veux pas que vous vous y rendiez, déclara-t-il d'un ton sévère. Je ne peux toutefois pas vous imposer ma volonté, ajouta-t-il.

Tout de même, songea Daisy.

— Mais je vous demande de prendre en compte le souhait que j'ai exprimé.

— Et moi, je vous demande de faire de même, dit Daisy.

Je me suis trouvée en compagnie de cet homme à plusieurs reprises. Si les langues doivent se délier, il est déjà trop tard.

— Ce n'est pas…

— Je vous prie de m'excuser, coupa Daisy. Je ne me sens pas très bien. Une migraine soudaine…

Robert pinça les lèvres.

— Peut-être devriez-vous vous reposer, dans ce cas, dit-il sèchement.

— Peut-être, en effet.

Et Daisy s'éloigna, l'abandonnant dans l'allée. Elle sentit son regard noir la transpercer tandis qu'elle gagnait le pavillon.

Elle monta dans sa chambre, s'allongea sur le lit, fixant le plafond.

Elle avait mal à la tête, les tempes douloureuses. C'était un trop-plein d'émotions qui la terrassait et faisait soudain affluer les larmes dans ses yeux. Robert était l'homme qu'elle pensait avoir toujours désiré, un homme bon et respectable. Mais elle n'aimait guère la façon dont il avait repris Ellis, tout en étant douloureusement consciente que la situation pourrait être pire. Elle pourrait avoir affaire aux diktats d'un étranger qui la traiterait sans le moindre égard. Et si cet étranger n'éprouvait qu'indifférence pour Ellis, ou pire, s'il se montrait cruel avec lui, elle ne le supporterait pas. Robert se montrait intransigeant envers Ellis. Mais au moins savait-elle qu'il tenait à elle et cet attachement finirait certainement par rejaillir sur son fils.

Il n'y avait eu qu'un homme, hormis oncle Alfonso, qui ait témoigné à Ellis un tant soit peu d'attention et c'était Cailean. Et son fils l'adorait !

Une larme glissa, roula sur sa joue. Daisy l'essuya d'un geste rageur. Elle ne pouvait s'en prendre qu'à elle-même pour avoir fait d'une simple attirance physique pour un homme séduisant davantage que ce que c'était. Et pourrait jamais être.

Il était grand temps qu'elle cesse de rêver, grand temps qu'elle affronte l'avenir. Mais auparavant, elle entendait rendre Ellis heureux en lui permettant d'assister à cette fête.

Une seconde larme roula sur sa joue, mais cette fois, elle ne se contenta pas de l'essuyer. Elle se leva, déterminée à cesser de se morfondre. Elle avait un fils auquel penser, un avenir à assurer.

Elle gagna son secrétaire et ouvrit son journal. Elle en sortit le mouchoir de Cailean, l'approcha de son visage. Il ne portait pas son odeur, il sentait la lavande. Elle le remit en place entre les pages et referma le journal. Puis elle se leva, s'approcha de la fenêtre pour contempler son jardin. Il était en pleine floraison, à présent, ramené à la vie avec l'attention qu'elle lui avait prodiguée. Il allait lui manquer, lui aussi.

Elle poussa un profond soupir et laissa son regard glisser vers le loch. Elle aperçut un bateau au loin, le premier depuis des jours. Elle le regarda glisser sur l'eau jusqu'à ce qu'il disparaisse dans une courbe du loch, hors de sa vue. Ce bateau solitaire lui faisait penser à Cailean. C'était comme s'il glissait lui aussi, s'éloignait d'elle et disparaissait dans le lointain… Emportant son cœur avec lui.

Elle l'aimait. Elle le savait. Il ne s'agissait plus seulement du désir irrépressible qu'elle avait éprouvé pour lui, la première fois qu'elle l'avait vu. Et c'était insensé, totalement insensé et impossible, mais elle ne pouvait le nier. Elle l'aimait désespérément. Elle aimait la façon dont il la traitait avec respect, comme son égale. Elle aimait l'attention qu'il portait à Ellis. Elle aimait tout chez lui… Sauf qu'il soit un contrebandier et fier de l'être, en plus. Cela l'exaspérait.

Daisy quitta finalement sa chambre pour se joindre aux autres pour le dîner.

Robert et oncle Alfonso se trouvaient déjà dans le grand salon, contemplant le paysage par la fenêtre tandis qu'ils dégustaient leur whisky. Robert parlait de la marine et oncle Alfonso l'écoutait. Les nuages dans le ciel s'étaient assombris. Et ni la lumière des nombreuses bougies ni le feu dans la cheminée ne parvenaient à chasser les ombres de la pièce.

Lorsque Rowley annonça que le dîner était servi, Robert tendit aussitôt son bras à Daisy, comme si c'était à lui et non à son oncle que revenait le privilège de la conduire jusqu'à la salle à manger. Oncle Alfonso ne parut pas y prêter attention. Il discutait du temps avec Belinda.

Tandis que Rowley servait le premier plat, oncle Alfonso annonça qu'Ellis lui avait parlé de la fête qui devait se tenir à Balhaire.

— Mr Munro m'a dit qu'il s'agissait d'un grand événement, dit-il. On y danse, on y assiste à des démonstrations de force et on peut y acheter toutes sortes de marchandises.

Robert eut une moue méprisante.

— Une fête donnée dans un repaire de contrebandiers ne me semble pas être un événement auquel il serait convenable que Lord Chatwick assiste.

Oncle Alfonso hocha la tête, pensif.

— En effet, il y a des contrebandiers dans ces collines, mais également des gens très probes. Je pense qu'Ellis s'y amuserait beaucoup.

— J'aimerais y aller, dit Belinda.

Son oncle et sa cousine se tournèrent vers elle, surpris.

— Vraiment ? s'exclama Daisy.

— Mr Munro a vu ma peinture du donjon de Dinwiddie. Il s'agit d'un donjon en ruine, au sommet d'une colline, expliqua Belinda à Robert. Il semble penser que je pourrais en tirer un bon prix.

— Eh bien, voilà qui est décidé, alors, dit oncle Alfonso. Nous assisterons à cette fête.

Robert jeta un regard circulaire à la table, visiblement très mécontent.

— Je ne permettrai pas que Lady Chatwick et son fils s'y rendent seuls, dit-il. J'y assisterai également.

Curieusement, personne ne manifesta le moindre enthousiasme à la perspective qu'il daigne les accompagner.

Oncle Alfonso changea totalement de sujet tandis que Rowley servait les assiettes de poisson et de pommes de terre.

— Vous allez être très fière de ce plat, très chère, dit-il à Daisy tandis que Rowley servait la sauce sur le poisson. C'est Ellis qui a pris ce poisson, un merlu. Il était aussi gros qu'un chat !

— C'est Ellis ! s'exclama Daisy, enchantée.

— Je frémis à l'idée qu'il se soit retrouvé sur la rive avec un poisson de cette taille au bout de sa ligne, dit Belinda, réellement parcourue d'un frisson. C'est précisément dans des circonstances identiques que Master Cavens s'est tué, ajouta-t-elle.

— Oh Belinda, je vous en prie, dit Daisy, posant une main sur sa poitrine.

— Il avait pris un énorme poisson qui l'a entraîné derechef dans la Tamise. On ne l'a retrouvé qu'une journée plus tard.

— Ici, ce n'est pas la Tamise, dit oncle Alfonso d'un ton sec. Le loch est calme. Une chose pareille ne pourrait pas se produire.

— Non, certes, admit Belinda. Mais il existe tout de même un danger.

— En voilà assez ! s'exclama soudain Robert, posant sa fourchette. Miss Hainsworth, je vous prierai d'avoir l'amabilité de nous épargner vos récits fâcheux. Ils ont le don de gâcher un repas en tout point exceptionnel et, pour ma part, je ne saurai le tolérer.

Les joues de Belinda devinrent cramoisies.

— Rob ! s'exclama Daisy, atterrée.

Les larmes jaillirent dans les yeux de Belinda et elle se leva, renversant sa chaise avant que Rowley ait eu le temps d'intervenir.

— Je vous prie de bien vouloir m'excuser, dit-elle.

Et elle quitta précipitamment la pièce.

Robert poussa un soupir.

— Est-il possible d'avoir une vision aussi amère du monde ?

Il reprit sa fourchette, visiblement indifférent au fait qu'à cause de lui Belinda venait de quitter la table en larmes.

— Vous disiez, Mr Kimberly ?

Daisy et son oncle échangèrent un regard interloqué.

— C'est sa nature, dit oncle Alfonso sombrement. On ne peut pas la changer.

Robert acquiesça d'un hochement de tête, mais ne présenta pas d'excuses.

Le repas terminé, oncle Alfonso déclina la proposition qu'il lui faisait de boire un porto, prétextant un travail à terminer. Robert accompagna Daisy au salon où elle prit place, près de la cheminée, avec son ouvrage de broderie. Un ouvrage auquel elle n'avait pas touché depuis des semaines. Robert sortit un livre, s'installa en face d'elle, jambes croisées, et se mit à lire.

Daisy fit quelques points qu'il lui fallut aussitôt défaire. Elle était exaspérée et son ouvrage s'en ressentait. Ce n'était pas tant à cause de ce que Robert avait dit à Belinda car Dieu sait si cette dernière mettait parfois à l'épreuve leur patience à tous. Non, c'était à cause du mépris total dont il faisait preuve à son égard, ne tenant aucun compte de ce qu'elle pouvait éprouver.

Elle posa la broderie sur ses genoux et le regarda.

Robert dut le sentir car il leva les yeux de son livre.

— Tout va bien ? demanda-t-il.

— Belinda n'a personne d'autre que nous au monde.

— Je vous demande pardon ? dit-il, baissant son livre.

— Belinda n'a que nous, répéta Daisy. Je sais qu'elle n'est pas toujours agréable, mais elle fait partie de notre famille et nous l'acceptons telle qu'elle est.

Robert eut l'air étonné.

— Vous ai-je donné une raison de croire que je souhaitais qu'il en soit autrement ?

— Vous l'avez fort mal traitée, ce soir.

— Oh.

Il hocha la tête.

— J'avoue avoir été un peu brusque. Toutes mes excuses, ajouta-t-il, se levant et venant s'asseoir auprès de Daisy.

Il lui prit la main.

— Mes excuses les plus sincères. Je promets de faire de mon mieux pour ne plus critiquer votre cousine Belinda.

Daisy marqua un temps d'arrêt. Était-il sincère ou disait-il simplement ce qu'elle avait envie d'entendre ?

— Peut-être pourriez-vous vous excuser auprès d'elle ?

— À la première occasion, dit-il. Vous avez ma parole.

Il eut un léger froncement de sourcils.

— Vous êtes fâchée contre moi, dit-il, se penchant pour l'embrasser tendrement. Pardonnez-moi, très chère Daisy. Loin de moi l'intention de vous blesser, vous ou votre famille, vous le savez.

Daisy le crut sincère. Ou du moins, voulut-elle le croire. La situation était nouvelle pour eux tous. Robert entrait dans leurs vies, dans sa vie. Naturellement, cela exigeait un temps d'adaptation pour tous les deux. Et de la patience. Elle devait se montrer patiente, faire en sorte que cette relation qui se renouait entre eux se passe au mieux, dans leur intérêt à tous.

Daisy posa la main sur sa cuisse et il approfondit aussitôt

son baiser, glissant la pointe de sa langue entre ses lèvres. Elle laissa sa main remonter plus haut sur sa cuisse.

Il interrompit brusquement leur baiser et ôta vivement la main de Daisy de sa jambe.

— Daisy, je vous en prie.

— Il n'y a pas de problème, dit Daisy, s'efforçant de le rassurer. J'ai été mariée de nombreuses années.

— Je ne vois pas le rapport.

Il se leva, les joues empourprées.

— Votre comportement est tout à fait déplacé. Vous êtes par trop impudique.

Impudique ? Il avait parlé de mariage l'après-midi même et il craignait qu'elle le touche ?

— Allons, voilà que je vous ai mécontentée, dit-il d'un ton irrité.

Il poussa un soupir.

— J'ai été surpris. Pardonnez-moi de vous avoir parlé aussi durement.

Il s'assit de nouveau à côté d'elle et prit sa main.

— Je vous aime, Daisy. Mais je… Les années ont passé. Vous devez me laisser le temps de m'habituer à la femme que vous êtes maintenant.

— La femme que je suis maintenant, répéta Daisy. Je suis la même que j'ai toujours été. Avec quelques années de plus et un peu plus d'expérience, c'est tout.

Elle se pencha et l'embrassa tendrement. De nouveau, il interrompit leur baiser et se leva, gêné, avec un petit rire nerveux. Il se conduisait tel un adolescent, comme s'il n'avait jamais connu de femme.

— Robert ? Êtes-vous… N'avez-vous jamais… ?

Il parut un instant désemparé, puis son visage se rembrunit soudain.

— Excusez-moi, dit-il à voix basse, mais il ne convient pas à une lady de s'enquérir à ce sujet. Jamais.

Daisy poussa un soupir agacé et se cala contre le dossier du canapé.

— Je suis très choqué par votre attitude, ce soir, Daisy. Je ne vous pensais pas à ce point dévergondée.

— Vous êtes choqué ? répéta-t-elle.

En d'autres temps, elle aurait été mortellement blessée par une telle remarque. Mais aujourd'hui, plus âgée et veuve depuis longtemps, elle avait eu le temps de s'endurcir.

Elle eut un haussement d'épaules et saisit son ouvrage.

— Je ne suis pas dévergondée, Robert. Je suis veuve.

Il la regarda reprendre sa broderie, attendant qu'elle ajoute quelque chose. Mais elle n'en fit rien. Il se frotta le menton, désemparé.

Brusquement, il mit un genou à terre devant elle, écarta son ouvrage et lui prit les mains.

— Écoutez-moi, chère Daisy. Vous devez prendre garde aux apparences. Mais… Lorsque nous serons mariés, je vous promets que vous trouverez dans mon lit tous les délices qui vous combleront.

Dans son lit à elle, plutôt. N'avait-il pas déjà fait mention de son intention de s'installer à Chatwick Hall ? De plus, elle imaginait sans peine les délices qu'il évoquait et ils la laissaient de marbre.

— Vous me le promettez ? demanda-t-elle d'une voix qu'elle voulait douce et soumise.

Comme le ferait une jeune et chaste future mariée, exactement comme il le souhaitait. Comme une femme morte à l'intérieur, mais jouant le rôle qui lui était assigné.

Il caressa son visage et l'embrassa tendrement.

— Je vous le promets, dit-il.

Il se releva, jeta un regard circulaire autour de lui, comme si, tout étant dit, il ne savait plus que faire.

Il prit son livre.

— Je souhaiterais me retirer, à présent. Peut-être devriez-vous faire de même.

Daisy retint un soupir. En guise de point d'orgue à cette soirée parfaitement sinistre, il se permettait de lui conseiller d'aller se coucher, comme si elle était une enfant.

— Bien sûr, dit-elle, jetant négligemment sa broderie sur le canapé. Bonne nuit, Robert.

Elle quitta la pièce, tout à fait consciente qu'il n'existait pas la moindre passion entre eux, pas la moindre flamme qui puisse les consumer. Et, pour une raison qu'elle n'aurait su expliquer, elle en était heureuse.

Chapitre 14

Le voyage jusqu'à Balhaire s'avéra aussi éprouvant que le craignait Daisy. Elle se trouvait, en compagnie d'Ellis et Belinda, dans la voiture qu'ils avaient louée à leur arrivée en Écosse. Oncle Alfonso et Robert les accompagnaient à cheval. La route était très étroite, presque inexistante par endroits, défoncée à d'autres. Ils progressaient péniblement. Belinda fit même remarquer, à un moment, que les personnes qui se rendaient à Balhaire à travers champs, portant leurs ballots sur le dos ou tirant des carrioles, avançaient plus vite qu'eux.

Daisy oublia l'inconfort du voyage lorsqu'ils arrivèrent en vue de Balhaire, longeant un grand champ dans lequel des hommes érigeaient des tentes.

— À quoi vont-elles servir ? demanda Ellis, se pressant à la portière, à côté de Daisy.

— Je l'ignore, répondit cette dernière.

La voiture atteignit bientôt le village, un gros bourg fourmillant de monde et d'animaux qui déambulaient en tous sens dans les rues. Elle se fraya un passage parmi les charrettes chargées de marchandises qui venaient alimenter les boutiques alignées le long de la rue principale. Dominant le village, la forteresse se dressait au sommet de la colline. Ils grimpèrent lentement jusqu'en haut.

Daisy avait vu de nombreux châteaux dans sa vie, mais celui-ci était de loin le plus imposant. Il comportait plusieurs ailes et possédait de nombreuses tours qui se dressaient vers le ciel. Elle imaginait assez bien que l'on puisse s'y perdre et posa instinctivement une main protectrice sur celle d'Ellis.

Tandis qu'ils franchissaient les imposantes portes de bois, une voix forte retentit et la voiture s'immobilisa aussitôt. Quelques instants plus tard, la portière s'ouvrait et un homme aux cheveux roux et à la barbe fournie passa la tête à l'intérieur.

— *Madainn mhath*, dit-il.

— Euh, oui... Bonjour, répondit Daisy.

L'homme parut surpris par son anglais et il la regarda comme s'il doutait d'avoir bien entendu. Puis il disparut brusquement, claquant la portière derrière lui.

Daisy et Belinda échangèrent un regard surpris.

Soudain, la portière s'ouvrit de nouveau et un autre homme passa la tête, leur jetant un regard désapprobateur.

— Bonjour. Lady Chatwick, dit-il d'une voix profonde tout en s'inclinant. Robbie MacKenzie.

Il lui tendit la main. Elle y glissa la sienne, acceptant son aide pour descendre de voiture. Puis elle attendit tandis qu'il aidait Belinda et Ellis à descendre à leur tour.

Daisy fut abasourdie par l'activité qui régnait dans la cour. Il y avait un monde fou, des animaux et des chiens. Beaucoup de chiens. L'un d'eux vint renifler le bas de sa robe et ses chaussures.

Lorsque tout le monde fut descendu de voiture et que Robert et oncle Alfonso eurent mis pied à terre, l'homme aux cheveux roux adressa quelques mots au cocher et la voiture s'éloigna.

— Bienvenue à Balhaire, dit Robbie MacKenzie.

— Merci, répondit Daisy, tentant en vain de se débarrasser du chien.

— *Sguir dheth* ! lança MacKenzie à l'animal.

Le chien coucha les oreilles et s'aplatit sur le sol.

— Euh…, commença Daisy, puis-je vous présenter…

— Je vais vous conduire auprès de ma mère, Lady MacKenzie, dit-il sèchement, coupant court aux échanges de politesses.

Il se dirigea vers l'entrée du château. Daisy saisit la main d'Ellis et lui emboîta le pas, suivie de Belinda, oncle Alfonso et Robert.

Dans la vaste entrée, elle eut à peine le temps d'apercevoir tout le matériel de combat suspendu au-dessus de leurs têtes avant d'être conduite dans un couloir sombre qui déboucha bientôt sur une pièce de la taille d'une salle de bal. Là, trois longues et belles tables de bois ciré, quasiment de la taille de la pièce, étaient disposées en U et flanquées à leurs extrémités par de belles cheminées. Au centre, sur une estrade, se trouvait une table plus petite qui leur faisait face et derrière laquelle on avait installé une dizaine de chaises richement recouvertes de tapisserie.

Au-dessus des tables étaient suspendues de grandes roues en fer forgé, garnies de chandelles que l'on n'avait pas encore allumées. Et il y avait des chiens. Des chiens qui se promenaient et d'autres, roulés en boule sur un tapis devant l'une des cheminées.

Daisy se rendit compte qu'Ellis était cramponné à sa robe. Elle ne pouvait pas lui en vouloir. Elle aussi était vraiment très impressionnée par ce cadre. Son oncle, en revanche, paraissait totalement captivé.

— Regardez, dit-il, pointant du doigt le magnifique vitrail, au-dessus d'eux, et les arches de pierre qui s'entrecroisaient au plafond. Quelle splendide architecture, vous ne trouvez pas ?

Daisy n'eut pas le temps de répondre. Il y eut soudain un léger brouhaha derrière elle, des voix qui résonnaient, tandis que deux femmes et trois enfants apparaissaient par une porte, près d'une des cheminées. Les enfants, deux filles et un garçon, s'avancèrent en sautillant, s'arrêtant juste devant Daisy et observant Ellis avec curiosité.

Il se serra tout contre elle.

— Bienvenue ! Bienvenue !

Une femme au port majestueux et portant un superbe manteau brodé s'avança vers eux. Derrière elle suivaient deux jeunes femmes, l'une à un stade très avancé de grossesse et l'autre, que Daisy reconnut avec un grand soulagement, Miss Catriona MacKenzie.

— Vous êtes Lady Chatwick, dit la femme au manteau avec un fort accent anglais.

Elle s'inclina en une courte révérence.

— Vous êtes notre invitée d'honneur.

— Merci, répondit Daisy.

La femme sourit et parut soudain plus jeune que la soixantaine d'années que lui donnait Daisy.

— Je suis Lady MacKenzie, déclara-t-elle. Et voici mes filles. Mrs Vivienne MacKenzie, ajouta-t-elle, désignant la jeune femme enceinte, épouse de Marcas MacKenzie. Et, bien sûr, Catriona que vous connaissez déjà.

— Merci pour votre invitation, dit Daisy. Permettez-moi de vous présenter ma famille.

Elle présenta Ellis, Belinda et oncle Alfonso. Lady MacKenzie ne jeta même pas un regard à Robert. Lorsqu'elle le présenta, à son tour, cette dernière choisit précisément ce moment pour s'accroupir à la hauteur d'Ellis.

— Lord Chatwick, je suis si heureuse que vous ayez pu venir, dit-elle. Mes petits-enfants rêvent d'avoir des camarades de jeux et j'ai entendu dire que vous appréciez particulièrement le lancer de tronc.

Ellis, surpris, leva les yeux vers sa mère.

— C'est moi qui le lui ai dit, déclara Catriona MacKenzie. Je l'ai vu de mes propres yeux, n'est-ce pas ?

— Je réussis plutôt bien, dit Ellis, sans se laisser démonter.

— Peut-être aimeriez-vous aller jeter un coup d'œil aux jeux d'Egan ? demanda la jeune Mme Mackenzie en posant la main sur l'épaule de son fils. Je crois qu'il possède un jeu de lancer de tronc.

— Oui, en effet, confirma le jeune garçon.

Ellis jeta un regard interrogateur à Daisy.

— Je peux ?

— Bien sûr, répondit Daisy, à la fois ravie et très étonnée. Quel bonheur de voir que son fils ne s'accrochait pas désespérément à elle, la suppliant de rester, comme il le faisait d'habitude, mais qu'il avait envie d'aller partager les jeux d'autres enfants !

— Je vais l'accompagner, proposa Belinda.

Belinda et Ellis suivirent les jeunes femmes et les petits-enfants de Lady MacKenzie. Tous quittèrent la pièce. Lady MacKenzie sourit à Daisy et oncle Alfonso, ignorant toujours Robert.

— Excusez-nous pour ce décor sinistre. Mon mari est attaché à la tradition comme à la prunelle de ses yeux, dit-elle en riant. Cette pièce est demeurée en l'état depuis des siècles.

— L'architecture en est très impressionnante, fit remarquer oncle Alfonso. Elle date du XIIe siècle, non ?

— Du XIIIe, je crois, dit Lady MacKenzie. Tout du moins dans cette pièce. Différentes parties de ce château ont été rajoutées au fil des siècles. Vous plairait-il de le visiter, Mr Kimberly ?

Le visage d'oncle Alfonso s'illumina.

— Si ce n'est pas trop abuser de votre hospitalité, j'en serais ravi.

— Pas le moins du monde, soyez-en assuré.

Elle s'approcha d'un cordon de sonnette et le tira fermement.

Quelques instants plus tard, un homme âgé, tout voûté, fit son apparition.

— Seamus, notre invité, Mr Kimberly, souhaiterait visiter ce vieux tas de pierres. Voulez-vous bien vous en charger ?

— Certainement, Lady MacKenzie.

— Peut-être devriez-vous l'accompagner, capitaine, dit-elle, se tournant pour la première fois vers Robert, son regard devenu de glace.

— Je vous remercie, mais je préfère demeurer avec Lady Chatwick.

— Oh ! je crains que ce ne soit pas possible. Mais elle sera en de bonnes mains, ajouta-t-elle, esquissant un mince sourire.

— Ah…

Robert, visiblement pris au dépourvu, se contenta d'incliner la tête, l'expression de son visage indéchiffrable. Et il suivit oncle Alfonso et son guide qui se trouvaient déjà en grande discussion sur l'architecture.

Le sourire chaleureux de Lady MacKenzie revint aussitôt.

— Nous vous avons installés dans une suite et votre invité sera hébergé, également, mais dans une partie différente du château.

— Merci.

— Passons dans le bureau, voulez-vous ? C'est une pièce nettement plus agréable que celle-ci.

Lady MacKenzie glissa son bras sous celui de Daisy et l'entraîna hors de la pièce.

— Vivienne attend son quatrième enfant d'un moment à l'autre, dit-elle. Je ne serais pas surprise qu'il arrive pendant le feill. Moi-même, je me trouvais à un mariage lorsque Vivienne a décidé de faire son apparition. Lord Chatwick est votre unique enfant ?

— Oui.

— Vous avez été veuve si jeune, dit-elle avec empathie.

— Oui, en effet.

— Dites-moi, comment trouvez-vous les Highlands ? Je dois admettre avoir été très intimidée, la première fois que je suis arrivée dans la région. Le paysage était si rude, si désolé.

— Oh ! ce n'est pas du tout ce que j'ai ressenti, dit Daisy. Je trouve ces montagnes et ces collines si belles. J'aimerais tellement ne pas avoir à les quitter.

Lady MacKenzie s'immobilisa.

— Le devez-vous vraiment ? demanda-t-elle, l'observant avec attention.

Mon Dieu, elle en avait trop dit. Lady MacKenzie avait sans nul doute beaucoup entendu parler de la fortune des Chatwick.

— Il le faudra, au bout du compte, se contenta-t-elle de répondre.

Lady MacKenzie sourit et l'entraîna de nouveau en direction du bureau.

— Avez-vous déjà assisté à un feill ? demanda-t-elle, changeant poliment de sujet.

Daisy rit.

— Non, jamais.

— Vous allez être très étonnée, assura-t-elle. Nous descendrons voir les jeux, cet après-midi. Vous avez certainement aperçu les tentes, près du village ? C'est là que se tiendront les jeux. Ce soir, on y dansera et on y jouera aux cartes, si cela vous dit. Êtes-vous joueuse ?

— Une très piètre joueuse, admit Daisy. J'ai certainement beaucoup plus perdu au jeu que je n'ai gagné.

Elles étaient parvenues devant une porte, dans le couloir. Lady MacKenzie frappa doucement. Puis elle l'ouvrit et fit entrer Daisy. La pièce était inondée de soleil. C'en était presque aveuglant. Elle aperçut, malgré tout, un homme aux cheveux grisonnants qui ressemblait beaucoup à Cailean. Il était installé à son bureau. Il se leva lorsqu'il les aperçut, en fit le tour, s'appuyant lourdement sur sa jambe gauche.

— MacKenzie, laisse-moi te présenter Lady Chatwick, d'Auchenard, dit Lady Mackenzie. Lady Chatwick, mon mari, Laird MacKenzie de Balhaire.

— Enchantée, dit Daisy, esquissant une courte révérence.

— Ce que l'on dit de vous est vrai, je vois, dit MacKenzie avec un large sourire. Vous êtes très belle, ajouta-t-il, s'avançant en boitant.

Daisy lui tendit instinctivement la main. Il la prit et s'inclina.

— Le voyage n'a pas été trop difficile, j'espère.

— Les routes sont un peu rudes. Mais nous sommes tous arrivés entiers, je vous remercie.

— Excusez-moi, mais je me rends compte que je n'ai pas encore donné la parole à mon fils, dit-il, fixant un point derrière Daisy.

Elle tourna la tête. Son cœur fit un bond dans sa poitrine lorsqu'elle aperçut Cailean. Il se tenait adossé au mur, les bras croisés sur la poitrine.

— Je… Euh… Excusez-moi, dit-elle. Je ne vous avais pas vu.

Son pouls battait follement. Elle avait envie de cacher ses mains tant il lui semblait qu'elles tremblaient.

— *Madainn mhath*, répondit Cailean, d'une voix profonde, très calme.

Il n'éprouvait pas la même nervosité qu'elle, c'était évident.

— Cailean, tu pourrais peut-être venir saluer notre invitée, dit Lady MacKenzie.

Cailean répondit en écossais. Sa réponse fit sourire sa mère.

— Je ne parle pas le gaélique, dit-elle à Daisy. Depuis sa plus tendre enfance, mon fils a toujours exprimé son mécontentement à mon égard en gaélique.

— Comment pourriez-vous me mécontenter, *Màthair* ? dit-il, s'écartant nonchalamment du mur.

En arrivant devant Daisy, il fixa un instant sa main, puis remonta vers son visage. Sans doute, pensait-il qu'elle aurait dû la lui tendre. Mais Daisy n'entendait pas la lui offrir. Soudain, contre toute attente, il la prit et la porta à ses lèvres, s'inclinant devant elle.

— Bienvenue à Balhaire, Lady Chatwick, dit-il.

— Si nous nous asseyions ? proposa Lady MacKenzie, désignant un siège à Daisy.

Cailean, lui, demeura debout.

— Peut-être pourrais-tu servir un whisky à notre invitée ? lui dit Lady MacKenzie.

Cailean se dirigea sans se presser vers les bouteilles posées sur une table.

Lady MacKenzie prit place à côté de Daisy.

— Maintenant, dites-moi ce qui vous amène dans notre lointaine Écosse. Il est si rare qu'une Anglaise se risque jusque dans nos contrées.

— Auchenard appartient à mon fils. Je tenais à ce qu'il voie sa propriété. Malheureusement, mon mari était trop malade et il n'a pas eu le temps de la lui montrer lui-même.

— Et votre ami, qu'est-ce qui l'amène ici ?

Son amie ? Daisy, distraite, songea un instant à Belinda, mais elle comprit aussitôt que Lady MacKenzie faisait allusion à Robert.

Tous la regardaient, brusquement immobiles, scrutant son visage dans l'attente de sa réponse. Elle sentit une onde de chaleur assaillir son cou, comme si elle avait commis une faute en laissant Robert l'accompagner. Pourtant, il était évident que l'invitation s'étendait également à lui.

— Sa… Son arrivée nous a tous surpris, reconnut-elle,

s'efforçant de trouver les mots justes. J'ai fait sa connaissance, il y a de nombreuses années. Il est venu à Londres me rendre visite après avoir démissionné de la Royal Navy. Lorsqu'il a découvert que j'étais partie pour l'été, j'imagine… J'imagine qu'il a souhaité venir me rejoindre.

— Quel ami très cher ! dit Lady MacKenzie.

L'ironie perçait dans sa voix.

— Comment est-il parvenu à vous trouver ? Auchenard ne se trouve sur aucune route connue.

MacKenzie la fixait, attentif, légèrement méfiant même. Cailean ne la quittait pas des yeux, lui non plus, lorsqu'il lui apporta son verre de whisky. Pensaient-ils que Robert était venu jusqu'ici pour affronter Cailean ?

— C'est mon amie, Lady Beckensal, qui lui a dit où je me trouvais, expliqua-t-elle. Mais, si je puis me permettre, pourquoi me posez-vous cette question ?

— Oh ! simple curiosité, répondit Lady MacKenzie, très vite. Il n'y a pas de raison précise. Simplement, nous ne sommes pas habitués à voir des inconnus, par ici, et encore moins un capitaine de la marine anglaise.

— Il ne l'est plus.

— Vraiment ? rétorqua Lady MacKenzie. Mais que va faire le pauvre homme sans un vaisseau à commander ?

M'épouser, songea Daisy, avec une pointe de tristesse.

Mais elle se contenta de sourire avec un petit haussement d'épaules.

— Il faudra le lui demander.

— Je n'y manquerai pas, répondit son interlocutrice, posant son verre de whisky auquel elle n'avait pas touché. Arran, peut-être devrions-nous aller jeter un coup d'œil au champ où se tiennent les jeux.

— Pourquoi ? répondit son mari, surpris.

— Nous en avons parlé, tout à l'heure, dit-elle, lui jetant un regard appuyé.

— Mais les jeux ne commenceront que dans deux heures, pas avant, dit-il, de plus en plus étonné.

Lady MacKenzie se leva.

— Arran.

Devant l'expression de son épouse, Arran changea subitement d'avis.

— Ah, oui, en effet, dit-il. Nous en avions parlé.

Lady MacKenzie sourit et glissa un bras à sa taille.

— Cailean, je compte sur toi pour reconduire Lady Chatwick en toute sécurité jusqu'à notre grande salle, dit-elle.

— Bien sûr, répondit ce dernier, très aimablement.

— Je vous en prie, prenez le temps de déguster votre whisky, Lady Chatwick. Je pense que vous allez le trouver à votre goût, ajouta-t-elle, tandis qu'elle gagnait lentement la porte en soutenant son mari. Je vous dis à très bientôt. Nous nous verrons tout à l'heure.

Lorsque la porte se referma derrière le couple, Cailean regarda Daisy et lui sourit. Son cœur s'emballa aussitôt.

— Vous ne l'avez peut-être pas remarqué, mais ma mère est extrêmement affairée. Elle s'est de nouveau mis en tête de me marier.

— Vous devez être terrifié ! s'exclama Daisy.

Elle se leva. Elle en voulait encore à Cailean. Elle se sentait si peu sûre d'elle, si fragile en ce moment, mais plus que tout, incapable de le regarder dans les yeux sans éprouver l'irrésistible envie de se jeter dans ses bras.

Il eut un petit rire.

— Elle n'en est pas à sa première tentative. Je commence à y être habitué.

— Oui, je me doute que, compte tenu de votre âge, il y

a déjà eu de nombreux essais. J'agirais de même si mon fils n'était toujours pas marié à un âge aussi avancé.

Cailean haussa les sourcils et sourit.

— Pourquoi êtes-vous en colère, *leannan* ?

Seigneur, cet homme était insupportable. Il savait pertinemment pourquoi elle était en colère.

— Peu importe, répondit-elle, se détournant.

Elle croisa les bras sur sa poitrine et se mit à arpenter la pièce.

— Combien de temps devons-nous rester cloîtrés ici pour que votre mère considère avoir fait son devoir ?

— Cinq minutes devraient suffire. L'inconvenance qu'il y a à vous laisser seule en compagnie d'un célibataire notoire va certainement l'emporter sur son désir de me voir marié.

Daisy poussa un petit grognement exaspéré. Elle gagna la fenêtre, fixa la cour du château au dehors. Un instant plus tard, Cailean la rejoignait. Il resta immobile, auprès d'elle, épaule contre épaule. Puis il effleura ses doigts, les noua aux siens. Ce simple contact la troubla si fort qu'elle ne put réprimer un frisson de plaisir. Penchant la tête, elle la posa contre son épaule. Elle aurait dû repousser violemment sa main, dès le départ. Elle n'aurait jamais dû poser la tête contre son épaule… Mais elle n'avait pu s'en empêcher. L'envie de le retrouver était plus forte que l'exaspération qu'il provoquait en elle.

Il posa une main au creux de ses reins, puis la glissa autour de sa taille et il l'attira tout contre lui. Non, c'était plus qu'elle n'en pouvait tolérer. Cela ne faisait qu'attiser son désir, le rendre insupportable. Elle s'écarta brusquement, lui fit face. Il se tourna à son tour, son regard bleu scrutant son visage, s'attardant sur ses lèvres.

— Que voulez-vous de moi ? murmura-t-elle.

Il laissa son regard glisser vers sa gorge, effleura du bout des doigts la rondeur frémissante, si douce, de ses seins.

— C'est une question dangereuse, à laquelle je ne peux pas répondre.

— Je ne vous comprends pas, Cailean.

— C'est compliqué.

Elle s'attendait à ce qu'il s'explique ou qu'il tente de la convaincre qu'il n'y avait rien à comprendre.

— Compliqué ? s'exclama-t-elle, profondément agacée. Vous avez l'art de faire des réponses qui me font enrager. Je sais que vous avez envie de m'embrasser.

— Oui, murmura-t-il. Une envie folle. Une envie irrépressible.

Daisy renversa la tête en arrière et leva le menton. Sa bouche était tout près de la sienne, à présent.

— Pourquoi ne le faites-vous pas, alors ?

Elle sentait son souffle chaud balayer ses lèvres. Il referma une main sur sa joue, caressa ses lèvres du pouce et elle se sentit chavirer.

— Pour l'amour du ciel, ne me demandez pas d'expliquer pourquoi, mais je ne vous embrasserai pas, Daisy. Je veux seulement vous aider… Pourtant, je ne peux pas m'empêcher de vous désirer comme un fou.

C'était intolérable. Daisy ne pouvait supporter d'avoir envie de lui et qu'il se refuse ainsi à elle, qu'il veuille qu'elle épouse Robert et que c'en soit fini.

Elle s'écarta.

— Vous êtes épuisant, Cailean. Allez donc trouver quelqu'un d'autre à aider.

Sur ce, elle traversa la pièce, ouvrit la porte et sortit. Mais elle n'avait pas fait deux pas dans le couloir lorsqu'elle se rendit compte qu'elle n'avait pas la moindre idée du chemin à prendre pour regagner la grande salle. Elle revint sur ses pas.

Cailean n'avait pas bougé. Il se trouvait toujours à la fenêtre.

Tête baissée, il avait refermé les bras autour de lui, serrant très fort sa poitrine.

— Cailean ?

Il leva brusquement la tête et, l'espace d'une brève seconde, elle lut l'espoir dans son regard. Mais Daisy n'entendait pas faire preuve de la moindre clémence. Elle était trop en colère, trop frustrée.

— Voulez-vous avoir l'amabilité de me montrer le chemin pour regagner la grande salle ? demanda-t-elle. Je veux aller retrouver mon fils.

Quelque chose changea dans le regard de Cailean, et l'espoir disparut soudain, laissant la place à un air désinvolte, indifférent.

— Oui, bien sûr, dit-il.

Chapitre 15

Cailean avait été littéralement dévoré par l'envie d'embrasser Daisy, mais quelque chose l'en avait empêché qu'il ne parvenait pas à saisir.

S'agissait-il d'une question de devoir ? Non. Il ne lui appartenait pas de la protéger. Il n'avait pas agi par devoir.

Était-ce par ressentiment par rapport à sa mère, à ses tentatives incessantes pour tenter de le marier ? Non. Il comprenait qu'elle ait envie de le voir fonder une famille et il ne lui en tenait pas rigueur.

Alors, pourquoi avait-il été stupide au point de ne pas prendre le baiser qu'on lui offrait ? C'était la seconde fois qu'il se dérobait, pourtant il n'était pas homme à refuser ce genre d'opportunité. Et pas homme, non plus, à laisser ses sentiments ou ses émotions interférer dans ses désirs, ses pulsions physiques. Il avait appris la leçon, quinze ans plus tôt, lorsque Miss Beauly l'avait éconduit.

Mais il se sentait tiraillé, en proie à des pensées et des sentiments contradictoires. C'était une sensation très déroutante. Un baiser dans le bureau de son père n'aurait pourtant rien eu d'aussi audacieux que ce qui s'était passé dans l'abri de jardin. Il avait pris de grandes libertés avec Daisy, c'était évident. Et maintenant, voilà qu'il se souciait de… De quoi, au juste, bon sang ?

Il n'eut pas le temps d'y réfléchir plus avant, et c'était tant mieux, car cette situation le rendait fou. Pour l'instant, il était attendu pour ouvrir les jeux à la place de son père.

Cailean ne revit pas Daisy de tout l'après-midi. Il se retrouva entouré de membres du clan et d'amis lorsqu'il se joignit à la compétition de lancer de tronc et de lancer de pierre. L'effort physique et la franche camaraderie qui régnait avec ces hommes qu'il connaissait et admirait l'aidèrent à chasser les pensées qui l'obsédaient concernant Daisy. Et le malaise qu'il ressentait finit par se dissiper grâce à quelques pintes de bière.

Cailean ne vit pas Daisy mais, en revanche, il rencontra Ellis. Dans le champ dédié aux jeux, un espace avait été aménagé pour les enfants, afin qu'ils puissent, eux aussi, participer à des épreuves, répliques de celles auxquelles se livraient les adultes. Ellis, debout sur le côté, observait, en compagnie de Miss Hainsworth. Il était habillé de façon très guindée, signe évident qu'il n'était pas au nombre des participants.

Cailean s'accroupit à ses côtés. Le visage d'Ellis s'illumina d'un sourire.

— Pourquoi ne participez-vous pas ? demanda Cailean, lui donnant une tape amicale sur l'épaule.

Le sourire d'Ellis s'évanouit.

— Je ne…

Il jeta un regard aux autres enfants.

— Je ne sais pas comment on fait, dit-il.

— Vous n'apprendrez jamais si vous ne participez pas. Allez, venez, dit Cailean, le prenant par la main.

Il s'avança avec lui dans le champ où les garçons étaient alignés pour participer au lancer de pierre. L'épreuve consistait à lancer une pierre lisse, placée dans la paume de la main, et à mesurer la distance parcourue. Cailean demanda aux autres enfants s'ils voulaient bien qu'Ellis se joigne à eux.

— Mais c'est un Sassenach, dit en gaélique un garçon roux au visage rougeaud. Mon père m'a dit que je ne devais pas m'approcher de ces gens-là.

Cailean se baissa à sa hauteur.

— Tu diras à ton père que Lord Chatwick est notre invité, Sassenach ou pas, déclara-t-il d'un ton très calme. S'il ne l'accueille pas comme il se doit, il aura affaire à moi.

Le gamin pâlit.

— Très bien, laird, dit-il.

Cailean attendit un moment pour s'assurer que les enfants intégraient bien Ellis. L'un d'entre eux eut la gentillesse de lui montrer comment l'on s'y prenait pour lancer la pierre. Ellis n'était visiblement pas adroit à ce jeu, mais il n'avait pas l'air de s'en soucier. Le visage radieux, il s'efforçait de bien faire et y mettait tant d'entrain que Cailean sourit et l'encouragea.

Il s'éloigna bientôt, gagna l'autre côté du champ, tout en gardant un œil sur Ellis. Il l'observait en train de tenter un nouveau lancer lorsqu'il aperçut un éclair de cheveux blonds. Il se retourna et vit Daisy. Elle était accompagnée de son oncle et de Spivey et elle observait les hommes en train de lancer la pierre. Il vit Spivey poser une main à sa taille et se pencher vers elle. Il lui parla, dit quelque chose qui la fit sourire. Et rire, même, lui sembla-t-il.

Il ressentit un serrement étrange dans la poitrine et il se détourna. Il n'avait aucun droit d'éprouver quoi que ce soit la concernant. Il s'éloigna dans la direction opposée, le plus loin possible d'elle, à la recherche d'un dérivatif, une activité qui l'empêche de penser.

Il se retrouva de nouveau au milieu des jeux et s'aperçut que le concours de lutte était sur le point de commencer. La lutte. Voilà exactement ce qu'il lui fallait. Il allait pouvoir évacuer sa frustration en plaquant un ou deux hommes au sol. Le tout pour s'amuser, bien sûr. C'était, du moins, ce qu'il dirait aux malheureux concurrents qu'il terrasserait.

Il se joignit aux hommes alignés pour concourir. Ils étaient dix en tout, rivalisant pour le prix, un baiser d'Aileen Ramsay, une très séduisante jeune femme. Le dernier homme à rester debout aurait le plaisir de recevoir ce baiser. Aileen se tenait sur une estrade, faisant virevolter ses jupes tandis qu'elle prodiguait des encouragements aux participants.

Cailean allait se mesurer à des hommes qu'il avait formés, tous très capables, bien sûr, s'il pouvait se permettre de s'enorgueillir des résultats de son enseignement.

Tandis qu'il attendait que la compétition commence, un nouveau concurrent arriva, celui que l'on appelait La Montagne. Il avait une tête de plus que Cailean et il était nettement plus costaud que lui. Cailean faillit sourire en le voyant. Il ne venait pas pour s'amuser, loin de là.

Les premiers matchs se déroulèrent très vite, Cailean mettant ses adversaires à terre en quelques secondes. Le nombre d'adversaires diminuait, les derniers hommes se battant avec acharnement pour rester debout. Mais chaque fois, Cailean finissait par l'emporter, plaquant son rival au sol dans un rugissement. Et plus il gagnait, plus il avait envie de gagner.

La compétition se réduisit finalement à deux hommes : Cailean et La Montagne, qui s'étaient tous deux débarrassés de leurs adversaires avec facilité. Une grande foule s'était rassemblée autour d'eux, à présent, et quelqu'un avait lancé un chapeau sur le sol pour récupérer les paris.

On les appela bientôt tous les deux au centre du ring. Cailean s'avança pour se mettre en place et il aperçut Daisy, accompagnée de Spivey, et qui observait l'événement, un peu à l'écart de la foule. Son regard, froid et distant, croisa le sien. Attitude impassible. Typiquement anglaise.

Cailean l'ignora et se tourna vers son adversaire.

— Je suis là pour gagner, dit-il.

— Ce ne sera pas le cas, répondit La Montagne avec un large sourire.

Ils s'empoignèrent et l'arbitre du combat donna le signal du départ.

Cailean s'attendait à perdre et cela lui était égal, en fait. Il espérait seulement que ce serait douloureux, que son corps vaincu et meurtri mettrait du temps à se relever, mais que cette tocade, cet entichement qui gonflait sa poitrine d'émotion, serait définitivement envolée. Il voulait que La Montagne le chasse de son corps, l'extirpe de ses veines.

Mais une chose miraculeuse se produisit.

La Montagne commença à lutter. Mais toute la force de Cailean, alimentée par la somme des frustrations depuis si longtemps accumulées, se décupla soudain. Dans un cri guttural, il parvint à faire perdre l'équilibre à La Montagne et à le plaquer au sol.

La foule hurla de joie.

L'arbitre annonça la fin du match et la victoire en faveur de Cailean. Ce dernier se releva, tendit la main à son adversaire.

— Félicitations, lui dit l'homme.

Et il lui assena une grande tape dans le dos qui faillit lui faire perdre l'équilibre.

La foule rassemblée était en liesse, à présent, et scandait son nom. Cailean abandonna alors le ring et gravit les marches de l'estrade où se trouvait Aileen Ramsay. Il n'aurait su expliquer ce qui se passa, pourquoi il agit comme il le fit. Mais, glissant un bras autour de la taille de la jeune femme, il la renversa en arrière et, plantant ses lèvres sur les siennes, il l'embrassa avec fougue.

La foule en délire l'acclama.

Le baiser laissa Cailean de marbre, mais lorsqu'il redressa la jeune femme, elle le fixa, interloquée. Puis un sourire illumina son visage.

Tout n'était donc pas perdu. Il demeurait un homme. Un vrai.

En fin d'après-midi, on alluma de grands feux tout autour du champ. Les musiciens s'emparèrent de leurs cornemuses et se mirent à jouer. La danse commença pour tous ceux qui s'étaient déplacés pour assister au feill. Le clan d'Arran MacKenzie et la noblesse des Highlands se retirèrent au château. Ils danseraient dans la grande salle.

Cailean s'habilla en tenue d'apparat pour la soirée. Redingote, gilet et écharpe écossaise traditionnelle placée en travers de sa poitrine et fixée par une épingle à l'emblème du clan. Sans oublier la bourse en peau glissée à la taille.

La grande salle était illuminée par les feux qui crépitaient dans les cheminées et les dizaines de chandelles des grands chandeliers. Une longue file de MacKenzie et d'invités s'était déjà formée devant le buffet garni de belles pièces de viandes rôties et de plats écossais traditionnels, le haggis et les légumes, navets et pommes de terre. Des serviteurs parcouraient la pièce, portant des carafes de whisky et des pichets de bière pour servir les convives.

Cailean s'avança vers le dais sous lequel était installée sa famille. Il prit place à côté de Rabbie. Ce dernier avait déjà pas mal bu, à en juger par la façon dont il se tenait sur son siège. Il regardait la foule d'un air maussade.

— Qu'est-ce qui ne va pas ? demanda Cailean, prenant place à côté de lui.

Rabbie fit un signe du menton. Cailean suivit son regard. Daisy, son oncle et le capitaine Spivey étaient assis à une table, en compagnie de Somerled.

Daisy était absolument superbe, ce soir, dans une robe de la couleur de ses yeux, un vert tendre somptueux. Le corsage était bordé de petits boutons de rose en soie assortis au ruban qu'elle portait au cou. Somerled était penché vers elle et chuchotait, comme s'il partageait un secret avec elle et son oncle. Spivey, lui, avait l'air aussi maussade que Rabbie.

— Tu comprends, à présent ? dit Rabbie. Aurais-tu oublié que tu portes la marque de son mousquet à ton flanc ?

Quatre ans auparavant, Cailean avait été légèrement blessé par une balle tirée par le mousquet d'un marin anglais. Il manœuvrait un bateau dans une zone particulièrement dangereuse de la côte française, s'efforçant de doubler le vaisseau anglais dans un brouillard épais, tandis qu'Aulay remontait vers le nord. C'était une action très dangereuse, on y voyait à peine à quelques pieds devant soi. Mais avec ses hommes, il avait souvent navigué le long de cette côte au fil des années et ils étaient parvenus à la longer et à fuir. Ils n'avaient pas le choix. S'ils échouaient, ils offriraient une cible parfaite au vaisseau anglais lorsque le brouillard se lèverait.

Ne parvenant pas à repérer le bateau écossais, le capitaine anglais avait décidé de ne pas tirer au canon, préférant ne pas perdre de précieuses munitions.

En y réfléchissant, plus tard, Cailean et Aulay en étaient venus à la conclusion qu'un marin téméraire avait tiré à l'aveugle, espérant une riposte qui signalerait leur position. Mais Cailean et son équipage étaient demeurés silencieux lorsqu'il avait été touché et ils avaient pu passer sans encombre.

Cailean haussa les épaules.

— Ce n'était rien de plus qu'une égratignure. Et ce n'était pas lui le responsable.

Rabbie grommela.

— Et alors, quand bien même ?

— Il n'y a pas de souci à se faire, répondit Cailean calmement. Il est inoffensif. Il cherche fortune à l'heure qu'il est.

Rabbie le regarda, surpris.

— Tu le crois sincèrement ? Le croiras-tu encore s'il débarque dans notre crique, ou bien à Arrandale, pendant que nous sommes ici, tranquillement installés ?

— Nous avons placé des hommes, là-bas, fit remarquer Cailean.

— Ils ne viendront peut-être pas aujourd'hui, Cailean, répondit Rabbie, secouant la tête. Mais ils viendront. L'un des leurs est mort, tu l'as oublié ? Ils ne te laisseront pas en paix maintenant qu'ils savent où te trouver.

Rabbie fit signe à l'un des serviteurs en levant son verre.

— C'est un espion, souviens-toi de ça.

Cailean n'était pas aussi pessimiste que son frère. Bien évidemment, ils devaient se montrer prudents. Ils se devaient de l'être en permanence. Mais pour les Anglais, la distance était longue pour venir jusqu'ici et ils ne soustrairaient pas de bateaux à la flotte qui croisait entre la France et l'Angleterre dans le seul but d'arrêter un contrebandier. Mais Cailean n'était pas naïf pour autant. Il jeta de nouveau un coup d'œil à la table et surprit Spivey en train de l'observer.

Il se leva d'un bond, repoussa sa chaise, faisant sursauter son frère.

— Où vas-tu ? demanda Rabbie.

Cailean ne répondit pas. Il ne le savait pas exactement. Pourquoi diable cette Anglaise si séduisante était-elle venue en

Écosse ? Tout ce qu'elle était parvenue à faire, c'était leur causer des ennuis et s'acoquiner avec un homme tel que Spivey. Bon sang, représentait-il vraiment tout ce qu'elle espérait ? Cela le rendait furieux. Une femme comme Daisy méritait tellement mieux que lui.

Cailean traversa la foule, s'arrêta pour échanger quelques mots avec des convives. Puis, accélérant le pas, il atteignit la table de Daisy. Elle semblait prendre du bon temps à en juger par la façon dont elle riait, la tête renversée en arrière, à quelque propos que lui tenait Somerled.

— MacKenzie ! s'exclama ce dernier avec emphase.

Daisy cessa de rire et se tourna vers Cailean, avec dans le regard un éclat qu'il connaissait bien. Il était clair qu'elle avait déjà bu pas mal de whisky.

Pas Spivey. Il se leva d'un bond, fusillant Cailean du regard.

— *Feasgar math*, dit Cailean, sèchement.

Il tendit la main à Daisy.

— Lady Chatwick, m'accorderez-vous une danse ?

Elle pâlit.

— Oh… Je… Euh… Je ne connais pas du tout ce style de danse.

— C'est assez simple, rétorqua Cailean, lui tendant la main d'un geste impatient. Il ne s'agit de rien de plus que de sautiller un peu.

Daisy fixait sa main, cherchant visiblement comment lui opposer un refus cinglant.

— Lady Chatwick ne souhaite pas…, commença Spivey.

Mais Daisy se leva brusquement.

— Oui, dit-elle, glissant la main dans celle de Cailean.

Elle sourit au capitaine et ajouta :

— Il est notre hôte.

Comme si elle avait besoin de sa permission.

Le feu couvait chez Spivey, mais un feu bien différent de celui dont brûlait Cailean. Ce dernier serra fermement la main de Daisy, craignant qu'elle ne change d'avis. Puis, sans un seul regard pour les personnes assises à sa table, et avant que Spivey ne le provoque en duel, il la conduisit jusqu'à la partie de la pièce que l'on avait convertie en piste de danse. Il sentit dans son dos le regard furieux de Spivey. Ce dernier lui aurait certainement donné rendez-vous à l'aube pour se battre s'il n'avait craint pour sa vie tant les MacKenzie étaient nombreux.

— Je me dois de vous avertir que je ne suis pas particulièrement douée pour « sautiller », dit-elle.

— Vous vous en remettrez.

Cailean constata que nombre de têtes dans la salle s'étaient tournées vers eux. Certains regards étaient clairement désapprobateurs. On n'aimait pas beaucoup les Anglais, par ici. Et ce, bien que Lady MacKenzie elle-même soit anglaise. D'autres étaient admiratifs. Lady Chatwick était belle, cela ne faisait de doute pour personne. Mais tous observaient, curieux, soupçonneux.

Il l'escorta jusqu'à la ligne que formaient les danseurs et ils se joignirent à eux. Il plaça alors une main au creux de sa taille et leva l'autre au-dessus de sa tête.

— Vous êtes toujours en colère contre moi ?

— Tout à fait, dit-elle avec emphase. Je n'aurais jamais accepté votre invitation à danser si ce n'avait été pour…

Elle ne termina pas sa phrase.

Si ce n'avait été pour quoi ?

— Combien de temps avez-vous l'intention de demeurer en colère ? demanda Cailean tandis qu'ils attendaient que la musique commence.

— Je ne sais pas. Au moins quinze jours. Très vraisemblablement pour toujours.

— Toujours ? Mais c'est beaucoup trop long. Je vous accorde quelques jours, pas davantage.

Quelqu'un poussa légèrement Daisy et elle trébucha. Le talon de sa chaussure percuta assez violemment la cheville de Cailean.

— Oh ! pardon, dit-elle, affectant un air profondément désolé.

Mais aussitôt, elle reprit :

— Le privilège ne vous revient pas de décréter combien de temps je suis autorisée à demeurer en colère. Et puisque vous vous l'octroyez, je suis déterminée à le rester encore plus longtemps.

— *Diabhal*, marmonna Cailean.

Daisy secoua la tête.

— Je n'ai aucune idée de la façon dont on exécute cette danse.

— Vous n'avez qu'à me suivre, répondit Cailean d'un ton bourru.

— Sachez que je n'en ai aucune envie.

Cailean fut incapable de détacher le regard de son cou gracile, de ses joues d'un rose délicat. Il ne supportait pas l'idée que Spivey puisse ne serait-ce que l'effleurer.

La musique démarra soudain et il eut un petit haussement d'épaules.

— Peu m'importe que vous n'en ayez aucune envie.

Et il la surprit, exécutant deux petits sauts. Puis il la fit tourner brusquement, l'éloignant de lui. Elle poussa un petit cri et lorsqu'il la ramena vers lui en la faisant tourner de nouveau, elle vint buter maladroitement contre son torse, les yeux écarquillés.

— Sautez, dit-il.

— Sauter ? répéta-t-elle, affolée.

Mais elle y parvint néanmoins.

Il répéta les mêmes pas, puis il lâcha sa main, passa derrière elle et revint se placer devant. Cette fois, il lui fit lever l'autre bras.

— Maintenant, on recommence depuis le début, dit-il.

Après s'être trompée plusieurs fois, lui avoir marché sur le pied et avoir sauté à contre-rythme, Daisy sembla comprendre comment s'enchaînaient les pas et elle se mit à bouger en parfait accord avec lui. Mais elle refusait toujours de le regarder.

Ils reprirent les mêmes figures, encore et encore, tournant avec les autres couples de danseurs. Daisy commença à sourire. Puis elle rit, bientôt, un éclat joyeux dans le regard. Elle se mit à sautiller un peu plus haut, trouvant maintenant un réel plaisir à danser.

Lorsque la musique se tut, les danseurs commencèrent à se mettre en place pour un quadrille. Cailean tendit le bras. Daisy y posa la main et quitta la piste de danse à ses côtés, encore tout étourdie. Il tenta de l'entraîner dans la direction opposée de sa table, mais elle le lâcha, exécuta une courte révérence.

— Merci. Votre devoir est terminé.

Cailean poussa un soupir.

— Fort bien. Mais peut-être vous plairait-il davantage que je vous dise ce que vous avez envie d'entendre et vous entraîne ensuite à l'écart pour vous embrasser.

— Oui, dit-elle, sans réfléchir.

Elle se reprit aussitôt.

— Non. Vous ne devriez pas me demander ce que je veux, Cailean. La réponse ne vous plaira pas.

Elle se détourna, commença à s'éloigner. Mais il la rattrapa, saisit sa main.

— Qu'avez-vous dit ?

Elle se libéra d'un geste sec.

— Vous m'avez parfaitement entendue.

Elle voulut se sauver, mais la foule était si dense que sa retraite fut empêchée.

— Je vous ai entendue, oui, mais je ne comprends rien à vos

propos. Pourquoi ne me parlez-vous pas franchement plutôt que de jouer aux devinettes ?

— Non, dit-elle, se glissant entre deux couples. Je n'ai pas l'intention de me confier à un vaurien.

— Oh ! je suis un vaurien, à présent !

Exaspéré, Cailean fonça entre les deux couples.

— C'est ce que j'ai entendu dire, lança Daisy par-dessus son épaule.

— Voilà qui ne m'étonne guère. Et j'imagine que vous avez été prompte à souligner, à qui voulait bien l'entendre, que nous ne sommes plus amis, n'est-ce pas ?

— En effet, je l'ai laissé entendre à Mr Somerled.

Somerled !

— C'est un imbécile, dit Cailean. Et je me doute qu'il a dû vous assurer que son amitié est nettement plus sincère que la mienne, je me trompe ?

— Eh bien, répondit Daisy avec désinvolture, il est possible qu'il y ait fait allusion, en effet.

Cailean s'arrêta, laissant passer deux hommes déjà passablement ivres qui se tenaient par les épaules.

— Votre admirateur vous en a-t-il dit davantage ?

— Hum...

Elle fit semblant de réfléchir.

— Oui, répondit-elle finalement.

Et elle poursuivit son chemin.

Cailean la suivit, incapable de résister. Il l'arrêta de nouveau, une main posée sur son bras.

— Vous allez m'écouter, à présent...

— Vous écouter ? s'exclama-t-elle, faisant volte-face et le fixant d'un air outré.

Elle allait poursuivre, mais tous deux entendirent quelqu'un appeler Cailean.

Il jeta un coup d'œil par-dessus son épaule et vit Catriona fendre la foule dans sa direction.

— Je te cherchais, dit-elle. Je veux faire une partie de whist et Rabbie refuse de jouer avec moi. Viens, tu veux bien, Cailean ?

— Oh ! Catriona…

Il se tourna vers Daisy, mais elle n'était déjà plus là. Elle avait disparu dans la foule.

Et dans son sillage, le feu qui couvait en lui se fit soudain braises ardentes. Le souffle léger d'une brise eut suffi à l'embraser.

Chapitre 16

Daisy était toujours très en colère contre Cailean. Et un peu ivre aussi, le whisky coulant littéralement à flots à Balhaire. Mais cette légère ébriété n'avait rien à voir avec le ressentiment qu'elle éprouvait à son égard.

Ce n'était pas non plus parce qu'il avait refusé de l'embrasser qu'elle lui en voulait. Certes, elle s'était sentie totalement ridicule d'en éprouver le désir. Mais après tout, peut-être avait-il agi par grandeur d'âme, se souciant davantage de sa vertu et de sa réputation qu'elle ne s'en souciait elle-même.

Cet homme la rendait folle. Le désir qu'elle éprouvait pour lui la rendait folle. Un désir qui échappait à tout contrôle et n'avait fait que s'exacerber lorsqu'elle l'avait vu réclamer le prix de sa victoire et embrasser cette jeune et séduisante Écossaise. Ne parlons même pas de ce moment passé à danser avec lui, cavalier plus troublant et séduisant que jamais. Elle y avait pris un immense plaisir.

Le roué.

Mais ce n'était pas non plus ce qui motivait son courroux. Elle était en colère parce qu'il n'éprouvait aucun sentiment pour elle. S'il l'aimait… S'il l'aimait, il l'embrasserait et il les emmènerait, Ellis et elle, loin d'ici. S'il l'aimait, il la sauverait.

Mais cela, c'était un rêve. Dans la réalité, elle était seule. Seule face à son destin. Et elle sentait qu'en elle un immense vide s'était creusé. Cela lui rappelait une chemise de coton qu'elle avait eue, autrefois, et dans laquelle elle avait malencontreusement fait un petit trou, presque imperceptible. Sans qu'elle y prenne garde, le trou s'était peu à peu agrandi, devenant brusquement impossible à ignorer. Il en allait de même pour elle. Un vide s'était ouvert en elle, si petit au départ qu'elle ne l'avait même pas remarqué. Mais, peu à peu, tandis qu'elle était tiraillée entre ses désirs et ses devoirs, il était devenu de plus en plus grand, de plus en plus profond.

— Daisy ?

Elle sentit la main de Robert se poser à sa taille. Elle se rendit compte, soudain, qu'elle s'était beaucoup éloignée de la piste de danse. Et il venait d'apparaître à ses côtés, telle une sentinelle, tandis qu'elle s'efforçait désespérément de comprendre ce qui se passait en elle, de faire le clair dans ses sentiments.

— Rob, dit-elle, lui souriant, non sans un certain soulagement. Vous voilà.

— Il est temps de nous retirer. Ils sont tous occupés à boire, dit-il, jetant un regard autour d'eux.

Il la saisit par le coude, comme s'il craignait qu'elle se sauve.

— Il n'est pas très tard, protesta-t-elle.

— Daisy, je vous en prie.

Il lui prit les mains.

— Nous ne sommes pas les bienvenus ici. Vous ne l'avez peut-être pas remarqué, mais ils nous regardent comme si nous étions l'ennemi. C'est de votre sécurité dont je me soucie.

Il avait l'air sincèrement inquiet. Daisy regarda autour d'elle. La foule devenait plus bruyante et il était vrai qu'elle avait surpris quelques regards hostiles, lancés sur son passage, aujourd'hui.

— Comme il vous plaira, dit-elle.

Robert poussa un soupir de soulagement et l'entraîna aussitôt, se frayant un passage dans la foule afin de quitter au plus vite la grande salle.

Il la conduisit dans le dédale des couloirs. Lorsqu'ils atteignirent l'aile dans laquelle se trouvaient les chambres que les MacKenzie leur avaient si gracieusement allouées, à elle et sa famille, Daisy ralentit le pas.

— Je vais aller voir Ellis.

Elle s'arrêta devant la porte de son fils, frappa doucement. N'obtenant pas de réponse, elle l'ouvrit en prenant soin de ne pas faire de bruit et jeta un coup d'œil à l'intérieur. Elle distingua à peine la silhouette d'Ellis dans le lit. En revanche, venant des profondeurs de la chambre, elle entendit nettement le ronflement sonore d'oncle Alfonso.

Elle referma la porte.

— Ils dorment profondément, dit-elle.

La chambre contiguë était la sienne, la suivante, celle de Belinda. Ils s'arrêtèrent devant sa porte et Daisy s'efforça de trouver quelque chose à dire, quelque chose d'encourageant ou, tout du moins, d'aimable. Mais ses pensées étaient à mille lieues de là…

— Merci, dit-elle. Merci d'avoir accepté de venir.

Le couloir était trop sombre pour qu'elle puisse déchiffrer l'expression du visage de Robert, mais il déclara :

— Je demeure convaincu que ce n'était que pure imprudence de venir ici. Je n'ai pas l'intention de dormir, cette nuit. Je redoute un mauvais coup.

Un mauvais coup ?

Daisy n'en crut pas ses oreilles. Leurs hôtes s'étaient montrés si aimables et Ellis s'était tellement amusé.

— Vous êtes bien trop soupçonneux, dit-elle, posant la main sur son bras.

Robert poussa un soupir, comme s'il était las de lui expliquer une situation qu'il avait déjà évoquée à maintes reprises et qu'elle ne semblait toujours pas vouloir comprendre.

— Je ne peux vous en vouloir d'ignorer tout de la face sombre de l'humanité, très chère. Mais je serai extrêmement soulagé lorsque nous prendrons congé, demain matin.

Il se pencha et l'embrassa sur la joue.

— Bonne nuit, murmura-t-il.

Puis il tendit le bras et ouvrit la porte de la chambre pour elle.

— Je vais attendre de vous avoir entendue tirer le loquet.

— Bonne nuit, dit Daisy.

Et elle entra, referma la porte et tira le loquet. Elle se sentait soulagée. Infiniment soulagée d'être débarrassée de Robert pour ce soir.

Elle se retournait déjà et sursauta en apercevant Belinda dans la chambre.

— Je vous demande pardon, vous ai-je fait peur ? demanda cette dernière d'un ton joyeux, tandis qu'elle disposait sur le lit les vêtements de nuit de Daisy. Je pensais que vous ne viendriez vous coucher que beaucoup plus tard.

Daisy attendit que Belinda poursuive, lui narre quelque récit du sort terrible qui avait frappé quelqu'un qui s'était un jour trop attardé à danser. Mais rien de la sorte ne se produisit. Belinda fredonnait. Fredonnait.

— Belinda ? Tout va bien ? demanda-t-elle.

Belinda sourit. Daisy la fixa, interloquée.

— J'ai vendu mon tableau, dit-elle, tout excitée. À un gentilhomme de… Oh ! je ne me souviens plus du tout d'où il était. Je ne comprenais quasiment rien de ce qu'il me disait. Mais il m'a payée généreusement et il est parti tout de suite, emportant son tableau.

Belinda brandit une petite bourse et l'agita, faisant tinter les pièces à l'intérieur. Elle rayonnait, le visage illuminé de bonheur.

— C'est merveilleux, très chère, dit Daisy.

— Oui, n'est-ce pas ? Je ne me suis jamais sentie aussi heureuse.

Elle eut un petit rire joyeux et installa les mules de Daisy au pied du lit.

— Et voilà ! dit-elle. Souhaitez-vous que je vous aide à vous déshabiller ?

— Non, merci, répondit Daisy. Allez-vous coucher, Belinda. Dormez bien et faites de beaux rêves en songeant à votre prochaine œuvre d'art.

— Oh ! je doute de pouvoir trouver le sommeil, dit Belinda, tout excitée.

Elle serra Daisy dans ses bras et quitta la pièce, faisant sauter la petite bourse dans sa main.

Abasourdie, Daisy se laissa tomber sur le bord du lit. Robert craignait le pire depuis qu'il avait mis les pieds en terre d'Écosse, mais personne ne pouvait nier qu'Ellis et Belinda avaient changé durant leur séjour dans les Highlands. En venant à Auchenard, ils avaient découvert une part d'eux-mêmes qu'ils ignoraient et ils en avaient tiré grand bénéfice. Cela ne méritait-il pas d'être pris en compte ?

Une rafale de vent fit soudain trembler la fenêtre derrière Daisy et la pluie se mit à cingler les vitres.

Elle aussi avait trouvé quelque chose ici. Elle avait trouvé l'amour, elle qui pensait ne plus jamais en faire l'expérience et surtout de cette façon. Il n'était pas réciproque, mais peu importait. Elle le sentait en elle, jusqu'au plus profond de son être et elle n'entendait pas y renoncer tout de suite. Pas encore.

Elle se leva, lissa sa robe, remit un peu d'ordre dans sa coiffure. Puis, non sans un soupçon de remords, consciente que Robert désapprouverait totalement sa conduite, elle quitta la chambre.

Guidée par le bruit des festivités, elle parvint à trouver son chemin dans le labyrinthe des couloirs et à regagner la grande salle. À cause de la pluie, la foule s'était réfugiée à l'intérieur et elle emplissait la pièce, si dense qu'il était difficile de se mouvoir.

Elle tenta de retrouver la table à laquelle se trouvait Mr Somerled, plus tôt dans la soirée, mais les convives la regardaient, certains d'un air si hostile qu'elle se sentit soudain très mal. Elle n'aurait pas dû s'aventurer jusqu'ici, c'était une erreur. Elle ne connaissait quasiment personne et n'avait pas imaginé combien elle serait vulnérable sans la présence d'un homme à ses côtés. Avisant une porte, elle se fraya tant bien que mal un chemin dans la foule et sortit. Mais elle déboucha dans un couloir inconnu, si encombré qu'elle se retrouva plaquée contre le mur. Elle jeta un rapide coup d'œil autour d'elle, cherchant une échappatoire. Elle se rendit compte alors que deux hommes l'encadraient, la dominant de toute leur taille, parlant entre eux en lui jetant des regards concupiscents, les yeux rendus brillants par l'alcool.

Daisy sentit son estomac se serrer. Brusquement, lui revint en mémoire tout ce qu'elle avait entendu dire sur les Écossais et leur comportement envers les Anglaises. Elle s'efforça de ne pas se laisser gagner par la panique. Il y avait un tel brouhaha, l'entendrait-on si elle se mettait à crier ?

L'un des hommes lui parlait en gaélique. Elle secoua la tête, signifiant qu'elle ne comprenait pas, et les deux compères, rejoints aussitôt par un troisième, se mirent à rire.

— Vous êtes perdue ? demanda soudain une voix familière.

Le soulagement fut si intense que Daisy dut s'adosser au mur, les jambes flageolantes. Elle respira soudain, consciente d'avoir retenu son souffle pendant tout ce temps.

— Oui, je me suis perdue, dit-elle, se tournant vers Cailean.

Il se tenait auprès des deux hommes et les toisait, les fixant d'un regard furieux. L'un d'eux s'adressa à lui et Cailean lui répondit d'un ton véhément. Daisy pressa une main sur sa poitrine. Son cœur battait à tout rompre. Seigneur, elle était sauvée !

— Lady Chatwick, dit Cailean, se penchant vers elle. Ils ne vous veulent aucun mal.

— Je ne... Je ne comprenais pas un mot de ce qu'ils disaient.

— Peu importe, à présent.

Les deux hommes, déjà, disparaissaient dans la foule.

— On joue par ici, dit Cailean. Vous vouliez vous joindre à une table ?

— Non, non... Je cherchais seulement ma chambre, expliqua Daisy, confuse.

Son cœur ne se calmait pas, battant sourdement dans sa poitrine. Ce n'était plus de peur, maintenant, mais à cause de la présence si proche de Cailean, de ce flot d'émotions qui l'assaillaient, si troublantes, si violentes, dès qu'il apparaissait.

— Pas de problème, dit-il. Je vais vous montrer le chemin.

Il prit sa main, la glissa au creux de son bras, et il l'escorta, priant les gens de s'écarter pour les laisser passer, sortant du couloir pour tourner dans un autre, puis un autre encore, dans ce dédale sans fin.

Peu à peu, la foule se clairsema et, mis à part un ou deux serviteurs, ils se retrouvèrent finalement seuls dans le couloir qui conduisait aux chambres qu'occupaient Daisy et sa famille.

— Où se trouve votre chaperon ? demanda Cailean, ralentissant le pas.

— Il pense que je me suis retirée dans ma chambre pour la nuit.

— Ce n'est pas le cas, apparemment. Pourquoi ?

À cause de vous.

— Il sera bien temps de me coucher tôt lorsque je serai de retour en Angleterre.

Il rit et pressa sa main.

— À vous entendre, on dirait que cela ne vous réjouit guère. C'est un peu triste, non.

— En effet, dit-elle, levant les yeux vers lui.

Il la regardait. Un regard plein de compassion.

— Vous me cherchiez peut-être, alors ?

Il la comprenait un peu trop bien, décidément.

— Je ne sais pas. Peut-être, admit-elle.

— Je vous croyais fâchée, dit-il, lui souriant.

— Je le suis.

Elle poussa un soupir.

— Mais ce n'est en rien votre faute. Je ne peux tout de même pas en vouloir au seul homme sur cette terre qui ait refusé de profiter de moi, n'est-ce pas ?

Cailean ne répondit pas. Elle leva de nouveau les yeux vers lui. L'air entre eux était chargé d'électricité, lourd de cette irrésistible attirance qu'ils éprouvaient l'un pour l'autre.

Daisy se rendit compte alors qu'ils étaient parvenus devant sa porte. Elle l'ouvrit, jeta un coup d'œil par-dessus son épaule. Cailean était nonchalamment adossé au mur, le regard sombre, rivé sur elle.

Elle fit un pas en arrière.

— Je vous dois des excuses, dit-il.

— Pour quelle raison ? Je n'en vois aucune.

— Si. Pour vous avoir déçue.

Daisy recula encore d'un pas.

— Il ne pouvait en être autrement. Le destin le voulait ainsi sans doute.

Cailean s'avança jusqu'au seuil de la chambre. Dans la faible lumière du couloir et dans l'état si agréable de légère ébriété dans lequel Daisy se trouvait, il lui paraissait presque irréel.

— Il ne faut pas que vous entriez, dit-elle.

— Non. Et il ne faut pas, non plus, que je vous embrasse.

— C'est ce que vous ne cessez de répéter, répondit-elle, reculant encore.

Elle tendit les bras, commença à ôter les épingles de ses cheveux. Cailean les regarda glisser doucement sur ses épaules, auréoler son visage.

— Je le pense, dit-il doucement.

— Avez-vous l'intention de me tourmenter ?

— Non. Mais si cela a pu se produire, bien malgré moi, dites-moi ce que je dois faire pour soulager ce tourment, dit-il, franchissant le seuil de la chambre.

Daisy avait la gorge nouée.

— Il n'est qu'une seule chose qui puisse soulager mon tourment, Arrandale, et vous savez pertinemment laquelle. Mais je crois que vous avez peur.

— Non, *leannan*. Ne prenez pas ma réticence pour de la peur. Il m'arrive de me poser des questions. Qu'en est-il de l'homme que vous avez l'intention d'épouser ?

— Il dort dans une autre chambre. Et il ne m'a pas encore fait sa demande. Je n'ai donc rien accepté encore.

— Vous parlez un double langage, dit-il, d'un ton de reproche.

Mais il la fixait. Et dans son regard, son corps tendu, s'exprimait tout le désir insensé qu'il éprouvait pour elle.

Le sang de Daisy battait furieusement dans ses veines. Elle avait de la peine à respirer, anticipant ce qui allait se produire. Et son corps, frissonnant d'impatience, le réclamait.

— Il ne s'agit pas de double langage, dit-elle, mais de double vie. Il me plaît d'être ici, maintenant, avec vous. Est-ce si répréhensible ? Est-ce condamnable, pour une veuve, d'éprouver à nouveau du désir ? Est-ce condamnable de séparer ce que je ressens en tant que femme de mon devoir de mère ?

Cailean secoua la tête.

— Chacun s'arrange avec sa conscience, vous avec la vôtre, moi avec la mienne. Et je refuse de vous servir de distraction. Si je vous touche, à présent, je ne me contenterai pas de vous embrasser, je vous prendrai, je vous posséderai. Vous êtes allée trop loin et vous avez réveillé l'animal qui dormait en moi. Comprenez-vous ?

Le cœur de Daisy battait si fort qu'elle le sentait près d'exploser dans sa poitrine.

— Oui, répondit-elle.

Il la fixait, son regard devenu soudain plus sombre, plus intense.

— Dois-je fermer la porte, alors ? demanda-t-il d'une voix profonde, calme.

Ses paroles bouleversèrent Daisy. C'était à elle de choisir. Tout, maintenant, dépendait de sa réponse. Elle fut prompte. Elle acquiesça d'un hochement de tête.

Du pied, il repoussa la porte derrière lui et ferma le loquet. Puis, lentement, il s'avança vers elle. Lorsqu'il fut tout près, il tendit les mains, enfouit les doigts dans ses cheveux et murmura :

— Quelle folie de votre part, *leannan*, et de la mienne aussi. Mais vous me rendez fou.

Il se pencha, alors, et l'embrassa.

Toute pensée rationnelle s'envola avec ce baiser. Daisy referma les bras autour de son cou et y répondit avec toute la fougue engendrée par des années de frustration, des années à rêver d'un homme.

Cailean la plaqua contre le mur, dévorant sa bouche avec avidité. Il la désirait avec autant de force qu'elle le désirait. Elle le sentait à sa façon de la toucher, ardente et retenue à la fois. Elle le sentait dans son corps tendu, pressant le sien, dans son baiser insistant et pourtant si respectueux à son égard. Ce qu'elle avait tant souhaité, appelé si fort de ses vœux, allait enfin se produire. Elle allait enfin connaître la passion. La véritable passion. Celle qui l'emporterait irrésistiblement et dans laquelle elle se laisserait couler sans retenue. Elle voulait en savourer chaque instant. Elle voulait sentir le corps de cet homme contre elle, sur elle, en elle.

La bouche de Cailean était ferme et chaude contre la sienne, enivrante, infiniment délicieuse. Il glissa la pointe de sa langue entre ses lèvres, plongea dans la douceur de sa bouche, et son corps tout entier s'embrasa. Elle se cramponna à lui, sentit ses muscles se contracter sous ses doigts, son érection presser son ventre. C'était ce qu'elle voulait. Cet homme, ses bras solides… Elle voulait les sentir se refermer sur elle, l'enserrer.

Il la repoussa doucement en arrière, commença à dénouer les liens qui fermaient sa robe. Il y parvint bientôt et la fit glisser. Elle portait un jupon et un corset en dessous. Cailean s'arrêta un instant pour la regarder, laissant ses mains glisser doucement le long de ses épaules.

— *Boidheach*, dit-il.

Et il dénoua les liens de son jupon, l'aida à s'en débarrasser. Puis ce fut au tour du corset dont il entreprit de délier les lacets tandis que Daisy, les mains fébriles, tentait de le débarrasser de l'écharpe drapée sur sa poitrine.

Cailean repoussa ses mains et, dès qu'il eut ôté son corset, il la souleva dans ses bras, la porta sur le lit et s'allongea sur elle. Il pressa follement ses lèvres, en dessina le contour de la pointe de sa langue, puis il embrassa le petit creux à la base de son cou, parsemant sa peau de baisers. Et il descendit vers sa gorge. Daisy ouvrit les lèvres en un cri muet lorsqu'il prit soudain un sein dans sa bouche. Il saisit ses poignets, maintint ses mains plaquées sur le lit, la voulant toute à lui tandis qu'il embrassait ses seins, les suçait, en mordillait doucement les pointes bientôt dures.

Daisy chavirait, le corps parcouru de frissons, emportée par le flot de sensations qui l'assaillaient. Elle se cramponna à lui, le caressa, explorant en toute liberté son corps musclé, viril, tandis qu'il se débarrassait de sa chemise.

Et de nouveau, il se pencha sur elle, embrassa ses seins, murmurant quelque chose à propos de son cœur qu'il sentait battre à tout rompre sous ses lèvres. Daisy haletait. Le désir, telle une lave brûlante, courait dans ses veines, assaillait ses reins, pour venir se concentrer en un petit point presque douloureux au creux de ses cuisses. Lorsque Cailean pressa soudain son érection contre sa jambe, elle emprisonna son visage entre ses mains et se souleva pour l'embrasser.

— Qu'avez-vous fait de moi ? demanda-t-il d'un ton rauque. Je ne me reconnais plus.

Daisy écarta une mèche de cheveux sombres de son front et plongea son regard dans le sien. Ce qu'elle vivait était totalement différent de tout ce qu'elle avait pu connaître. C'était unique, étrange, comme si un courant invisible passait de l'un à l'autre, emplissait l'espace autour d'eux, les liait, les enveloppant comme dans une bulle.

Il poussa un grognement, l'embrassa tendrement. Puis il fit glisser sa fine chemise le long de ses épaules, de ses bras. Bientôt, elle fut nue. Il s'écarta un instant, puis, de nouveau, il fut au-dessus d'elle, prêt, puissant.

Daisy ferma les yeux et se souleva contre lui, caressant ses lèvres de la pointe de sa langue, le provoquant. Il glissa la main au creux de ses cuisses, effleura sa peau chaude et douce. Elle se cambra, poussa un gémissement de désir, enivrée par sa caresse. Elle était prête à vivre ce moment, prête pour lui. Elle n'avait cessé de l'imaginer depuis leur première rencontre.

Cailean savait ce qu'il voulait et il le prenait, patient, déterminé, la caressant doucement tandis qu'il embrassait son visage, son cou. Daisy s'abandonnait à la caresse de ses mains, à la sensation délicieuse de son corps contre le sien. Elle laissait aller son cœur, s'étourdissait de le sentir battre ainsi, follement, en réponse à lui. Elle laissait tout aller, s'abandonnait, se rendait, capitulait.

Elle ferma les yeux, se mordit la lèvre lorsque sa caresse se fit soudain plus précise, plus intense, ses doigts faisant jaillir le plaisir en elle. Un plaisir qui irradiait son corps et montait, montait inexorablement dans ses reins.

Elle l'embrassa, le caressa, cherchant frénétiquement à mémoriser chaque détail de son corps. Il était si viril, si enivrant, et sous ses doigts elle sentait les marques de la vie, les cicatrices d'anciennes blessures, qui ne le rendaient que plus désirable encore car tellement vivant.

Elle serra fort ses bras, le corps tendu et pressa un genou contre lui lorsqu'il glissa un doigt en elle. Il se mit alors à bouger lentement, puis de plus en plus vite, allant et venant, la prenant avec insistance. Il passa alors un bras autour de sa taille, la maintint fermement, le regard rivé sur son visage, l'observant attentivement tandis qu'elle succombait à sa caresse, au plaisir qu'il lui donnait.

— Maintenant, Cailean, murmura-t-elle, la voix rauque de désir et d'émotion.

Il poussa un grognement et, se glissant entre ses jambes, il la pénétra, plongea en elle de toute sa puissance.

Daisy fut aussitôt transportée. La sensation était si merveilleuse, si intense, qu'elle en était presque à la limite du supportable. Elle se mit à bouger avec lui, contre lui, ardente, le poussant à s'abandonner. Leurs regards rivés l'un à l'autre, leurs corps mus par le même désir violent, ils se défiaient en silence, chacun voulant voir l'autre chavirer. Ce fut Daisy qui sombra la première.

Dans un cri étranglé, Cailean se retira et l'embrassa.

Daisy flottait sur un nuage. Peu à peu, elle redescendit sur terre. Un bras replié sur les yeux, elle s'efforçait de reprendre son souffle. Elle sentait une chaleur intense émaner du corps de Cailean et son cœur battre sourdement dans sa poitrine. Bientôt, il glissa sur le côté, noua les doigts aux siens.

— Êtes-vous toujours en colère ? demanda-t-il, le souffle rauque.

Daisy sourit. Elle roula sur le côté, posa un baiser sur ses lèvres, le cœur exalté par une merveilleuse sensation de liberté. C'en était fini de la prison dans laquelle l'enfermaient ses désirs depuis tant d'années.

— J'imagine que c'est non, alors.

Cailean l'embrassa sur la joue, le front, la bouche. Puis il referma les bras autour d'elle et l'attira contre lui.

Un lien impalpable les unissait, quelque chose d'intense et lumineux qui les enveloppait et pénétrait Daisy jusqu'au plus profond d'elle-même. Son corps vibrait encore du bonheur qu'elle venait de vivre et elle avait envie de demeurer ainsi pour toujours, le reste du monde tenu à l'écart derrière un barrage invisible. Elle avait envie de rester avec lui et lui seul. Elle l'aimait. Oh oui, elle l'aimait. Elle se rendait compte que c'était sans doute cela le véritable amour, ce qu'elle éprouvait en cet instant, dans tout son être, et qui les liait l'un à l'autre, les enveloppait. Cette sensation prégnante, intense, qui les rendait hors d'atteinte.

Ils restèrent ainsi un long moment tandis que l'orage se déchaînait à l'extérieur, les éclairs illuminant la chambre. C'était étrange comme la tempête semblait à la fois si proche et si éloignée d'eux. Ils étaient en sécurité ici, l'un avec l'autre.

Cailean caressa ses cheveux, enroulant les mèches soyeuses autour de ses doigts tandis qu'il la faisait rire, se moquant gentiment d'elle sur sa façon de danser. Ils parlèrent de leurs enfances, de leurs précepteurs, de leurs animaux familiers, des chevaux qu'ils avaient montés. Ils se racontèrent leurs chagrins, leurs joies.

Puis ils firent l'amour, de nouveau, lorsque Daisy se glissa sur lui. Et ils explorèrent ensemble les trésors du jardin des délices.

Daisy n'aurait su dire à quel moment elle s'endormit dans ses bras, mais elle fut soudain réveillée par un mouvement dans la chambre. Elle se redressa, tenta de percer l'obscurité.

— Cailean ?

— Je suis là, répondit-il à voix basse.

Le lit s'enfonça sous son poids lorsqu'il vint s'y asseoir. Il caressa son visage, lui sourit tendrement.

— Je dois partir, à présent. Les domestiques ne vont pas tarder à prendre leur travail.

— Ne partez pas, dit Daisy, encore tout ensommeillée, lui tendant les bras.

Il la prit dans les siens, la serra contre sa poitrine. Elle pressa sa joue contre son épaule, s'enivrant de son parfum viril. Les yeux clos, elle rêvait de revivre tous les moments vécus avec lui cette nuit.

— Oh ! *leannan*, murmura-t-il dans ses cheveux, vous ne rendez pas mon départ facile.

Il l'embrassa, ses lèvres douces sur les siennes. Puis il se leva, enfila son manteau. Daisy s'assit, referma les bras autour de ses genoux.

— Quand vous reverrai-je ? demanda-t-elle.

Une image avait soudain jailli dans son esprit. Elle se voyait, chevauchant à ses côtés dans un champ empli de fleurs, le soleil resplendissant sur la nature autour d'eux... Mais son joli rêve s'envola bien vite lorsqu'elle vit Cailean passer une main dans ses cheveux et se tourner vers elle, hésitant.

Il ne parla pas tout de suite, mais c'était inutile. L'expression de son visage parlait pour lui. Elle disait tout. Le chagrin. Le regret. L'appréhension.

La sensation de douceur et de plénitude que Daisy avait éprouvée toute la nuit disparut, laissant la place à une profonde déception. Elle ne dit rien. Attends qu'il parle. Qu'il te dise qu'il t'a donné ce que tu voulais et que les choses s'arrêtent là.

— Rien n'a changé, n'est-ce pas ? Vous ne croyez pas que je… que nous…, commença-t-il.

— Pour l'amour du ciel, Arrandale, avez-vous cru que j'attendais de vous que vous mettiez un genou à terre et demandiez ma main ? lança-t-elle d'un ton irrité.

— Je suis fou de vous. Vous le savez, *leannan*. Mais vous allez quitter l'Écosse et moi, je…

Il s'interrompit, semblant chercher le mot juste.

— Vous irez prendre votre bateau et chercher du vin de contrebande ?

Il eut un léger rictus, comme si ces mots lui faisaient mal.

— Oui, répondit-il.

Daisy ne dit rien et le silence retomba.

— Je serai toujours votre ami, Daisy. Si vous revenez un jour en Écosse…

— Je ne reviendrai pas, répondit-elle sèchement.

Il pensait pouvoir lui faire l'amour comme il l'avait fait et redevenir un aimable voisin ?

Mais à quoi s'attendait-elle ? C'était elle qui avait provoqué cette aventure. C'était-elle qui avait failli le supplier de lui faire l'amour. Et elle allait s'offusquer, à présent, après qu'il lui eut donné ce qu'elle désirait ? Elle s'en voulait terriblement d'avoir espéré autre chose. Elle n'était pas novice, pourtant, elle connaissait les règles du jeu. Alors, pourquoi se sentait-elle soudain si triste, si seule ?

— Je pensais que nous nous comprenions, dit-il doucement.

— Je comprends très bien, Cailean, répondit-elle. Mais j'espérais me tromper.

Il soupira tristement, revint vers le lit et se pencha pour l'embrasser. Mais, telle une enfant gâtée, Daisy se détourna. Des larmes d'humiliation avaient jailli dans ses yeux, brûlantes. Elle n'était qu'une idiote. Une pauvre idiote. Bien évidemment, elle n'avait pas envisagé un instant de l'épouser, mais elle avait pensé… Elle avait pensé…

— *Leannan…*

— Cailean…, coupa-t-elle. Je comprends. Allez-vous-en, à présent, je vous en prie.

Il ne bougea pas tout de suite, mais Daisy refusa de le regarder. Elle ne pouvait pas, de peur d'éclater en sanglots. Des sanglots venus de si loin, d'un territoire si profondément enfoui en elle qu'il lui semblait étranger. Un barrage s'était rompu, quelque part. Et, en cet instant, avec la sensation encore si vive de ses mains sur elle, de sa bouche sur sa peau, il lui était impossible de le regarder, d'étancher le flot d'amertume et de désillusion qui l'assaillait. Et de perte. Elle était en train de le perdre. Et de se perdre elle-même. Elle était en train de tout perdre. Sa liberté. Son jardin. Son cœur. Tout.

Elle entendit la porte de la chambre s'ouvrir et elle retint son souffle. Il la referma si doucement qu'elle ne l'entendit pas. Était-il parti ? Devait-elle le rappeler ? Elle se retourna. Il était parti, il l'avait quittée.

Elle se laissa retomber sur les oreillers, honteuse de la manière dont elle l'avait traité et furieuse contre lui, de façon tout à fait irrationnelle. Cela n'avait aucun sens. Elle-même n'y comprenait rien.

Elle se leva, retrouva sa chemise et l'enfila. Puis elle se mit à rassembler ses affaires, sans même réfléchir, tandis que la réalité s'insinuait progressivement dans son esprit, fumée noire venant obscurcir la joie qui avait illuminé sa nuit et la faire disparaître à tout jamais.

Elle n'avait plus qu'une envie, quitter Balhaire. Quitter l'Écosse. Partir loin de cet homme. Loin de ce merveilleux amant.

Quoi qu'elle soit venue chercher en emmenant sa famille jusqu'ici, elle ne l'avait pas trouvé.

Chapitre 17

Cailean remonta le champ où se tenait le feill et gagna la grande salle de Balhaire, rejoignant sa famille sous le dais où elle avait pris place pour le déjeuner. Il s'assit à côté de Vivienne qui s'agitait sur son siège, en dépit des tentatives désespérées de son mari pour la calmer.

— Que se passe-t-il ? demanda-t-il, inquiet.

— Ce qui se passe ? Cet enfant ne veut pas naître, voilà ce qui se passe ! rétorqua Vivienne, courroucée.

Cailean jeta un coup d'œil à son mari, Marcas, par-dessus la tête brune de sa sœur. Ce dernier secoua la tête, lui enjoignant de ne surtout pas la contrarier.

— Cailean !

Cailean se retourna. Sa mère s'était approchée et le regardait d'un air sévère.

— *Feasgar math*, *Màthair*, dit-il, se levant.

— Oui, oui, répondit-elle d'un ton impatient. Pourquoi n'es-tu pas venu prendre congé de Lady Chatwick ?

Elle était partie ? Il ne s'attendait pas à ce qu'elle parte aussi vite.

— Elle est partie ?

— Oui, mon chéri. Elle et toute sa famille. Ils ont repris la route d'Auchenard.

— Mais le feill continue, aujourd'hui. J'avais pensé qu'ils resteraient jusqu'à la fin.

Il s'était dit qu'il aurait l'occasion de… de se racheter s'il l'avait froissée. Ou peut-être de…

Le visage de sa mère se radoucit.

— Bon. Peut-être pourras-tu lui rendre visite lorsque tu rentreras à Arrandale. Tu pourras dire que tu étais occupé lorsqu'elle est partie.

— Je ne crois pas que ce soit très avisé.

— Bien sûr que si. Il faut que quelqu'un veille à ce qui se passe, là-bas. Nous ne tenons pas à ce que ce capitaine puisse aller et venir à sa guise sans surveillance.

— Avec quelle femme étais-tu pendant tout ce temps ? demanda Rabbie.

Il attrapa Cailean par les épaules et se pencha sur lui, taquin, agitant les sourcils.

— Aileen Ramsay ? Tout le monde ici parle du baiser que tu lui as donné. Tu as fait sensation.

Cailean éjecta Rabbie de son dos.

— Bon, ça va, du calme ! Dis-nous où tu étais, c'est tout, insista Rabbie.

— Qu'est-ce que ça peut te faire, rétorqua Cailean d'un ton bourru.

Qu'avaient-ils donc, tous, à lui poser des questions ? Un homme de son âge et de sa position dans le clan ne pouvait-il s'accorder une matinée ? Il n'était pas tenu d'expliquer à sa famille, nettement trop curieuse d'ailleurs, qu'il s'était rendu dans le champ des jeux, tôt ce matin, avant que les participants ne commencent à arriver, et qu'il avait lancé sa dague sur une cible, encore et encore, s'efforçant de chasser cette sensation d'impuissance qui lui meurtrissait le cœur. Il n'était pas l'homme dont Daisy Chatwick voulait. C'était aussi simple que cela. Il ne serait jamais l'homme dont elle voulait.

Il s'était tellement acharné que sa dague avait fini par entamer profondément le bois de la cible. Il s'était arrêté, alors, et avait bu une pinte de bière. Deux. Trois et même quatre.

— Nous ne te poserions pas de questions si tu ne faisais pas autant de mystères, dit Vivienne. Pourquoi ne veux-tu rien nous dire ?

— J'étais au champ de jeux. Et j'ai bu un peu de bière, d'accord ?

Son frère et sa sœur se mirent à rire.

Il avait eu besoin de la matinée, besoin d'espace pour réfléchir. Il était déboussolé, perplexe, et furieux contre lui-même à cause de la façon dont il était parti, dont il avait laissé les choses avec Daisy. Il n'aurait jamais dû aller aussi loin avec cette jolie petite fleur anglaise. Bon sang ! Mais sa réaction par rapport à elle avait été instinctive. Depuis des années, il était prompt à se protéger des femmes, à ériger des défenses si infranchissables qu'il était impossible de se tromper sur ses intentions. Il n'était jamais question de sentiments. Jamais. Il y veillait. Mais Daisy était différente. Elle était parvenue à vaincre ses défenses. Il éprouvait des sentiments pour elle.

Des sentiments profonds.

Il avait vu son visage se décomposer, il avait mesuré combien ses paroles l'avaient blessée. Et il s'était détesté pour cela.

Maintenant, il ne savait plus que faire. Elle était partie. Il ne pouvait pas lui expliquer qu'il commençait seulement à accepter l'idée de ressentir quelque chose, après quinze longues années où il avait été comme anesthésié. Il ne pouvait pas, non plus, lui dire que, quoi qu'il éprouve, il ne pouvait rien lui proposer. Elle avait un fils auquel elle devait penser. Ellis était un vicomte anglais et elle se devait de l'élever en Angleterre. Même dans un monde parfait, il ne pourrait jamais vivre avec elle. Il était contrebandier, Highlander, fils aîné d'un clan qui avait besoin de lui, ici. Sans compter qu'il aurait bientôt trente-six ans et qu'il serait laird de Balhaire dans quelques mois. Le temps de s'enivrer des poèmes d'amour et de courtiser une femme, avec la promesse de se marier et de fonder une famille, tout cela était depuis longtemps révolu pour lui.

À quoi bon le dire à Daisy ? C'était une femme brillante, pleine de vie, riche de désirs. Elle savait ce qu'elle voulait. Et elle savait également ce qu'elle avait à faire. Pour être tout à fait honnête, c'était lui qui se sentait une obligation envers elle. Elle, elle ne lui avait rien demandé, si ce n'était de le revoir.

Le lendemain, Cailean regagna Arrandale avec trois gardes Highlanders et le cadeau qu'il avait acheté pour le petit vicomte Chatwick.

Les gardes, tour à tour postés sur les collines, surveillèrent Arrandale et Auchenard, à l'affût du moindre mouvement de la part de Spivey. Au bout de deux jours, ils rapportèrent à Cailean que Spivey se contentait visiblement de se promener.

Cailean ne posa aucune question concernant les autres habitants d'Auchenard.

Quelques jours plus tard, il renvoya les gardes à Balhaire et se consacra à sa maison. Le travail était presque terminé. Le maître maçon lui avait assuré qu'ils auraient achevé leur tâche d'ici la fin du mois. Une aile était déjà prête et Cailean commença à en meubler les pièces avec le mobilier qu'il avait stocké durant l'été.

Lorsqu'il ne travaillait pas dans la maison, il partait pêcher ou chasser avec Flamme. C'était la vie qu'il menait et il y était habitué. Mais les jours commençaient à raccourcir et les nuits à se faire longues. Le soir, lui qui lisait si volontiers à l'accoutumée, il ruminait maintenant.

C'était toujours la même obsession : il n'aurait pas dû laisser les choses en l'état où il les avait laissées avec Daisy. Il lui devait pour le moins des excuses. Au mieux, ils pourraient s'expliquer.

Un matin, il n'avait pas encore fini de s'habiller lorsqu'il entendit des voix provenant de l'allée devant la maison. Il termina de s'habiller à la hâte, attrapa son mousquet et sortit, pieds nus, s'attendant à se trouver nez à nez avec des soldats. Il baissa son mousquet en apercevant Catriona et Rabbie, accompagnés de plusieurs gardes, leurs chevaux caracolant impatiemment autour de la pelouse.

— Il est un peu tôt pour les visites de courtoisie, non ? s'exclama-t-il.

— Tu as fini ta maison ? demanda Catriona, sautant au bas de son cheval.

— Non.

— Elle a l'air finie, pourtant !

Ignorant son frère, elle passa devant lui, ôtant ses gants, et entra sans attendre d'y avoir été conviée.

— Il faut que tu nous y invites tous, à présent ! lança-t-elle, par-dessus son épaule, disparaissant à l'intérieur.

Rabbie mettait pied à terre. Cailean s'avança.

— Que venez-vous faire ici ?

— C'est notre mère qui nous envoie.

Rabbie lui adressa un clin d'œil et, passant devant lui, suivit sa sœur à l'intérieur.

— Nous sommes censés venir voir ce qui se passe et faire notre rapport sur la situation, à savoir si tu es mort ou vivant.

Il se retourna vers Cailean, arborant un grand sourire.

— Alors, que faut-il dire, mort ou vivant ?

C'était une excellente question. Cailean adressa un signe aux gardes, puis il entra à son tour.

Catriona se trouvait dans le salon. Elle observait les stucs.

— Quand auras-tu fini l'intérieur ?

— Dans une quinzaine de jours. Un mois, tout au plus.

Flamme dormait devant la cheminée lorsqu'ils étaient entrés. Elle s'étira de tout son long et se leva, vint nicher son museau dans la main de Catriona. Cette dernière la cajola un instant, puis leva la tête.

— Il paraît qu'un vaisseau de guerre anglais a été aperçu près de Tiree.

— Un vaisseau anglais ? s'exclama Cailean, aussitôt alarmé.

Catriona se tourna vers lui.

— Tu n'en as pas entendu parler ?

Cailean sentit son cœur se serrer. Que faisait un vaisseau de guerre anglais si loin au nord, sur cette côte de l'Écosse ?

— Non, répondit-il.

Il appela sa chienne, s'accroupit et se mit à la caresser, dissimulant son mal-être en la grattant derrière les oreilles, comme elle aimait tant qu'il le fasse.

— De qui vient cette information ? demanda-t-il.

— Des MacDonald, répondit Rabbie. Ils prétendent l'avoir mis en fuite avec leur immense flotte de trois bateaux ! ajouta-t-il d'un ton ironique. Quoi qu'il en soit, il n'est pas monté plus au nord. Il a fait demi-tour et repris la route vers le sud. *Athair* pense qu'il s'agit d'une manœuvre du capitaine anglais.

Cailean ne dit rien. Il réfléchit un moment. Il ne voyait pas comment cela était possible. Spivey ignorait tout de sa présence et de son commerce de « contrebande » en venant ici. Il ne pouvait pas avoir transmis la nouvelle en Angleterre aussi vite.

Et, même s'il l'avait fait, un vaisseau de guerre n'était pas chose aisée à envoyer sur place, surtout si promptement.

— Ils ne trouveront pas la crique, dit-il.

— Il est possible que non, en effet, acquiesça Rabbie. Mais s'ils reviennent, ils risquent de trouver le capitaine pendu à un arbre, sur la falaise. Et ce sera bon débarras. Moins il y aura de Sassenach par chez nous et mieux nous nous porterons.

— Rabbie ! dit Catriona, le réprimandant. Tu ne devrais pas parler en mal du pays où notre mère est née.

Rabbie haussa les épaules.

— C'est une Écossaise, à présent, dit-il, estimant n'avoir rien à se reprocher.

Il s'arrêta pour examiner le travail d'ébénisterie sur le manteau de la cheminée.

— Elle est loyale envers nous, désormais.

Catriona poussa un soupir.

— Ça suffit avec ces bêtises. Allez, viens. Nous partons, Cailean, ajouta-t-elle d'un ton enjoué. Notre mère te prie de venir dîner très bientôt ! lança-t-elle, quittant la pièce.

— Je viendrai, marmonna-t-il.

C'est à peine s'il remarqua que sa sœur était sortie. Les pensées se précipitaient dans son esprit. Il fallait absolument que Daisy et sa famille quittent l'Écosse. Tout de suite. Rabbie ne pendrait jamais un homme, mais il n'en irait peut-être pas de même de certains Écossais qui peuplaient la contrée.

— Qu'est-ce que tu as ?

Surpris, Cailean leva la tête. Il ne s'était même pas rendu compte que Rabbie n'avait pas suivi sa sœur.

— Je te demande pardon ?

— Tu n'es pas toi-même.

— Il est encore tôt.

Rabbie eut un sourire ironique.

— J'aurai plutôt tendance à dire qu'il est trop tard.

Cailean le fixa, dérouté.

— Oublie-la, dit Rabbie. Elle n'est pas des nôtres.

Et, avec un petit hochement de tête, il quitta à son tour le salon.

Cailean poussa un soupir et le suivit à contrecœur. Catriona se trouvait déjà à cheval. Rabbie enfourcha le sien et demeura quelques instants à observer son frère avant d'éperonner sa monture et de partir au galop derrière sa sœur et leurs gardes.

Cailean demeura sur le seuil et les suivit du regard jusqu'à ce qu'ils disparaissent derrière la colline. Puis il tourna la tête en direction de l'est et d'Auchenard. Il n'avait aucune idée de ce qu'il dirait à Daisy. En réalité, il n'avait qu'une envie, la serrer dans ses bras et l'embrasser. Mais ils devaient partir, elle et sa famille. Ils devaient quitter l'Écosse. Maintenant. Le plus tôt serait le mieux.

Il siffla pour appeler Flamme et rentra.

Il pouvait tout aussi bien lui envoyer un messager, car à quoi bon la revoir ? Ce serait prolonger inutilement la torture.

Et pourtant, il ne pouvait s'y résoudre. Il y avait une part de lui-même qui refusait de la laisser partir sans la revoir une dernière fois. C'était un sentiment étrange qui le déstabilisait et engendrait chez lui une profonde mélancolie.

Finalement, il décida qu'il devait se rendre lui-même à Auchenard, ne serait-ce que dans l'intérêt de l'enfant.

Sa décision prise, il tourna un moment dans la maison, changeant à plusieurs reprises de manteau, examinant son gilet, l'écharpe drapée à son épaule. Toutes ces hésitations étaient ridicules. Cela lui ressemblait si peu.

Il glissa sous son bras le cadeau qu'il avait acheté pour Ellis au feill et finit par se décider à partir. Il enfourcha Odin, puis prit la direction d'Auchenard.

Dans la lumière vive de la belle journée qui s'annonçait, le pavillon offrait une image bucolique avec la fumée qui s'échappait de ses cheminées et son joli gazon bien tondu. Cailean s'avança au trot dans l'allée et fit ralentir son cheval lorsqu'un serviteur sortit de la maison pour l'accueillir. Il mit pied à terre et lui tendit les rênes.

— *Tapadh leat*, dit-il. Votre maîtresse est-elle présente ?

— Oui, my lord. Tout le monde est descendu au loch. Si vous voulez bien attendre dans le grand salon, je vais envoyer Mr Green…

— Non, merci, ne vous dérangez pas.

Cailean ne voulait pas que Daisy le trouve en train de l'attendre impatiemment.

— Je vais marcher un peu, dit-il.

Et il s'éloigna, contourna la maison en direction du jardin.

Il fut surpris d'y trouver autant de fleurs. Il n'aurait jamais cru possible d'obtenir un tel résultat en quelques semaines à peine. Les roses étaient resplendissantes. Le poisson, lui avait dit Daisy. Ses roses l'adoraient, elle l'utilisait comme engrais. Il y avait aussi des chardons bleus, des orchidées dont certaines, sauvages, montraient déjà leurs belles couleurs auprès de parterres envahis de primevères jaunes. Suspendu à la branche d'un pommier sauvage, un carillon de bois tintait dans la brise.

C'était étrange de constater combien ce jardin était devenu celui de Daisy. Cailean y sentait sa présence comme si elle s'était trouvée là. Il la revoyait dans sa robe de mousseline, ses mains maculées de terre et la longue tresse de ses cheveux emmêlés sous son chapeau de paille à grand bord. Jamais elle ne lui avait paru aussi belle qu'en ce lieu.

Il effleura une rose et quelques pétales tombèrent dans sa main. Il les pressa un instant entre ses doigts. Daisy n'avait passé que peu de temps à Auchenard, mais il ne pouvait imaginer ce lieu sans elle, désormais.

Des rires l'arrachèrent soudain à ses réflexions. Il laissa tomber les pétales sur le sol, souleva son chapeau et passa une main dans ses cheveux.

Lorsqu'il déboucha sur la terrasse, son arrivée surprit tout le monde. Une lueur brilla dans le regard de Daisy et elle esquissa un sourire timide. Il sentit sa gorge se serrer. Pourquoi fallait-il qu'elle soit aussi belle ? Sa robe d'un beau rouge profond était beaucoup plus sobre que celles qu'elle portait d'habitude, mais elle épousait à la perfection ce corps qui lui était maintenant devenu si familier. C'était la femme la plus séduisante qu'il ait jamais connue et il ne pouvait détacher les yeux d'elle, oublieux des autres et de ce qu'ils pouvaient penser.

En réalité, il n'avait même pas prêté attention aux personnes qui l'accompagnaient, mais lorsque Mr Kimberly s'éclaircit discrètement la voix, il remarqua que toute la famille était rassemblée, accompagnée de Spivey.

— Lord Arrandale, dit Daisy s'avançant vers lui, le regard brillant, un sourire chaleureux aux lèvres.

Cailean ne comprendrait jamais rien au tréfonds de l'âme féminine. Elle était si changeante. La colère pouvait, d'un instant à l'autre, laisser place à la déception la plus intense, puis soudainement à une joie vibrante. Peut-être Daisy avait-elle fini par accepter sa situation. Peut-être Spivey et elle étaient-ils parvenus à un accord. Raison de plus pour qu'ils quittent l'Écosse.

— Arrandale ! C'est un plaisir de vous voir, dit Mr Kimberly, s'avançant, la main tendue. C'est très gentil à vous de nous rendre visite. Soyez le bienvenu.

— Merci, dit Cailean.

Il regarda Daisy et sentit sa gorge se serrer de nouveau ? Un pincement aigu assaillit sa poitrine.

— Vous êtes très en beauté, aujourd'hui, Lady Chatwick.

— Merci. Je ne m'attendais pas à vous revoir. C'est une surprise.

— Vous n'êtes pas encore parvenue à vous débarrasser de moi, dit-il, laissant son regard glisser lentement sur elle.

Puis il se tourna vers sa cousine.

— Miss Hainsworth, dit-il, inclinant la tête. Permettez que je vous félicite. J'ai vu le tableau qu'Alpin McBee vous a acheté. Vous êtes une artiste très talentueuse.

— Oh ! vraiment ? répondit Belinda, devenue toute rouge. Merci, ajouta-t-elle, esquissant une petite révérence.

Cailean regarda Spivey. Ce dernier le regarda froidement en retour, sans le saluer.

— Capitaine, dit Cailean.

Puis il se tourna vers Ellis qui attendait son tour avec impatience.

— *Feasgar math*, dit-il, lui tendant la main. Bonjour, Lord Chatwick.

Ellis serra sa main, avec entrain. C'était une poignée de main ferme, bien différente de la première que Cailean avait échangée avec lui.

— Regardez, dit Ellis, plongeant la main dans sa poche et en sortant deux pierres.

Cailean hocha la tête.

— Ah, des calcédoines. Savez-vous que les guerriers des Highlands se servaient de cette pierre rouge sang pour tracer des signes sur leur corps. Ils pensaient que cela les rendait invincibles.

— Vraiment ? dit Ellis, fixant les pierres. Vous êtes venu me chercher pour aller chasser ? Vous pensez que nous trouverons les grands cerfs, cette fois ?

Cailean s'efforça de sourire. Il posa une main sur son épaule, la serra affectueusement.

— Vous êtes trop impatient. Les cerfs ne descendront pas des bois avant la toute fin de l'été.

Le visage d'Ellis se décomposa.

— Mais… Nous allons bientôt partir.

— L'homme n'a pas le pouvoir d'accélérer le rythme naturel des choses. Mais vous reviendrez, Ellis.

Ellis ne répondit pas. Il fixait les pierres, s'efforçant de dissimuler sa déception.

Cailean s'accroupit devant lui.

— Regardez, je vous ai apporté quelque chose.

Il lui tendit le paquet. Ellis hésita à le prendre.

— N'avez-vous donc jamais reçu de cadeau ? Allez, prenez-le et ouvrez-le.

— C'est un poignard ? demanda Ellis, s'emparant soudain du paquet.

Cailean rit.

— Non. Un poignard ne vous serait d'aucune utilité à Londres.

— Entrez, entrez, dit Mr Kimberly, posant une main dans le dos d'Ellis et le poussant vers la maison. Nous regarderons ce cadeau et nous en profiterons pour boire un verre de cet excellent cognac que j'ai acheté à Balhaire, dit-il, s'effaçant pour laisser entrer tout le monde.

Dans le grand salon, Ellis s'assit sur le sol et dénoua la ficelle qui maintenait le paquet tandis que Rowley servait le cognac. Cailean remarqua que Spivey refusa le verre qu'on lui tendait.

Ellis déplia le papier et en sortit un premier cadeau. Un

sporran, la bourse en peau que les Écossais portent à la taille. Celui-ci était en peau de lièvre.

— Qu'est-ce donc là ? demanda le capitaine.

— Un sporran, répondit Cailean.

Ellis le mit de côté. Il y avait un autre cadeau dans le paquet. Un kilt. Il se leva d'un bond, ravi, et le tint devant lui. Puis il tenta de l'enrouler à sa taille.

— Je vais vous montrer comment l'on fait, dit Cailean.

Et il lui fit aussitôt une démonstration lui expliquant comment le mettre.

— Il vous faudra une ceinture. Et il est un peu long encore, mais vous allez grandir.

— Je doute qu'un tel vêtement lui soit d'une quelconque utilité à Londres, dit Spivey d'un ton méprisant.

Daisy lui jeta un regard réprobateur. Elle réagit aussitôt.

— C'est magnifique, Cailean. Merci beaucoup. Qu'en pensez-vous, Ellis ? demanda-t-elle, le poussant doucement vers lui.

Ellis leva la tête pour le regarder et sa lèvre inférieure se mit à trembler. Il serra très fort le kilt contre sa poitrine. Puis, soudain, se jetant contre Cailean, il l'entoura de ses bras, enfouit son visage dans son manteau.

Cailean se rendit compte qu'il pleurait. Bon sang !

— Cessez ! lança Spivey d'un ton rude. Votre attitude est tout à fait inconvenante.

— J'ai une dernière chose pour vous, dit très vite Cailean, posant une main dans le dos d'Ellis et lui donnant une petite tape amicale. Un secret que seuls les Highlanders partagent. Mais je dois vous le révéler en privé… Si votre mère y consent.

Daisy acquiesça d'un signe de tête. Cailean entraîna aussitôt Ellis en direction de la porte et ils quittèrent la pièce.

Fort heureusement, personne ne les suivit.

Ils longèrent le couloir, sortirent sous le porche. Cailean s'accroupit alors devant l'enfant et plongea son regard dans le sien.

— Nous pouvons parler en toute tranquillité, à présent. Dites-moi ce qui vous chagrine.

Il posa les mains sur les épaules d'Ellis et les pressa tendrement.

— Un Highlander ne pleure pas, à moins d'avoir une bonne raison.

Ellis fixait le sol.

— Je ne veux pas partir, dit-il d'une voix tremblante. Je veux rester ici, à Auchenard. Avec vous !

— Je le souhaiterais, moi aussi, répondit Cailean.

Il prit Ellis dans ses bras et le serra très fort contre lui, surpris d'éprouver un tel élan d'affection pour cet enfant. Il était profondément touché par lui, ému par sa timidité, sa fragilité face à un monde dans lequel il éprouvait de la difficulté à trouver sa place.

Au bout de quelques instants, il le repoussa doucement.

— Savez-vous ce qui me réconforte ? demanda-t-il.

Ellis secoua la tête.

— La perspective de vous revoir. Je sais que vous reviendrez. Je m'accroche à cet espoir. Vous reviendrez à Auchenard, je le sens au plus profond de moi, Ellis.

— Non, dit Ellis, des larmes plein la voix. Maman va l'épouser et nous resterons en Angleterre.

Cailean ferma les yeux. Comme Ellis, il éprouvait un profond chagrin et il sentait un immense regret l'envahir peu à peu.

— Vous reviendrez, j'en suis certain. Vous allez atteindre votre majorité avant même de vous en être rendu compte et alors Auchenard vous appartiendra. Vous pourrez y venir quand bon vous semblera.

— Mais…, dit Ellis, levant la tête. Et vous ?

— Moi ?

Cailean lui sourit.

— Je vivrai à Arrandale jusqu'à la fin de mes jours. Je suis un MacKenzie et il me reviendra de succéder à mon père à la tête du clan, en tant que laird de MacKenzie. Je suis un Highlander, un Écossais, ma place est ici. De même que la vôtre est en Angleterre. Mais nous sommes voisins et nous le resterons toujours. Soyez assuré que lorsque vous reviendrez, je serai là, juste derrière ces arbres que vous voyez là-bas. Je vous attendrai. J'attendrai que vous veniez me raconter vos aventures.

— Vous me le jurez ? murmura Ellis.

Cailean leva la main.

— Vous avez ma parole de Highlander et de MacKenzie.

Ellis hocha la tête, passa rapidement une main sous son nez.

— Merci pour les cadeaux, Cailean. Et…

Il s'interrompit un instant, ravala ses larmes.

— Merci d'être mon ami, ajouta-t-il, sa voix se brisant.

Cailean se disait que c'était lui qui aurait dû le remercier. Il n'aurait jamais d'enfants, mais Ellis lui avait donné un aperçu du bonheur que cela pouvait vous procurer et il lui en serait à jamais reconnaissant.

Il se leva, essuya d'un geste les larmes sur le visage d'Ellis et s'écarta pour le regarder.

— Vous voilà devenu un robuste jeune homme, aujourd'hui, un véritable Highlander, dit-il, hochant la tête, admiratif. Allons rejoindre votre mère, à présent. Il ne faudrait pas qu'elle pense que nous nous sommes enfuis.

Ellis prit une grande inspiration, puis il glissa la main dans celle de Cailean, serrant son sporran et son kilt dans l'autre. Ensemble ils regagnèrent la maison et le salon.

Tous les regards se tournèrent vers eux lorsqu'ils pénétrèrent dans la pièce. Ellis se dirigea tout droit vers sa mère. Elle lui tendit les bras sans un mot et il s'y glissa. Daisy adressa à Cailean un sourire plein de reconnaissance.

— Restez-vous dîner avec nous, Arrandale ? demanda Mr Kimberly.

— Non, je vous remercie, répondit Cailean.

Il ne supportait pas l'idée de se retrouver à table, assis avec Daisy et Spivey en train de dîner comme s'ils étaient déjà mariés.

— Mais je souhaiterais vous dire un mot, à vous et au capitaine.

— Un mot ? dit Spivey d'un ton hautain. Je ne vois vraiment pas ce que vous pourriez avoir à me dire.

L'espace d'une seconde, Cailean se demanda s'il allait vraiment avertir cet Anglais stupide et prétentieux qu'il risquait sa vie. Mais il jeta un coup d'œil à Ellis et sourit.

— Je risque de vous surprendre, alors.

— Un mot à quel sujet ? demanda Daisy, regardant tour à tour les deux hommes.

— Ellis, veuillez nous laisser un moment et suivre Belinda, dit Mr Kimberly.

— Je n'ai pas envie de m'en aller, protesta Ellis. Je veux rester ici, avec vous tous.

— Vous avez entendu votre oncle, mon garçon. Faites ce qu'il vous dit, ordonna soudain Spivey d'un ton cassant, sans même prendre la peine de regarder Ellis.

Se pouvait-il que Spivey ait déjà pris à ce point la situation en main ? songea Cailean. Et qu'il se comporte ainsi, bannissant Ellis de sa vue.

— Venez, dit Miss Hainswoth, prenant la main d'Ellis. Allons essayer ce kilt, ajouta-t-elle, glissant un bras protecteur autour de ses épaules.

Au passage, Cailean lui sourit et lui adressa un petit clin d'œil complice. Puis il se détourna, fixa le feu dans la cheminée.

Aussi invraisemblable que cela puisse paraître, voir l'enfant partir lui était très douloureux. Il n'était pourtant pas sentimental et il avait plutôt pour habitude de dire adieu sans même jeter un regard en arrière. Mais voir Ellis s'en aller, en sachant qu'il ne le reverrait peut-être jamais, s'avérait plus difficile qu'il ne l'aurait cru.

Il était assailli d'un mauvais pressentiment concernant cet enfant. Il éprouvait le sentiment désagréable qu'Ellis allait perdre toute confiance et se renfermer, soumis au contrôle acerbe de Spivey. Ellis avait besoin de la présence d'un homme qui le voie, le voie réellement et le guide dans la vie. Cailean craignait qu'Ellis ne soit mis de côté, envoyé en pension, laissé dans l'ombre et il n'y avait rien qu'il puisse faire pour s'y opposer.

— Lady Chatwick, peut-être devriez-vous accompagner votre fils et laisser les hommes s'entretenir, déclara Spivey.

Cette remarque exaspéra Cailean. Spivey se conduisait en propriétaire des lieux, comme si Auchenard lui appartenait, comme s'il était déjà le mari de Daisy, son seigneur et maître. Il aurait toutefois préféré que Daisy quitte la pièce. Il ne voulait pas l'effrayer avec les nouvelles dont il se faisait le messager.

Mais il connaissait suffisamment Daisy pour savoir qu'elle n'était pas femme à se laisser dicter sa conduite par un homme.

— Si la discussion a trait à Auchenard, j'entends être présente, déclara-t-elle d'un ton ferme.

Spivey pinça les lèvres, mais ne répliqua pas. Il se tourna vers Cailean.

— De quoi s'agit-il, alors ?

— Un vaisseau de guerre anglais a été aperçu près de Tiree, légèrement au sud d'ici, expliqua Cailean, le regard fixé sur lui.

Spivey eut un haussement d'épaules.

— Et alors ?

— Aucun vaisseau de guerre ne s'aventurerait aussi loin au

nord, sur cette côte, sans une bonne raison. Beaucoup de gens, ici, pensent que vous n'y êtes pas pour rien.

Spivey le toisa avec une moue ironique.

— Si j'avais su, en venant ici, que je mettais les pieds dans un repaire de voleurs, je n'aurais pas hésité, en effet, à alerter la Royal Navy. Mais ce n'est pas le cas. Je suis venu ici en homme libre, pas en service commandé. Est-ce là tout ce que vous avez à dire ?

— Non, je n'en ai pas terminé, répondit Cailean, très calme. Je vous conseille de quitter l'Écosse au plus tôt, tous. Et vous en particulier, Spivey, si vous ne voulez pas finir au bout d'une corde.

Daisy ne put retenir un hoquet de surprise. Elle fixa Spivey, les yeux écarquillés, horrifiée.

Le capitaine se contenta de rire.

— Il s'agit là d'une menace très grave à mon encontre. Entendez-vous ajouter cela à la liste de vos délits ?

— Ce n'est pas moi qui vous menace, répondit Cailean sans s'émouvoir. Mais il est des hommes, ici, qui souhaiteraient voir un Stuart rétabli sur le trône et les Sassenach chassés d'Écosse. Croyez-vous vraiment qu'ils hésiteraient, eux, à mettre leur menace à exécution ?

— Oh ! mon Dieu ! s'exclama Daisy, pressant ses deux mains sur la poitrine.

— Nous avons pris nos dispositions pour une traversée sur un bateau qui n'est pas encore revenu au port, dit Mr Kimberly, l'air très préoccupé.

— Gagnez Skye, répondit Cailean. Allez voir Irving MacDonald à Portree. Il vous conduira jusqu'en Angleterre en toute sécurité. Dites-lui que c'est moi qui vous envoie.

— Mais… Qu'adviendra-t-il d'Auchenard ? demanda Daisy.

Nous n'avons pas encore trouvé de personne de confiance pour s'en occuper.

— Je m'en occuperai, proposa Cailean. Jusqu'à votre retour.

— Pensez-vous réellement que Lady Chatwick aura le loisir de revenir en Écosse ? demanda Spivey. Elle aura, sans nul doute, d'autres enfants et ses responsabilités envers Lord Chatwick sont telles qu'elle ne pourra absolument pas envisager de passer l'été à Auchenard.

Cailean regarda Daisy. Elle avait blêmi.

— Nous sommes très différents dans les Highlands. Si nous désirons quelque chose, nous faisons en sorte de l'obtenir, lui dit-il. Quelle que soit notre situation.

— Daisy, très chère, intervint Spivey en se moquant ouvertement, n'écoutez pas ce que dit cet homme. Son seul but est de me provoquer. Vous ne courez aucun danger ici. Personnellement, je n'entends pas me fier aux dires d'un contrebandier !

— Je ferais de même à votre place, capitaine, répondit Cailean, très calmement. Mais aucun contrebandier ne risquerait la vie de femmes et d'enfants, je peux vous l'assurer. Vous feriez donc mieux d'écouter mes conseils.

Spivey se détourna, le visage blême de colère.

— Avez-vous autre chose à ajouter, MacKenzie, ou en avez-vous terminé avec vos sinistres avertissements ?

— J'ai dit ce que j'avais à dire, répondit Cailean. Je vais prendre congé, à présent.

— Merci, Arrandale, dit Mr Kimberly. Nous ne pourrons jamais vous remercier assez. Vous avez été un véritable ami pour nous.

— Ne partez pas déjà, dit Daisy. Finissez au moins votre cognac.

— Non, merci, répondit Cailean d'un ton ferme.

Il tendit la main à Kimberly.

— J'ai été ravi de faire votre connaissance. J'espère que nous nous reverrons.

— Si Dieu le veut, répondit Kimberly, serrant sa main avec effusion.

Cailean se tourna vers Spivey.

— Il vaut mieux que vous gagniez la mer par le loch. Évitez de voyager dans les terres.

Le capitaine leva le menton, le défiant du regard.

— Je suis tout à fait capable de veiller sur cette famille et de la conduire en toute sécurité en Angleterre.

Cela restait à prouver.

À présent, restait à Cailean à affronter Daisy, à lui dire adieu. Il se sentait mal, presque chancelant. Il s'inclina sur sa main tendue, y posa ses lèvres, s'attardant un peu plus que nécessaire sur sa peau douce.

— Vous reviendrez.

Ce n'était pas une question. C'était une injonction.

— Je l'espère, murmura-t-elle.

Il vit les larmes affluer dans ses yeux. Il ne voulait pas la voir pleurer, surtout face à Spivey. Et face à lui aussi. La situation était déjà suffisamment douloureuse.

— Vous laisserez un vide, dit-il, très laconique.

Et il lâcha sa main.

— Revenez vite.

Il gagnait déjà la porte lorsqu'elle le rappela.

— Attendez… Avant de vous en aller.

Cailean hésita, jeta un regard en arrière. Daisy s'avançait vers lui, Spivey dans son sillage. Le capitaine n'était pas naïf. Il n'avait pas l'intention de laisser trop de champ à Daisy. Il n'allait pas prendre le risque de voir une si belle prise lui échapper.

— Lady Chatwick, dit-il. Tout va bien ?

Elle leva la main pour l'arrêter.

— S'il vous plaît, capitaine. J'ai besoin de m'entretenir un instant avec Arrandale. S'il doit s'occuper d'Auchenard lorsque nous serons partis, il nous faut mettre un certain nombre de choses au point.

Elle se détourna, gagna rapidement la porte comme si elle craignait que le capitaine la suive, ne tente encore de la retenir.

Cailean sortit derrière elle.

Dans le couloir, elle s'arrêta, jeta un coup d'œil nerveux par-dessus son épaule.

— Je n'ai pas… Il y a autre chose que je tenais à vous dire.

— Non, dit Cailean, saisissant sa main.

Il la pressa doucement.

— Ne dites rien de plus, Daisy. Rien que vous pourriez regretter plus tard.

Elle pinça les lèvres, agacée, mais il était très sérieux.

— Oh ! *leannan*, il n'est rien que nous puissions faire. Vous devez vous conformer à votre choix, maintenant.

— Et vous ? demanda-t-elle, les sourcils froncés, Vous êtes libre de dire ce que vous voulez, Cailean. N'avez-vous rien à me dire ? Pas un mot en partant ?

Que pourrait-il lui dire ? Qu'elle allait lui manquer ? Qu'il regrettait profondément de ne pas pouvoir être l'homme de sa vie ? Qu'il sentait son cœur se briser comme si elle était déjà partie ?

— *Tha mi gad ionndrainn. Tha mi duilich.*

(Je suis désolé. Vous allez tellement me manquer.)

— *Tha gaol agam ort.*

(Je vous aime. Si vous saviez combien je vous aime.)

Il se pencha vers elle, embrassa ses lèvres, s'y attarda, savourant la douceur, le goût de sa bouche sous la sienne, luttant contre le torrent de souvenirs qui l'assaillait. Il caressa sa joue, puis il se détourna, s'éloigna.

Une fois en selle, il tira un instant sur les rênes d'Odin qui piaffait d'impatience de s'élancer au galop. Une dernière fois, il se retourna vers la maison, vers Daisy, son seul et véritable amour qui, demeurée sur le seuil, le regardait.

Et il sentit son cœur se serrer en songeant qu'il ne la reverrait sans doute jamais.

Chapitre 18

Mon cœur me joue un tour cruel.

Durant tant d'années, j'ai pleuré R pour m'apercevoir, aujourd'hui, que je ne l'aime pas comme je le croyais et que je ne pourrai jamais l'aimer sincèrement. Il a beaucoup changé, ou peut-être est-ce moi qui suis différente, mais nous ne nous accordons plus du tout. Je ne parviens même pas à croire qu'il soit venu me retrouver ici parce qu'il m'aimait autrefois, comme il le prétend. Je crois qu'il est venu à cause de ma fortune. Ce n'est qu'une impression, mais elle devient de plus en plus forte en moi au fil des jours.

J'en suis parvenue à la conclusion qu'il vaudrait encore mieux que j'épouse un étranger plutôt qu'un homme que je connais et qui joue un double jeu.

Je n'ai parlé à personne de ma décision, cela me semble prématuré. Après tout, R ne m'a pas encore demandé officiellement ma main. Je lui parlerai lorsque nous serons de retour à Londres.

Les nouvelles qu'A a annoncées sont très inquiétantes et nous préparons activement notre départ. R pense qu'A cherchait seulement à nous effrayer, mais je ne suis pas de son avis. Il a toujours été honnête avec moi et je pense qu'il l'est, cette fois encore.

Nous devons prendre la mer dans quelques jours. Mr Munro nous a dit que le temps serait très favorable.

Daisy posa sa plume, saisit l'orchidée sauvage qu'elle avait coupée le matin même dans le jardin et elle en respira le parfum délicat. Puis elle ôta deux pétales et les glissa entre les pages de son journal.

Le jardin a incroyablement poussé. Il sera magnifique au printemps et je ne serai malheureusement pas là pour en profiter. Je n'aurai jamais cru possible de parvenir à un tel résultat vu l'état d'abandon dans lequel je l'ai trouvé. Il est étonnant de constater combien la vie peut renaître avec un peu d'attention et de soin.

Daisy s'interrompit de nouveau et laissa son regard se perdre au-dehors, vagabonder vers son jardin. C'était une véritable explosion de couleurs. Du jaune, du rouge, du rose et du bleu, du blanc et du pourpre. Une splendeur !

Elle baissa de nouveau les yeux vers sa page et trempa sa plume dans l'encrier.

Je me demande ce que A a dit. Ses paroles étaient-elles destinées à briser mon cœur ou à le retenir ? Je ne saurais le dire et c'est une torture.

Une torture. La douleur était constante, à la fois sourde et aiguë.

Daisy posa sa plume, ferma son journal et se leva du bureau. Elle avait besoin de trouver une occupation. N'importe laquelle qui puisse la distraire de ses soucis.

Elle glissa un châle autour de ses épaules et gagna le jardin. Dans l'abri, elle mit son tablier, son chapeau de paille et les gants dont oncle Alfonso avait coupé le bout des doigts afin qu'elle puisse manipuler sans dommage les plantes les plus délicates. Elle prit également sa petite pioche et se mit au travail. Agenouillée sur le sol, elle entreprit d'ôter les mauvaises herbes qui avaient repoussé.

C'était une magnifique journée de fin d'été, baignée de soleil, et pourtant jamais Daisy ne s'était sentie aussi désespérée. Elle avait le cœur lourd et, malgré la présence de sa famille auprès d'elle, elle ressentait une profonde solitude. Les fardeaux l'accablaient, lui ôtant toute joie. Même son jardin, avec la petite musique du carillon et le chant léger des oiseaux au-dessus d'elle, ne suffisait pas à l'apaiser.

Elle souffrait. Son corps tout entier souffrait et son cœur saignait.

Au bout d'une heure environ, elle avait nettoyé les plates-bandes et taillé les buissons. Elle s'assit sur les talons et contempla son ouvrage. Soudain, une larme roula sur sa joue, la prenant au dépourvu. Elle l'essuya d'un revers de main.

— Daisy.

Elle n'avait pas entendu Robert entrer dans le jardin.

— Mais enfin, très chère, dit-il, se penchant pour l'aider à se relever. Vous voilà encore les mains dans la terre.

Il secoua la tête, marquant sa désapprobation et inspecta ses mains.

— Vous allez les abîmer à travailler ainsi.

Daisy les ôta lentement, contrariée par son attitude.

— Elles sont faites pour servir, Rob.

— Toutes les mains ne sont pas faites pour travailler et encore moins celles d'une lady, dit-il d'un ton très docte.

Daisy ôta ses gants et s'essuya les mains à un mouchoir. Elle aurait aimé qu'il s'écarte, qu'il ne se tienne pas aussi près d'elle.

Elle leva les yeux vers lui, croisa son beau regard brun qu'elle avait imaginé, autrefois, empli d'amour pour elle et elle seule.

Ce souvenir la bouleversa et elle déclara soudain, de but en blanc :

— Il y a onze ans, nous étions très amoureux, n'est-ce pas ?

— Oui, répondit-il.

— Alors pourquoi n'avez-vous pas demandé ma main ?

— Pourquoi ?

Il rit.

— Oui, pourquoi, Robert ? insista-t-elle.

Il se rembrunit soudain.

— Daisy, ma chérie, commença-t-il, tendant la main vers elle.

Mais elle s'écarta.

— Je veux savoir.

— Vous savez très bien pourquoi, dit-il, poussant un soupir, visiblement agacé, à présent. Je n'étais pas en position de faire officiellement ma demande. J'étais le fils d'un vicaire de campagne et vous la fille d'un baron.

— Mais vous m'avez encouragée à y croire. Vous prétendiez que rien ne nous séparerait, que vous m'aimiez et que vous vouliez devenir mon mari. Pourtant, vous n'êtes jamais allé voir mon père pour tenter de le persuader que nous nous aimions et qu'il devait nous laisser nous marier.

— Non, je ne l'ai pas fait, naturellement, dit-il, son exaspération grandissant. Comment aurais-je pu plaider ma cause ? Nous étions jeunes, Daisy. Je serais allé le voir, au moment opportun.

Au moment opportun. Ces mots éveillèrent une image du passé et Daisy se souvint soudain qu'il avait utilisé les mêmes termes avec elle, à l'époque. Il lui avait dit qu'il parlerait à son père au moment opportun.

Daisy fronça les sourcils, envahie d'un brusque doute.

— Et le moment opportun ne se présenta jamais, c'est cela ?

Pourquoi ? Parce que vous saviez déjà que Lord Chatwick avait fait sa demande ?

Robert tenta de donner le change, mais son visage s'était empourpré.

— Non, dit-il, d'un ton vexé. Comment aurais-je pu le savoir ?

— Vous le saviez, dit Daisy, très calme. Apparemment, tout le monde était au courant, sauf moi. Vous n'avez jamais eu l'intention d'aller parler à mon père, n'est-ce pas ?

— C'est ridicule. J'en avais la ferme intention, insista-t-il.

Daisy ne le croyait pas. Elle voyait maintenant avec clarté, une lucidité qu'elle n'avait jamais eue, comment les choses s'étaient passées à l'époque. Tout se tenait… Les rendez-vous clandestins, les petits baisers innocents… mais dès qu'elle demandait davantage, Robert reculait, promettait de parler très bientôt à son père. Il ne l'avait jamais fait parce qu'il n'avait jamais eu l'intention de le faire. Depuis le début, il ne songeait qu'à obtenir une charge dans la marine.

— Pour l'amour du ciel, dit Robert, tout cela n'a aucune importance. Ce qui compte, c'est que j'ai l'intention de demander officiellement votre main aujourd'hui. Daisy, je vous aime. Je vous ai toujours aimée. Je ne désire qu'une chose, vous rendre heureuse. Et après toutes ces années, je suis en capacité de le faire.

Il sourit, lui caressa la joue.

— Faisons le vœu d'oublier ce qui s'est passé il y a tant d'années. J'étais jeune et insouciant. Je n'avais jamais aimé auparavant. Mais sur mon honneur de capitaine de la Royal Navy, je vous jure que tout ce que j'ai fait à l'époque, je l'ai fait en pensant à vous et uniquement à vous.

Daisy eut un moment d'hésitation. Elle voulait bien croire que la jeunesse ait joué un rôle. Peut-être l'avait-il aimée, mais il avait surtout voulu découvrir la vie avant de l'épouser. Peut-être était-elle injuste à chercher ainsi des raisons de douter de lui, tout cela parce que son cœur était pris ailleurs.

— Ne pensons qu'à l'avenir, dit-il, lui souriant.

L'avenir ? Daisy eut un rire incrédule. Sans doute Robert croyait-il avoir encore affaire à la jeune fille incrédule qu'elle était autrefois. Il souriait, certainement convaincu d'être parvenu à chasser le doute de son esprit et à la rendre heureuse. Mais il ne pouvait pas, il ne pourrait jamais la rendre heureuse.

— Voilà qui est mieux, dit-il. Mon cœur se réjouit toujours de vous voir sourire.

Il se pencha, posa un baiser sur ses lèvres.

— Dans quelques jours, nous aurons regagné l'Angleterre, notre pays. J'irai aussitôt parler à l'évêque et je serai le plus heureux des hommes. Et à mon tour, je m'emploierai à faire de vous la plus heureuse des femmes.

— Oui, dit-elle simplement.

— À présent, votre oncle et moi, nous devons rendre visite à Mr Munro au sujet des provisions dont nous allons avoir besoin pour le voyage.

— Oh ! s'exclama Daisy. Croyez-vous cela prudent ?

Il lui sourit, secoua la tête, comme s'il avait affaire à une enfant qui vient de dire une sottise.

— Allons, vous accordez trop de crédit aux paroles d'un voleur.

Il posa un baiser sur sa joue.

— Nous serons de retour avant la nuit.

— Oh ! bien, dit Daisy.

Les pensées, déjà, se précipitaient dans son esprit.

Il prit ses mains dans les siennes.

— Inutile de vous inquiéter. Et plus de jardinage pour ces jolies mains, n'est-ce pas. Vous me le promettez.

— Oui, je vous le promets, dit-elle, feignant la plus grande des docilités.

Elle était prête à tout pourvu qu'il s'en aille.

Il s'éloigna, appelant son oncle. Elle le suivit de loin, traversa la terrasse et les regarda tous les deux gagner le bord de l'eau, monter dans le bateau et quitter Auchenard en glissant sur le loch.

Dès qu'ils eurent disparu, elle se précipita à l'écurie, chercha Mr Green.

— Préparez-moi un cheval, je vous prie. Je dois partir tout de suite.

Puis elle regagna le pavillon, ôta à la hâte son tablier tout en appelant Belinda.

— Que se passe-t-il ? Ce sont les Highlanders qui arrivent ? s'écria cette dernière, sortant en trombe du salon.

— Non, non, tout va bien. Je vous confie Ellis un moment. J'ai quelque chose d'urgent à faire.

— De quoi s'agit-il ? Où allez-vous ? demanda Belinda, se précipitant derrière elle.

— Je pars à cheval.

— À cheval ? Mais vous n'avez pas monté une seule fois depuis que nous sommes à Auchenard. Que faites-vous, Daisy ? Ce n'est pas prudent. Vous devez me dire où vous allez, insista-t-elle, affolée, suivant sa cousine dans l'allée.

Daisy disposait de peu de temps. Elle se retourna, saisit Belinda par les épaules.

— Promettez-moi de ne pas crier.

— Comment ? Oui, c'est promis.

— Je vais à Arrandale, dit-elle, se préparant à recevoir une leçon de morale ainsi que force conseils de prudence.

Le visage de Belinda s'assombrit. Elle pinça un instant les lèvres.

— Soyez prudente, dit-elle simplement.

Daisy la fixa, surprise.

— Ne vous inquiétez pas.

Puis, prise d'une impulsion soudaine, elle posa un baiser sur sa joue et gagna l'écurie à la hâte.

Mr Green tint le cheval tandis qu'elle se mettait en selle. Puis il lui indiqua la direction d'Arrandale.

— Le domaine se trouve au-delà de ces arbres, à deux miles d'ici, tout au plus.

Daisy éperonna son cheval et poussa un petit cri de surprise lorsqu'il partit aussitôt au galop.

Un moment plus tard, elle apercevait les cheminées de la maison. Le cheval suivit un chemin étroit à travers bois et bientôt la lisière apparut et, au-delà, la maison. Daisy écarquilla les yeux, à la fois surprise et admirative du travail de Cailean. C'était une bâtisse superbe. Elle n'était pas aussi grande que sa demeure du Nottinghamshire, mais semblait plus vaste qu'Auchenard.

C'était étrange. Il n'y avait pas âme qui vive, pas même un animal alentour, cheval ou volaille. Le cœur de Daisy se mit à battre frénétiquement. Qu'allait-elle faire si Cailean n'était pas là ? Se rendre à Balhaire ? Non, c'était beaucoup trop loin et elle ne savait même pas quelle direction prendre.

Il fallait qu'il soit là. Il ne pouvait pas être parti.

Parvenue devant la maison, elle mit pied à terre et gagna la porte. Elle était ouverte, curieusement. Elle passa la tête à l'intérieur, jeta un coup d'œil.

— Bonjour !

Personne ne répondit. Elle aperçut une pièce dans laquelle il semblait y avoir quelques meubles. La maison paraissait inhabitée. Elle pénétra prudemment dans le vestibule, jeta un coup d'œil par-dessus son épaule, s'assurant que son cheval était toujours là. Puis elle s'avança, contempla un instant les décors en stuc et les belles dalles de pierre au sol. Le décor était très élégant sans être ostentatoire. Il lui rappelait celui d'Auchenard mais en plus riche et plus délicat. Elle tourna sur elle-même pour l'admirer. C'était étrange de trouver une maison d'une telle beauté, paisible et apaisante, posée ainsi, vide, sur la rive du loch. Lorsqu'elle regarda le paysage par la porte ouverte, elle aperçut les monts des Highlands s'élevant au loin.

Soudain, un bruit de pas retentit sur les dalles de pierre. Elle se retourna.

— Bonjour ! appela-t-elle de nouveau.

Le silence retomba quelques instants, puis Cailean apparut, à l'extrémité du vestibule. Il portait un pantalon de peau et une chemise de batiste, col ouvert. Ses cheveux étaient rassemblés en une queue-de-cheval très lâche.

Daisy le regarda. Son cœur battait à tout rompre et elle souffrait en songeant que c'était peut-être la dernière fois qu'elle le voyait, lui, cet homme qu'elle désirait au-delà de toute raison.

— Daisy ? dit-il, incrédule.

— Cailean, répondit-elle d'une voix tremblante.

Mais c'était son corps tout entier qui tremblait lorsqu'elle courut vers lui, se jeta dans ses bras. Il l'étreignit aussitôt, la serra contre lui, l'embrassant, pressant follement ses lèvres.

— C'est de la folie, dit-il, écartant les mèches de cheveux de son visage. Que faites-vous ici ?

— Nous, dans les Highlands, lorsque nous voulons quelque chose, nous faisons en sorte de l'obtenir, dit-elle, reprenant les paroles qu'il lui avait dites un jour.

— Oui, c'est vrai, murmura-t-il.

Et il l'embrassa de nouveau, la souleva dans ses bras et

l'emporta dans une pièce, vers le fond. Il la déposa sur le canapé, embrassant son cou, sa gorge, tandis que ses mains allaient et venaient sur son corps, son souffle chaud, enivrant, balayant sa peau.

La passion les dévorait tous les deux et elle lui arracha sa chemise. Point n'était besoin de mots entre eux. Un désir ardent les poussait l'un vers l'autre, bouches unies, mains fébriles. Mais Daisy était impatiente. Elle le repoussa, le força à s'asseoir. Alors, soulevant ses jupes, elle se glissa à califourchon sur lui.

Elle l'embrassa, caressa ses épaules, son torse. Puis elle enfouit la tête au creux de son cou, pressant ses seins contre lui.

— Vous m'avez ensorcelé, Daisy, dit-il d'une voix rauque. Dès l'instant même où j'ai posé les yeux sur vous.

Il enfouit une main sous ses jupes, remonta le long de sa jambe, la glissa au creux de ses cuisses.

Un long frisson la parcourut. Cailean ne la quitta pas des yeux tandis qu'il effleurait sa féminité, la caressait, glissait les doigts en elle. Elle se tendit, le souffle coupé tant les sensations étaient intenses. Puis elle s'abandonna. Il allait et venait en elle, maintenant, lentement, délicieuse torture qui embrasait ses reins. Elle ferma les yeux, se cramponna à ses épaules tandis qu'il enfouissait son visage au creux de ses seins.

Il commença de délacer sa robe. Leur désir était si fort, si beau, si unanime. C'était cela l'amour, songea-t-elle. L'amour intense, brûlant, celui qui vous dévore.

Il glissa de nouveau les doigts en elle et Daisy se cramponna au dossier du canapé tandis qu'il la conduisait inexorablement vers la jouissance. Elle s'immobilisa bientôt dans un long frisson de tout le corps, un cri montant de sa gorge à l'instant où elle chavirait, emportée par la déferlante des sensations qui balayaient son corps avec violence.

Cailean dégrafa à la hâte son pantalon, libéra son érection

tandis qu'elle achevait d'ôter sa robe. Il poussa un grognement de plaisir lorsqu'il la vit nue et il se redressa, l'attira fermement vers lui, refermant les mains sur ses seins, les pressant sous ses paumes à lui faire presque mal. Puis il en prit un dans sa bouche, l'aspira.

Ivre de désir, Daisy voulait lui donner à son tour autant de plaisir qu'il lui en avait donné. Elle se souleva, impatiente, bougeant les hanches jusqu'à ce qu'elle sente l'extrémité de son érection presser sa chair. Elle se laissa alors descendre sur lui, le prenant tout entier en elle, profondément, jusqu'à ne faire plus qu'un, tandis qu'elle couvrait son visage de baisers. Il lui semblait incroyable que l'on puisse éprouver tant de bonheur dans les bras d'un homme, le désirer avec tant de force et se sentir si intensément unie à lui que plus rien au monde ne comptait que son corps, ses caresses.

Il bougeait en elle, à présent, l'emmenant de nouveau vers le plaisir. Et elle l'accompagnait, bouleversée par les sensations qui l'assaillaient, se cambrant sur lui, prise d'une telle fièvre qu'elle en tremblait. Une fièvre égale brûlait en lui et il la saisit soudain, la renversa sur le canapé. Il était sur elle, à présent, et il la prenait avec fougue, au rythme pressant, insistant, de ses reins, une main refermée à sa nuque, le regard plongé dans le sien.

Ce fut Daisy qui chavira la première. Il la suivit aussitôt, le corps tout entier secoué par un spasme violent. Il était épuisé, vaincu. Sans un mot, il la serra tout contre lui et nicha la tête au creux de son cou. Daisy se cramponna à lui, se réfugiant dans la chaleur de leurs deux corps unis, redoutant de le lâcher, de le perdre à tout jamais.

Cailean la repoussa doucement, posa un baiser sur ses lèvres et s'assit, cherchant toujours son souffle. Il lui sourit.

— Je crains qu'il ne faille remettre un peu d'ordre dans vos cheveux.

Elle rit et s'assit à son tour, se pencha pour récupérer sa robe. Elle l'enfila, puis se mit à ôter les épingles de ses cheveux afin de se recoiffer. Et elle le regarda. Elle se sentait si bien, il régnait une telle harmonie entre eux qu'elle déclara, sans réfléchir :

— Je ne vais pas l'épouser.

Cailean reboutonnait son pantalon. Il s'immobilisa.

— Je vous demande pardon ?

— Je ne vais pas épouser Robert, dit-elle, lui souriant, certaine qu'il serait heureux d'apprendre cette nouvelle.

Mais Cailean fronça les sourcils, songeur, et la fit tourner, l'aida à lacer sa robe.

— Pourquoi non ?

— Comment le pourrais-je ? Il se trouve que j'aime un autre homme.

Il cessa de tirer sur le lacet et, posant les mains sur ses épaules, il la retourna vers lui.

— Qu'avez-vous dit ?

— J'ai dit que j'aimais un autre homme.

Elle s'attendait à voir ses beaux yeux bleus s'illuminer, mais son visage se rembrunit et elle sentit une peur soudaine lui nouer le ventre.

Il emprisonna son visage entre ses mains.

— Bon sang, *leannan*, savez-vous bien ce que vous faites ?

Elle le regarda, prise de nausée.

— Je viens de vous dire que je vous aime, Cailean.

Mais il secoua la tête, et le cœur de Daisy, comblé quelques instants plus tôt, chavira.

— C'est impossible, Daisy. Vous le savez bien. J'ai toujours été honnête avec vous. Depuis le début, ne vous ai-je pas dit…

— Que vous ne vous intéressiez pas à ma fortune, dit-elle,

le repoussant, une main contre son torse. Mais vous vous intéressez à moi. C'est évident, non ?

— Bien sûr.

Il passa une main dans ses cheveux, le visage tendu, comme s'il tentait de lui dire quelque chose qu'elle refusait d'entendre.

— Écoutez-moi. Je vous désire de toute la force de mon être, dit-il, vous le savez. Mais je ne peux pas vous épouser.

— Je ne…

Il la prit par le menton, l'empêchant de poursuivre.

— Comprenez bien ce que je vous dis. Je ne suis pas le bienvenu en Angleterre et l'on a besoin de moi ici. Et vous n'êtes pas franchement la bienvenue ici, non plus. Et même si vous l'étiez, *leannan*, j'ai trente-cinq ans, j'ai largement passé l'âge de me marier et de fonder une famille.

Daisy avait l'impression que le sol se dérobait sous ses pieds. Elle se laissa tomber sur le canapé, cramponnée à l'accoudoir. Cailean s'assit à côté d'elle, lui prit la main.

— Le devoir m'incombe de succéder à mon père et de diriger le clan MacKenzie. Et c'est ce que je ferai avant la fin de l'année. Je ne peux pas quitter l'Écosse alors que Spivey sait maintenant où je me trouve et ce que nous faisons. L'Angleterre signifierait la fin pour moi. Je ne partirai pas d'ici, mais vous, vous devez quitter l'Écosse. Pour le bien d'Ellis. Vous savez que ce que je dis est vrai.

Daisy ne pouvait pas admettre que la situation bascule ainsi. Que cet homme si beau, si extraordinaire, puisse lui faire l'amour comme il venait de le faire et proférer ensuite des paroles aussi dures, tellement à l'opposé de ce qu'ils avaient vécu.

— Vous savez que j'ai raison, *leannan*, dit-il, scrutant son visage. Ellis doit vivre en Angleterre. Il est vicomte, fortuné, il aura besoin des relations que seule l'Angleterre peut lui procurer. Il ne peut pas se cacher en Écosse en compagnie d'un contrebandier et vous ne le pouvez pas davantage.

Il avait raison. Daisy le savait. Mais elle aurait tellement voulu qu'il ait tort. Malheureusement… La vie avait ses lois. Peu importait ce qu'elle éprouvait, qui elle aimait, elle avait un devoir, une responsabilité envers son fils et ils l'emportaient sur ses désirs. Elle le savait. Elle l'avait toujours su.

La vérité était un poids trop lourd à porter pour elle. Elle ôta sa main de la sienne, se détourna. Elle se sentait la poitrine si oppressée qu'elle avait du mal à respirer. L'espoir fou qui l'avait conduite jusqu'ici, cet espoir qu'elle nourrissait que Cailean puisse, d'une manière ou d'une autre, la sauver, n'avait été qu'un rêve insensé, ridicule. Et le choc était si grand qu'elle se sentait au bord de défaillir.

— Daisy.

Cailean l'attira dans ses bras, la serra très fort contre lui. Mais Daisy pensait à son fils. Ellis se demandait probablement où elle était. Elle se libéra de son étreinte. Elle n'avait pas besoin de lui. Elle n'avait besoin de personne.

Elle se leva, secoua ses jupes et, les mains tremblantes, tenta de remettre de l'ordre dans sa coiffure. Elle y renonça très vite, laissa ses cheveux libres dans son dos et fit quelques pas en direction de la porte. La tête lui tournait.

— Daisy, pour l'amour du ciel, dit Cailean, la rejoignant.

Il glissa un bras autour de ses épaules, tentant de la retenir, de l'empêcher de partir.

Elle leva une main pour l'arrêter, inspira profondément, s'efforçant de se ressaisir. Mais son cœur se brisait et la douleur était si intense qu'elle en avait le vertige.

Il lui fallut un moment avant d'être capable de parler. Finalement, elle demanda :

— Qu'est-ce que cela signifiait ?

Il la regarda, surpris.

— Ce que vous avez dit en quittant Auchenard. Qu'est-ce que cela signifiait ?

Il lui caressa doucement les cheveux.

— Oh ! Daisy, cela n'a pas d'importance.

— Pour moi, si.

— Je préférerais ne pas avoir à le dire. La situation est déjà suffisamment douloureuse, vous ne croyez pas ?

Daisy eut un rire amer.

— Il est trop tard pour chercher à m'épargner, Cailean. Mon cœur est brisé. Dites-moi ce que cela signifiait.

Il saisit ses mains, les serra très fort dans les siennes.

— Que je vous aime, voilà ce que cela signifiait, Daisy. Je vous aime. Vous me manquez déjà. Je suis tellement désolé de tout ce qui arrive.

Il effleura sa joue d'une main maladroite.

— Je vous aime de tout mon être, dit-il, la voix rauque d'émotion.

Un sanglot monta dans la gorge de Daisy.

— Moi aussi, je vous aime, Cailean. Je vous aime tellement.

Daisy était totalement vaincue à présent, brisée, tel un jouet cassé dont les pièces sont éparpillées. Elle ôta les mains des siennes et se détourna, les yeux emplis de larmes.

Elle l'entendit l'appeler, mais elle s'éloignait déjà, gagnant la porte. Puis elle se mit à courir. Elle ne songeait plus qu'à fuir cette maison, fuir l'Écosse.

Il la suivit, bien sûr, et l'appela encore. Mais elle était déjà à cheval avant qu'il puisse la rejoindre et elle éperonna aussitôt l'animal, fuyant au galop. Elle ne voulait plus, ne pouvait plus entendre un seul mot.

Il lui était intolérable de se dire qu'elle avait trouvé l'amour, le seul, l'unique, celui qui vous transporte l'âme et le corps, mais qu'elle ne pourrait pas le vivre à cause de la place qui lui était assignée en ce monde, à cause d'Ellis et de son avenir.

C'était horrible, insupportable, monstrueusement injuste.

Chapitre 19

Cailean savait qu'elle était partie, bien sûr. Il avait vu passer les bateaux avec leurs passagers et leur cargaison de coffres et de malles. Ce départ n'avait cessé de le tourmenter depuis leur dernière rencontre. Il aurait tellement voulu que la vie soit différente et il se sentait tellement impuissant de n'avoir rien pu y changer.

Désormais, il ne lui restait plus qu'à se convaincre qu'il valait mieux que les choses se soient terminées ainsi.

Quelques jours plus tard, il prit la mer pour la Norvège avec son frère Aulay. Il était conscient de n'être qu'une piètre compagnie pour lui. Son frère le pensait atteint de quelque fièvre, mais il n'en était rien. Il souffrait. Son cœur souffrait, comme si une main l'étreignait en permanence dans sa poitrine. Et la sensation était si insistante qu'elle le mettait de méchante humeur.

Ils demeurèrent partis plus longtemps qu'ils ne l'avaient prévu, presque seize jours au total, en raison de vents défavorables sur le retour. Mais lorsqu'ils mirent pied à terre en Écosse, Cailean n'était toujours pas parvenu à chasser Daisy de ses pensées. Elle était là, perpétuellement présente dans son esprit. Ses yeux verts et son sourire enjôleur ne cessaient de le hanter.

À peine arrivé à Balhaire, il fut aussitôt assailli par sa mère.

— Cailean, il faut que tu viennes tout de suite voir Vivienne. Elle a accouché d'un garçon. Où est Aulay ?

Ce n'était pas trop tôt ! Le quatrième enfant de Vivienne était enfin venu au monde et c'était un bel enfant vigoureux.

Cailean se pencha au-dessus du lit où Vivienne, étendue, était en train de l'allaiter. Il s'émerveilla sur ses petits doigts, son visage délicat.

— Il est arrivé la semaine dernière, expliqua Vivienne, caressant tendrement la petite tête aux cheveux sombres. Ce fut du sport, mais regarde comme il est beau ! Tiens, il a fini, prends-le, ajouta-t-elle, écartant l'enfant de son sein.

— Il vaut mieux que…

— N'aie aucune crainte, dit Vivienne en riant, il est comme tous mes enfants, solide. Il ne va pas se casser.

Elle glissa le bébé dans ses bras. Il commença à agiter les bras et les jambes et à faire de petits bruits de succion, cherchant le sein de sa mère. Cailean, peu rassuré, parvint à l'installer au creux de son bas et il lui caressa la joue.

— Nous allons l'appeler Bruce, dit Vivienne.

C'était bien. Un nom robuste pour un petit gars qui l'était tout autant.

Cailean le regarda et songea à Ellis. Brusquement, il fut submergé par une émotion si forte qu'il sentit les larmes affluer dans ses yeux, lui brûler les paupières.

— Cailean, s'exclama Vivienne, surprise. Que se passe-t-il ?

Il refoula très vite les larmes, lui tendit le bébé.

— C'est un beau garçon, dit-il. Félicitations.

Il sourit, effleura la joue de Vivienne et quitta la pièce tandis que sa sœur et son mari échangeaient un regard interloqué.

Une fois dehors, il s'arrêta, s'adossa au mur, les yeux levés vers le ciel. Pour la première fois de sa vie d'adulte, il se sentait totalement dépassé par ses émotions.

Il secoua la tête, s'efforçant de se ressaisir, et se dirigea vers le bureau de son père. Il frappa doucement et entra.

— Cailean, approche, dit son père.

Il ne se leva pas, signe que sa jambe le faisait souffrir, aujourd'hui.

— Alors, que penses-tu de la Norvège ? Aulay dit qu'il y a du potentiel pour le commerce.

— En effet, acquiesça Cailean.

Mais il aurait eu du mal à donner des détails dans l'état dans lequel il se trouvait.

Il s'approcha de la cheminée, fixa le feu.

— Il nous faut discuter de beaucoup de choses, poursuivit son père. Les jacobites se soulèvent, en ce moment, juste au sud de chez nous.

Et il lui fit le récit des événements qui lui avaient été rapportés. D'habitude, Cailean s'intéressait beaucoup à la situation politique, mais aujourd'hui, il entendit à peine ce que lui disait son père. Ses pensées étaient ailleurs.

— Tu m'écoutes ? demanda soudain son père.

Cailean se retourna, arraché à ses réflexions. Son père s'était approché et il ne l'avait même pas entendu. Il était venu s'asseoir près du feu, sa jambe étendue devant lui.

Il observa Cailean, tout en se massant la cuisse.

— Qu'est-ce qui ne va pas ?

— Moi ? Rien.

Son père le fixa, son regard bleu soudain plus intense.

— Je suis ton père, je te connais. Tu es malheureux. On croirait que tu as perdu Flamme.

Depuis toujours, Cailean savait son père capable de lire bien au-delà de l'apparence qu'il présentait au monde. Il n'était jamais parvenu à donner le change face à lui, quels que soient les problèmes. Il poussa un soupir, se laissa tomber sur le siège à côté de son père, penché en avant, les coudes posés sur les genoux.

— C'est plus grave que Flamme, apparemment, dit son père.

Il se tut un instant, puis secoua la tête.

— C'est l'Anglaise, n'est-ce pas ?

Cailean leva les yeux vers lui, surpris.

— Comment le sais-tu ?

— Oh ! je n'ai rien découvert, pour ma part. C'est ta mère qui l'a remarqué. Et Rabbie également.

La situation était pire, alors, si toute la famille était maintenant au courant.

— Ne me regarde pas comme ça, mon garçon. Tu ne serais pas le premier à souffrir à cause d'une femme. Elle est partie, c'est ça ?

— Oui.

— Il vaut mieux ainsi. Elle n'aurait pas été en sécurité à Auchenard.

— Certes, répondit Cailean d'un ton morose.

Son père, de nouveau, resta un moment silencieux.

— Tu l'aimes, dit-il finalement.

La question n'était pas là. Cailean eut un haussement d'épaules.

— Oui.

— Dans ce cas, il n'y a rien à faire. Il faut que tu ailles la chercher, déclara-t-il, d'un ton parfaitement calme et assuré, comme s'il s'était agi là d'une évidence.

Cailean eut un petit rire amer.

— Elle est à Londres.

— Ton oncle a une maison, là-bas.

Cailean fixa son père, interloqué.

— Tu as oublié que je suis contrebandier, recherché maintenant. Que je me trouvais sur le bateau d'où est parti le coup de feu qui a tué un Anglais ? Que mon grand-père était un traître à la Couronne ? Je ne serai certainement pas le bienvenu en Angleterre.

— Et toi, aurais-tu oublié que c'est ton oncle qui a permis de démasquer ton grand-père ? De plus, ils n'ont aucune preuve que tu sois un contrebandier. Tu seras accueilli comme n'importe quel Écossais. Pas chaleureusement, il faut le savoir, mais tu pourras aller et venir librement.

Cailean secoua la tête. Ce n'était pas aussi simple.

— Va en Angleterre. Habille-toi comme eux, parle comme eux. Ton oncle Knox t'apportera son aide, tu peux y compter. Il possède d'excellentes relations.

— Et puis quoi ? Je vais frapper à sa porte et…

— Et tu lui demandes sa main, dit son père comme si, décidément, Cailean ne comprenait rien.

Ce dernier secoua la tête, de nouveau.

— Elle est certainement mariée à l'heure qu'il est.

— Si c'est le cas, tu reviendras encore plus vite que tu es parti. Mais supposons qu'elle ne le soit pas ?

Cailean passa une main nerveuse sur son visage.

— Il se peut qu'elle refuse quand même.

Son père sourit, compatissant. Il se pencha vers lui, posa une main sur son épaule et la pressa affectueusement.

— Tu as déjà été blessé. Et si tu l'es de nouveau, ce ne sera pas moins douloureux. Non, mon garçon, tu souffriras terriblement, au point que la balle d'un mousquet te paraîtrait douce en comparaison.

— C'est ta façon de m'encourager ? demanda Cailean.

Son père eut un grand sourire.

— Un homme ne peut pas traverser l'existence sans souffrir. Si elle dit non, tu pourras toujours te consoler en te disant que tu ne t'étais pas trompé, que les femmes sont encore plus perfides que les Anglais et que, désormais, tu refuses tout commerce avec elles. Tu pourras te laisser sombrer dans l'amertume, l'alcool, et délaisser ta famille.

Le sourire d'Arran MacKenzie s'épanouit plus encore.

— Mais au moins, tu sauras. Il vaut mieux mourir amer qu'ignorant, tu ne crois pas ?

— Et Arrandale ? Et Balhaire ? dit Cailean, désignant la jambe de son père. C'est à moi de reprendre le flambeau.

— Je ne suis pas encore tout à fait mort. Je dois pouvoir assumer ma tâche quelques mois de plus. Et puis, j'ai Rabbie. Et Cat, aussi.

Une petite lueur d'espoir se dessinait à l'horizon, mais Cailean avait presque peur d'y croire.

— Et le commerce avec les Norvégiens ?

— Aulay s'en chargera.

Son père avait réponse à tout, décidément. Cailean lui jeta un regard agacé et il se mit à rire.

— Voyons, Cailean, tu ne pars quand même pas en exil, si ?

— Je ne peux pas l'amener ici. Quand bien même elle accepterait de m'épouser, c'est impossible.

— Pourquoi ? Personne ne touchera à elle à Balhaire. Je n'irais pas à Auchenard, cela, c'est certain. Pas avec les jacobites qui s'agitent et la présence récente du capitaine. Mais elle peut venir ici. Elle sera la bienvenue, ainsi que sa famille.

Les pensées commençaient à s'agiter sérieusement dans l'esprit de Cailean. Il passa une main nerveuse dans ses cheveux.

— Il y a son fils, encore. Il est vicomte. Son éducation, les relations qu'il doit se faire, tout cela exige qu'il demeure en Angleterre.

— Bien sûr. Mais pour l'instant, ce n'est qu'un enfant. Cat m'a dit que son précepteur l'avait accompagné à Auchenard. Pourquoi ne viendrait-il pas à Balhaire ? Lorsqu'il sera plus âgé, Lord Chatwick pourra regagner l'Angleterre et parfaire son éducation.

Cailean voulait désespérément croire qu'il y avait un espoir. Il regarda son père et sentit soudain une bouffée d'amour inonder son cœur.

— Comment pourrais-je te laisser maintenant, *Athair* ? Tu as besoin de moi.

Son père lui sourit affectueusement.

— Je ne me déplace plus aussi facilement qu'avant, c'est vrai. Mais j'ai quatre autres enfants, Cailean. N'importe lequel d'entre eux pourrait prendre la relève à tout moment. Nous pourrons nous débrouiller sans toi, pour un temps, et l'heure n'est pas venue de t'inquiéter pour moi.

Arran MacKenzie se leva lentement.

— Je te conseille de partir sans tarder, mon garçon. Ne réfléchis pas trop, sinon tu finiras par trouver toutes les raisons de ne pas le faire. Vas-y tant que la flamme brûle en toi.

Son père avait raison. La flamme brûlait en Cailean, plus vive que jamais.

Il était étonnant de voir combien un homme déterminé pouvait se montrer efficace. Cailean ne songeait déjà plus au danger qu'il lui faudrait peut-être affronter. Il ne songeait qu'à arriver à temps pour empêcher Daisy de se marier.

Il alla voir Aulay qui se préparait à mettre le cap sur la Norvège.

— J'ai besoin de gagner l'Angleterre.

— Tu es devenu fou ? s'exclama ce dernier. On a trop à faire pour aller batifoler en Angleterre.

— Je le sais aussi bien que toi. On met le cap au sud.

Aulay maugréa, mais il donna l'ordre à son second de décharger les marchandises déjà embarquées.

Cailean se rendit ensuite chez Willie MacKenzie. Ce dernier fut enchanté de se voir confier la surveillance d'Arrandale et d'Auchenard pour la somme royale de dix livres. Cailean emmena ensuite Flamme et Odin à Balhaire et les confia à la garde de ses parents. Et lorsqu'il quitta la grande salle après avoir dit au revoir à toute sa famille, Flamme, assoupie devant le feu avec les autres chiens des MacKenzie, leva à peine la tête.

Aussi incroyable que cela puisse paraître, à peine deux semaines après la conversation qu'il avait eue avec son père, Cailean arrivait à Norwood Park, la propriété du nord de l'Angleterre dans laquelle sa mère avait grandi et où le mariage avec son père avait été décidé. Toute la famille connaissait l'histoire. Sa mère avait fui l'Écosse peu de temps après s'être mariée, mais son père l'avait renvoyée à Balhaire, trois ans plus tard, pour tâcher d'établir si Arran MacKenzie complotait contre la Couronne.

C'était ridicule. Il n'y avait pas homme plus loyal qu'Arran MacKenzie. Ce que, fort heureusement, sa mère avait très vite compris. En revanche, le père de Lady MacKenzie, Lord Norwood, ainsi que son frère aîné, Bryce Armstrong, étaient loin, quant à eux, de se montrer intègres. Le traître, c'était Lord Norwood et il fut condamné pour complot contre la Couronne. Bryce Armstrong fut déchu de ses droits héréditaires. Le demi-frère de Lady MacKenzie, Knox Armstrong, devint alors Lord Norwood et ce fut à lui que revint l'héritage.

Cailean arriva à Norwood Park au beau milieu d'une soirée. Sa mère l'avait prévenu, Knox en donnait fréquemment depuis qu'il avait hérité du titre.

Le voyage de la côte jusqu'à Norwood Park n'avait pas été facile. Cailean était épuisé et sale, couvert de la poussière de la route. Il demanda au majordome de bien vouloir le conduire discrètement jusqu'à une pièce où il pourrait se reposer sans déranger les invités.

Tandis qu'il suivait le majordome en direction d'un petit salon privé, il aperçut, au passage, un visage familier. Poppy Beauly, devenue aujourd'hui Lady Prudhome, était assise dans un sofa et discutait avec une autre convive. Cailean la reconnut tout de suite, bien que ne l'ayant pas revue depuis ce fameux été où elle avait rejeté sa demande. Son visage témoignait encore de la beauté de sa jeunesse, mais elle avait les yeux cernés et les cheveux qui commençaient à grisonner. Et elle s'était empâtée avec le temps.

Cailean se hâta vers le petit salon, certain qu'elle ne l'avait pas vu. Il n'était pas revenu en Angleterre depuis cette douloureuse expérience et, en la revoyant aujourd'hui, il se sentait idiot. Se pouvait-il qu'il ait tant souffert, qu'il se soit tenu à l'écart de toute relation à cause d'elle ? De cette femme fanée, aux traits tirés ?

Oncle Knox entra soudain avec panache, faisant voler la porte. Il titubait, passablement ivre. Et beaucoup plus enveloppé que la dernière fois où Cailean l'avait vu.

— Cailean ! s'exclama-t-il avec la vigueur qui lui était coutumière.

Cailean conservait de chaleureux souvenirs de lui, l'oncle affectueux qui était toujours prêt à vous serrer dans ses bras ou à vous glisser un verre de bière dans la main. Et aujourd'hui encore, il prit Cailean dans ses bras, lui donna l'accolade, le bousculant un peu avec ses manières bourrues.

— Tu as belle allure. Te voilà un homme, à présent, et un laird ! J'ai entendu dire que tu allais bientôt prendre la relève et t'asseoir sur le trône des MacKenzie. Je suis heureux de te voir. J'ai bien cru que tu n'allais jamais pouvoir quitter tes montagnes !

— Moi, non plus, reconnut Cailean.

Oncle Knox s'approcha d'une console et servit deux verres de whisky. Puis il en tendit un à Cailean et trinqua avec lui.

— Au bon vieux temps, dit-il.

Puis il avala l'alcool d'un trait.

— Bon, reprit-il. Le messager de ta mère n'est arrivé qu'hier.

— Ma mère a envoyé un messager ? s'exclama Cailean.

Il n'était au courant de rien, bien sûr. Elle ne s'en était pas vantée.

— Tu la connais ! s'exclama oncle Knox avec un sourire jovial. Elle tenait absolument à ce que je comprenne parfaitement ses instructions et les applique à la lettre, dit-il, exécutant une petite courbette et éclatant de rire. Je lui ai aussitôt renvoyé le messager, avec quelques remarques de mon cru. Ma très chère Margot, lui ai-je dit, ton manque de confiance me blesse. Il est évident que mon neveu disposera de tout ce dont il aura besoin afin de pouvoir se mettre en quête de ce qu'il est venu chercher, ajouta-t-il avec un grand geste de la main. J'imagine assez bien qu'il s'agit d'une femme.

Cailean rougit.

Son oncle rit, ravi.

— Pour toute chose, il y a une saison, dit-il. Bon, je t'inviterais volontiers à ma soirée, mais tu n'es pas présentable. De plus, l'objet de ta dernière tentative pour connaître les délices de la vie conjugale se trouve être mon invitée, ce soir.

— Oui, j'ai aperçu Lady Prudhome, dit Cailean.

— Son mari est un ivrogne, murmura oncle Knox avec des airs de conspirateur, tandis qu'il fourrageait dans un tiroir du bureau. Ah, la voilà ! La clé de ton royaume. Du moins, celle de ma maison de Londres. Il y a une éternité que je n'y ai pas mis les pieds et je crains que tu doives te débrouiller sans une domesticité adéquate. Mais il y a mon fidèle Bussey sur place et il veillera à ce que tu ne manques de rien. Il faudra que nous parlions de pas mal de choses tous les deux, naturellement. Tu auras besoin de lettres de recommandation. On ne sait jamais. Nombre de gens ne portent guère les Écossais dans leur cœur.

— Oui, je suis au courant, dit Cailean.

Oncle Knox lui tendit la clé, puis il jeta un coup d'œil à sa tenue et fit la grimace.

Cailean baissa les yeux vers ses vêtements.

— Ils ont souffert du voyage.

— Pas seulement, mon garçon. C'est leur allure qui pose problème. Ici, tu ne peux pas t'habiller comme un sauvage des Highlands. N'y vois pas d'offense. Je sais pertinemment que tu n'es pas un sauvage, mais ici, c'est ce qu'on pensera de toi. Il doit certainement y avoir dans ma garde-robe quelque tenue qui puisse t'aller. Suis-moi. Mon valet est probablement en train de trousser l'une des servantes. Nous allons nous amuser un peu et le surprendre, pantalon baissé, à n'en pas douter. Il lui reviendra de te vêtir comme il convient. Nous allons faire de toi un Anglais !

Cailean avait la tête qui lui tournait. Il avait faim, il était épuisé et peu emballé par la perspective d'être pris pour un Anglais. Il suivit son oncle et, traversant le salon, oublia même que Poppy s'y trouvait.

Trois jours plus tard, vêtu comme il convenait et dûment pourvu de lettres de recommandation, Cailean se mettait en route pour Londres.

Chapitre 20

Le voyage de retour parut à Daisy deux fois plus long que l'aller alors qu'il dura en fait deux jours de moins. Robert se plaignit de la navigation, nettement plus approximative à son goût que celle de la Royal Navy, mais il parvint néanmoins à se conduire avec courtoisie à l'égard des MacDonald et de leur équipage. Il ne se sépara pas un instant de son épée et déclara dormir très mal, s'attendant à tout instant à être attaqué par des Écossais.

Tout au long du voyage, il ne s'en montra pas moins attentif à Daisy et à sa famille. Alors qu'ils approchaient de l'Angleterre, Daisy tenta de ranimer les sentiments qu'elle avait si longtemps nourris pour lui, de mettre de côté les doutes qui s'étaient installés dans son esprit quant à l'honnêteté de ses intentions. Elle s'y efforça véritablement. Pourquoi lui en vouloir, après tout ? Ses intentions à son égard n'étaient guère différentes de celles de la majorité des hommes, depuis que la nouvelle de la clause fixée par son époux dans son testament avait été connue.

Robert possédait au moins un avantage : elle le connaissait et savait, de ce fait, à quoi s'attendre de sa part. Était-il donc si important que tout geste d'affection de sa part la laisse de marbre ou qu'il ne cesse de reprendre Ellis à la moindre occasion ? Avec un étranger, la situation aurait pu s'avérer bien pire.

De tout cela, Daisy voulut se convaincre. En vain. Elle avait beau faire, elle ne songeait qu'à Cailean.

— Le voyage vous rend-il malade ? demanda un jour Belinda, alors qu'elles se trouvaient seules dans la cabine exiguë qu'elles partageaient à bord.

— Malade ? Non, répondit-elle, secouant lentement la tête comme si elle s'éveillait d'un profond sommeil.

Belinda n'en dit pas davantage. En fait, elle demeura inhabituellement silencieuse durant le voyage, tout en surveillant Daisy d'un œil inquiet. Ce qui ne fit qu'accroître son mal-être. Elle n'aspirait qu'à pouvoir se laisser aller à son chagrin, seule, dans son coin. Malheureusement, elle se sentit contrainte de faire bonne figure afin que ni Robert ni sa famille ne s'inquiètent et ne lui demandent, à tout bout de champ, si elle allait bien. Plus jamais elle n'irait bien. Plus jamais, elle ne serait la même.

Ce fut par une nuit venteuse qu'ils arrivèrent enfin à Londres et gagnèrent Chatwick House, située dans Audley Street. Daisy était épuisée et elle permit à Robert de porter Ellis jusque dans sa chambre où une des domestiques attendait pour le mettre au lit. Extrêmement éprouvée par le voyage, Belinda se retira, elle aussi.

Robert rejoignit Daisy dans le salon. Il paraissait frais et dispos, comme s'il n'avait jamais enduré les affres de ce voyage et avait passé son temps à l'attendre dans ce salon.

— Vous êtes rompue de fatigue, très chère Daisy, dit-il. Je veux que vous vous retiriez et preniez du repos. Je viendrai vous rendre visite demain matin et nous parlerons de notre avenir.

Il lui sourit, comme si cela mettait un point final à la discussion.

— Où allez-vous ? demanda Daisy, intriguée.

En effet, il y avait maintenant des jours qu'ils vivaient sous le même toit et, d'une certaine façon, cela donnait l'impression qu'ils étaient déjà un couple.

— Je me rends au club. Être hébergé sous votre toit était chose possible dans cette lointaine contrée d'Écosse. Mais ici, il ne serait pas jugé convenable que j'y demeure.

Daisy était trop lasse pour discuter. Elle acquiesça d'un signe de tête, lui tendit la joue pour un baiser et le raccompagna jusqu'à la porte.

Bien qu'épuisée, elle dormit mal. Son lit lui paraissait soudain trop mou et elle ne cessait de se tourner et se retourner. Elle rêva qu'elle se trouvait dans son jardin, à Auchenard, avec Ellis, et qu'elle y plantait de nouvelles roses. Cailean était là, lui aussi. Mais dans cet état de semi-conscience propre aux nuits agitées, elle se rendit soudain compte qu'il ne s'agissait pas d'un rêve. Elle ne dormait pas. C'était son chagrin qui la portait à imaginer ce qu'elle désirait plus que tout au monde, ce qu'elle aurait tant voulu voir se réaliser. Ces images idylliques n'étaient que rêves éveillés.

Elle dut finir par s'endormir, toutefois, parce qu'elle se sentit soudain arrachée au sommeil par une main qui lui secouait l'épaule. Belinda était penchée au-dessus d'elle.

— Très chère ! murmura-t-elle. Êtes-vous malade ?

— Non, pas que je sache, répondit-elle, groggy.

Elle se redressa, obligeant Belinda à s'écarter, et fit la grimace en sentant soudain se manifester une douleur aiguë derrière les yeux.

— Il est 14 heures. Le capitaine Spivey va arriver d'un instant à l'autre et l'évêque Craig a fait savoir qu'il viendrait vous voir à 14 h 30.

— Que dites-vous ?

Daisy ouvrit les yeux, sauta au bas du lit.

— J'espère qu'il ne s'agit que de fatigue, dit Belinda, ouvrant la penderie pour y chercher une tenue. Pourvu que vous n'ayez pas contracté l'une de ces épouvantables fièvres étrangères. Ces bateaux en sont infestés.

— Je ne suis pas malade, Je suis..., dit Daisy, laissant sa phrase en suspens.

Belinda s'interrompit dans ses préparatifs et jeta un coup d'œil par-dessus son épaule.

— Je suis résignée, dit Daisy, ravalant un sanglot.

Elle eut tout juste le temps de s'habiller et d'avaler une tasse de thé avant l'arrivée de Robert. Il était très élégamment vêtu et portait une perruque. Il pénétra dans le salon, son tricorne glissé sous le bras. Un sourire triomphant aux lèvres, il claqua les talons et s'inclina en une profonde révérence.

— Comment allez-vous, Lady Chatwick ? Vous êtes très en beauté. Londres vous réussit.

Daisy se sentait triste et fatiguée.

— Merci, dit-elle, le regardant, incrédule. À vous voir aussi satisfait, on croirait que vous venez tout juste de dîner avec le roi.

Il rit.

— Je n'ai pas dîné avec le roi, mais j'ai rendu visite à l'évêque Craig, ce matin.

Daisy sentit son sang se glacer. Déjà. Ils venaient à peine d'arriver à Londres et il avait déjà rendu visite à l'évêque Craig ?

— Je vous demande pardon, dit-elle, la panique perceptible dans sa voix.

Robert haussa un sourcil.

— Très chère, vous devez être consciente que la nouvelle de votre retour, en ma compagnie, va très rapidement se répandre. J'ai pris la liberté de parler à l'évêque de notre voyage et de notre accord.

Daisy sentit sa poitrine se serrer. Il lui semblait que ses jambes se dérobaient sous elle et elle agrippa le dossier du canapé, se sentant défaillir.

— Vous n'auriez pas dû prendre cette initiative, Robert, dit-elle. Vous n'auriez vraiment pas dû.

Il la regarda, étonné, et se mit à rire. Un rire nerveux.

— Bien sûr que si, voyons. Une lady ne voyage pas en compagnie d'un gentilhomme sans qu'il y ait eu un accord entre eux. Et si ce n'est déjà fait, cela le sera bientôt.

— J'ai voyagé avec ma famille et sous votre protection. Cela ne témoigne en aucun cas d'un accord.

Robert posa son tricorne.

— Dans ce cas, veuillez accepter mes excuses, dit-il prudemment, comme s'il comprenait soudain qu'il avait tout intérêt à la ménager. Vous plairait-il de savoir ce qu'en a pensé l'évêque ?

Elle le regarda, l'air las.

Il sourit.

— Il a été très impressionné par la qualité de mes relations et par mes lettres de recommandation.

— Vos lettres de recommandation ?

Daisy ne comprenait pas.

— Oui, bien sûr. Je me présente avec des lettres de recommandation. Un homme de ma condition se doit d'en être muni pour prétendre demander la main d'une femme de votre rang. J'ai produit une lettre de l'amiral Kensing et une autre de Lord Woodhouse.

— Lord Woodhouse ? N'est-il pas le propriétaire du domaine dans lequel votre père officie en tant que vicaire ?

Robert acquiesça d'un signe de tête.

— Vous avez reçu ces lettres aujourd'hui ? demanda Daisy, s'efforçant de comprendre comment il avait pu se les procurer aussi vite.

— Non, très chère. Je les ai reçues avant de venir vous rejoindre en Écosse.

— Avant ?

Le sourire de Spivey perdit de sa superbe. Il passa une main sur son front, comme s'il s'efforçait de résoudre une question épineuse.

— Je crois que vous ne comprenez pas, Daisy. Avant de pouvoir vous parler, avant même de pouvoir envisager l'idée de vous demander en mariage, je devais m'assurer que vous ne me refuseriez pas votre main. Je pensais que vous apprécieriez de voir combien je m'étais démené pour que nous puissions envisager un avenir heureux ensemble.

Daisy enfouit son visage entre ses mains, peu convaincue par tout ce discours. Soit il se montrait on ne peut plus présomptueux en allant rendre visite à l'évêque sans l'en prévenir, soit il préparait de longue date un plan pour mettre la main sur sa fortune. Quelle que soit la raison, cette situation ne pouvait plus durer.

— Il n'aurait pas fallu que vous agissiez ainsi, Robert. Vous vous êtes beaucoup avancé.

Son sourire plein d'espoir se fana soudain. Il croisa les bras sur sa poitrine.

— Si vous avez quelque chose à me dire, faites-le, je vous en prie.

Daisy rassembla son courage.

— Je n'éprouve plus pour vous les mêmes sentiments qu'autrefois, dit-elle simplement.

Robert ne parut pas particulièrement surpris. Il eut même un petit haussement d'épaules, comme s'il s'agissait là d'un détail sans importance.

— Je suis conscient que ces sentiments, vous les éprouvez pour un autre homme. Vous ne vous en êtes pas cachée.

Daisy demeura interloquée. Elle attendit qu'il poursuive. Voyant qu'il n'en faisait rien, ce fut elle qui demanda :

— Et cela ne change en rien votre envie de m'épouser ?

Un sourire effleura ses lèvres et il secoua la tête.

— Il est évident que je préférerais vous voir éprouver la même considération à mon égard. Et si ma demande en mariage n'était fondée que sur la base de sentiments réciproques, sans doute devrais-je me trouver offensé. Mais, en ce qui vous concerne, une demande en mariage a davantage à voir avec votre fils, n'est-ce pas ?

Daisy le fixa, interdite. Il était évident qu'il n'éprouvait plus, lui non plus, les mêmes sentiments pour elle qu'autrefois.

— Cette demande a autant à voir avec moi qu'avec mon fils. Mes sentiments doivent être pris en compte.

Robert eut un petit rire et Daisy sentit son sang se glacer. Il s'avança vers elle, un sourire suffisant aux lèvres. Lorsqu'il fut à sa hauteur, il tendit la main, effleura négligemment la boucle à son oreille.

— Lady Chatwick, si vous pensez pouvoir vous enfuir pour aller épouser votre Highlander, vous vous trompez. L'évêque ne le permettra jamais. Et je ne le permettrai pas davantage. Je sais, à présent, où se cachent certains contrebandiers parmi les pires et je connais un amiral qui serait ravi de se voir communiquer cette information. Si vous n'acceptez pas ma proposition, il saura très vite où trouver les MacKenzie. Votre… tocade vous vaudra d'être accusée de complicité et vous aurez à en payer le prix. À votre place, je me garderais de refuser l'offre que je vous fais.

Daisy le fusilla du regard. Elle bouillait de colère. Elle découvrait Robert pour ce qu'il était maintenant. Et très clairement.

— Comment osez-vous ? dit-elle, la voix tremblante de colère. Qui j'entends épouser ne regarde que moi et si vous croyez que vos menaces peuvent m'amener à agir différemment, vous vous trompez.

Le visage de Spivey se rembrunit et il la toisa, comme s'il avait affaire à une enfant désobéissante.

— Existe-t-il une meilleure alternative pour vous ? Préférez-vous épouser quelqu'un que vous connaissez à peine ? Ou allez-vous vous languir d'amour après votre pauvre Écossais ?

— Je n'épouserai pas quelqu'un que je n'aime pas, dit Daisy. Et je ne vous aime pas, Robert. Je vous demande de bien vouloir partir, à présent.

Il la gratifia d'un petit rire ironique.

— Décidément, vous êtes toujours aussi naïve, Daisy. Vous ne vous marierez pas par amour, vous vous marierez par intérêt. Peut-être l'évêque parviendra-t-il à vous faire entendre raison ? ajouta-t-il, traversant la pièce, prêt à s'en aller.

Parvenu à la porte, il se retourna.

— Au fait, il vous intéressera peut-être de savoir que j'ai averti l'évêque que vous vous montreriez sans doute quelque peu réticente suite à votre admiration manifeste, et fort mal placée, pour un contrebandier écossais.

Sur ce, il sortit, claquant la porte derrière lui.

Daisy tremblait de rage. Elle se laissa choir sur le canapé, s'efforçant de reprendre son souffle. Elle était au bord de la nausée, totalement abattue et furieuse. Peu lui importait quel homme l'évêque Craig lui recommanderait comme époux. Une chose était certaine : elle n'épouserait jamais Robert. Il ne mettrait jamais la main sur sa fortune.

Elle se demanda par quel moyen elle pourrait au plus vite avertir Cailean des menaces que Spivey avait proférées. Elle aurait voulu pouvoir s'entretenir de tout cela avec oncle Alfonso, mais il était malheureusement parti pour Chatwick Hall afin d'y régler quelques affaires.

Tandis qu'elle s'efforçait de réfléchir à ce qu'elle devait faire, la porte s'ouvrit et Ellis passa la tête dans l'entrebâillement.

Daisy lui sourit.

— Venez, mon chéri.

Il courut vers elle, referma ses petits bras autour de son cou et se serra contre elle.

Il portait une cape, et Belinda entra derrière lui, vêtue pour sortir, elle aussi.

— Où allez-vous ? demanda Daisy, le visage enfoui au creux de son cou.

— En promenade, répondit-il.

— Il a besoin de faire marcher ses jambes après tout le temps que nous avons passé en voiture et dans ce maudit bateau, expliqua Belinda. Le fils de Mrs Cooper a dû rester alité durant toute une année à cause d'une fièvre qu'il avait contractée lors d'un voyage. Et il n'a plu jamais remarché correctement après cela.

Daisy eut un sourire las.

— Dans ce cas, il faut absolument que vous marchiez, dit-elle, remettant en place le col d'Ellis. Et même, ajouta-t-elle, lui adressant un petit clin d'œil, je recommande que vous sortiez en promenade avec cousine Belinda tous les jours.

— Oh oui, maman.

Daisy souffrait pour son fils, se souvenant combien il était heureux en Écosse, au grand air.

— À moins que vous ne préfériez que je reste avec vous pour recevoir l'évêque, dit Belinda.

Daisy secoua la tête.

— C'est très gentil à vous, mais non. Il est préférable que je le voie seule. Et puis, je vais avoir besoin de temps pour réfléchir à la situation.

Elle poussa un soupir et, serrant de nouveau Ellis contre elle, sourit à Belinda.

— J'ai refusé la demande en mariage du capitaine Spivey.

Belinda demeura interdite, écarquillant de grands yeux. Ellis, lui-même, regarda sa mère, surpris. Daisy sourit et écarta une mèche de cheveux de son visage.

— Vous vous souvenez de ce que je vous ai expliqué, que je dois me remarier, n'est-ce pas ? C'est ce que votre père souhaitait dans votre intérêt.

Ellis acquiesça d'un petit signe de tête.

— Le capitaine Spivey souhaitait m'épouser et prendre soin de vous, dit-elle, mentant sur la nature exacte de ses intentions. Mais je ne l'aime pas et je ne veux pas me marier avec lui.

— Dans ce cas, je veux que vous épousiez Cailean, dit Ellis, d'un ton très sérieux.

Le cœur de Daisy se serra et les larmes affluèrent si soudainement dans ses yeux qu'un sanglot s'étrangla dans sa gorge. Le chagrin la submergeait, immense. Elle serra très fort son fils contre elle.

— Je le voudrais, moi aussi, dit-elle. Mais c'est impossible, mon chéri.

— Mais pourquoi ? insista Ellis. J'aime l'Écosse.

— Parce que vous êtes un vicomte anglais, que vous devez parfaire votre éducation en Angleterre et être introduit dans le monde dans lequel vous aurez une place prépondérante. Il est impossible de réaliser tout cela en Écosse. Auchenard est un lieu parfait pour la chasse, pas pour y vivre.

Ellis était complètement abattu. Il baissa la tête, fixa le tapis.

— Je suis heureux que vous n'épousiez pas le capitaine, murmura-t-il.

Daisy posa un baiser sur ses cheveux.

— Je ne l'épouserais pas, quand bien même il ne resterait que lui sur terre, mon chéri. Allez, à présent. Allez vous promener avec Belinda. Je dois m'entretenir avec l'évêque Craig. Je vous verrai avant le dîner.

Ellis hocha la tête et gagna la porte. Belinda l'ouvrit pour le laisser passer. Puis elle se retourna et sourit à Daisy.

— Moi aussi, je suis heureuse que vous lui ayez dit non, dit-elle très vite.

Et elle se sauva aussitôt, comme si elle craignait que sa cousine ne la réprimande.

Lorsqu'ils furent partis, Daisy se leva et, de manière tout à fait inhabituelle, elle alla se servir un verre de whisky. Elle s'était mise à en aimer le goût. La première gorgée lui arracha une grimace. Il était nettement moins bon que celui de Balhaire. Mais elle en savoura la légère brûlure dans sa gorge et la chaleur qui se répandit aussitôt en elle.

Elle reposa le verre et s'approcha de la fenêtre. Le temps était gris. D'épais nuages recouvraient le ciel de Londres, étouffant la ville comme sous un couvercle. Et elle avait, elle aussi, l'impression d'étouffer.

Dans la rue, en bas, elle vit Ellis et Belinda prendre la direction de Hyde Park et croiser l'évêque Craig accompagné de deux acolytes. À cette seule vue, elle se sentit mal et courut aussitôt se resservir une goutte de whisky.

Quelques minutes plus tard, Rowley introduisait l'évêque dans le salon. Il portait un manteau noir, un col blanc amidonné, un gilet, un pantalon et des bas, tous également noirs. C'était comme si la Mort en personne lui rendait visite. Ses deux compagnons portaient eux aussi des vêtements religieux.

Daisy ignorait qui ils étaient, et peu lui importait. Elle se leva avec grâce de son fauteuil et s'inclina devant l'évêque.

— Monseigneur.

Il s'avança pour la saluer. Il lui prit les mains et la surprit en se penchant soudain et en posant un baiser sur sa joue. Il s'écarta aussitôt, la fixant, l'air soupçonneux, par-dessus son nez crochu.

— Lady Chatwick, je m'apprêtais à vous souhaiter la bienvenue à Londres après votre folle équipée en Écosse, mais je détecte une légère odeur d'alcool dans votre haleine.

Daisy porta la main à sa bouche.

— Seulement à titre de médicament, marmonna-t-elle.

Il fronça les sourcils.

— À titre de médicament… bien sûr. Je ne sais ce qu'il convient de faire de vous. Vous avez mis en péril la vie du vicomte Chatwick, avec toutes ces escapades qui ne visaient qu'à vous distraire et satisfaire vos caprices.

La remarque hérissa Daisy. Jamais elle n'aurait mis la vie de son fils en péril. Elle en voulait beaucoup à l'évêque de le penser, de la juger frivole, alors qu'elle n'avait songé qu'à agir au mieux face aux diktats de son mari.

— Votre mari s'est montré très sage en ajoutant cette clause à son testament. Il avait parfaitement compris qu'il ne pouvait confier à votre seul jugement l'éducation de votre fils jusqu'à sa majorité.

Daisy fulminait. Dieu lui pardonnerait-il de sauter à la gorge de cet homme et de la serrer jusqu'à ce qu'il demande grâce ?

— Le capitaine Spivey m'a fait part de son intention de demander votre main. Il m'a également mis au courant de votre admiration tout à fait déplacée pour un contrebandier écossais, Lady Chatwick.

Il fronça de nouveau ses épais sourcils gris.

— J'avoue ne pas comprendre comment vous avez pu soumettre votre fils à la présence d'un être aussi méprisable. N'avez-vous donc aucun égard pour lui ?

Daisy n'avait qu'une envie, se jeter sur cet homme et le frapper. Comment osait-il lui parler ainsi ? Elle s'écarta, les poings serrés.

— Soyez assuré, Monseigneur, que je prends soin de mon

fils comme je l'ai toujours fait. Je vois que le capitaine Spivey vous a dit beaucoup de choses, poursuivit-elle, s'efforçant de ne rien laisser paraître de sa colère. Sachez que j'ai décliné sa proposition, jugeant que sa jalousie, tout à fait déplacée, représentait un danger pour mon fils et pour moi-même.

L'évêque fixa Daisy.

— Je vous demande pardon ?

— Oui, sa jalousie tout à fait déplacée. C'est un homme extrêmement jaloux qui imagine des sentiments là où il n'en existe pas.

— Que voulez-vous dire ?

— Il s'est présenté à Auchenard, le pavillon de chasse de mon fils, sans y avoir été invité, commença Daisy, l'esprit en alerte, réfléchissant très vite à ce qu'il convenait de dire. Je ne l'ai jamais encouragé à me faire la cour. Jamais, pas même autrefois, alors que j'étais jeune débutante. Je l'ai éconduit, à l'époque. J'ai refusé sa proposition de mariage, car mon cœur était déjà tout acquis à Lord Chatwick. Quelle ne fut pas ma surprise, vous pouvez l'imaginer, que de le trouver dans l'allée du pavillon de chasse de mon fils, m'assurant de son affection après que onze années se sont écoulées ! Pouvez-vous concevoir cela ? Je n'ai pas entendu parler une seule fois de lui durant tout ce temps et il voudrait que je croie qu'il nourrit de réels sentiments pour moi ?

L'évêque croisa les mains derrière son dos, l'air méfiant.

— Le récit qu'il m'a fait est en tout point différent.

— Comment pourrait-il en être autrement, Monseigneur ? N'oubliez pas que je lui ai refusé ma main. Il avait entrepris ce voyage jusqu'en Écosse pour me demander en mariage, sans savoir si j'éprouvais une quelconque inclination pour lui. Vous pouvez demander à ma cousine ou à mon oncle. Ils vous confirmeront que tout cela est vrai. Il a cru, à tort, que je ne partageais pas ses sentiments parce que je concevais de l'admiration pour notre voisin, le laird d'Arrandale. Ce dernier est le fils du laird de Balhaire. Les MacKenzie sont une puissante famille écossaise. Ce ne sont en aucun cas des contrebandiers, ajouta Daisy en s'offusquant, comme si c'était là une chose tout à fait inconcevable.

— Comment pouvez-vous en être aussi certaine ? demanda Craig. Croyez-vous que le capitaine Spivey puisse se méprendre à ce point ? Il dit avoir croisé cet homme en mer.

— En mer ! s'exclama Daisy avec un petit rire ironique. Il serait parvenu à identifier un homme de la proue d'un bateau à la proue d'un autre ?

Daisy ignorait si c'était possible, mais elle riait comme si ce n'était que pure folie, et l'évêque… l'évêque doutait.

— Il a proféré des accusations très graves contre un voisin et ami de mon oncle. Un homme très honorable, poursuivit Daisy, sentant qu'elle était en train de faire fléchir l'évêque en sa faveur. Aucune n'est fondée. Je n'ai jamais vu ni bateau ni transaction qui puisse s'apparenter à de la contrebande. Nous avons été invités à Balhaire et traités avec la plus grande courtoisie. Très honnêtement, je soupçonne le capitaine Spivey de salir toute personne pouvant représenter une menace pour son projet qui est de mettre la main sur ma fortune.

— Il s'agit là d'une accusation très grave, dit l'évêque.

— C'est la vérité, Monseigneur. C'est tout à fait évident. Il a mis fin à son engagement dans le Royal Navy. D'où tirera-t-il son revenu, désormais, si ce n'est de l'héritage de Lord Chatwick ?

L'évêque, perplexe, jeta un bref coup d'œil à ses assistants. Puis il se tourna de nouveau vers Daisy.

— Peu importe, dit-il, avec un petit geste de la main comme pour en finir, une bonne fois pour toutes. Je ne suis pas favorable à un mariage avec Spivey. Il ne me semble pas convenir.

— Je suis tout à fait d'accord, dit Daisy.

L'évêque se redressa.

— Nous débattrons du bien-fondé de votre voyage en Écosse et du choix plus ou moins judicieux de vos relations une autre fois.

Il tira d'un coup sec sur les basques de son long manteau et désigna le canapé.

— Asseyez-vous, je vous prie. Pour l'heure, nous avons d'autres urgences.

Daisy poussa un soupir et s'assit.

— Bien, dit-il, croisant les mains derrière son dos et se mettant à arpenter la pièce.

Il semblait sur le point de lui administrer quelque parole de sagesse de la plus haute importance. Ou un sermon. Daisy était par avance réfractaire aux deux.

— La question de votre mariage est de la plus haute importance. Vous n'avez que trop tardé à prendre une décision. J'en suis arrivé à la conclusion qu'il n'y a, à l'heure actuelle, que deux hommes qui puissent convenir et soient disposés à vous épouser.

Disposés ! Daisy serra les dents.

— Le premier est plus âgé…

— Quel âge a-t-il ? coupa Daisy.

Craig lui jeta un regard noir.

— Il est dans sa cinquantième année.

Daisy blêmit.

— Lord Vanderberg est veuf. C'est un homme très dévot. Il ne peut se trouver meilleur exemple pour Lord Chatwick. Si l'on excepte le mien, bien sûr.

Voilà qui, pour Daisy, était loin de parler en faveur de ce gentilhomme. Elle ne connaissait pas Lord Vanderberg et n'avait aucune envie de faire sa connaissance. Cinquante ans ? Elle venait à peine d'en avoir vingt-neuf. Elle songea à son fils, si tendre et si timide, se retrouvant entre les mains d'un chrétien fervent, à l'autorité rigoriste. Devrait-il faire pénitence dès que le moindre petit péché serait décelé dans sa conduite ? Cette idée déplaisait fort à Daisy.

— Le deuxième gentilhomme, Lord Yarbrough, est un peu plus jeune que vous.

Daisy faillit pousser un gémissement. Elle connaissait Lord Yarbrough. Quelle femme ne le connaissait pas à Londres ? C'était un libertin qui comptait autant de maîtresses que d'années passées sur cette terre.

— Il est jeune et il peut se montrer effronté, parfois, mais il assiste régulièrement aux services religieux et il a fait preuve de beaucoup de sagesse et de clairvoyance dans la gestion de la fortune familiale. Il serait un guide parfait pour gérer la fortune de Lord Chatwick.

Daisy la gérait elle-même très bien, et ce depuis des années. Elle n'avait pas besoin qu'un homme s'en occupe à sa place.

— Inutile de vous dire que ces deux gentilshommes possèdent d'excellentes relations qui seront fort utiles à Lord Chatwick dans les années à venir. Bien, venons-en à présent à la façon dont vous allez faire leur connaissance. Je viendrai vous les présenter ici même, à vous et Lord Chatwick. Naturellement, je demeurerais présent afin de pouvoir m'assurer de votre compatibilité. Je vous enverrai un messager pour préciser les détails. Tout est-il clair ?

— Tout à fait clair, répondit Daisy d'une voix douce. Merci, Monseigneur.

— Voilà qui est parfait, dans ce cas.

L'évêque parut considérer qu'il avait accompli son devoir. Il se tourna vers ses assistants et leur fit signe de sortir.

— Bonne journée, Lady Chatwick, dit-il.

— Bonne journée, Monseigneur.

Il s'apprêtait à quitter la pièce lorsque Daisy l'arrêta.

— Pardonnez-moi, Monseigneur, puis-je me permettre ?

L'évêque jeta un coup d'œil par-dessus son épaule, pressé de partir, à présent. Il en avait terminé avec sa mission et il était impatient d'aller s'attaquer à quelque nouvelle âme qu'il pourrait effrayer, mettre sous sa coupe.

Daisy fit un pas vers lui.

— Si je ne m'abuse, le testament de mon mari ne stipule pas que vous devez approuver ni même vous assurer de ma compatibilité avec tout gentilhomme dont il me plairait d'encourager la demande en mariage, n'est-ce pas ?

L'évêque la fixa sans rien dire.

Daisy soutint son regard.

— Son souhait était que vous puissiez m'aider à trouver un mari. Il ne vous a pas demandé de le choisir pour moi.

L'évêque se retourna lentement et revint sur ses pas. Il était à peine plus grand que Daisy, mais il semblait maintenant la dominer de toute sa taille, affichant une désapprobation manifeste sur son visage.

— Vous faites preuve, Lady Chatwick, d'une audace tout à fait inconvenante. Vous savez aussi bien que moi que le souhait de votre époux était que je trouve l'homme le plus à même de vous guider, vous et votre fils, et d'administrer sa fortune.

— Il souhaitait que vous m'aidiez, en effet. Mais je suis une femme adulte. Je suis tout à fait capable de décider par moi-même.

L'évêque se rembrunit.

— Trouveriez-vous insupportable, par hasard, que j'ai sélectionné pour vous deux personnes de valeur ? Ils me semblent pourtant infiniment plus aptes à remplir la fonction souhaitée par votre époux qu'aucun de ceux que vous, vous avez pu envisager jusqu'à présent.

— C'est toute cette discussion que je trouve insupportable.

La colère enflamma les traits de l'évêque. Il s'approcha de Daisy, l'obligeant à reculer d'un pas.

— Peut-être trouvez-vous cette discussion insupportable, mais permettez-moi de vous rappeler que, selon le vœu de votre époux, vous devrez vous marier avant la fin de l'année ou renoncer à l'héritage de Lord Chatwick. Vous avez amplement profité de votre liberté, ajouta-t-il, prononçant ce mot avec dégoût, et joui à loisir du rôle de la veuve joyeuse. Le moment est venu de cesser de ne penser qu'à votre bon plaisir. Et à moins que vous n'ayez en vue un candidat plus vertueux que les deux que je souhaite vous présenter, je suggère que vous cessiez de jouer les offensées et que vous vous atteliez enfin à la tâche d'élever correctement votre fils.

L'évêque ne laissa pas à Daisy le temps de répondre. Il fit volte-face et quitta la pièce, la démarche raide. Daisy l'entendit hurler des ordres à ses deux assistants et claquer la porte d'entrée derrière lui.

Oui, en effet, elle avait un autre candidat en vue. Un gentilhomme séduisant. Un guerrier, un chasseur, un merveilleux amant…

Daisy sentit son visage s'empourprer. Elle jeta un coup d'œil autour d'elle, cherchant quelque chose, n'importe quoi qui puisse calmer ses nerfs. Son regard tomba sur le verre de whisky vide. Elle le saisit, le jeta de toutes ses forces contre la cheminée. Le verre se brisa sur la pierre.

Alors, tête baissée, elle se laissa choir à genoux sur le sol, vaincue par la cruauté d'un sort qui lui était si funeste.

Chapitre 21

Cailean se trouvait dans Audley Street, tout de neuf vêtu et fort élégant, prêt à se présenter à Daisy. Depuis qu'il était arrivé à Londres et s'était installé dans la maison d'oncle Knox, il s'était déjà rendu une fois jusqu'à Chatwick House. Il n'avait vu que des serviteurs, entrant et sortant de la maison, effectuant les différentes courses de la journée, et des visiteurs, élégamment vêtus et portant perruque.

Il descendit la rue, déterminé à entrer, cette fois. Mais, avant qu'il n'atteigne la porte, une voiture s'arrêta devant la maison. Quatre hommes en descendirent, trois vêtus d'habits cléricaux et un quatrième portant perruque, culotte et manteau de soie aux manches abondamment ornées de dentelle.

Cailean ralentit le pas. Sa mise était extrêmement simple comparée à celle de ce gentilhomme. Il grimpa les marches en même temps que les hommes d'Église, comprenant à présent que l'un d'eux devait être l'évêque. Ils frappèrent et disparurent aussitôt à l'intérieur.

Cailean hésita, pris d'un doute, brusquement. Il n'était plus aussi sûr de lui. Elle avait probablement trouvé un mari. Oui, c'était évident. Il devait y avoir à présent plus de trois semaines qu'elle était à Londres. Fallait-il qu'il soit innocent pour débarquer tout droit des Highlands et venir demander la main d'une vicomtesse anglaise !

Dépité, Cailean regagna Grosvenor Square d'où il pouvait apercevoir la maison. Il s'installa sur un banc, se penchant légèrement pour l'observer, tout en réfléchissant à ce qu'il convenait de faire, à présent.

Il fut distrait de ses réflexions par une toute petite fille, accompagnée de sa nurse, et qui, les bras en croix, tournait sur elle-même, telle une toupie, tandis que la nurse l'avertissait qu'elle allait se rendre malade. Il sourit, reporta son attention sur Chatwick House. Soudain, son cœur fit un bond. Miss Hainsworth et Ellis traversaient la rue. Ils tournèrent à l'angle d'Audley Street, s'éloignant de Grosvenor Square. Miss Hainsworth marchait d'un pas vif. Ellis devait presque courir pour la suivre.

Il se leva d'un bond et se précipita derrière eux, se faufilant entre les passants, les voitures et les chevaux, manquant de les perdre de vue lorsqu'ils tournaient soudain dans une rue. Lorsqu'il les rattrapa enfin, il vit que la rue qu'ils avaient empruntée menait à Hyde Park.

Il pressa le pas.

Hyde Park lui était familier, il y avait passé du temps, jeune homme, et il marcha aussi vite qu'il put, sans donner l'impression de courir, afin de les intercepter. Il y parvint, débouchant soudain sur le chemin devant eux, très essoufflé. Il ôta son chapeau.

Miss Hainsworth ne le vit pas tout de suite, mais Ellis le reconnut instantanément. Il lâcha la main de sa cousine et courut vers lui.

Cailean s'accroupit et lui ouvrit les bras. L'enfant s'y précipita et il le serra très fort contre lui, surpris d'éprouver une joie aussi intense à ces retrouvailles. Il l'embrassa sur la joue et, le prenant par les épaules, il le repoussa doucement pour le regarder.

— Hé, voilà donc Lord Chatwick en train de faire sa promenade quotidienne.

— Vous êtes venu ! s'écria Ellis, au comble du bonheur. J'ai tellement prié pour que vous veniez.

— Vraiment ? Il faut croire que Dieu vous a entendu, alors.

Cailean rit et lui donna une petite tape sur l'épaule. Puis il se releva, s'inclina devant Miss Hainsworth.

Cette dernière le regardait, l'air complètement paniqué.

— Vous ne devriez pas vous trouver ici, dit-elle, saisissant Ellis par le bras et l'attirant à elle.

Elle jeta un coup d'œil autour d'elle, comme si elle s'attendait à voir surgir des soldats venus l'arrêter.

— C'est vrai, admit Cailean. Je ne devrais pas me trouver ici. Mais il me reste une affaire à terminer à Londres.

— Pas maintenant, dit Miss Hainsworth, de plus en plus nerveuse. L'évêque… L'évêque se trouve avec Lady Chatwick en ce moment.

— Va-t-elle épouser Spivey ? demanda aussitôt Cailean.

Le visage de Miss Hainsworth devint d'une pâleur extrême. Elle ouvrit la bouche pour parler, mais aucun son ne sortit.

— Non, dit Ellis. Elle doit épouser l'un des hommes choisis par l'évêque.

Cailean sentit son estomac se nouer. Il regarda Miss Hainsworth, espérant qu'elle allait démentir ces propos. Mais elle n'en fit rien.

— A-t-elle déjà accepté ? demanda-t-il.

Elle secoua la tête.

— Non. Pas encore.

Un petit espoir renaissait en Cailean. Il n'y avait donc pas de temps à perdre.

— Miss Hainsworh, dit-il, s'approchant d'elle. J'ai besoin de votre aide.

Elle secoua frénétiquement la tête, regardant de nouveau par-dessus son épaule, inquiète, redoutant d'avoir été suivie.

— Vous ne devriez pas rester ici. Si quelqu'un vous voit…

— Miss Hainsworth, dit Cailean, prêt à la supplier s'il le fallait. Il faut vraiment que vous m'aidiez. Si vous ne le faites pas, Lady Chatwick risque de prendre une décision qui aura des répercussions pour vous tous.

— Mais il s'agit de l'évêque, dit-elle, apeurée. Je ne peux pas condamner mon âme à brûler en enfer pour avoir bravé sa loi.

Cailean commençait à désespérer d'obtenir la moindre aide de sa part.

— Je vous comprends, bien sûr, dit-il. Mais si votre cousine trouve le bonheur en ce monde grâce à vous, ne croyez-vous pas que votre âme ira au paradis ?

Cailean jouait le tout pour le tout.

— Il a raison, Belinda, s'écria Ellis.

Belinda ne savait plus que faire. Tout était soudain si confus dans son esprit. Elle se mordit la lèvre.

— Non, dit-elle, regardant tour à tour Ellis et Cailean. Non, je vous demande pardon, mais je ne peux pas vous aider.

Cailean sentit sa poitrine se serrer, son courage l'abandonner.

— Moi, je peux vous aider, dit soudain Ellis.

Cailean lui sourit.

— C'est très gentil à vous, merci. Mais vous ne pouvez pas m'aider dans cette affaire, j'en suis désolé.

Qu'allait-il faire ? Il ne pouvait se résoudre à avoir perdu la bataille avant même de l'avoir livrée.

— Je vais donc devoir me débrouiller seul, dit-il. Poursuivez votre promenade. Nous nous reverrons peut-être à Chatwick House.

— Mais c'est impossible, s'écria Miss Hainsworth, totalement affolée.

Impossible ? Non. Rien n'était impossible pour un Highlander. Il allait le prouver.

Il s'inclina brièvement devant Miss Hainsworth et Ellis, puis il poursuivit son chemin, prenant la direction d'Audley Street.

Il avait à peine fait quelques pas lorsque Miss Hainsworth l'interpella.

— Attendez !

Un immense soulagement assaillit Cailean. Il leva la tête, remerciant silencieusement le ciel. Puis il fit demi-tour.

Chapitre 22

Trois jours auparavant, l'évêque était venu présenter Lord Vanderberg à Daisy et Ellis. Il portait une perruque mal poudrée dont se dégageait une odeur nauséabonde. Sa culotte et ses bas pendaient autour de ses jambes frêles et son teint gris lui parut très maladif.

Il la salua d'un sourire chaleureux et se tourna vers Ellis, brandissant sa bible, avant de s'enquérir poliment de son éducation religieuse.

— J'assiste aux services religieux avec ma mère, répondit Ellis, de mauvaise grâce.

— Voilà un bon garçon, déclara Lord Vanderberg. Maintenant, allez rejoindre votre gouvernante, je vous prie, afin que je puisse m'entretenir avec votre mère.

— Oui, sir, répondit Ellis.

Et, se gardant bien de serrer la main couverte de taches de vieillesse que ce dernier lui tendait, il quitta précipitamment la pièce.

Lord Vanderberg sourit à Daisy et l'invita à le suivre vers l'extrémité du salon, loin de l'évêque et de ses assistants. Il désigna l'unique chaise et l'invita à s'asseoir tandis qu'il demeurait debout, les mains agrippées au dossier.

Il se pencha alors au-dessus d'elle.

— Bien. Monseigneur l'évêque me dit que vous avez abondamment profité de votre liberté, ces dernières années.

— Je vous demande pardon ? dit Daisy, surprise.

— Je veux dire par là que vous n'avez apparemment pas fréquenté l'église aussi souvent que vous l'auriez dû. Je me trompe ?

Daisy jeta un regard en direction de l'évêque qui, curieusement, semblait soudain très absorbé dans la lecture de sa bible.

— Je ne pensais pas que ma fréquentation de l'église entrait en ligne de compte dans l'affaire qui nous intéresse, dit Daisy, froidement.

— Eh bien, si. Permettez-moi d'insister, Lady Chatwick, mais si nous devons parvenir à nous entendre, je dois m'assurer que vous serez une partenaire dévouée et mue par la volonté sans faille de vivre dans la foi et le service de notre Seigneur.

Daisy n'éprouvait pas le moindre problème à témoigner de sa foi en Dieu, mais il lui semblait que les exigences de Lord Vanderberg s'étendaient bien au-delà de ce simple engagement et qu'elles semblaient sous-entendre une pleine et entière dévotion à sa personne.

Lord Vanderberg haussa un sourcil gris, épais comme une limace.

— Sentirais-je de l'hésitation de votre part ?

— Non, répondit Daisy. J'avoue simplement être surprise, Lord Vanderberg. Personne jusqu'à ce jour n'a douté de ma dévotion envers le Seigneur.

— Non ? Je pense que le doute est formateur et qu'il nous incombe de remettre chaque jour en question la profondeur de notre foi, rétorqua-t-il.

Et il lui sourit. De toutes ses dents jaunes.

— Il est doublement indispensable de le faire dans l'intérêt du jeune Lord Chatwick.

Daisy n'entendit pas la suite de son discours. Elle s'efforçait de combattre la violente nausée qui l'assaillait.

Lord Vanderberg acheva sa visite en la priant de bien vouloir s'incliner et se joindre à lui afin de prier pour Ellis.

Trois jours s'étaient donc écoulés et, ce matin-là, ce fut accompagné de Lord Yarbrough que l'évêque revint. Lord Yarbrough ne cessa de lui adresser des sourires salaces pendant tout le temps que dura leur entretien. Il avait pour lui d'être très séduisant… Mais c'était là le seul élément qui plaidait en sa faveur. Ce fut un entretien assez bref, Lord Yarbrough la priant bientôt de bien vouloir l'excuser. Il avait un rendez-vous prévu de longue date.

Daisy eut la surprise de le voir revenir une heure plus tard. Sans l'évêque. Lorsque Rowley l'introduisit au salon, il s'inclina profondément devant elle.

— Je vous prie de bien vouloir m'excuser, Lady Chatwick, mais j'ai pensé que notre entretien serait plus productif si nous nous passions de l'œil sévère de l'évêque Craig braqué sur nous.

Daisy sourit. Elle était entièrement d'accord avec lui sur ce point.

Il lui prit alors la main et, contre toute attente, lui lécha carrément un doigt.

— Hum…, dit-il, levant les yeux vers elle et la regardant à travers une frange de cils si longs qu'elle se demanda s'ils étaient vrais. J'avais entendu parler de votre beauté, Lady Chatwick, mais on l'avait grandement sous-estimée.

Daisy libéra sa main.

— Mon fils doit nous rejoindre d'un instant à l'autre, dit-elle.

— Dommage, susurra Lord Yarbrough. Quant à votre fils… J'ai, pour ma part, fait mes études à Framingham. Voilà qui me semblerait une option tout à fait propre à lui convenir.

Daisy se raidit. Jamais elle ne se séparerait d'Ellis. Il n'irait pas dans un pensionnat.

— Ellis a un précepteur à domicile.

— Naturellement. Mais il serait bon qu'il fréquente des garçons de son âge. En outre…

Il laissa un regard gourmand glisser sur elle.

— J'imagine qu'une jeune mariée préférerait éloigner son fils du domicile, du moins pour un temps.

D'un geste désinvolte, il effleura le bijou à son cou.

— Elle risquerait d'être très occupée, dit-il, lui décochant un nouveau sourire salace. Et son nouveau beau-père également.

— Lord Yarbrough…

— Vous êtes veuve depuis trois ans, me suis-je laissé dire. Le désir doit vous tarauder, murmura-t-il, laissant un doigt glisser lentement du bijou jusqu'à la naissance de ses seins.

Daisy écarta sa main.

— Est-ce ainsi que vous entendez me faire la cour ?

Il rit.

— Point n'est besoin de vous faire la cour, Lady Chatwick. Il s'agit pour nous de conclure un accord. Et lorsque ce sera fait, vous deviendrez ma fidèle et loyale épouse… Avec tous les privilèges que cela entend.

— Et si je ne parviens pas à conclure un accord avec vous ?

— Dans ce cas, tant pis pour vous. Mais si j'étais une femme, je préférerais me retrouver au lit avec un homme encore en possession de tous ses moyens, plutôt qu'aux côtés d'un homme qui lit la Bible au lit.

Daisy se sentit frémir de rage, de frustration et de dégoût.

— Je vous en prie, veuillez me laisser à présent.

Il eut un sourire ironique.

— Comme il vous plaira, dit-il, s'inclinant avec panache. Faites-moi prévenir lorsque vous aurez repris vos esprits. Et, comme l'a suggéré l'évêque, il pourra alors attester de notre compatibilité.

Son audace n'ayant pas de limite, il lui décocha un clin d'œil. Et, tournant les talons, il quitta la pièce.

À peine la porte refermée derrière lui, Daisy se mit à trembler. Elle serra les poings, s'efforçant de contenir sa colère. Tout était de sa faute. Si seulement elle avait cherché sérieusement un mari qui puisse lui convenir, ce genre d'épreuve lui aurait été épargné. La seule pensée que Lord Vanderberg ou Lord Yarbrough puissent poser une main sur elle la révulsait.

— Daisy ?

Elle se retourna. Elle n'avait pas entendu Belinda entrer.

— Pas maintenant, Belinda, je vous en prie, dit-elle, gagnant le canapé et s'y laissant choir. Je ne me sens pas bien.

Belinda ferma la porte et accourut auprès d'elle.

— Que s'est-il passé qui ait pu vous mettre dans cet état ?

— N'est-ce pas facile à deviner ? Je suis démoralisée, Belinda. Totalement démoralisée.

Daisy rassembla ses forces, se redressa et prit les mains de Belinda dans les siennes.

— Ces deux hommes me sont odieux. L'idée même d'épouser l'un d'eux me révulse.

— Dans ce cas, refusez les deux, dit Belinda.

— Vous savez pertinemment que c'est impossible. Je dois en choisir un ou risquer de tout perdre. Vous n'avez cessé de me prévenir que l'échéance approchait. Pourquoi ne vous ai-je pas écoutée ?

— Écoutez ce qui est arrivé à Mrs Cully, dit Belinda. Après la mort de son mari, elle a découvert qu'elle était criblée de dettes. Eh bien, elle a été envoyée en prison à sa place ! ajouta-t-elle d'un ton tragique.

Daisy ferma les yeux et s'affaissa dans les coussins en poussant un gémissement.

— Il faut absolument que je vous montre quelque chose, dit Belinda.

Daisy secoua la tête, imaginant quelque nouveau tableau ou pièce de poterie récemment terminée.

— Non, pas maintenant, dit-elle. J'ai le cœur trop lourd.

— Vous vous en trouverez beaucoup mieux ensuite, je vous le promets.

Daisy gémit de nouveau. Elle n'en voulait pas à Belinda d'insister. Quoi qu'elle lui propose, elle savait que cela partait d'un bon sentiment.

— Rien ne peut m'aider. La seule chose qui pourrait me sauver de cette abominable situation serait que je me transforme miraculeusement en homme.

Les sourcils froncés, Belinda se mordit un ongle. Puis, hochant soudain la tête, elle se leva d'un bond.

— Je ne vous demande jamais rien, Daisy. Mais aujourd'hui, je vous demande expressément de m'accompagner.

Elle gagna la porte du salon, l'ouvrit et appela Rowley.

— Pourriez-vous nous apporter nos capes, je vous prie.

— Quoi ? s'exclama Daisy.

Belinda ne dit rien. Elle attendit le retour de Rowley. Lorsqu'il entra, elle lui prit les deux vêtements des mains, traversa la pièce et tendit le sien à Daisy.

— Voilà des jours que vous n'êtes pas sortie.

Daisy ne se souvenait pas avoir déjà vu sa cousine aussi déterminée. Elle lui arracha la cape des mains.

— Très bien. Mais j'espère que vous savez ce que vous faites, prévint-elle.

Elle enfila sa cape, refusa la suggestion que lui faisait Belinda de remettre un peu d'ordre dans sa coiffure. Quelques mèches s'en étaient échappées, apparemment, mais elle s'en moquait. Plus rien n'avait d'importance aujourd'hui.

Un vent violent soufflait dans la rue lorsqu'elles sortirent, mais Belinda fonça, tête baissée. Elle tenait la main de Daisy ferment serrée dans la sienne, de crainte, sans doute, qu'elle ne fasse demi-tour, et elle l'entraîna aussitôt à sa suite.

— Il fait un froid abominable, se plaignit Daisy. Où allons-nous ?

— Vous le verrez bien assez tôt, répondit Belinda d'un ton ferme.

Elle bifurqua dans un passage, tourna aussitôt dans une autre rue. Elles s'éloignèrent progressivement de Grosvenor Square, puis de Mayfair et de Hyde Park.

— Belinda, c'est ridicule à la fin, protesta Daisy. Allez-vous me dire, oui ou non, où vous m'emmenez ?

Belinda refusa de répondre.

Elles marchaient depuis une demi-heure lorsque Daisy arracha brusquement sa main à l'étreinte de Belinda, l'obligeant à s'arrêter.

— Où allons-nous ? demanda-t-elle, une expression butée sur ses traits.

Belinda désigna la petite église paroissiale qui se dressait, un peu plus haut, dans la rue.

Daisy la fixa, interloquée.

— Vous m'avez obligée à sortir par ce temps abominable pour me conduire à l'église ? s'exclama-t-elle. Vous êtes devenue folle !

— Suivez-moi et ne discutez plus ! rétorqua Belinda, sur le même ton emporté qu'elle.

Elle avait la mâchoire crispée, les joues en feu.

— Ne pouvez-vous pas, pour une fois, faire ce que je vous demande ? lui cria-t-elle. Juste une fois, Daisy.

La remontrance fit mouche, frappant Daisy au cœur. Belinda

avait absolument raison. Elle ne lui demandait jamais rien. Elle lui était profondément reconnaissante de se voir offrir le logis et le couvert et elle avait toujours été là lorsqu'elle avait eu besoin d'elle.

Daisy hocha la tête, calmée.

— Vous avez raison, dit-elle. Je vous suis.

Belinda parut surprise d'avoir remporté si facilement cette victoire, mais elle ne s'attarda pas. Elle fit volte-face et poursuivit sa route. Daisy la suivit docilement.

Parvenue au bas des marches de l'église, elle se plaignit néanmoins de l'état de sa robe. Le bas en était tout humide et maculé de boue. Belinda ne fit aucun commentaire. Elles gravirent les marches. Belinda ouvrit la porte de l'église et s'effaça pour la laisser entrer.

Un vicaire anglican, le cheveu en bataille et l'œil vitreux, apparut aussitôt et s'avança à leur rencontre.

— Veuillez nous excusez, dit Daisy, confuse, ôtant sa cape. Nous ne voulions pas vous déranger.

Le vicaire se contenta de hocher la tête et disparut dans les profondeurs de l'église.

Daisy se tourna vers Belinda.

— Vous m'avez amenée ici pour que je puisse prier, demander de l'aide ? Dieu sait si j'en ai besoin.

— Allez dans la nef, dit Belinda, lui prenant la cape des mains. Je vous suis.

Pourquoi pas, après tout ? Elle pouvait toujours aller s'asseoir sur un banc de l'église et prier. Belinda pensait que c'était peut-être ce qu'il lui fallait. Eh bien, elle allait lui faire ce plaisir. Et prier de tout son cœur pour qu'un miracle se produise.

Lorsque Daisy pénétra dans la nef, son regard fut attiré par la lumière scintillante des cierges dans le chœur. Un homme s'y trouvait, debout. Et, bien que ne voyant pas tout de suite de qui il s'agissait, Daisy se sentit parcourue d'un frisson. Mais bientôt son cœur se mit à battre follement dans la poitrine lorsqu'elle le reconnut. Cailean.

C'était lui. Oui, réellement lui. Incontestablement lui.

Elle ne parvenait pas à le croire, à comprendre ce qui se passait. Elle était incapable de faire le moindre mouvement, incapable de penser tant son cœur battait fort, tant les émotions qui l'assaillaient étaient violentes, mélange d'appréhension et d'émerveillement.

Il portait une tenue très élégante, un manteau et un gilet, et ses cheveux, rassemblés en queue-de-cheval, étaient impeccablement coiffés. Il était très différent de la dernière fois où elle l'avait vu et elle ne parvenait pas à comprendre comment il pouvait se trouver ici. Elle avait peur que ce ne soit qu'une illusion. Peur que si elle fermait un instant les yeux, il disparaisse.

Il ne disparut pas. Il descendit l'allée centrale, marchant vers elle à pas mesurés. Lorsqu'il fut devant elle, il prit ses mains dans les siennes, puis il l'attira doucement dans ses bras.

— Comment est-ce possible ? murmura-t-elle contre sa poitrine.

— Grâce à l'aide de Belinda. Il a fallu déployer des trésors de persuasion, mais elle a fini par se laisser convaincre et accepter de m'aider.

Daisy s'écarta pour voir son visage, son beau visage et ses merveilleux yeux bleus.

— Pourquoi avez-vous pris le risque de venir ici ? Ne savez-vous pas combien c'est dangereux ?

— Pourquoi ? Ma présence à elle seule ne suffit-elle pas à vous le dire ? Je ne peux pas me passer de vous. Je vivais dans un monde gris et sans relief. Puis vous êtes arrivée et tout est devenu lumineux. J'ai été stupide. Jamais je n'aurai dû vous laisser partir.

Daisy sentit sa poitrine se gonfler d'amour et d'espoir fou. Que cette déclaration lui était douce, et pourtant si cruelle à la fois ! Elle savait déjà qu'elle la tourmenterait toute sa vie.

— Je ne m'attendais pas à tomber amoureux de vous, poursuivit Cailean. Mais c'est ce qui s'est passé et je n'ai pas pu lutter. Je vous aime, Daisy. Je vous aime passionnément. Et je préférerais mourir plutôt que de vous perdre.

— P… Pardon ? balbutia Daisy.

Elle ne comprenait toujours pas. Toutes les raisons qui les empêchaient d'être ensemble demeuraient et certaines avaient même empiré. Les menaces proférées par Robert résonnaient encore à ses oreilles.

— Dites-moi qu'il n'est pas trop tard, murmura-t-il, dévorant son visage des yeux. Pour l'amour du ciel, dites-moi que je n'arrive pas trop tard.

Bien sûr qu'il était trop tard. Comment pouvait-il penser qu'il en soit autrement ?

— Et l'Écosse ? demanda-t-elle. Que faites-vous d'Arrandale, de Balhaire, de votre fonction de laird ?

Elle jeta un regard furtif autour d'elle, inquiète.

— Et qu'en sera-t-il pour Ellis ? Rien n'a changé, Cailean.

— Si, tout a changé. Lorsqu'un Highlander désire ardemment quelque chose, il fait en sorte de l'obtenir. Depuis longtemps, je ne désirais plus rien. Mais aujourd'hui, je sais que ma vie n'a pas de sens sans vous, que je ne peux pas être heureux si vous n'êtes pas à mes côtés. Je suis venu vous demander votre main, Daisy, dit-il, mettant un genou à terre devant elle. Si vous acceptez, le vicaire peut nous marier tout de suite.

Daisy était sous le choc. Elle le fixait, interdite, incapable de dire un mot. L'oppression dans sa poitrine était si forte qu'elle avait du mal à respirer. Elle se sentait proche de défaillir. Dans son esprit régnait la confusion la plus totale. Toute cette situation lui paraissait insensée. Il proposait de l'épouser maintenant ? C'était pure folie. Mais il n'existait rien au monde qu'elle désirât davantage. Et Ellis aussi, elle le savait.

Brusquement, elle sentit un goût salé sur ses lèvres. Elle ne s'était même pas rendu compte qu'elle pleurait.

— Mon Dieu, murmura-t-elle. Oh ! mon Dieu.

Cailean lui prit les mains.

— M'aimez-vous toujours, Daisy ?

Elle tremblait d'émotion. Soudain, c'était comme si le poids de tous ses soucis s'envolait, comme si elle était devenue aussi légère qu'une plume. C'était absurde car tous les problèmes subsistaient, bien évidemment. Mais en cet instant où son cœur explosait littéralement de bonheur, ils paraissaient insignifiants.

— Pour l'amour du ciel, répondez-moi, dit Cailean.

Elle lui sourit à travers ses larmes.

— Oui, je vous aime toujours, dit-elle. Plus que tout, Cailean. J'ai tellement rêvé de vous retrouver.

Elle se laissa tomber à genoux à son tour.

— J'ignore comment nous ferons, comment les choses vont se passer. Robert a menacé de vous livrer aux autorités…

— Spivey ?

— Mais je sais que mon fils aura un homme solide à ses côtés, un homme sur lequel il pourra compter, et moi, un homme merveilleux à aimer. Oui, Cailean, j'accepte de vous épouser.

— Mo maise, muirninn, dit-il, la regardant, ses yeux bleus brillant d émotion. Merci de faire de moi le plus heureux des hommes.

Il l'embrassa, puis se releva, l'attira dans ses bras.

On entendit soudain un sanglot étouffé. C'était Belinda. Et quelle ne fut pas la surprise de Daisy lorsqu'elle sentit soudain sa cousine arriver derrière elle et l'entourer de ses bras.

— Le ciel soit loué, dit-elle. Je vais chercher le vicaire.

Et c'est ainsi qu'en cet après-midi glacial Daisy épousa son seul et unique amour. Peu lui importait le scandale que ce mariage ne manquerait pas de provoquer. Peu lui importait d'être mise au ban de la société ou que l'évêque la blâme. Elle avait trouvé l'amour. Elle avait trouvé, pour Ellis et elle, un homme qui les aimait sincèrement et les protégerait. Et lorsque le vicaire les déclara mari et femme, elle embrassa Cailean avec toute la joie, tout l'espoir qu'elle nourrissait pour les jours à venir et faillit s'évanouir de bonheur.

Belinda se révéla incroyablement fiable et pleine de ressource. Elle avait demandé à Rowley de dépêcher une malle contenant les effets de Daisy chez oncle Knox, dans Portland Street, où Cailean résidait. Et ce, avant même de contraindre sa cousine à la suivre.

Daisy et Cailean s'y retirèrent après le mariage. Les bans n'ayant pas été publiés ni aucune licence spéciale accordée pour leur union, il était préférable de se faire discrets, un jour ou deux, et de célébrer cette union dans l'intimité, loin de la société londonienne.

— Le mariage est effectif, dit Cailean. Nous avons apposé nos noms sur le registre de la paroisse. Mais si l'évêque avait des velléités de le faire annuler, quelques nuits passées dans les bras de votre mari, Lady Chatwick, lui rendraient la tâche nettement moins aisée, qu'en pensez-vous ?

— Absolument, convint Daisy. Et Ellis ?

Cailean sourit.

— J'imagine que vous allez approuver mon initiative. J'ai fait parvenir un message à Belinda afin qu'il vienne nous retrouver demain.

Il attira Daisy dans ses bras.

— Mais pour aujourd'hui, Lady MacKenzie, vous avez le devoir de vous occuper de votre mari.

— Avec grand plaisir, répondit-elle.

Et elle l'embrassa.

— Tout le plaisir sera pour moi, *leannan*, dit-il, la soulevant dans ses bras.

Il la conduisit à l'étage, dans la chambre de maître, et la posa sur le lit. Puis il s'allongea sur elle, plongea son regard brûlant d'amour et de désir dans le sien.

— Tu m'as manqué, *leannan*, dit-il. Tellement manqué.

— Montre-moi à quel point, rétorqua-t-elle, mutine.

Et elle poussa un soupir de délice lorsqu'il referma les doigts autour de sa cheville et laissa remonter doucement sa main le long de sa jambe.

Épilogue

Un an plus tard

Un tableau ornait le mur du grand salon, près de la cheminée, à Chatwick Hall, le domaine de Daisy dans le Nottinghamshire. Il s'agissait d'une toile peinte par Belinda et qui représentait la petite église dans laquelle Daisy et Cailean s'étaient unis. Une union que l'évêque Craig avait tenté désespérément de faire annuler à la suite du scandale qui avait éclaté, la nouvelle s'étant répandue que Lady Chatwick avait clandestinement épousé un laird écossais fort peu recommandable. Un mariage à propos duquel on disait dans tout Londres qu'elle ne concevait pas le moindre remords.

L'évêque Craig était un homme influent, certes, mais il ne fit pas le poids face à Knox, l'oncle de Cailean qui, par le plus grand des hasards, avait partagé récemment une partie de chasse avec l'archevêque de Canterbury. Les deux hommes s'étaient entendus à merveille et beaucoup appréciés, au point qu'il ne fut pas difficile pour Knox de convaincre l'archevêque d'intervenir.

En effet, lorsque la fureur se fut un peu calmée, Knox obtint pour Daisy et Cailean une licence spéciale et ils purent prononcer de nouveau leurs vœux, union bénie cette fois par l'archevêque en personne. Désormais, le mariage devenu totalement officiel, il ne se trouva plus personne pour oser le remettre en question.

Daisy et Cailean se réjouirent d'autant plus qu'Ellis n'avait pas assisté à leur première union. Car s'il était une personne que ce mariage comblait encore plus que Daisy, c'était son fils. La transformation fut incroyable. Tel un papillon sortant de son cocon, Ellis s'épanouit soudain, heureux et plein d'entrain et de vie.

Cailean et Daisy avaient choisi de se retirer à la campagne et d'habiter Chatwick Hall. Trop de personnes à Londres se montraient hostiles, critiquant ouvertement ce mariage avec un Écossais. Et parmi les plus virulents se trouvait Robert Spivey qui avait proféré publiquement nombre d'accusations contre Cailean, toutes absolument vraies. Mais c'était la parole du capitaine contre la sienne, et Daisy et Cailean nièrent avec fermeté toutes ces allégations.

Mais Cailean n'était pas tranquille pour autant, craignant que les autorités anglaises ne finissent par dépêcher quelque soldat pour venir l'arrêter et le traduire en justice pour contrebande. Daisy était si inquiète, de son côté, qu'elle parvint à convaincre Cailean de demander conseil au cousin de Lady Beckensal, un avocat de renom.

Mr Barnabus Wilkins se fit un plaisir de leur rendre visite à Chatwick House, à Londres. Il expliqua à Cailean qu'en dépit des nombreuses accusations portées contre lui, il n'existait aucune preuve. Et sans preuve physique, un bateau ou ne serait-ce qu'une bouteille de vin qui aurait pu échapper aux douaniers, personne ne pouvait prouver sa culpabilité.

— Si je puis me permettre, je vous suggère toutefois de quitter Londres et d'en rester éloigné quelque temps, au moins.

— Et le capitaine ? demanda Cailean. Rien ne peut l'empêcher de poursuivre son œuvre de diffamation, s'il le souhaite.

L'avocat eut un haussement d'épaules.

— En effet, rien ne peut l'en empêcher. Il peut continuer à vous mener la vie dure, mais je doute qu'il en ait le temps. Si j'ai bien compris, on lui a offert un poste à bord du *St. Maria*.

— Le *St. Maria* ?

— Oui. Il s'agit d'un navire qui appartient à la Compagnie des Indes et qui effectue fréquemment le voyage vers l'Asie. Il s'y livre au commerce des épices, une activité par ailleurs fort lucrative.

L'avocat jeta un regard entendu à Cailean.

— Il serait préférable que vous vous teniez également éloigné des mers pendant un temps.

— Je le crois aussi, admit Cailean.

Daisy était impatiente de suivre les conseils de l'avocat et de se retirer à Chatwick Hall. Mr Tuttle s'était beaucoup attaché à Ellis et il accepta de les accompagner à la campagne et de suivre son élève jusqu'à ce que ce dernier soit en âge d'intégrer l'université.

Ils convinrent de retourner en Écosse, vraisemblablement au printemps suivant. Cailean s'installa à Chatwick Hall, mais il était évident qu'il ne se sentait pas totalement à l'aise en Angleterre. Il s'en ouvrit à Daisy, une nuit, lui confiant qu'il continuait de craindre pour sa liberté.

— Si les Anglais avaient l'intention de venir t'arrêter, ce serait déjà fait, dit-elle, s'efforçant de le rassurer.

— Certes. Mais il ne faut jamais tourner le dos à un Sassenach, *leannan*, répondit-il d'un ton grave.

Et Cailean avait beau couler des jours heureux avec Daisy, il était certain que la profonde méfiance qui l'habitait ne le quitterait jamais.

Daisy avait fait le choix de résider à la campagne pour le bien d'Ellis. Chaque jour Cailean passait du temps avec lui, au grand air. Ils pêchaient, chassaient, discutaient de chasse au cerf. Ils construisirent ensemble une sorte de fort dans un arbre de la forêt et Cailean apprit à Ellis à tirer avec une arme à feu.

Ce dernier possédait maintenant un solide appétit et il devint un garçon robuste et nettement plus téméraire, ce qui lui valut nombre de bosses et d'ecchymoses. Mais Daisy devait reconnaître que Cailean avait raison. Elle l'avait beaucoup couvé et, maintenant, il s'épanouissait.

Daisy aussi s'épanouissait. Elle n'avait jamais prêté beaucoup d'attention aux jardins de Chatwick Hall. Mais ils lui parurent soudain délaissés et elle se mit en tête d'en faire les jardins les plus beaux de tout le comté de Nottingham. Elle entendait s'en occuper elle-même et personne ne s'avisa de l'en dissuader. Cailean lui avait dit qu'il ne l'aimait jamais autant qu'avec des brindilles dans les cheveux et sa vieille robe de mousseline maculée de terre. Était-ce vrai ? Elle n'aurait su le dire car, quoi qu'elle porte, il disait toujours la trouver plus belle. Et plus belle encore… lorsqu'elle ne portait rien.

Belinda s'intéressait plus que jamais à la peinture, encouragée par la vente qu'elle avait conclue à Balhaire. Son talent commençait à être reconnu dans les villages alentour et Mrs Sudder, une voisine, lui demanda un jour si elle accepterait de donner des cours à sa fille qui faisait preuve de quelque talent.

À la fin de l'année, Belinda enseignait déjà à quatre élèves. Elle demanda à Daisy la permission d'utiliser une partie de la vieille orangerie pour la transformer en atelier et pouvoir y travailler et y dispenser ses cours.

— Il faut absolument que les jeunes gens aient des activités qui les occupent. Désœuvrés, ils deviennent vite des délinquants. C'est ce qui est arrivé à un jeune homme d'Alberwick. Il n'avait rien à faire de toute la journée et il a fini par voler un jambon.

— Oh ! mon Dieu ! s'exclama Daisy en riant. Il est hors

de question que des hordes de voleurs de jambon envahissent la région.

Et elle aida Belinda à aménager la vieille orangerie en atelier.

Oncle Alfonso avait élu résidence à Chatwick House, à Londres, d'où il s'occupait de gérer la fortune d'Ellis jusqu'à ce que ce dernier soit en âge de le faire.

Il venait très souvent leur rendre visite dans le Nottinghamshire, ne manquant jamais de leur narrer les derniers événements et potins de Londres. Il y en eut un, en particulier, concernant Lord Yarbrough, qui les amusa beaucoup. La rumeur voulait qu'il ait été surpris au lit avec une marquise dûment mariée et qu'il ait dû se sauver, vêtu seulement d'une chemise lui arrivant à la taille, sous peine de se faire tuer par une balle de pistolet.

Les nouvelles d'Écosse, en revanche, n'étaient pas réjouissantes. Le père de Cailean leur avait écrit, les informant que la situation avec les jacobites ne cessait de se dégrader. Ils devenaient de plus en plus agressifs et plus que jamais décidés à réinstaller un Stuart sur le trône. Ils tentaient de convertir de nouveaux adeptes à leur cause, usant souvent de violence. Arran MacKenzie laissait entendre qu'il n'était pas raisonnable pour Daisy et son fils de se rendre en Écosse. Ils ne s'y trouveraient pas en sécurité. Il craignait en outre que Rabbie se rallie à la cause des jacobites.

Cailean était préoccupé par la situation en Écosse et par le possible ralliement de son frère. Mais il était surtout inquiet au sujet de son père. Plus d'une fois, Daisy s'était réveillée, la nuit, et avait trouvé le lit vide. Cailean ne parvenait plus à dormir et arpentait la maison, soucieux.

Une nuit, alors qu'ils étaient étendus, le corps encore frémissant du plaisir qu'ils venaient de se donner, Daisy effleura sa poitrine, laissa sa main glisser doucement vers son ventre.

— Tu regrettes ? demanda-t-elle.

— D'avoir fait l'amour ?

Elle rit.

— Non. D'être venu en Angleterre.

Il se redressa brusquement et la regarda.

— Comment peux-tu dire une chose pareille. Aurais-tu perdu l'esprit ?

— Non, je ne crois pas. Mais je sais que tu es inquiet, que ta famille et l'Écosse te manquent.

— Si tu n'as pas perdu l'esprit, alors, tu devrais savoir combien je t'aime et combien j'ai besoin de toi, et chaque jour davantage.

Il la prit dans ses bras, la serra contre lui.

— Je te l'ai déjà dit, mais je vais te le redire. Le monde était gris avant de te rencontrer et tu lui as apporté la lumière. Je suis heureux ici, avec toi et Ellis. Et Belinda aussi. Vous êtes devenus une famille pour moi. Alors, ne me demande plus si j'ai des regrets.

Daisy sourit contre sa poitrine.

— Très bien, je ne te le demanderai plus, dit-elle.

Et elle posa un baiser sur son torse.

— Je t'aime, Cailean.

— Je le sais, dit-il, nichant la tête au creux de son cou. Tu as sans arrêt envie de moi. Il faut avouer que je suis irrésistible, ajouta-t-il, provocateur, se penchant pour embrasser son cou, sa gorge. Mais tu ne m'aimeras jamais autant que je t'aime.

Déjà il refermait les lèvres sur ses seins, en prenait un dans sa bouche, en aspirait le mamelon avec volupté.

Daisy n'allait pas entamer une polémique. Du moins, pas tout de suite. Elle ferma les yeux et se laissa glisser avec délice dans ce plaisir si nouveau pour elle. Un plaisir qu'elle n'avait jamais connu auparavant, lors de son premier mariage.

Quoi qu'il en soit, ce bel Écossais avait beau dire, il ne

l'aimerait jamais autant qu'elle l'aimait. Mais, songea-t-elle, le corps parcouru d'un long frisson tandis que sa caresse se faisait plus pressante, il fallait avouer qu'il ne ménageait pas ses efforts pour tenter de lui donner tort.

Vous avez aimé ce roman ?
Retrouvez le premier tome
de la série « Les mariés écossais »
Unie au Highlander
disponible dès à présent sur harlequin.fr
Et ne manquez pas le prochain roman de Julia London
à paraître en mars dans votre collection Victoria !

Retrouvez en janvier,
dans votre collection

Victoria

Kasey Michaels
Une débutante à sa merci
Série : La petite saison - tome 1 et 2

Gabriel nourrit une rancune tenace contre le comte de Broxley, qui a failli causer sa mort et celle de ses amis pendant la guerre. Pour le venger, sa tante lui rapporte un cadeau de son séjour en Virginie : Théa, la fille illégitime de son ennemi, une débutante qu'elle a promis de marier à Londres avec le secret dessein de se servir d'elle pour faire trembler son père. Gabriel répugne cependant à s'en prendre à une innocente qui ignore qu'elle est la fille d'un comte, d'autant que la jeune femme est aussi jolie que vive d'esprit. Mais sa tante insiste pour que ce soit lui qui lui apprenne le secret de sa naissance, et qui la prépare pour sa première Saison…

Ellie MacDonald
Le club des gouvernantes : Claire et Bonnie.
tomes 1 et 2

Depuis qu'elle travaille comme gouvernante des cinq enfants de Lord Algate, Claire voit l'avenir avec optimisme. Encore quelques années et elle pourra racheter le domaine de son enfance et y vivre avec ses amies, selon le pacte qu'elles ont scellé. Mais sa tranquillité est troublée par l'arrivée de Jacob Knightly, le nouveau précepteur des garçons. Un homme distant et peu aimable, dont la présence bouleverse bientôt le quotidien de Claire…

Bonnie a le cœur brisé lorsqu'elle apprend la mort de ses employeurs, les Darrow, qui laissent orphelins les deux enfants dont elle avait la charge. Refusant de les laisser livrés à eux-mêmes, elle décide de demeurer auprès d'eux. Et à l'arrivée de Stephen Montgomery, le nouveau tuteur légal des enfants, elle se félicite d'être restée. Car cet homme n'a aucune idée de la façon de s'occuper des enfants, et a tout à apprendre d'elle…

La romance historique n'a jamais été aussi moderne.

HARLEQUIN
www.harlequin.fr

Retrouvez en janvier,
dans votre collection

Victoria

Sabrina Jeffries
La captive du galion
Série : La trilogie des lords - tome 1

Le courage de Sara est mis à rude épreuve depuis qu'elle a quitté l'Angleterr Non seulement son bateau a été attaqué par des pirates, mais le terribl capitaine Horn, de sinistre réputation, a fait débarquer toutes les femmes su une île déserte, avec le projet extravagant de fonder une colonie. Pire, Hor leur ordonne à présent de choisir un époux parmi les pirates ! Sara, la seule oser parfois lui tenir tête, est incapable de le faire changer d'avis. Elle s'enten alors avec un matelot allié pour organiser un mariage blanc, qu'ils annuleront Londres dès qu'ils auront réussi à fuir. Mais le capitaine n'apprécie pas du to la nouvelle de ses fiançailles…

Margaret Moore
L'épée et le lys
Série : Frères d'armes - tome 4

Quand, au décès de son père, Lady Mathilde hérite du château d'Ecclesford, el sait qu'elle vient de se faire un ennemi mortel. En effet, son cousin Roald Sayres, auquel la lie un inavouable secret de famille, lui conteste la légitimité cet héritage et menace d'assiéger la citadelle. Une fois maître en la place, il force les villageois à lui prêter allégeance, puis fera enfermer Mathilde au couvent déshonorera sa sœur, la fragile Giselle. Pour éviter ce sort funeste, Mathilde sa qu'elle n'a pas le choix. Vite, très vite, il lui faut trouver un homme capable défendre Ecclesford. Et, dans toute la région, il n'existe qu'un guerrier ass redoutable pour relever pareil défi : Sir Henry d'Alton, un chevalier normar sans terre que l'on dit aussi conquérant sur le champ de bataille que dans le des dames…

La romance historique n'a jamais été aussi moderne.

HARLEQUIN
www.harlequin.fr

Composé et édité par HarperCollins France.

Achevé d'imprimer en octobre 2017.

CPI
BLACK PRINT

Barcelone

Dépôt légal : novembre 2017.

Pour limiter l'empreinte environnementale de ses livres, HarperCollins France s'engage à n'utiliser que du papier fabriqué à partir de bois provenant de forêts gérées durablement et de manière responsable.

Imprimé en Espagne.